RUBEN PHILIPP WICKENHÄUSER
Die Seele des Wolfes

IM BLUTRAUSCH Das Kurfürstentum Köln, in der zweiten Hälfte des 16. Jahrhunderts – eine Zeit heftiger Auseinandersetzungen zwischen katholischen und protestantischen Anhängern. Peter Stubbe kehrt auf seinen heimatlichen Hof zurück, da sein älterer Bruder gestorben ist. Als gebildeter Protestant genießt er schnell das Ansehen der umliegenden Dörfer, und sogar der einflussreiche Ratsherr Gartz aus dem nahen Bedburg wird auf ihn aufmerksam und protegiert ihn.

In den ständig wiederaufflammenden Glaubenskriegen wird einer Reihe von Morden zunächst keine große Aufmerksamkeit geschenkt. Doch ein Detail lädt zu Gerüchten ein: Den Opfern wurde die Kehle herausgerissen. So heißt es bald, ein Werwolf treibe sein Unwesen. Als im Wald Peter Stubbe den Häschern des katholischen Grafen Reifferscheidt ins Netz geht, sieht dieser die Chance, seine gerade unter Mühen errungene Macht durch einen Schauprozess zu festigen …

Städtische Ratsherren, Grafen und Erzbischöfe, Spielleute, Bauern, Merode-Brüder und Landsknechte sind die Protagonisten in diesem Spiel um Macht und Recht, Furcht und Kampf.

Dr. Ruben Philipp Wickenhäuser, geboren 1973, absolvierte ein interdisziplinäres Studium der Biologie, Geschichte und physischen Anthropologie und lebt heute als freiberuflicher Schriftsteller in Berlin. Er ist Mitbegründer des Autorenkreises Historischer Roman QUO VADIS, ebenso des Instituts für Gewaltprävention und angewandte Kriminologie und Kapitän einer Jugger-Sportmannschaft. Neben zahlreichen historischen Romanen für Jugendliche gab er unter anderem drei historische Gemeinschaftsromane im Aufbau-Verlag heraus und machte sich durch pädagogische Sachbücher einen Namen. Der historische Thriller »Die Seele des Wolfes« über den wohl ersten deutschen Serienmordfall, der bis ins Ausland Widerhall in Flugschriften und Berichten fand, ist sein Debüt im Bereich Erwachsenenroman.

RUBEN PHILIPP WICKENHÄUSER
Die Seele des Wolfes
Der zweifelhafte Ruhm des Peter Stubbe

Original

GMEINER

Besuchen Sie uns im Internet:
www.gmeiner-verlag.de

© 2010 – Gmeiner-Verlag GmbH
Im Ehnried 5, 88605 Meßkirch
Telefon 07575/2095-0
info@gmeiner-verlag.de
Alle Rechte vorbehalten
1. Auflage 2010

Lektorat: Claudia Senghaas, Kirchardt
Herstellung / Korrekturen: Daniela Hönig / Katja Ernst, Doreen Fröhlich
Umschlaggestaltung: U.O.R.G. Lutz Eberle, Stuttgart,
unter Verwendung des Bildes von Diego de Silva Velazquez: Übergabe von
Breda / Aus: 5.555 Meisterwerke. © 2000 Directmedia Publishing GmbH
Druck: Fuldaer Verlagsanstalt, Fulda
Printed in Germany
ISBN 978-3-8392-1038-3

Inhaltsverzeichnis

Der neue Halfe in Epprath	16
Wie eine Maus in der Falle	51
Gejagt	68
Das plötzliche Ende einer Feier	80
Trine Trumpen	108
Der Werwolf zieht los	138
Der alte Kämpe	150
Rot ist Leben	169
Merode-Brüder	199
Der Bastard	219
Kerpen soll fallen	242
Das Eis bricht	263
Donnerwetter	281
Der gefallene Engel	299
Ertappt und erschlagen	321
Krieg im Land	340
Zwei auf einen Streich	361
Der Mantel	380
Der Werwolf zu Bedburg	390
Nachwort zu Die Seele des Wolfes	405

Warhafftige vnd Wunderbarlich / Newe zeittung von einen pauren / der sich durch

Zauberey des tagesliecht sich vnd zu einer wolff verwandelt et vnd wie er darnach gericht worden durch den Colnischen Nachrichter den lesten October Im 1589 Jar

Tauben konnte sie mit zwei Fingern den Hals umdrehen, für Hühner brauchte sie das Beil. Beinahe hätte sie sich damit ins Bein geschlagen, als das Tier seinem Instinkt folgte und immer wieder den Kopf vom Pflock hob. Nun, das wäre der würdige Abschluss eines grauenhaften Tages gewesen.

Odilia ging achtlos über das Rübenfeld, das sich im Mondschein grau und einsam bis zum Röhricht des Schilfweihers erstreckte. Unter ihren Fußsohlen klebten dicke Lehmbrocken. Knapp eine Woche lang hatte es geregnet, und heute hatte es endlich wieder einen heißen Sonnentag gegeben. Dieser Tag, an dem man fröhlich sein sollte, hätte sich für sie kaum schlechter gestalten können: Vor Sonnenaufgang hatte der Ludwig sie aus dem Bett geholt und ihr erklärt, dass die Tür offen stünde und sie gehen könne, jederzeit, nein, sofort, am besten sofort. Da sie nicht in Tränen ausgebrochen war, wie Ludwig es sich wohl gewünscht hatte, hatte er gebrüllt: »Glotz nicht so, Frau, geh und schau zum Hühnerstall, aber hurtig, wird's bald!« Woraufhin er hinausgestampft war und sie sich unter den verschlafenen, aber neugierigen Augen der anderen Mägde rasch angekleidet und auf den Weg zum Hühnerstall gemacht hatte. Dort fand sie alles in bester Ordnung vor.

»Die Tür«, hörte sie Ludwig hinter sich brüllen, »die Tür, sie war die ganze Nacht offen! Dreh dich um, wenn ich mit dir rede! In die Augen, sieh mir in die Augen, nutzloses Stück! Was glaubst du, wenn der Fuchs gekommen wäre? Alle hätte er gefressen, alle! Wegen der Tür! Wegen dir!«

Und ehe sie entgegnen konnte, dass sie die Tür geschlossen hatte, ganz bestimmt, da hatte der Ludwig ihr eine Maulschelle gegeben, dass sie geschrien hatte. Damit war der Tag verdorben. Natürlich warf Ludwig sie nicht hinaus, natürlich war das nur eine seiner Drohungen, aber angenehm machte er ihr die folgenden Stunden nicht. Dann beging das dumme Ding von einem Mädchen, Elsbeth, auch noch die gewöhnlichste und zugleich ärgerlichste Ungeschicklichkeit, natürlich gerade, als sie unter Odilias Aufsicht arbeitete – indem sie den Milchbottich umwarf, nein, nicht den kleinen, der nach jedem Euter geleert wurde, sondern den großen, in dem die Milch aller Kühe gesammelt wurde, und natürlich waren gerade alle Kühe gemolken gewesen.

Anstatt den Bottich schnell wieder aufzurichten, hatte das Mädchen entgeistert gekreischt und die Hände gerungen. Odilia hatte wieder den Schlag vom Ludwig gespürt und auf der Stelle Elsbeth ihrerseits eine Ohrfeige verpasst. Da war ihre Wange gleich etwas besser geworden. Nicht aber der Tag: Beim Mittagsmahl hatte sie Fliegen im Wein gefunden, nicht nur die kleinen Obstfliegen, sondern auch die fetten mit dem grün schillernden Hinterleib, und sie war sich sicher, vollkommen sicher, dass die nicht aus Zufall in ihrem Becher schwammen. Was ihr ins Gedächtnis rief, dass sie gerade mit dem Jakob überkreuz war. Er hatte ihr die Sache mit Georg vor einer Woche krumm genommen. Dem Jakob sah das ähnlich, der tat Fliegen in den Wein, dachte sie.

Die Genugtuung ihres Ekels oder gar ihres Entsetzens wollte sie ihm nicht geben. So trank sie mit einem verächtlichen Blick aus, nachdem sie die Fliegen herausgefischt hatte. Nicht ganz so gelassen hatte sie auf das Problem mit dem Backen reagiert, frisches Brot für das Sonntagsfest, was ohne Mehl schwerlich zu machen war. Sie hatte also Elsbeth zum Müller geschickt, schließlich stand die Mühle nicht allzu weit entfernt an der Erft, und Strafe musste sein, sollte sich das junge Ding nur auf dem Weg ängstigen, umso besser. In der Zwischenzeit hatte Odilia sich mit den anderen darangemacht, alles fürs Backen vorzubereiten. Der Dorfofen, den auch die umliegenden Orte nutzten, wurde bereits von den Knechten angeheizt.

Elsbeth brauchte lange, viel zu lange – sie kam nach einer Zeit zurück, in der jede andere Magd den Weg drei Mal hätte gehen können. Beinahe hätte Odilia die Gewalt über sich verloren, als sie sah, dass das Mädchen gerade die Hälfte der Menge mitgebracht hatte, mit den trotzigen Worten, einen halben Zentner schaffe sie eben nicht, und in Odilias Fingern hatte es wieder gejuckt. Wäre der Teig der ersten Ladung nicht versalzen worden, hätte das Mehl wohl genügt, wenn auch mehr schlecht als recht. Jetzt musste Odilia ihre ganze Kunst aufbringen, um wenigstens scheinbar so viel Brotlaibe wie immer zu formen. Dann begab sie sich zum Dorfofen.

»Jetzt halt deine Hand da rein«, sagte der Knecht Jakob zu dem jungen Till. »Wenn du ein Vaterunser aufsagen kannst, passt die Hitze.«

Till streckte zögerlich die Hand in die Backröhre und rasselte sein Vaterunser so schnell herunter, dass er sich dabei fast verhaspelte.

»Ja, da lernst sprechen«, lachte Jakob, schüttelte seinen Blondschopf und drehte sich zu Odilia um. Sie bemerkte wohl den Blick, mit dem er die kleinen Teigklumpen maß, aber wenigstens schwieg er. Sie hätte dem schlaksigen Knaben auch eine gescheuert, wenn er sich eine Bemerkung erlaubt hätte. Sollte der doch bloß still sein!

Nach dem Backen hatte es schon gedunkelt, und in einem günstigen Moment hatte sie Georg zuzwinkern können. Aber der hatte weggeschaut – tatsächlich, einfach weggeschaut! Stattdessen hatte Aleth, die Frau des Ludwig, sie gerufen, gerade, als sie nach langem Arbeitstag auf dem Weg ins Gesindehaus gewesen war.

Aus irgendeinem Grunde blickte Aleth stets traurig drein. Was man auch tat, um sie aufzuheitern: Immer wirkte sie besorgt. Odilia konnte dieses griesgrämige Verhalten nicht ausstehen. Auch dann, wenn es wahrhaftig Grund zur Freude gab und alle lachten, brachte sie kein Grinsen über sich. Insgeheim verdächtigte Odilia sie, dass sie sich den Spruch ›ora et labora‹ etwas zu sehr zu Herzen genommen hatte. Und dass sie das tat, um etwas Besseres als die anderen zu sein. Wie gern hätte Odilia ihr ihre Meinung ins Gesicht gesagt!

Aber Aleth war nun einmal Ludwigs Frau, und als solche befahl sie ihr nun: »Mach ein Huhn für den Sonntag! Heute noch, morgen gibt es genug zu tun, und glaub nicht, dass du dich vor der Messe drücken kannst. Vergiss das Brot nicht. Mach schon.«

Womit Odilia zu ihrem Huhn kam, das den Hals im falschen Augenblick, gerade noch konnte Odilia, und das Huhn, kopflos, auf der Flucht, bis Odilia es eingefangen hatte und das Blut über ihre Hände lief. Beinahe hätte sich Galle dazugemengt, als sie allzu heftig mit dem Ausnehmen begonnen hatte. So war es nur zu verständlich, dass Odilia des Nachts auf dem Weg über den Rübenacker schnaubte und den ganzen vergangenen Tag verfluchte. Der Weiher war nicht weit, und morgen würde sie Elsbeth treiben, das schwor sie sich und fühlte sich gleich ein wenig besser.

Ein Vogel flog mit angstvollem Zwitschern aus dem Schilf in den Sternenhimmel auf. Dann war es wieder still, so still, dass das Stampfen von Odilias Schritten und ihr keuchender Atem unnatürlich laut klangen. Bis ein Frosch zu quaken begann.

Ein Frosch! Ein Frosch durfte nicht mitten in der Nacht quaken, ein Frosch hatte um diese Zeit zu schlafen, oder was auch immer Frösche bei Nacht taten. Schon der Vogel konnte eine Warnung gewesen sein. Vielleicht war es besser, auf der Stelle umzukehren. Nicht auszudenken, was passierte, wenn jemand Verdacht schöpfte! Aber gleich war der Weiher erreicht.

Unheimlich war es schon. Sehr unheimlich. Klar schien der Mond vom Himmel, eine weiße Scheibe, die inmitten eines schwarzen Nichts schwebte, scheinbar zum Greifen nahe oder auch unendlich weit entfernt. Vom Dorf her erklang gelegentlich der Ruf eines Käuzchens. Ihm antwortete, wortkarg und dumpf, vom Waldrand her ein Uhu. Unablässig wisperte das Schilf, und wenn der Geruch von totem Fisch und Algen herüberwehte, dann raschelte es, als wäre es in eine angeregte Unterhaltung vertieft. An ihrem angestammten Platz, dort, wo das Schilf sich teilte und einen sumpfigen Ufersaum freigab, schliefen einbeinig und kopflos einige Enten. Das war nicht gut, denn sie würden erwachen und aufflattern und dabei sicherlich quaken, wenn sie ans Wasser kam. Nun flogen aber häufig Enten vom Teich auf, auch des Nachts, wenn der Fuchs Beute forderte.

Zerzaust kam die Magd über den Rübenacker gestapft, auf die Lücke im Schilf zu, ihre Hände glänzten im Mondlicht, es knackte und raschelte, wo sie sich ihren Weg durch das Schilf bahnte, laut, wie alle Weiber waren.

Die Enten stoben in die Höhe. Er sprang sie aus dem Nichts an, riss sie nieder, vergrub die Ellenbogen in ihre Seite, ließ die eine Hand unter ihren Rock gleiten und packte sie mit der anderen an der Kehle, an der weichen, zarten, drückte zu, sah ihre Augen hervorquellen, das Mondlicht spiegelte sich in ihnen, küssen wollte er sie, nein, zerreißen wollte er sie, die

Kehle aus dem Leib, mit Schilfbündeln, Schilf mit seinen scharfen Blattkanten, ihr schönes, ihr hässliches Gesicht zerschlagen, das so ähnlich dem jener Sybille von damals, er das selbstsichere Grinsen aus ihr heraus, bis ihr eigenes Blut ihre Hochmütigkeit davon, mit der die Teufelin ihn abgewiesen, er zeigte ihr, wie ihr Spott ihn, genauso tief schnitt er ein wie das Schilfbündel, mit dem er sie knebelte, und dann, ein Faustschlag noch gegen ihr schönes Gesicht, auf das fortan sie von den Männern verspottet werde, Narbengesicht!, Narbengesicht!, herrisch zerriss er ihren Rock, siehst du, jetzt widersprichst du mir nicht mehr, jetzt wirst du mich achten, ich nehme dich, Drecksweib.

Auf dem Höhepunkt seiner Erregung erfasste ihn Mattheit. Sein Mund war feucht, mit aller Gewalt musste er sich beherrschen, nicht zu hecheln. Dort, wenige Schritte von ihm entfernt, hörte er die Magd wispern, sie redete leise mit sich selbst. Nicht einmal allein kann sie ruhig sein, dachte er und empfand es als einen persönlichen Angriff, obwohl er genau wusste, dass sie von seiner Anwesenheit nichts ahnte. Jetzt war es ihm, als habe man ihm einen Kübel kaltes Wasser über den Kopf gegossen.

Die Magd hatte begonnen, mit zornigen Bewegungen ihre Hände zu waschen, ihre Kruppe wogte energisch hin und her. Immer waren sie so laut, die Weiber, sie hielten sich für den Nabel der Welt, schon als die Magd hergekommen war, hatte man sie auf Meilen hören können – er beschwor die Bilder herauf, er sprang sie von hinten an, schlug nach ihrem Nacken und traf sie seitlich am Hals, so kräftig, dass sie nicht einmal mehr aufschreien konnte ... Nichts. Zorn wuchs in seinem Magen. Nicht einmal das gönnte sie ihm, selbst jetzt verspottete sie ihn mit ihrer Kruppe, die ihm die Sicht nahm und ihm den Weg versperrte zu ihrem Wispern!

Näher glitt er durchs Schilf auf sie zu. Darin war er geübt: Von Kindesbeinen an war er im Schilf herumgestreift. Also erklang kein Laut, als er sich auf Armeslänge an sie heranpirschte.

Das Weib richtete sich wieder auf und rieb sich die Arme. Er befürchtete schon, sie würde sich zum Gehen wenden – da bückte sie sich erneut, um einen letzten Flecken abzuwaschen. Unerwartet traf ihn wieder die Erinnerung, wie er damals verspottet worden war, wie hilflos er dagestanden und immer leer ausgegangen war, und die Magd wagte es, in sein Reich einzudringen, um ihre dreckigen Hände ... Sie machte Anstalten, sich wieder aufzurichten – er stieß sich mit dem Fuß vom Boden ab, strauchelte, als sein rechter Fuß mit einem Schmatzen im Schlamm versank, hatte aber genug Schwung, um auf die Beine zu kommen. Sein Opfer fuhr erschrocken hoch, er warf sich nach vorne, riss sie um und versuchte, ihre Haare zu greifen; glitt von ihrem Kopftuch ab, griff erneut zu und drückte ihr Gesicht mit seinem ganzen Körpergewicht ins Wasser.

Sie wehrte sich. Sie strampelte, wand sich und schaffte es, den Kopf zur Seite zu drehen. Sie prustete. Mit Schrecken erkannte er, dass er die Kontrolle verlor. Die Kraft der Verzweiflung vervielfachte ihre Kräfte. Als ihr Kopf ihm entglitt, ergriff ihn Entsetzen. Er schlug wild auf sie ein.

Daraufhin begann die Magd, kaum dass sie Atem geschöpft hatte, zu kreischen. Er hieb ihr die Faust in den Leib, vergeblich, sie schrie nur noch lauter, jetzt wand sie sich ganz aus seinem Griff. Er glitt mit der Rechten ab, stieß ins sumpfige Gras, und sie begann sich aufzurichten und hatte schon die Beine unter den Körper gezogen und schrie unentwegt. Seine Hand kroch wie aus eigenem Willen zu einem dicken Ast und riss ihn aus dem Schlamm. Er schlug zu, immer wieder, schweig, sei still, sei endlich still, Weib, sei doch endlich still!, bis das Treibholz in Stücke ging. Die Magd verschluckte sich, hörte zu schreien auf, bedeckte den Kopf mit den Händen und wimmerte.

Fassungslos schaute er auf sie herab. Nun, wo ihr Widerstand aussetzte, kam das Begreifen über ihn. Ein Schlottern erfasste seine Knie, ihm begann zu schwindeln, und mit einem Mal überkam ihn Übelkeit: Um ein Haar hätte er die Frau umgebracht, aber sie war nicht tot, ob das besser oder schlechter war, wusste er nicht, er wollte nur fort von hier, nichts wie weg, da kommt der Gewaltrichter, ich höre ihre Schritte, da, sie lachen, ich muss weg, weg, nichts wie weg, er fuhr herum und ergriff blindlings die Flucht.

Der neue Halfe in Epprath

WIE ERFRISCHEND ES WAR, über das Land zu fahren; wie gut es tat, sich frei zu wissen von den Pflichten, die ihn tagtäglich begleiteten, die ihm, er wollte es gar nicht leugnen: durchaus gefielen, unter denen man jedoch allzu schnell vergaß, wie es war, nichts zu tun und sich einfach zurückzulehnen. Er ließ seine Augen über den dahineilenden Rhein schweifen. Die Spitzlichter der Vormittagssonne stachen ihm in die Augen. Wenn der Wagen eine Kehre erreichte, wanderte die Sonne zu dem zweiten Fahrgast hinüber, einem schlanken und etwas bleichen jungen Mann, dem der Müßiggang ganz offensichtlich ebenso fremd war wie ihm. Die geröteten Augen und dieser stets angespannte Gesichtsausdruck erinnerte an die Schreiber. Seine Kleidung wies ihn als gebildeten, aber nicht hochstehenden Bürger aus und betonte seine protestantische Konfession. Ein Blick auf die feingliedrigen Finger bestätigte den Verdacht, dass es sich um einen jener handelte, die Tag um Tag unter dem Flackerschein eines qualmenden Öllämpchens die Hand bis in den Abend hinein übers Papier leiten mussten, es gab stets mehr niederzuschreiben, als der Tag an Stunden bot. Auch verzog der andere Fahrgast bei jedem Aufbäumen der Kabine unter Qualen das Gesicht, wenn es ihn mit Gewalt auf die Sitzbank zurückwarf, eine Folge der Schwäche, die zu langes Sitzen mit sich brachte.

Ratsherr Gartz konnte dies auch daher gut nachvollziehen, da ihm selbst das Reisen nicht angenehm war. Allerdings litt er aus gegensätzlicher Ursache zu dem jungen Mann: Zwar zwang ihn sein Amt dann und wann, das kleine, aber doch prosperierende rheinische Bedburg zu verlassen, und auch sonst gehörte er nicht zu jenen, die ausschließlich auf dem Schemel hockten, doch war es gerade diesem Umstand zu verdanken, dass er das Kutschieren nicht schätzte. Die Feste und Feiern, die er von Amts wegen oder aus persönlichem Interesse zu besuchen hatte, hatten seinem Leib jene eindrucksvolle Fülle verliehen, die einem Mann seiner Stellung gebührte – und die ihn quälte, wenn er auf den unzureichend gepolsterten Bänken einer Kutsche sitzen musste.

Der Wagen fuhr nun vom Rhein aus dem Tal. Durch den Straßenstaub, mit dem dieser sonnige Frühling nicht sparte, sah der Ratsherr die alte Mühle. Sie zeigte an, dass sein Ziel nicht mehr fern lag. Jeder kannte sie als Wegzeichen, denn sie drehte sich wie eh und je. Der junge Mann starrte zu der Mühle hinüber und betrachtete sie, als sehe er sie zum ersten Mal.

»Sie ziehen immer noch übers Land«, sagte Rat Gartz, lehnte sich zurück und zwirbelte seinen Schnauzer, der den sorgfältig gestutzten Vollbart über der Halskrause krönte. Eine Hand ließ er auf den verschlungenen Korb des Rapiers sinken, das er zwischen seinen rund gepluderten Hosen hielt. Während er sprach, musterte er sein Gegenüber mit jenem Blick, den ihrer eigenen Aussage nach die einen als unverschämt offen, die anderen als betörend scharfsinnig empfanden. »Verzeiht meine Unhöflichkeit. Aber ein Mann ohne Degen in diesen Zeiten? Ob man wohl neugierig sein darf und fragen, woher Ihr kommt?«

Anstelle einer Antwort verzog der junge Mann das Gesicht und ließ die Musterung wortlos über sich ergehen. Seine Mimik fand Rat Gartz schwer zu deuten: Es mochte Unwillen oder auch ein wenig Überheblichkeit darin liegen, vielleicht begründet in der Jugend, die er, der Schlanke, ihm, dem Beleibten und Silbergrauen, gegenüber ausstrahlte – wenngleich es eine reichlich angespannte, abgearbeitete Jugend war, fand Gartz. Als der junge Mann kein Wort sprach, fuhr Rat Gartz fort: »Sie stammen von hier?«

»Euer Würden.« Der andere rieb seine schlanken Hände und nickte, wobei er am Gesicht seines Gegenübers vorbei sah – gerade so, dass es noch nicht als Unfreundlichkeit ausgelegt werden konnte. Rat Gartz fand das geschickt von ihm.

»Sie waren lange fort?«

Sein schweigsamer Reisegefährte versuchte eifrig, wiewohl vergeblich, seinen Ärger über die unverhohlene Neugier zu überspielen. Entweder er bemerkte dies selbst oder es war Zeichen einer gelungenen Erziehung zum Gehorsam, dass er sich nun räusperte.

»Ja, Euer Würden. Seit meiner Kindheit.«

Rat Gartz begutachtete die akkurate Kleidung und die etwas steife Haltung, die sein Gegenüber seit Beginn ihrer gemeinsamen Fahrt nicht aufgegeben hatte. Ja, eine ordentliche Erziehung hatte dieser Mann erhalten, das war gewiss.

»Sie wollen nicht nach Köln?«

»Epprath. Ich bin Pächtererbe eines Hofes«, erwiderte der junge Mann knapp. »Bei meinem Grundherrn bin ich bereits gewesen, mich als seinen neuen Halfen vorzustellen.«

Rat Gartz ließ sein Gesicht aufleuchten. »Erfreulich!«, rief er und streckte ihm die Hand entgegen. »Gartz mein Name, Rat Gartz. Ich erinnere mich, Euer Halfengut ist ein recht ansehnlicher Hof! Darf ich so vermessen sein zu vermuten, dass Sie, der Sie jung und, Gott sei es gelobt, Protestant sind, und da Sie diese Strecke fahren, aus dem Konvent kommen?«

»Ich wurde dort angestellt, nachdem ich die Universität zu Rostock absolviert habe, ja, Euer Würden. Schreiber.«

»Doctor?«

»Magister.«

Zögernd kam die Hand, die in der Pranke des Rates verschwand, und als Gartz sie kräftig schüttelte, gewahrte er die Falte des Widerwillens, die dadurch hervorgerufen wurde.

»Ich sehe, ich sehe, Ihr protestantischer Aufzug lässt keine Zweifel aufkommen. Das gefällt mir. Die Jesuiten sitzen in Köln, dass man glaubt, die wären die Herren der Stadt: Diese Personen wagen selbst bei den Würdenträgern zu betteln. Sie haben doch keinen Ärger mit denen gehabt, möchte ich hoffen.«

»Nein.«

»Da haben Sie Glück gehabt. Lästige Gesellen, und sie brüsten sich mit ihrer Frömmigkeit. Immerhin kommt die Stadt den Calvinisten entgegen, das dürfte die Societas jedenfalls ärgern. Geschickte Leute, die Calvinisten, wer möchte es sich mit solchen Beziehungen nach Seeland verscherzen. Insbesondere da mit Graf Hermann von Neuenahr die Calvinisten kräftig im Kommen sind. Aber sonst ... Was halten Sie von denen?«

Der junge Mann zögerte, und Rat Gartz vermutete, dass er bereits erkannt hatte, dass er geprüft wurde.

»Ihre Auslegung des Abendmahls«, sagte der junge Mann nur.

»Oh ja, allerdings. Nun, Disziplin haben sie, das wohl.«

»Hätten wir ihr Feuer, wäre es hier wie in Genf – keine Schwierigkeiten mit den Jesuiten. Keine Querdenker.«

Rat Gartz hob die Augenbrauen.

»Es ist gewiss ein Wunder, dass Calvinisten und Jesuiten in Köln nicht längst einander an die Gurgel gesprungen sind. Doch nur weil, mit Verlaub, die Römischen da die Hand drauf haben – und Genfer Zustände wollen wir doch nicht haben. Es würde Köln mehr schaden als nutzen. Im Rat zu Köln sitzt immer noch eine katholische Majorität.«

»Von einer Genfer Akademie können wir hier jedenfalls nur träumen, Euer Würden.«

»Und von einem Theodor Beza auch? Ich weiß nicht, mein Herr. Ich weiß nicht. Ich denke, der Graf Neuenahr hat ganz wohl daran getan, die Eiferer und Münsteraner Wiedertäuferlein in ihre Schranken zu weisen, aus heiligem Zorn wächst doch nichts Gutes. Dank dieser Weisheit – davon bin ich überzeugt – kann Morsa seit über vierzig Jahren Rückzugsort für jene sein, die nicht dem Diktat Roms folgen. Stellen Sie sich nur vor, ein Beza anstelle des vernünftigen Henricus Bommelius selig. Nun fragt sich, was aus des jungen Grafen Überzeugung erwachsen wird. – Nun gut. Ganz und gar bin ich Ihrer Meinung, was die Societas Jesu betrifft. Ja, einfach ist dieses Leben nicht.«

Nachdem er das Gespräch noch ein wenig weiter gesponnen hatte, dabei auslotete, wann sein Gegenüber wortkarg blieb und wann er in Redefluss ausbrach, hatte er Gewissheit, dass ihm ein aufrechter Protestant gegenübersaß, dessen Übernahme eines Hofes in Epprath gut ein Glücksfall sein mochte – er würde ihn jedenfalls im Gedächtnis behalten, diesen Magister und frischgebackenen Hofherrn.

Der Gesang einer Feldlerche schallte von draußen herein, als der Wagen aus unbekannten Gründen kurzzeitig zum Stehen kam und unter dem üblichen Ruckeln und Quietschen gleich darauf wieder losfuhr.

»Etwas Wein?« Rat Gartz bot seinem Gesprächspartner eine tönerne Flasche an. Nach kurzem Zögern griff er zu. Während er den unlasierten Flaschenhals zum Mund führte, blickte der junge Mann den Rat an und nickte.

Der Rat sah seine Gewohnheiten bestätigt: Nicht umsonst pflegte er auch auf Reisen einen mindestens passablen Tropfen mitzuführen. Sichtlich mundete der Wein dem jungen Mann.

Als Gartz die Hand ausstreckte, um die Flasche wieder an sich zu nehmen, zögerte sein Gegenüber auf halbem Wege und führte sie ein weiteres Mal an den Mund. Rat Gartz zwinkerte irritiert. Für die Dauer eines Atemzuges zuckte ein Lächeln über die Lippen des jungen Mannes. Doch als er die Flasche zurückgab, fielen einige Tropfen auf sein Leinenhemd, auf den rechten Unterarm, wo ihm der Mantelärmel hochgerutscht war. Sein Gesicht verdüsterte sich kurz, dann schaute er hastig zu Boden und legte den linken über den rechten Arm. Rat Gartz beachtete diesen kleinen Zwischenfall nicht weiter, verkorkte die Flasche, klemmte sie zwischen sich und den Sitz und packte einen Kanten Brot und eine Zwiebel aus.

»Dann muss man aber wieder sagen, dass sie einen mutigen Kampf führen, die Calvinisten. Einfach haben sie es nicht, gegen ihren spanischen Süden ...«

»Unser Bollwerk gegen den Katholizismus.«

Rat Gartz lachte auf. »Ja, so könnte man sie wohl nennen. Vielleicht sollten wir also von unseren Calvinisten doch besser denken, die ihre Glaubensbrüder mit ihrem Handel ja auch unterstützen, sie können jede

Hilfe brauchen, und der alte Graf ist tatsächlich ein weitsichtiger Mensch, wenngleich sein Leiden ihm zu schaffen macht ... Sie haben von Alba gehört?«

Der junge Mann nickte.

»Ein Schlächter«, fuhr Rat Gartz bedächtig fort. »So blutrünstig, dass selbst die Spanier angeblich erwägen, ihn abzusetzen. Wenn sein Name sogar bis zu Ihnen vordringt ...« Er zog die Flasche wieder hervor und genehmigte sich einen Schluck. Sein Gegenüber schaute auf den krautigen Waldrand, der den Weg flankierte. Gelegentlich wich der Wald zurück und machte Feldern Platz, hinter denen Dächer eines Dorfes und vereinzelt der Turm einer Kapelle zu sehen war.

»Wie grün die Stängel des Getreides auf der harten Erde leuchten«, murmelte Rat Gartz. »Noch eine weitere Woche Sonnenschein, und die Ernte verdorrt auf den Feldern, bevor sie reif geworden ist. Es ist schon ein Kreuz: Ist es zu kalt oder zu nass, mag das Getreide nicht wachsen. Ist es zu heiß, vertrocknet es. Wie empfindlich doch das Gleichgewicht eines guten Jahres ist.«

Das Wegzeichen verriet, dass sie Bedburg fast erreicht hatten. Um das Schweigen zu brechen, nahm Rat Gartz den Wegweiser zum Anlass für eine Anmerkung.

»Stellt Euch vor, ausgerechnet dem Bedburger Gewaltrichter Jacob ist die rechte Hand von dem Duvel fast ganz abgehauen worden, als er sich reichlich beschenkt mit dem gestritten hatte. Ja, so wild kann es zugehen, ruhig scheint's nur von außen.«

Der Mitreisende erwiderte nichts, griff zu Rat Gartzens Erstaunen im Zurücklehnen nach der Flasche und beobachtete den Rat aus den Augenwinkeln, während er trank. Der Erbe des Epprather Hofs war zweifellos eine sonderliche Person, stellte Rat Gartz fest.

Wenig später rollte die Kutsche durch das Tor und hielt an dem großen Marktplatz. Es war Wochenmarkt, und entsprechend groß war das Getümmel, das den Reisegefährten empfing, als er aus der Kutsche stieg.

»Sie finden mich im Alten Hundeschlager zu Bedburg. Oft auch in Köln, aber treten Sie da nicht so offen fürs Reformatorische auf. Wenn ich etwas für Sie tun kann, lassen Sie es mich wissen!«, verabschiedete sich Rat Gartz betont herzlich.

Peter Stubbe ist in Bedburg angekommen. Es ist ein kleiner Ort, der im Wesentlichen aus dem Marktplatz und einer Handvoll Seitengässchen besteht. Wir sehen Peter Stubbe, wie er überwältigt ist von dem Treiben um sich herum und, wie es scheint, aufs Geratewohl drauflosmarschiert. Das Blöken eines heiseren Bäckers, der den Mangel an Stimmvolumen durch Lautstärke wettzumachen versucht; das Krähen von wenigstens einem halben Dutzend Hähnen gleichzeitig und nacheinander; das Schnattern der Gänse, aus deren Mitte soeben eine der ihren gerissen wird; das Jauchzen von Kindern jeden Alters; die Bässe mehrerer Gemüsebauern, die sich von den gegenüberliegenden Enden des Marktes innig bekämpfen; das schmerzhafte Schlagen von Schmiedehämmern; Hundekläffen; dazu Farben,

Schwarz und Braun und Grau und Weiß der Gewänder, das Grün der Frühernte, das Braun des Straßenkots, das Grellen der Sonne, die von den Butzenscheiben der besseren Häuser gespiegelt wird und den Neuankömmling blendet; und die Gerüche. Gerüche, die wohl so anders sind als der übliche und vertraute Mief der Schreibstube, aus der Herr Stubbe gekommen ist. Stechender Gestank, der überall lauern kann, um unverhofft über die Nase des arglosen Passanten herzufallen; vor allem aber das Gedränge, das ständige Ausweichenmüssen, das Sich-entschuldigen, das Zur-Seite-treten-gebeten-werden, das Bedrängt-werden von Bettlern und Gauklern aller Art; das Schaben von Degenscheiden am Schenkel, wenn man für einen Augenblick unachtsam ist; das alles überfordert ihn, der er bislang an seinem einsamen Schreibtisch gearbeitet hat. Dabei ist Bedburg nicht Köln, und Rat Gartz wäre dies vermutlich wie ein beschaulicher Nachmittag vorgekommen, ganz und gar nicht wie das Gewimmel, das es für Peter Stubbe ist.

Was aber will er in dieser kleinen Stadt, die ihm so groß erscheint? Einen Händler wird er finden wollen, vielleicht einen Bauern, der nach Epprath fährt und ihn mitnehmen kann. Sicherlich schürt die Ungewissheit, was ihn auf dem Hof erwarten wird, seine Unruhe weiter. Er erweckt den Anschein eines Mannes, der kaum in der Lage ist, einen klaren Gedanken zu fassen. Warum sonst zögert er so lange, bis er jemanden fragt und damit heraus aus dem Gewühl kommt, hin aufs

Land, zu seinem Hof. Endlich wagt er es, eine der Marktfrauen anzusprechen.

»Da hinten, fragt den Hubert, der fährt wohl«, sagt sie über die Schulter hinweg und schenkt ihm, dem Verlorenen, keine weitere Beachtung. Wie sollte man es ihr verdenken, ist sie doch viel zu sehr damit beschäftigt, hier letzte Winteräpfel hinüberzureichen, dort Geld entgegenzunehmen.

Neben dem Karren, auf den sie deutet, steht ein Bauer und verhandelt über den Verkaufspreis der letzten Stücke seiner Ladung. Peter Stubbe blinzelt nun angestrengt zu dem Bauern hinüber, vielleicht versucht er, das Gesicht aus der Ferne zu erkennen, aber die Furchen und Falten und Bartstoppeln scheinen ihm nichts zu sagen, wie es nach seiner langen Abwesenheit auch zu erwarten ist. Sein Versuch, sich hilfesuchend wieder der Marktfrau zuzuwenden, ist nicht von Erfolg gekrönt, denn die ist schon wieder ins Gespräch mit einer Magd vertieft.

Unschlüssig steht er da, lässt sich von dem Marktstand ein Stück abtreiben und behält dabei immer den Karren und seinen Besitzer im Auge.

»Spende, Herrschaft?«

Man kann Peter Stubbe sein Erschrecken kaum verdenken, denn das Gesicht, das sich schräg von unten in sein Blickfeld schiebt, ist wahrlich ekelerregend. Aufgequollene Augen schwimmen da geradezu in einem Schorfpfuhl, aus dem die Nase wie ein verrottender Baumstamm herausragt, und der zu allem Überfluss zu einem Grinsen geweitete Mund erinnert an einen modernden Krater. Nun schiebt sich eine Hand ins Bild, die unwillkürlich den Gedanken an fauliges Obst heraufbeschwört.

Seiner Bewegung nach zu schließen, versucht sich Peter Stubbe dieser Heimsuchung durch Flucht zu entziehen, doch das ist zum Scheitern verurteilt, im Gegenteil, jetzt kommen auch noch zwei andere herbei. Wenn sie auch nicht halb so abstoßend aussehen wie dieser eine, sind sie doch nicht minder aufdringlich. Weshalb haben sie sich unter den Besuchern des Marktes ausgerechnet den gerade Eingetroffenen ausgesucht, ein wenig schmeichelhaftes Empfangskomitee? Vielleicht ist es Zufall. Vielleicht halten sie ihn einfach allgemein für ein besonders leichtes Opfer, unsicher, wie er sich seit seiner Ankunft gegeben hat.

Seine Fluchtpläne muss er jedenfalls aufgegeben haben, denn umringt bleibt er stehen und rührt sich nicht, begegnet ihrem Flehen und Zerren mit verwirrtem Schweigen und weiß nicht, was tun. Seine Hände beginnen, sich zu Fäusten zu ballen, nur um sich gleich darauf wieder zu öffnen, und verraten, dass es tief in ihm zu brodeln beginnt. Man kann nur hoffen, dass seine Anspannung, je mehr er sie unterdrückt, nicht mit umso größerer Macht hervorbricht. Doch da kommt Hilfe.

»Beiseite! Schert euch, Pack! Lasst den Herrn in Frieden!«

Die Menge weicht vor Gewand und Waffe eines städtischen Büttels zurück und lässt sich von einem anderen aus der Stadt führen.

»Ich hoffe, diese Leute haben Euch nicht zu sehr bedrängt. Sie sind lästig wie Fliegen.«

Die Hilfe des Büttels ist Peter Stubbe ein Nicken wert, und sogleich späht er nach dem Karren aus. Gerade beginnt der Bauer, der Hubert Kratzhand gerufen wird, damit, zwei Esel anzuspannen. Peter Stubbe mag die großkopfigen Tiere mit den stets niedergeschlagenen Lidern und dem ruhigen Wesen, wie er beweist, indem er vor sie hin tritt und ihnen über die Stirnen streicht, die sich seiner Hand hart und borstig anbieten. Er ist sogar so versunken in die Betrachtung der Esel, dass er zusammenschreckt, als der Bauer an ihn herantritt.

»He. Muss mal da ran.«

Hubert zieht den Tieren die Bauchbänder fest. Dann spuckt er auf den Boden und schwingt sich auf den Wagen. Woher soll er auch ahnen, dass der fremde Herr, der die Esel liebkost, seine Dienste benötigt.

»Ich ... verzeiht, einen Augenblick!«

Der Karren rollt bereits los.

»Ja?«

»Ich ... verzeiht, nach Epprath, ich müsste nach Epprath, mir wurde gesagt ...«

»Steigt nur hoch. Ist genug Platz!« Hubert lacht. »Das Einzige, was ich viel hab.«

Peter Stubbe betrachtet das Gesicht des Mannes von der Seite. Vielleicht vierzig mag er sein, wohl der Besitzer eines kleinen Gehöfts, der Kleidung nach ein Freibauer. Verwunderlich, dass er seine Kinder nicht dabei hat oder wenigstens einen Knecht, der ihm zur Hand geht. Wenn Peter Stubbe dies aufgefallen ist, so wagt er nicht zu fragen. Allzu leicht mag sein Alleinsein der Hungersnot geschuldet sein. Oder dem Streit der Konfessionen. Danach zu fragen aber traut er sich: »Seid Ihr Protestant?«

»So offen? Ihr seid mutig! Hätte Euch sonst kaum mitgenommen. Epprath, das ist lutherisch. Und man sieht Euch den Luther ja auf Meilen an.«

Peter Stubbe schaut betreten drein. Dass das so offensichtlich ist, dass es nicht nur ein Rat, sondern auch ein einfacher Bauer erkennt, scheint ihn zu beunruhigen.

Die beiden Esel lassen sich Zeit, und es erweist sich, dass Stubbe nicht nur für die Tiere, sondern auch für ihr Tempo Sympathie hegt.

Als die Stadt hinter ihnen zurückfällt, holt der Bauer einen Kanten Brot hervor und beißt stückweise davon ab. Stubbe sieht vom Kutschbock übers Land und genießt sichtlich den freien Blick. Er scheint gar nicht aufgeregt, oder er weiß es gut zu verbergen. Denn: Wie wird der Hof aussehen, der ihn erwartet? Er kennt ihn nur als kleines Kind, eine Erinnerung, die wohl nur noch sehr verschwommen sein mag. Da nötigen sich einzelne Schlaglichter auf, der Bretterverhau zum Beispiel, aus dem Licht gedrungen war eines Abends; eine Gans, die besonders böse zischte, bis man sie schlachtete. Das Schilf mit seinen Vogelnestern. Was man an Kindheitserinnerungen eben so behält.

Peter Stubbes Blick wird wacher. Die Landschaft wird ihm wohl vertrauter, der Weg ist jetzt von krautigem Waldrand flankiert. Dann weicht der Wald wieder zurück und macht Feldern Platz. Sie sind jetzt nah an Epprath. Die meisten Felder liegen da wie damals. Dann schiebt sich der Wald wieder in den Vordergrund, der sein Unterholz in den letzten Wintern überwiegend an hungrige Öfen verloren hat, und erlaubt die Sicht auf das Glitzern eines Sees. Freut er sich, heimzukehren nach all den Jahren? Zumal er nicht als Mittelloser kommt, sondern derjenige ist, der den Hof weiterzuführen hat. Oder fürchtet er mehr die Erinnerungen, denen er sich gleich stellen muss? Versucht man die Schale aus Selbstbeherrschung zu durchdringen, mit der er sich umgibt, erkennt man, dass er sich unsicher fühlt. Verständlich, bedenkt man die Ungewissheit dessen, was ihn erwartet, wie man ihn empfangen, wie er den Hof in den Griff bekommen wird. Dort hinter den Bäumen liegt der See seiner Kindheit, dort hat er gebadet in heißen Sommern, nach Vogeleiern gesucht, Frösche gejagt. Es ist ein See, den man gut kennen muss, wenn man ins Wasser geht: Beim Schilfgürtel gibt es Stellen, die unvermutet unter den Füßen nachgeben, und Wasserpflanzen, die sich um den Knöchel winden, bis man nicht mehr loskommt. Als Belohnung für das Wagnis, sich seiner Heimtücke zu stellen, hält der See Nischen bereit, in denen man ungestört ist und wo man nicht gefunden wird.

Peter Stubbe seufzt. Gleich wird der Kirchturm in

Sicht kommen, da der Wald immer noch, wie damals, hinter der nächsten Biegung endet. Der Karren ächzt und schwankt, als Hubert die Esel um die Kurve treibt.

Da ist der Kirchturm. Selbst das Storchennest auf der Stange gibt es immer noch. Schon damals hatte es so ausgesehen, als würde es vom kleinsten Windstoß herabgeweht werden. Wider Erwarten hat es Wind und Wetter getrotzt und beherbergt sogar eine Storchenfamilie. Diesseits des Dorfes sind zwei Häuser zu der Handvoll anderen dazugekommen, eine Scheune und ein Wohnhaus, gleich hinter dem dörflichen Backofen. Einige schwarzgrau gestreifte Schweine und Gänse streunen vor dem Zaun, bewacht von einem Mädchen, das auf einem Grashalm kaut. Hier und da steigt die Rauchsäule eines Kochfeuers auf. Unzählige Mehlschwalben kurven wie schwarze Punkte vor einem blauen Himmel, über den einige Quellwolken segeln. Das Dorf Epprath vermittelt einen friedlichen Eindruck.

Auch der Obstgarten zur Rechten liegt noch fast so da wie vor zehn Jahren. Nur der alte Kirschbaum, der Peter Stubbe so häufig Schutz vor den anderen Kindern gespendet hatte, hat seinen Hauptast verloren. Ein Sturm hat ihn zudem gefährlich geschrägt. An mehreren Stellen tritt schon das Wurzelwerk zu Tage. Heute würde der Baum wohl brechen und den Schutzsuchenden vor die Füße der Häscher hinwerfen. Eine schwarze Katze mit weißem Latz streunt im Rispengras um den Stamm herum, vielleicht hat sie Beute entdeckt, die sich in den

Hohlräumen unter den Wurzeln vermeintlich sicher eingerichtet hat.

Auf halber Länge der Dorfstraße steht die Kirche, eher eine größere Kapelle. Dies ist der allsonntägliche Treffpunkt, Herberge für den dörflichen Turmfalken, der, wie schon Generationen vor ihm, für die Regulierung der Taubenbevölkerung sorgt. Er begrüßt Peter Stubbe mit einem keckernden Schrei und ist schon im Schallfenster verschwunden. Dass es ihn noch gibt, den Verhassten, dass der Pfarrer also standhaft geblieben ist gegenüber den Bitten der Bauern, die ihre Taubenschläge bedroht sehen, und ihn am Leben gelassen hat, erfreut Peter Stubbe sichtlich.

Als Hubert die Esel nach links lenkt, runzelt Peter Stubbe die Stirn, vielleicht grübelt er, wie der Hof dieses Bauern heißt, denn Hubertshof war es nicht gewesen. Das Tor ist neu, und auch das Haus dahinter hat sich verändert. Der Name scheint Peter Stubbe beim besten Willen nicht einzufallen.

Bevor der Wagen durchs Tor fährt, springt er ab und ruft dem Bauern einen Dank zu, den der mit Handheben entgegennimmt.

Er ist wieder daheim. Während er sich reckt und streckt, saugt er tief die Luft ein, die nach Heu, Kiefernholzfeuer, Pferdemist und, sich stets in den Vordergrund drängend, nach Schwein riecht. Die Rufe der Schwalben schrillen in seinen Ohren. Kinder verfolgen ihn mit ihren Blicken, sie halten ihn für einen Fremden, und die meisten Bauern befinden sich zu dieser Zeit auf den Feldern.

Unerkannt gelangt er zu dem Hof gegenüber jenem des Hubert, den er fortan bewirtschaften soll. Zäune grenzen das Grundstück zur Straße hin ab; am Dorfeingang befindet sich der lehmverputzte Schuppen, an dem ein Flügel des Dorftores hängt. Zwei Eichenstämme säumten die Einfahrt auf den Hof. Dahinter liegt zur Linken die Scheune, zur Rechten das Wohnhaus, dessen Gefache dem Augenschein nach gerade erst wieder neu verputzt wurden. Auch das Gesindehaus, das der Einfahrt gegenüber liegt, macht einen gepflegten Eindruck. Gänse und Enten, auch zwei Säue treiben sich auf dem Hof herum und zeugen vom Wohlstand der Stubbes.

Ein Junge hockte an der Stirnseite der Scheune. Er mochte wohl zehn oder elf Jahre alt sein und erweckte den Eindruck, als könne ein Windstoß ihn davonblasen. Seine großen Augen aber leuchteten vor Lebensfreude, und sein dichtes, braunes Haar fiel ihm in den Nacken und vorn fast bis in die Augen. Es verlieh ihm den Anschein von Verwegenheit. Der zu große Kittel eines älteren Geschwisters und die nackten Beine wiesen ihn als Sohn einer Magd aus.

Thomas hatte heute wenig zu tun. Was er an Aufgaben bekommen hatte, hatte er auf den älteren Till oder auf die Odilia abgewälzt, die Magd, die immer wieder seinen großen, bittenden Augen erlag. Jakob hatte ihm eine Ohrfeige gegeben, aber eine von der gutmütigen

Sorte, die mehr einem Tätscheln glich, und dabei hatte er anerkennend gegrinst; anschließend hatte er sich beeilt, zu Odilia in den Stall zu gehen, um ihr bei irgendetwas zu helfen. Er hatte sich wirklich sehr beeilt, fand Thomas. Und so hockte er vor der Scheune, kaute auf einem Grashalm herum, knuddelte einen Hütehund und ließ die gute Welt gut sein. Der Hund erlaubte dem Jungen, den er im Sitzen knapp überragte, dass er seine Arme in das dichte Fell vergrub, und tat, was Hunde tun, wenn es nichts zu tun gibt: Er hechelte.

Plötzlich schloss er sein Maul. Richtete die Ohren auf. Weitete die Augen. Thomas spürte, wie sich die Muskeln unter dem dichten Fell anspannten.

»Na, was hörst du?«, murmelte er gleichgültig und spähte zum Tor hinüber: Offenbar näherte sich jemand dem Hof.

Wenig später betrat die Gestalt eines schlanken Mannes das Gehöft. Sogleich sprang der Hund auf und verharrte in wachsamer Haltung. Die vier Doggen, die an den Wirtschaftsgebäuden angekettet waren, ließen ihre Ketten rasseln. Als Thomas niemanden von den Knechten und Mägden sah, rappelte er sich auf und trat dem Unbekannten zögernd entgegen. Der Hund folgte ihm, ohne den Blick von dem Fremden abzuwenden.

»Was wollt Ihr?«, fragte Thomas mit misstrauisch zusammengekniffenen Augen und kaute auf seinem Grashalm.

»Ich bin Peter Stubbe«, sagte der Fremde von oben herab.

»Wer ist denn das?«

»Du kennst den Bruder deines Herrn nicht?«

Thomas zuckte zusammen. Der Hund knurrte gefährlich, während die vier Doggen mit gehobenen Lefzen so nahe kamen, wie ihre Ketten es ihnen erlaubten. Vielstimmiges Grollen rollte über den Hof.

»Der, dem dieser Hof gehört. Der Bruder von Ludwig Stubbe.«

»Ihr seid der Bruder von Ludwig Stubbe?« Thomas wich ein Stück zurück. Dann schlich sich ein trotziger Zug auf sein Gesicht. »Glaub ich Euch nicht. Ihr habt ja nicht mal einen Degen.«

Peter Stubbe machte einen raschen Schritt auf Thomas zu und griff ihn am Kragen. Die Doggen begannen zu bellen und warfen sich in ihre Ketten.

»Siehst du das?«, fragte er, zog mit der freien Hand eine Bildkapsel hervor und klappte sie auf. Darin lag ein gemaltes Porträt seiner Mutter. »Ein Stubbe lügt nicht. Hol meinen Bruder.«

Thomas schielte auf das Kleinod und brachte ein Nicken zustande. Kaum hatte Peter Stubbe ihn wieder auf die Füße gestellt, stob er samt Hund davon. Beim Haupthaus angekommen, gewahrte er Odilia, die von der Tür aus wenigstens einen Teil des Geschehens mitverfolgt hatte.

»Der Stubbe ist da! Der Stubbe ist da!«, rief Thomas. Odilia hob beschwichtigend eine Hand und legte sie ihm auf die Schulter.

»Ich habe es gehört. Bleib hier. Die anderen kommen eh gleich vom Feld zurück.«

Gemeinsam beobachteten sie, wie Peter Stubbe den Hof mit weiten Schritten durchmaß, wie er sein Eigentum musterte, ungerührt von den Doggen, die sich nur langsam wieder beruhigten. Dass Odilia und Thomas von der Tür aus zu ihm herüberstarrten, störte ihn dabei nicht im Geringsten.

Wenig später kamen die Knechte auf den Hof, allen voran ein Mann, den Peter Stubbe ganz offensichtlich erst beim zweiten Hinsehen erkannte: Sein Bruder Ludwig.

»Kein Wunder, dass er seinen Bruder nicht gleich erkennt«, flüsterte Odilia und lachte leise. Tatsächlich könnten die beiden kaum unterschiedlicher aussehen. Ludwig Stubbe war im Gegensatz zu seinem Bruder fett geworden. Der Wanst spannte sich unter dem Hemd, das von der Arbeit durchgeschwitzt war. Als er Peter Stubbe sah, verzog sich sein Mund zu einem breiten Grinsen, das den Eindruck erweckte, als reiche es von Ohr zu Ohr. Er eilte ihm mit ausgebreiteten Armen entgegen.

»Peter! Du bist wieder da.«

»Unser neuer Herr mag die Umarmung von seinem Bruder nicht gerade«, stellte Thomas fest, als Peter Stubbe sich schnell aus der Umschlingung seines vor Freude überquellenden Bruders löste. »Mag offenbar Zwiebeln und Schweiß nicht besonders.«

Odilia verpasste ihm gutmütig eine Ohrfeige, und Thomas zog mit einem Auflachen den Kopf zwischen die Schultern und bedeckte ihn schützend mit den Händen.

»Immer noch so zerbrechlich wie früher, was? Ha!«, dröhnten Ludwig Stubbes Worte zu ihnen herüber. Er hielt seinen Bruder auf Armeslänge von sich, begutachtete ihn und drückte ihm einen feuchten Kuss auf die Wange. Eine Träne lief ihm durch die Bartstoppeln.

»Ja, ja, Ludwig, ich freue mich auch«, murmelte Stubbe so zurückhaltend, dass Thomas und Odilia es kaum verstehen konnten.

»Das ist Peter, so kenn ich ihn. Großer Bruder«, der gutmütige Spott war nicht zu überhören, »komm ins Haus, wir haben frisches Obstwasser! Wie es der Zufall will!«

Als Peter Stubbe sich nicht von der Stelle rührte und stattdessen mit missmutigem Gesicht zu den Knechten und Mägden hinüberblinzelte, die sich versammelt hatten, drehte sich Ludwig auf halbem Wege um, lachte auf, dass man seine drei schwarzen Schneidezähne allzu gut erkennen kann, und kam zu Stubbe zurück.

»Ah, entschuldige, kennen kannst du die meisten ja nicht, das ist Gerda und die kennst du, die Odilia, und Georg und Jakob und Till, hat noch etwas Zeit zum Wachsen, dreizehn isser, und da drüben steht der Sohn vom verstorbenen Langhans, das ist der Thomas, 'nen Heiligen wollt er haben, unser Knecht, sieh dich vor, der kann fluchen wie der Teufel persönlich, ja, der, der sich da in der Tür hinter der Odilia wegduckt, schön ist sie ja, ganz unschuldig will er sich nur hinter ihr verstecken, haha. Thomas!« Zaghaft lugte der Junge hinter Odilia hervor. Der Hund hockte aufrecht neben ihm und hechelte. »Ja, noch ein bisschen jung für die ganze Arbeit, schafft er schon. Das Luder, das sich hinter der Gerda versteckt, das ist ihre Tochter Liesel, wir sagen Zähnchen. Na und das, das ist meine Frau, die Aleth.« Er deutete auf sein robust gebautes, rundköpfiges Weib, das gerade durch die Einfahrt eilte und ob der Versammlung recht erstaunt war. Ihr von Sorgenfalten gezeichnetes Gesicht war gerahmt von einer einfachen Haube. Thomas fand, dass Ludwigs Frau doch wenigstens jetzt einmal hätte lächeln können, wo sie doch immer so griesgrämig aussah.

»So, das sind meine Leute und mein Weib hast du auch gesehen. Jetzt komm, lass uns einen trinken auf deine Rückkehr! Ihr anderen, macht eure Sachen noch fertig und dann habt ihr frei, heute ist mein Bruder zurückgekehrt!«

Odilia tätschelte Thomas den Kopf, mahnte: »Du sei bloß still«, und ging in die Stube, um die beiden Herren zu bewirten. Thomas stob hinterher, kauerte sich in die schattige Nische unter der Treppe, ließ den Hund sich dicht vor sich setzen und zog die Knie an. So waren nur noch seine Arme und Beine zu sehen und auch die nur, wenn man genau hinschaute.

Gleich darauf zerrte Ludwig seinen Bruder unter dem Türstock durch. Peter Stubbe starrte direkt auf Thomas' Nische unter der Treppe. Sein Gesicht nahm einen eigentümlichen Ausdruck an, als habe der neue Herr des Stubbehofes ein Gespenst gesehen, und Thomas erschrak und zog hastig den Kopf ein. Dann schüttelte Peter Stubbe sein Haupt und betrachtete weiter das Zimmer, ganz so, als wäre er in tiefen Erinnerungen gefangen. Er blähte die Nase und sog die Gerüche des Raumes ein, die Mischung aus altem Rauch, Räucherspeck, Holz, Kühen und Enten, von Katze und Schweiß, die es nur hier gab und die Thomas und Odilia nur manchmal und selbst dann nur kurz bemerkten, wenn sie vom Stall oder vom Feld hereinkamen, und die sie sogleich wieder vergaßen.

Odilia legte die Hände vor dem Bauch zusammen und hielt sich bereit, während Ludwig Peter Stubbe an den langen Eichentisch führte. Solange sie denken konnte, hatte der Tisch an dieser Stelle gestanden. Und wahrscheinlich hatte auch die Sitzbank schon immer gewackelt. Vielleicht hatte Peter Stubbe bereits als Knabe an diesem Tisch gesessen, und die Vorstellung, wie er als dünnes Hemd neben seinem pausbäckigen Bruder auf der Bank wippte, amüsierte sie.

»Odilia, das Obstwasser.«

Sie stellte zwei Tonbecher und eine Flasche vor Ludwig hin. Peter Stubbe starrte ihn abwesend an und kniff ab und zu die Augen zusammen.

»Hat die Reise dir Kopfschmerzen bereitet? Brüderchen!« Ludwig lachte dröhnend. Als er die Flasche entkorkte und seinem Bruder eingoss, hob Peter Stubbe die Hände.

»Nur einen Schnaps.«

»Was, einen Schluck nur? Ah! Trink, Bruder! So ein Wässerchen gibt's nicht alle Tage!«

Odilia bemerkte wohl, dass er ihm dann aber doch nicht halb so viel einschenkte wie sich selbst. Und dass er nicht Himbeere oder Zwetschge, sondern den Obstler gewählt hatte. Am liebsten hätte Ludwig seinem Bruder wohl tatsächlich gerade genug für einen Schnaps gegeben, dachte sie. Wenn es mehr war, dann, weil der alte Fettwanst seinen Bruder fürchtete. Die Vorstellung gefiel ihr. Noch mehr gefiel ihr aber, dass Peter Stubbe den Obstler nicht etwa gierig herunterstürzte wie Ludwig, sondern nur an dem Getränk nippte. Der neue Herr des Hofs war offenbar in jeder Hinsicht das Gegenteil seines Bruders. Er drehte den Becher zwischen den Handflächen.

»Die Beerdigung unseres geliebten Bruders?«

»War ja schon Jahre krank. Ich musst die ganze Zeit den Hof führen, für ihn. Der Tod war eine Gnade, denk ich. Nicht schön, das.«

Sie schwiegen eine Weile.

»Hat sich viel getan in meiner Abwesenheit?«

»Seit du weg bist? Brüderchen, fünfzehn Jahre! Das sind fünfzehn Jahre. Was denkst du, sicher. In der Hungersnot vorletzten Winter haben wir zwei Rinder verloren … kaum zu glauben, niemand hat einen Bissen, und dann müssen wir zwei Rinder schlachten und schwimmen im Fleisch! Na, ich hab ein bisschen davon an den Schleiferhannes gegeben und an den Hubert Kratzhand. Die Freibauern haben halt nicht so viel wie wir, sind selbst schuld! Dass sie mir im Herbst jeder ein ganzes Kalb zurückgeben, hab ich gesagt. Die haben wirklich ja gesagt! Glaubst du mir nicht. Na ja, der Hubert hatte auch sein Töchterchen am Verhungern. Ist ihm aber trotzdem weggestorben. Und der Schleiferhannes konnt sein Wort nicht halten, dafür hab ich ein Stückchen von seinem Acker bekommen – wie der geflucht hat, hättest mal hören sollen! Wo der doch niemals Land hergibt. Aber der Herr Pfarrer hat gesagt, halte dein Wort, oder der Luther wird dich Mores lehren. Hat er also seinen Acker hergegeben! Das Stück, weißt schon, das in unseren Acker reingeragt ist, liegt dieses Jahr brach. Brauchen wir nicht mehr drumrum zu pflügen, Schinderei! Na und meiner Aleth geht's gut.«

Als Ludwig gerade dazu ansetzte, weiterzureden, sagte Peter Stubbe: »Du bist ja eigentlich zu jung für eine Heirat.«

Ludwig ließ den Mund offen stehen und glotzte ihn an.

»Hat das Konsistorium keinen Anstoß daran genommen?«

»Diese hohen Protestanten? Was kümmert's mich ... natürlich, Gerede gab's. Kein großes. Jeder wusste, ich hab einen Hof zu führen. Ich war einundzwanzig, als ich sie genommen hab! Mit einer hübschen Mitgift obendrein. Hat ja keiner gedacht, dass du wieder aus deinem Konvent rauskommst! Wird wohl um seine Tochter fürchten, der Alte. Aber jetzt werden wir zusammen den Hof führen, dass der schaut.«

»Ich werde den Hof führen«, entgegnete Peter Stubbe. Sein Bruder zuckte zusammen, lachte nervös auf und goss Peter Stubbe und sich einen, wie Odilia sah: ordentlichen Schluck nach. Und Peter Stubbe war darüber nicht etwa erfreut, sondern schaute missbilligend auf seinen nun randvollen Becher. Ludwig trank und gab ein lautes Fauchen von sich, während er unter der Wirkung des Obstlers das Gesicht verzog.

»Ja, ha, der Hof ist gut in Schuss!«, brabbelte er weiter. »Wir haben sogar das Dach der Scheune geflickt, wirst sehen, kein Tropfen fällt da mehr auf unser Heu! Dem Schleiferhannes hat's übrigens letzten Sommer die Scheune abgebrannt, hat frisches Heu eingelagert, der Dummkopf, weiß doch jeder, dass das den Feuerteufel lockt. Na, zum Glück steht ja die Scheune weitab auf den Feldern ... sonst wärst du heut nicht nach Epprath gekommen, sondern zu einem Aschehaufen!« Ludwig lachte dröhnend. »Ja, mein Bruder ist wieder da, wie schön ...«

Peter Stubbe schob den Becher mit den Fingerspitzen von sich und schwieg.

»Ah, die Familie ist wieder beisammen, wie schön ...«

»Ich würde mir den Hof gerne ansehen. Außerdem bin ich hungrig.«

»Ja sicher ... Odilia! Herrgott! Steht nicht rum, mach meinem Bruder etwas Gutes. Er hat Hunger. Die lange Reise! – Bis die fertig sind, können wir uns umsehen. Komm.«

Ehe er sich erhoben hatte, war Peter Stubbe aufgestanden und ging auf die Tür zu.

»Schütt den guten Obstler zurück«, befahl Ludwig Odilia im Vorbeigehen mit einer Kopfbewegung zu dem vollen Becher. Odilia gewahrte ein Glimmen in seinen Augen, das so gar nicht zu seiner fröhlichen Miene passen wollte. Sie rief nach Gerda und war gespannt, wie es weitergehen würde: Es schien, dass Ludwig und Peter Stubbe in näherer Zukunft für einigen Gesprächsstoff sorgen würden. Zu wem von beiden sie hielt, das wusste sie schon jetzt.

Peter Stubbe war also zurück. Ein schmucker, hagerer und bleicher junger Mann war es, der da wiedergekommen war nach langer Zeit. Was für ein Unterschied zu dem rotgesichtigen Fetten, dessen Hände sie jetzt noch zu spüren glaubte, zwei Tage danach, diese besitzergreifenden Hände, so groß, dass sie ihre Äpfel umschlossen hatten, Äpfel, so hatte er sie genannt. Dass sie selbst damit nicht etwa das Bild der prallen Winteräpfel, sondern der schorfigen, kleinen, mithin schrumpeligen Sommeräpfel verband, machte sein vermutlich anerkennend gemeintes Lob nicht besser. Und wie sein wässriger Blick sich an ihr geweidet hatte, hatte ihr Schauer über den Leib gejagt. Aber wie wissend der Peter Stubbe geschaut hatte, als der feine Herr Ludwig ihm von seiner Frau erzählte.

Als Odilia in die Scheune trat, wo die Sonne in hellen Streifen ein Gatter auf den Boden malte, wurde sie von den Erinnerungen an das heimgesucht, was sie heute hier drin hatte erleben müssen. Aleths Mundwinkel hatten ihr schon am Morgen gezeigt, dass es wieder einmal so weit war. Und wirklich hatte Ludwig am späten Nachmittag, als die Knechte und Mägde auf den Feldern oder im Haus beschäftigt gewesen waren, im Scheuentor gestanden und sie schweigend, mit auf den Boden weisendem Zeigefinger, herbeibefohlen. Ohne viel Federlesens war sie von ihm ins Stroh gestoßen worden, und wiewohl er in den letzten Jahren zunehmend grob geworden war, war er an jenem Tage besonders rücksichtslos. Es hatte ihn nicht geschert, dass eine Naht ihres Mieders unter seinem harten Griff eingerissen war, auch nicht, dass ihre Haare sich in ihrer Haube verfangen hatten, sie mit dem Kopf über einer Kuhle im Heu hing und er ihr dadurch das Genick zurückdehnte. Wie jedes Mal hatte er sie mit seiner Leibesfülle beinahe erstickt, während seine Hände kneteten, als wäre ihr Schönstes ein zäher Sauerteig. Sie hatte sich längst in ihr Schicksal ergeben, dachte in solchen Momenten an den Jakob, dessen kräftige Arme umso vieles fester waren als die heißen und fettigen des Ludwig, dessen Haut so samten war im Vergleich zu dem Stachelbeerigen, dessen blondes Haar gleich einem Flammenmeer das Haupt umspielte und nicht etwa strähnig an der Stirne pappte, und dessen bestes Stück umso viel besser geeignet war für diese Zwecke, wiewohl der Junge noch keine zwanzig Jahre alt war. Dank dieser Erinnerungen überwand sie die Zeit, die

Ludwig sie benutzte, Gott sei es gedankt seit jeher stets immer nur für kurze Dauer, auch dies ein Gegensatz zu Jakob. Ludwig erinnerte sie an einen Strohkarren, der sie überrollte und zerschlagen zurückließ, sich nicht kümmerte, dass ihr Rücken rot war vom Stroh und die Kleidung den restlichen Tag juckte und kratzte wegen der Halme, die sein gewichtiges Unwetter hineingedrückt hatte.

Und nun war sein Bruder heimgekehrt, ein Mann, der gleichsam das Gegenstück zu Ludwig Stubbe war. Während sie an dem Platz vorbeiging, wo Ludwig sie das letzte Mal genommen – oder besser: erdrückt – hatte, kam ihr für einen Moment der Gedanke, ob er wohl dem gleichen Zeitvertreib wie Ludwig frönen würde. Doch ehe sie Gedankenspiele über die Gegensätze zwischen den Brüdern bezüglich ihrer Fülle anstellte, vertrieb sie den Gedanken; Peter Stubbe hatte eine hohe Bildung genossen, er war erhaben über die widerwärtigen Spielarten der fleischlichen Lüste, allein sein kluger Blick hatte ihr das bewiesen: Sogleich hatte er die Heuchelei seines Bruders über dessen geliebte Frau durchschaut, davon war Odilia überzeugt. Auf dem Weg zurück ins Haus hellte sich ihr Gemüt auf. Mit Glück würde Ludwig seiner Lust fortan nicht mehr so rasch freien Lauf lassen.

»Der Peter Stubbe ist ein feiner Herr«, sagte Gerda, als Odilia mit ihr in der Küche ein Mahl für den neuen Herrn des Hofes zusammenstellte. »So gebildet! Und so fein!«

»Hättest ihn hören sollen, wie er mit dem Ludwig gesprochen hat beim Obstwasser. Der weiß, was er will.«

Gerda lachte. »Oh ja, das glaube ich auch. Wie er schon hier auftrat ... Er ist der wahre Pächter des Hofs. Das sieht man gleich. Ich bringe ihm das Essen, du machst den Korb für die Schäfer fertig.«

»Hm. Wo sind die Jungen?«

»Guck im Stall.«

Als sie den Korb gepackt hatte und sich auf den Weg zum Stall machte, da verspürte Odilia sogar einen Anflug von Freude.

⁂

Gartz hatte das Zusammentreffen mit dem Kölner Rat und den zunftähnlichen Verbindungen, den Gaffeln, seit Längerem erwartet, doch als er nun den Saal verließ, da war ihm, als wäre es verschenkte Zeit gewesen. Mehrfach hatte er ein Gähnen unterdrücken müssen und viel Zeit gehabt, seine Gedanken wandern zu lassen, während man über viele sicherlich wichtige, aber allesamt nicht gerade neue Gegenstände gesprochen hatte. Die drei Bedburger Ehrbaren von Neuenahrs Gnaden waren äußerst beredet gewesen, als wollten sie ihre zahlenmäßige Unterlegenheit gegenüber dem Kölner Rat – der noch nicht einmal zu einem kleinen Teil erschienen war – durch Wortschwalle wettmachen. Köln behindere den Bedburger Handel; Nein, das sei allein der Bedburger Schuld. Köln übertreibe mit den Zöllen; Nein, man sei im Vergleich sogar noch viel zu großzügig. Köln habe für Bedburg Sorge zu tragen, was für eine erbärmliche Behauptung, hatte Gartz an dieser Stelle gedacht; Nein, die Fürsorge des Grafen von Neuenahr zu unterstützen sei gewiss nicht der Stadt Köln Pflicht, und hier musste Gartz an sich halten, nicht zustimmend zu nicken: Nein, das war sie wirklich nicht. Die Handelspreise für Wein seien unangemessen, worauf die zwei von der Gaffel Himmelreich, wie bei jeder Sitzung dieser Art, mit gut eingespielter Entrüstung auf die Tradition verwiesen: Nein, sie seien im Gegenteil so, wie es dem Weine angemessen sei. Von Preisen zu sprechen, was das Tuch beträfe ... nein, das sei ... und man wünsche doch ... Köln kein Klingelbeutel ... Gebhard gut Freund mit Neuenahr ... also überlasse man dies den hohen Herren ... aber was die Menge beträfe ... wo liegt Bedburg eigentlich ... und so war Gartz in seinem Sitz zusammengesunken und hatte nur dann und wann ein zustimmendes Nicken geschenkt oder, wenn der Derich Horn in seinen belanglosen Dingen nach Gartz' Meinung fragte, die Schultern gehoben.

Die Bedburger hatten sich in die Ratsschenke am Marktplatz begeben, allesamt mit dem schleichenden Gefühl von Unzufriedenheit. Die Ratsschenke hatte den Vorteil, dass es hier so gut wie nie zu Schlägereien kam – erst recht nicht zur Mittagszeit –, und dass man für die

Ratszeichenmünzen eine gute Menge Wein bekam. Ein nicht geringer Nachteil jedoch bestand darin, dass hier auch die Kölner Räte und Gaffeln einkehrten. Also setzte die Gesellschaft sich so weit wie möglich abseits vom Kölner Stammtisch. Anstelle in seinen Becher Wein zu starren und zu warten, bis die Obstfliegen ihren Tribut forderten, sah Gartz sich bemüßigt, mit Gottschalk Mans ein paar Worte zu wechseln. Griff nach dem erstbesten Gegenstand, der ihm einfiel und der nichts mit den Themen des Vormittags zu tun hatte.

»Wenn ich mich recht entsinne, warst du vor Kurzem in Epprath.«

»Ja. Hatten ein schweres Jahr.«

»Und da ist auch der Hof von diesem Stubbe.«

»Der fette Ludwig, ja. Wenn es einen gibt, der wie ein dicker Bauer aussieht, dann der.«

»Ich bin doch über Bedburg nach Köln gefahren.«

»Ah? Abstecher über Epprath?«

»In gewissem Sinne, das wohl. Denn mein Weggefährte war kein anderer als …«

»Nicht der Ludwig etwa! Der und kutschieren? Und die Achse hat gehalten?«

»Besser. Sein Bruder. Der Peter Stubbe.«

»Einen Bruder hat der?«

»Das wusstest du nicht? – Einen älteren Bruder, ja. Der zurückgekommen ist, um nun die Pacht des Hofs zu übernehmen.«

»Ich möchte Ludwig Stubbes Gesicht nicht sehen.«

»Oh, ich werde mir das Vergnügen erlauben, es zu

besichtigen. So wie ich den Bruder einschätze, wird er es nicht versäumen, sein Kommen mit einem Fest zu rahmen.«

»Reich?«

»Abgesehen vom Hof? Nein. Aber sehr gescheit. Und ein Protestant. Und da es ein Halfengut ist, hat er bald mehr als alle Freibauern zusammen.«

»Mutig scheint er ja zu sein!«

»Ach wo. Graf Neuenahr ist nun kein Lutheranerfresser. Im Gegenteil.«

Mans nickte. »Dennoch. Auf der Straße interessiert das keinen.«

»Nun, ich möchte doch meinen, Bedburg ist in dieser Sache nicht verschlossen. Und er kam frisch vom Konvent und hatte nicht einmal einen Degen dabei. Wer vermag einem solchen Unschuldslamm ein Haar zu krümmen ...«

»Nun ja, alle, die in unseren Landen allwöchentlich Kinder von den Weiden greifen und Bauern erschlagen.«

»Diese Zeiten sind wohl vorbei.«

»Mögen sie nie wiederkommen!« Mans nahm einen tiefen Zug vom Wein und übersah dadurch Gartz' angedeutetes Kopfschütteln. Der Rat zwirbelte sich gedankenverloren den Bart und trank gleichfalls.

»Wir müssen bald die Heimreise antreten. Ein weiter Weg bis Bedburg«, seufzte Mans, wurde dann aber von Derich Horn in ein angeregtes Gespräch über die Ehe eines Kölner Edelmannes verwickelt, das so interessant und voller menschlicher Tragik war, dass Gartz sich zurücklehnen und die Gedanken schweifen lassen konnte. Peter Stubbe war wohl ein seltsamer Geselle, befand er. Ein außergewöhnlicher war er ganz gewiss.

Wie eine Maus in der Falle

»Mensch, du hast den Stubbe beleidigt!«, sagte Till. Obwohl er drei Jahre älter als Thomas war, überragte er den Jüngeren gerade um eine halbe Spanne. Und das lag nicht daran, dass Thomas besonders groß für sein Alter gewesen wäre. Genauso wenig war Thomas dick oder stämmig, und trotzdem konnte er sich kaum hinter dem Dreizehnjährigen verstecken. Beide erweckten sie den Eindruck von zerzausten Vögeln, wenngleich Thomas derjenige war, der dank seiner jungenhaft erhaben wirkenden Züge und der großen Augen bei den Mägden – und bei seinem Vater – zumindest nach getaner Arbeit die Vorzüge eines Engelchens genoss. Was ihn nicht daran hinderte, ganz und gar Unengelhaftes von sich zu geben, wenn er den Mund aufmachte.

»'n Fuchsschwänzer bist du! Hätte ja was sagen können. Oder seinen Degen dabeihaben«, erwiderte Thomas und kraulte seinen Hund. Sie hockten im Stall, so, dass man sie von draußen nicht sehen konnte: Das schützte vor Arbeit.

»Mann, das war der Stubbe! Der Georg meint, der übernimmt den Hof!«

Thomas zuckte mit den Schultern. Ihm war das einerlei.

»Was hast du dir denn dabei gedacht, ihm zu sagen, ›das glaub ich dir nicht‹?«

»Heute morgen ist der Stubbe allein fort, sein Land besichtigen. 'nen Degen hat er jetzt dabei, da würd ich ihn auch erkennen! Außerdem, Till, du musst grad was sagen. Hast dem Ludwig doch gestern erst Wein übers Wams gekippt, Trottel.«

Till sah betreten drein.

»Hast du vorgestern die Odilia gesehen?« Über Thomas' Gesicht glitt ein Grinsen.

»Wieso?«

»Die war ganz rot vorgestern Abend! Und ich weiß, warum!«

»Na?«

»Dir werd ich's sagen!«

»Du loser Vogel! Du lügst doch. Vorgestern Abend hast du gepennt.«

»Ein loser Vogel, das bist du selbst. Und von wegen im Haus. Ich musste raus. Da hab ich die Odilia gerade gehört ...«

»Ist ja schön, dass die wohledlen Herren mich hören!«

Till und Thomas zuckten zusammen. Odilia hatte den Stall betreten.

»Grüß ... grüß dich, Odilia«, stotterte Thomas. Till hatte es ganz die Sprache verschlagen.

»Hier«, befahl Odilia und stellte mit Wucht einen gefüllten Weidenkorb vor ihren Füßen ab, »das muss zu den Schäfern. Sie sind beim Kugelacker. Auf!« Damit war sie wieder hinaus. Thomas und Till atmeten erleichtert auf.

»Du gehst«, bestimmte Thomas.
»Ich? Du gehst!«
»Nein, du.«
»Ich bin der Ältere! Du gehst!«

Thomas taxierte ihn mit einem Ausdruck, in dem die Frage lag: Der Ältere bist du, aber bist du auch der Mutigere?

»Ich erzähl dir das mit Odilia niemals. Aber den anderen, verlass dich drauf! Gekiekst hat sie, so ...« Übertrieben machte er ein Stöhnen nach.

»Du Schelm, sag's mir, was los war!«, rief Till und sprang auf. Aber Thomas lachte nur und fuhr mit seiner Vorstellung fort. Seine Rechnung ging auf. Till schnaubte, packte den Korb und drohte ihm mit der Faust.

»Dass du's ja keinem vorher sagst! Mir erzählst du's als Erster!«

Thomas machte weiter »ah, ah, ih«, umarmte seinen Hund und lachte ihn an, dass seine Zähne blitzten.

Als Till auf das Tor zusteuerte, hörte er Odilia hinter sich: »Thomas, pack dich, wir brauchen Wasser!«

Der Marsch zum Kugelacker war nicht leicht. Die Schäfer waren jetzt am weitesten entfernt; in den nächsten Tagen würden sie die Tiere wieder näher an das Dorf führen. Es half nichts, sie brauchten die Verpflegung jetzt, und die sollte für eine Weile reichen. Dementsprechend war der Weidenkorb schwer. Brotlaibe, dazu etwas Schinken und zwei tönerne Flaschen mit Mischwein hatte Gerda hineingelegt.

Kaum dass die Häuser des Dorfes außer Sicht geraten waren, verfluchte Till, dass er sich zum Tragen hatte überreden lassen. Der Weg zum Kugelacker führte ihn ab dem nächsten Kreuz von der staubigen, aber wenigstens breiten Straße auf einen gewundenen und sanft ansteigenden Hohlpfad, der voller spitzer Steine war. Hatte er zuvor Menschen auf den Feldern gesehen und war ihm der eine oder andere Karren begegnet, war dieser Pfad menschenleer. Kreuzdorn und Schlehen säumten seine Ränder. In der Mittagssonne hatte sich der Boden erhitzt und erschwerte das Laufen zusätzlich. Auf einen Stock gestützt ging Till weiter. Der Korb schien immer schwerer und schwerer zu werden. Ihn ab und zu in die andere Hand zu wechseln, verschaffte auch keine Erleichterung. Auf dem Grasfleck einer Abzweigung ließ er sich nieder, massierte seine geschundenen Füße und schöpfte Atem. Für einen Augenblick erwog er, etwas vom Schinken zu naschen, hatte aber zu deutlich vor Augen, was der Schäfer mit ihm anstellen würde, wenn er es bemerkte. Till streckte sich aus, verschränkte die Arme hinter dem Kopf und starrte in den Himmel empor. Krähen zogen hoch über ihn hinweg.

Nach einer Weile raffte er sich wieder auf. Der Weg war noch weit. Es fühlte sich an, als drängen die Steine durch seine Fußsohlen. Der Schweiß rann ihm über die Stirn. Als er den Schrei eines Bussards vernahm, da hätte es ihn nicht gewundert, wenn der Vogel sich ihn als leichte Beute ausgesucht hätte.

Es war eine Wohltat, endlich auf einen Wiesenpfad abbiegen zu können. Der Pfad verlief dicht an einem mit morschen Bäumen und Gestrüpp bewachsenen Hang entlang. Hätte Till ein Auge dafür gehabt, er hätte die Aussicht von hier oben als entschädigend für die Mühe angesehen. In immer kürzeren Abständen machte er nun Pause. Der Stand der Sonne sagte ihm, dass ihm nicht mehr viel Zeit blieb. Seine Hände begannen wehzutun, kaum dass er den Korb anhob, und die Beine zitterten, bis er nach einer Rast wieder in den Trott gefunden hatte. Der hielt nicht lange vor: Wenig später musste Till den Korb kurz absetzen, nahm ihn wieder auf, wechselte die Hand, versuchte es mit beiden Händen, vergeblich, benutzte wieder die Rechte, setzte den Korb ab, nahm ihn wieder auf …

Und dann lag der Kugelacker vor ihm. Als Acker wurde er schon lang nicht mehr genutzt, dazu lag er zu weit von Epprath entfernt. Eingerahmt von Ausläufern des Waldes, war er nun eine saftige Weide, die an den Rändern zu verkarsten begann. Ganz hinten sah Till weiße Flocken. Leise drangen die Rufe eines Hirtenkindes und das Klingen der Glocken herüber.

Über das kurzgefressene Gras ging Till auf die Herde zu und freute sich darüber, dass er endlich angekommen war. Seine Erleichterung schlug in Schrecken um, als er sah, wie sich aus der weißen Masse ein dunkler, schlanker Schemen löste und mit steigender Geschwindigkeit auf ihn zuschoss. Er ließ den Korb fallen, stolperte rückwärts, hörte Bellen, blieb mit einem Fuß hängen und fiel hintenüber, als der Hund mit einem Satz auf ihn einstürzte; schützend zog er Arme und Beine an und spürte das heiße Hecheln des Schäferhundes auf seinen Unterarmen und eine Vorderpfote in seinem Bauch, sah in das Paar Hundeaugen, sah, wie das Maul sich öffnete und spitze Zähne offenbarte – der Hund verschwand aus seinem Horizont, die Pfoten ebenso, und als Schattenriss tauchte der Kopf eines Mädchens über ihm auf. Till atmete auf. Er kam mit Mühe auf die Beine, klopfte sich Gras aus dem Kittel und hob den Korb auf.

»Gib her.« Das Mädchen streckte auffordernd die Hand aus. Sie hatte ein ausgezehrtes Gesicht und war mindestens so alt wie Till.

»Ich soll ihn dem Hirten bringen«, erwiderte Till. Ihn störte der Tonfall, in dem das Mädchen ihn ansprach. Sie hatte es ihm befohlen.

»Der Alte ist betrunken«, sagte das Mädchen und spuckte aus. »Gib schon her.«

»Nein!« Till zog den Korb weg, als sie danach greifen wollte.

»Gib ihn her!«

»Ich soll ihn dem Hirten geben«, beharrte Till. Bitte mich wenigstens darum, dachte er.

Er sah, wie es in den Augen des Mädchens böse aufblitzte, und dann – mit einem Aufschrei fuhr er zusammen. Blitzschnell war ihre Hand vorgeschossen, vorn unter seinen Kittel, und hatte sein Kleinod gepackt. Ihr Griff war aber nicht etwa schmerzhaft, wie bei Thomas, als der ihn einmal in den Schwitzkasten genommen und er prompt die Schenkel nicht schnell genug hatte zusammenschlagen können, sondern beinahe sanft und ... merkwürdig. Natürlich wollte er zurückfahren und sich befreien, aber es war, als hätte das Mädchen ihn gelähmt. Ein seltsames Kribbeln fegte durch seinen Bauch. Es fühlte sich an, als würden hundert kleine Blitze durch seinen Körper wandern. Er konnte sich nicht erklären, was mit ihm geschah. Dass das Mädchen seine Verwirrung mit unverschämt offener Neugier verfolgte und sich sichtlich an seinem ungläubigen Blick weidete, ließ sein Herz schnell und hart schlagen.

Plötzlich und ohne Vorwarnung griff es fest zu. Wie ein Dolch fuhr der Schmerz in seinen Leib. Till stieg auf die Zehenspitzen, klappte vornüber und prustete.

»Gibst du ihn her? Sonst nehm ich deinen Wurm«, lachte sie. Er spürte, wie ihre Finger nachfassten und noch einmal zudrückten, und winselte in höchster Not: »Mordio! Lass das!«

»Den Korb.«

»Nimm ihn!«, stieß Till hervor. Das Mädchen grinste triumphierend. »Deine Dinger sind ganz schön weich – bäh, und feucht! Du pisst doch nicht etwa!« Hastig zog sie die Hand zurück.

Till ließ den Korb fallen und sank mit schmerzverzerrtem Gesicht ins Gras. »Au! Du zergänshenktes Biest! Mann!«, brachte er hervor.

Das Mädchen grinste nur abfällig. Während sie sich

mit etwas Abstand zu ihm hinsetzte und den Inhalt des Korbes prüfte, beobachtete sie ihn interessiert und ohne eine Spur von Reue.

»Wo ist der Alte?«, fragte er.

»Da.« Das Mädchen stopfte sich gierig Brot und Speck in den Mund und deutete mit dem Daumen zu einem kleinen Bretterverschlag am Waldrand. »Voll bis obenhin.«

Till zuckte mit den Schultern und beugte sich vor. Er riss ein Stück vom Brotlaib und knabberte lustlos daran herum. Zwar hatte er Hunger, brachte aber nach der Anstrengung des Marsches und dem eben erlebten Schrecken kaum einen Bissen herunter.

»Das war verflucht gemein gerade.«

»Ich weiß«, grinste das Mädchen. »Aber wenn du dem Alten das hingestellt hättest, hätten wir beide nichts bekommen. Mach nicht so ein Gesicht und iss.«

Till gehorchte.

»Man erzählt, am Wiesenweg ist ein Schatz versteckt«, begann das Mädchen und blickte verträumt über die Herde. »Die Jungen sagen das.«

»Quatsch.«

»Kannst mir glauben! Die Landsknechte haben ihn am Hang vergraben.«

»Warum haben sie ihn nicht gleich mitgenommen?«

»Weil er zu schwer war? Weiß ich nicht. Aber wenn ich da einen großen Berg Silber finden würde, vielleicht sogar Gold … ich würde mir ganz tolle Kleider kaufen, so wie die von den Damen in der Stadt. Die, die am

Markt immer nur vorbeilaufen und ihre Mägde einkaufen lassen.«

»Und ich kauf mir eine Pistole. Eine von den neuen mit den Rädchen. Und einen Hut mit Federn dran«, fügte Till hinzu.

»Hosen bräuchtest du«, kicherte das Mädchen. »Mit einem Ding, wie sagt man, einem Deckel, so einen wie bei den Landsknechten. Nur, da wär noch nichts drunter.«

Till zuckte irritiert mit den Schultern. »Den Schatz müsste man nur erstmal finden.«

»Hier, nimm Wein. – Das wäre toll, so ein Schatz ...«

Till bemerkte mit Erstaunen, dass er dem Hirtenmädchen gar nicht mehr böse war. Das Ziehen im Unterleib verging und wurde durch die Erinnerung an dieses verwirrende Gefühl ersetzt, das er vor dem Schmerz verspürt hatte. Zudem war er viel zu froh darüber, dass er nicht mehr laufen musste.

»Jetzt geh ich nicht mehr zurück«, beschloss er und ließ sich ins Gras zurücksinken. Die Rispen kitzelten ihn an den Knien und an den Armen. Als das Mädchen aufstand, zur Herde zurückging und dem Hund Befehle erteilte, gewann die Erschöpfung die Oberhand. Einschläfernd klang das Scheppern der Herdenglocken herüber. Er nickte ein.

Die Nacht verbrachte Till zwischen den Schafen. Einmal erwachte er durch lautes Gebrüll, das aus dem kleinen Verschlag drang. Im Dunkeln konnte er nichts erkennen. Ein Angstschrei hallte vom Waldrand wieder, dann hörte er, wie jemand aus der Hütte flüchtete. Im matten Sternenlicht sah Till, wie die Schäferhunde die Ohren aufstellten. Sie schlugen nicht an. Von dem Verschlag eilte das Hirtenmädchen herbei und ließ sich nah bei ihm zwischen die Schafe fallen. Dann war alles still.

Am nächsten Morgen brach er mit dem ersten Sonnenschein auf. Keiner von ihnen verlor ein Wort über den gemeinen Griff oder das Gebrüll in der Nacht. Gedankenverloren begab sich Till auf den Rückweg. Ohne den schweren Korb machte das Laufen geradezu Spaß. Er blieb sogar einmal stehen, als er das Gelb einer Ammer sah, und versuchte sich an das Vögelchen heranzuschleichen, natürlich vergebens. Viel schneller, als er es vom Hinweg in Erinnerung hatte, erreichte er den Wiesenpfad. Gestern war ihm der am Hang entlangführende Pfad noch viel gefährlicher vorgekommen.

Als ein Schwarm Grünfinken zu seiner Linken aus dem Hasel stob, stutzte Till. Es sah so aus, als habe sich jemand einen Weg durch das Gestrüpp gebahnt. Sofort erinnerte er sich an die Worte des Mädchens. Er kniff die Augen zusammen und schaute den Hang hinunter. Wer sollte in dieser gottverlassenen Gegend einen Hang hinabklettern – wenn nicht jemand, der dort etwas verbergen wollte? Etwas Kostbares vielleicht? Ob der Steile des Hangs zögerte er, aber die Geschichten über vergrabene Schätze verdrängten seine Furcht. Eilig begann er mit dem Abstieg.

⁓☙⁓

Selbst hier auf dem Land fanden sich allenthalben Spuren des Krieges. Hier eine Ruine, dort Abfall, wie er nur in Kriegszeiten anfiel, das verrostete Teil einer zerbrochenen Waffe vielleicht oder etwas Bleiches, das nicht gefunden worden und daher unbestattet geblieben war. Einsam war das Land, wenn man die Dächer des Dorfes nicht mehr sah. Auf den Hauptstraßen mochten gelegentlich Kutschen, Karren und Wanderer entlangziehen, häufig in Gruppen, der Gefahr eines Überfalls wegen. Hier aber, auf den Feldwegen, die von dichtem Wald gesäumt waren, war keine Menschenseele anzutreffen. Hier war man allein mit sich selbst und mit den Tieren des Landes, die meisten von ihnen zu scheu, um einen Menschen nahekommen zu lassen. Weise war dieses Verhalten, sehr weise, befand er.

Ein Geräusch ließ ihn aufhorchen. War das ein Schrei? Das war doch ein Schrei gewesen ... Er verharrte, hörte nichts mehr, wartete, war das ein Schrei? Ein Mensch in Not? Oder nur ein Tier. Und wenn es doch ein Mensch war ... Es war ein Mensch. Der zweite Schrei war kraftlos gewesen, mehr das Rufen einer Verzweifelten, ja, wie die dünne Stimme einer Frau klang das. Er musste an die Magd am Weiher denken. Lange war es her, und doch erschreckte ihn die Erinnerung immer wieder aufs Neue.

Umso mehr wollte er jetzt helfen. Da war aber auch eine eigentümliche Anspannung, die er hastig zurückdrängte.

Das Krächzen von Krähen begleitete seine Schritte, die gleichsam von einem fremden Willen gelenkt ihren Weg durch das Unterholz fanden. Morsches Wurzelwerk ließ Bäume wanken, die dem Kletterer trügerische Sicherheit boten, kerzengerade reckten sie sich in den Himmel, bis man sich gegen sie stützte, dann krachte die Rinde, dann rieselte der Moder hervor, und hatte man nicht genug Umsicht walten lassen, zog einen das eigene Gewicht in die Tiefe. Der eben noch Schutzbietende offenbarte sich als Knüttel, der dem Opfer die Beine zertrümmerte. Wohl mahnte das Wispern toter Blätter den Aufmerksamen zur Vorsicht, er, der er dem Schreien nachstieg, war ganz Vorsicht, hatte Ohren, hörte die Waldmaus durchs Laub knistern, vernahm das Säuseln des Windes, spürte die Kälte auf der Haut und die Rauheit der Borke, vernahm seinen eigenen Atem und das Rauschen des Blutes in seinen Ohren, nahm Gewicht vom Fuß, der auf der feuchten Schicht unter der Laubdecke auszugleiten drohte, deutete das Grau des Totholzes richtig, nutzte den Stamm, bis er knarrte, dieser Hangwald blendete ihn nicht, und das Schreien, er musste es bald erreicht haben. Wo war seine Quelle, er horchte, da war das Schaben trockener Äste und das Rascheln von schwarzen Flügeln, aber kein Schrei, oder doch, ein Wimmern wohl, dort hinten, ein leises Wimmern, helfen musste er, rasch, seine Augen suchten, wo, woher war es gekommen, und dort hinten, eine Wolke von Vögeln war aufgeflogen, aber viel zu weit weg, unmöglich.

Er tappte weiter den Hang entlang, verspürte wieder Gier, sehen wollte er, greifen wollte er, aber nein, das war falsch, wie vertraut war ihm dieser innere Drang, wie oft hatte er ihn zurückdrängen müssen, tat es wieder, es bereitete so viel Mühe, dass er schwitzte, der Wind machte ihn frieren, dort war etwas, ein umgefallener Kiefernstamm, sein Umfang etwa oberschenkeldick, rundum wie schlanke Dornen alte Äste, er lag quer und wies aufs Tal hinaus, herabgerollt wohl von mehreren anderen Stämmen, die sich gleich darüber angesammelt hatten, und dieser lag auf, aber nein, nicht auf einem anderen Baum, vielmehr auf – da war ein Paar Schienbeine, glatt wie bei dem schönsten Mädchen der Erde, der Rock wallte um nackte Oberschenkel, geduldig lauern sie der Beute auf. Nicht daran denken, wies er sich zurecht, ruhig musste er bleiben, ruhig. Und es war auch kein Rock, es war ein Leinenkittel, die Hinterpranken werden beim Niederringen und Töten, und wo die Schenkel sich trafen und zusammengedrückt den Boden berührten eine Pfütze im Laub, ob die Magd am Weiher wohl auch vor Schreck, nein, nein, schalt er sich, nicht daran denken, nicht daran denken! Er rang mit sich, verbot sich die Erinnerungen, die ihn bedrängten, dachte daran, dass er helfen musste. Rasch trat er an den Stamm heran, denn ihr Gesicht war durch den Stamm vor seinen Blicken verborgen, gerade über der Brust lag er ihr, hier gab es nur das Beinpaar und den Kittel, der hochgerutscht, und Stoff, der zerknautscht, und das Wasser, das die Todesangst, hinüber stieg er, lugte, plötzlich scheu, erkannte klare Augen, Haar, das unter einer Kappe hervorsprudelte und in die schweißbenetzte Stirne fiel, bartlose Wangen, aber nicht die eines Weibes, jetzt erkannte er es, sondern eines Knaben, eines gewöhnlichen, eines jungen Kerls, geschrien hatte ein Junge, keine Frau, natürlich, der Rock, der ein Kittel war, das Blut rauschte lauter in seinen Ohren, er fühlte sich eigenartig ernüchtert. Dieser Drang, gegen den er so stark hatte ankämpfen müssen, war plötzlich verschwunden. Er musste seiner höchsten Christenpflicht nachkommen und helfen. Der Mund des Kindes stand offen. Die Last des Stammes schnürte ihm die Luft ab. Den Kopf konnte der Junge nicht drehen, denn rechts und links und auch gegen seine Kehle standen Äste. Äste der kurzen, geborstenen, trockenen Sorte. Die Augen des Kindes wanderten hektisch umher, fokussierten dann ihn und erinnerten ihn daran, dass er dringend helfen musste. Mit beiden Armen packte er den Stamm und hob ihn an. Zwar war der Baum am Wurzelwerk morsch, aber es steckte noch genügend Saft im Stamm, um ihn unerwartet schwer zu machen. Er musste die Füße ins Laub stemmen, strengte sich an, sah den bittenden Ausdruck auf dem Gesicht des Kindes, das die Augen nicht von ihm ließ.

Ich habe es gleich geschafft, dachte er, gleich bist du gerettet, er wollte den Stamm gerade zur Seite abwerfen, da rutschte er mit dem hinteren Bein aus. Er hörte ein Gurgeln, als der Stamm wieder auf den Jungen zurückfiel, fing den Blick aus dessen hervorquellenden Augen auf, erkannte Vorwurf darin. Ich bin ausgerutscht, rief er, und über ihnen flog ein Schwarm Krähen mit spöttischem Krächzen auf, er packte wieder an, aber irgendetwas war nicht so wie vorher, denn sobald er den Stamm bewegte, japste der Junge gequält auf, ich tue mein Bestes, dachte er und spürte, wie sich Zorn in seine Verzweiflung mischte. Sei froh, dass überhaupt jemand da ist, jetzt mach mir keine Vorwürfe! Wieder erklang ein Winseln, als er den Stamm zur Seite zu drehen versuchte.

Was kann ich dafür, wenn dich jetzt ein Ast ersticht, erklärte er verzweifelt, ich bin ausgerutscht, ausgerutscht, das kann jedem passieren!

Als Antwort erhielt er nur neuerliches Stöhnen und sah sich wieder von dem Blick aus den hervorquellenden Augen getroffen. Ich kann nichts dafür! Sei still, sei verdammt noch mal still, Herrgott!, brüllte er und packte stärker zu, und als er als Antwort nur ein Aufjaulen vernahm, wurde er plötzlich ruhig. Ich werde verspottet, erkannte er. Dieser Wurm wagt es, mich zu verhöhnen. Weil ich es nicht schaffe, den Stamm fortzunehmen. Er ist schwer verletzt, er braucht meine Hilfe. Trotzdem verhöhnt er mich! Warte, ich bringe dich zum Schweigen.

Er hieß den Drang willkommen, den er bislang bekämpft und zurückgedrängt hatte, Auflauern der arglosen Beute am Wasserloch, machte sich gezielt ans

Werk, begann zuerst leicht den Stamm hinunterzudrücken, erhielt ein Keuchen und Husten, Jetzt spottest du nicht mehr, jetzt nicht mehr, er schwang einen Fuß auf den Stamm, während der Junge mit größer und größer werdenden Augen zu ihm hochstarrte, zu ihm, den er für seinen Retter gehalten hatte, nach Ansitz oder Anschleichen springen sie ihre Beutetiere an und reißen, er betrachtete die geweiteten Augen, die nun nicht mehr spotteten und forderten, über die Schweißperlen, die längs der Schläfen hinabbrannen. Er stellte sich mit seinem Gewicht auf den Stamm, das schweißnasse Haar erinnerte ihn an damals, wie die Magd am Weiher sah der Junge jetzt aus. Aber diesmal entkam sie nicht, diesmal würde sie keinen Laut mehr von sich geben, dafür sorgte er, springt die Beute an und reißt sie durch sein Körpergewicht zu Boden, langsam begann er sich in den Knien zu wiegen, ein sanftes Lächeln umspielte seine Lippen, er sah zu ihr hinab, begegnete einem Blick, der sich mit Entsetzen füllte, eisern fester Kiefernschluss zum Festhalten, so hatte sie damals zu ihm aufsehen sollen, hatte er sie, hatte er sie, hatte er sie endlich. Immer heftiger federte er auf der Rinde auf und ab, der Stamm begann zu schwingen und sich um eine Winzigkeit um seine eigene Achse zu drehen, das Fleisch von den Knochen des Beutetieres zu reißen, Äste schabten, da war Blut, er hechelte, kein Schrei, nur ein Japsen, kaum mehr hörbar, so schickte es sich, greifen an der Kehle und erdrosseln, die Augen quollen weiter hervor, die Beine begannen zu strampeln und warfen

Laub in die Luft, er sprang schneller auf und ab, verfiel in eine Raserei, der Stamm schwang immer stärker, noch einen Fingerbreit rollte sich der Stamm, die Äste stachen und bohrten und zerfetzten, rissen große Stücke und schlangen und dann war da nur noch Blut und kein Japsen und kein Keuchen mehr, dann war da nur noch das Knarzen der gefallenen Kiefer, aber er machte weiter, sprang hoch und stieß die Beine immer wieder auf den Stamm hinab, bis ihn endlich die Kraft verließ. Erschöpft ließ er sich vom Stamm gleiten, noch immer bebte sein Körper von der empfundenen Lust und Befriedigung, kein Laut mehr, kein Laut würde ihn mehr verspotten aus der Kehle dieses Kerls, selbst von unbedeutenden Resten eines Beutetiers, beugte sich über die verzerrte Maske des Todes, ergriff die Wollkappe, unter der struppiges Haar zum Vorschein kam, und zog sie ihm sanft vom Haupt.

Sorgfältig rollte er das Stück Stoff zusammen. Noch während er die Kappe in seine Tasche steckte, spürte er, wie ihn mit einem Mal Übelkeit überkam und ein Zittern. Er taumelte, rannte den Hang hinauf, die Hände über dem Kopf, er rannte und rannte und rannte, was hatte er getan!

Gejagt

Schneller ging es nicht. Zu wenig Gewicht hatten die Füße zu tragen, um besseren Halt auf dem Boden zu finden und noch schnelleres Rennen zu erlauben. Sie rannte um ihr Leben. Um sie war ein Wald aus todbringenden Schatten. Die Schatten stampften mit einer Wucht auf und nieder, dass die Erde bebte. Sie war gerade einem der Schatten ausgewichen, da sah sie sich schon mit einem anderen Paar konfrontiert, das genau auf sie zuhielt und sie zu zermalmen drohte. Sie reckte den Hals, wandte sich zur Seite und versuchte einen Sprung. Im selben Moment spürte sie eine Hand auf ihrem eingeölten Hinterkopf und hatte Glück: Die Finger glitten ab und verschwanden. Gleich darauf schlug ein vom Staub verwischter Schemen dort nieder, wo sie gerade gewesen war. Ihr Herz pumpte. Andere waren schon buchstäblich vor Schreck gestorben, aber sie nicht, sie hatte acht Kinder großgezogen, sie war eine Kämpferin. Sie brachte Luft unter sich und hob sich empor, bis sie von einem Hieb getroffen wurde, der sie wieder zu Boden warf. Weißes glitt um sie herum, als sie unter lautstarkem Protest die Erde berührte und sogleich lospurtete, zu kurz waren die Beine für einen schnellen Sprint, zu breit ihre Füße. Dafür aber war sie klein und wendig. Wieder schoss eine Hand herab, griff Staub und verschwand hoch über ihr. In dem Wald aus wirbelnden Hufen fand sie eine Lücke, machte den Körper lang und schlank und rannte, da war der aufgewühlte Boden, erst weiter hinten bunte Schemen, darüber der blaue Himmel, der Garant für Freiheit, sie schoss aus der Staubwolke heraus, stieß sich vom Boden ab und holte den letzten Rest Kraft aus ihrer Brust, streckte den Hals empor, sah dort hinten in der Ferne zwei ihrer Verwandten über den Himmel ziehen, sperrte den Schnabel – da war plötzlich eine Mauer aus Fell vor ihr und zwei Hände packten sie an der Kehle. Mit einem Ruck wurde es dunkel um sie.

»Hurra!« Triumphierend streckte der erfolgreiche Reiter die Gans in die Höhe und genoss den Jubel, der von den Zuschauern aufbrandete. Die anderen schauten verdrossen drein.

»Ich hätt sie fast gehabt«, beschwerte sich ein großer Bauer und rieb sich die öligen Hände.

»Hast du aber nicht«, lachte ihm sein Nachbar ins Gesicht.

»Hätt ich ein anderes Pferd, ich hätte die Gans gehabt«, behauptete ein Dicker.

»Sei froh, dass dein Fass sie nicht zerquetscht hat!«, lachte ein anderer.

»Nenn meine Liesel nicht Fass«, brummte der Dicke und tätschelte den Hals seines Gauls, der so versonnen dreinschaute, als hätte er nicht gerade eine aufreibende Gänsejagd hinter sich, sondern ein kleines Nickerchen. Seine Schultern waren tatsächlich so breit wie zwei ausgewachsene Männer und ließen ihn durchaus ein wenig an ein Fass erinnern – da halfen auch die weißen Schleifchen nichts, die der Dicke in Schweif und Mähne eingeflochten hatte.

Die anderen ließen ihre Pferde ein wenig tänzeln, bis die Tiere sich beruhigt hatten, und bildeten Seite an Seite eine langgezogene Reihe. Angeführt von dem glücklichen Fänger ritten sie im Rund. Der Kaltblüter befand sich am inneren Ende und brauchte sich nur um seine eigene Achse zu drehen. Vom Kirchturm aus betrachtet erinnerte das Schauspiel an den Zeiger einer dieser modernen Uhren, die die hohen Herren in ihren Röcken verwahrten. Dass der Jubel der Zuschauer nicht allein dem Siegreichen, sondern auch den übrigen Spielern galt, tröstete sie darüber hinweg, dass sie die Gans nicht gefangen hatten.

Als die Reiter mit der zweiten Umrundung begannen, hallten heftige Trommelschläge über den Dorfplatz. Mancher, der der Pauke zu nahe stand, wich unwillkürlich einen Schritt zurück: Dumpfer und lauter als die üblichen Trommeln klang dieses tonnenförmige Ding. Eine Rauschpfeife fiel in den Takt ein, langsam begann die Rotta, und je weiter die Reiter in ihrer stolzen Umkreisung kamen, desto höher schraubte sich der Takt der Melodie. Die Musik kroch in die Glieder der Menschen und machte hier einen Fuß wippen, dort eine Hüfte wiegen, schürte das Glück in allen, sodass die Jubelrufe lauter wurden und die Gesichter der jungen Bauern hoch oben auf ihren Rössern leuchteten. Ein Blitz fuhr ins Gebein der Zuschauer, als eine Sackpfeife in die Melodie einfiel, mit auf- und absteigendem Orgeln, ohrenbetäubenden Höhen und erschütternden Tiefen wie ein Wirbelsturm durch die Anwesenden jagte und jede Hemmnis fortfegte. Die Gesellschaft nahm den Tanz der sich ständig wiederholenden, inzwischen rasend schnellen Rotta auf, Ehemann hakte sich bei Ehefrau ein, Junggeselle wirbelte um Jungfrau, was gerade noch eine Masse gespannter Zuschauer gewesen war, wurde zu einem ineinander überfließenden Farbenspiel. Die Rotta mündete in eine Bourrée, und mühelos änderten sich die Strömungen in den Farben, wer sich eben noch untergehakt im Kreise gedreht hatte, stand sich nun züchtig gegenüber. Die Paukenschläge wurden nicht mehr gehört, nur mehr gefühlt, schürten das Feuer der Tanzenden, während die Pfeife zu Drehungen und Schritten bewegte, und irgendwo schwebte in den Händen des Siegers die tote Gans mit dem eingeölten Haupt über den Köpfen der Leute.

Die Spielleute ließen es sich nicht nehmen, weiter zu spielen, bis das letzte Tänzerpaar erschöpft auf den Holzbänken niedergegangen war und sich mit Bier und Braten verköstigte.

»Kommt, setzt euch zu uns!«, rief einer der Gäste den Spielleuten zu und hob seinen Humpen. Die Truppe steckte kurz die Köpfe zusammen. Der Sackpfeifenspieler, ein Mann mit faltigem Gesicht und grauen Schläfen, verstaute sein Instrument und zog stattdessen eine Fidel hervor. Während seine Kollegen zu den Tischen gingen, begann er die Gesellschaft mit Schwänken und Spiel zu unterhalten.

»Ihr seid gut«, prostete der Mann den Spielleuten zu. Die Größe seiner Halskrause ließ auf ein achtbares Amt schließen. »Eigentlich müsst ich's der Kommission melden, dass man hier so ungezügelt tanzt, aber um euch fideles Volk wär's doch zu schade.«

Eine Frau, die wohl mit einer weniger schiefen Nase und einem besseren Gebiss eine Schönheit gewesen wäre, hielt seinen Arm in dem ihren und nickte den Spielleuten gleichfalls zu. »Setzt euch, die Herren, setzt euch! Viel fahrendes Volk treibt sich heutzutage herum, das nicht weiß, in welches Loch man bei einer Pfeife bläst. Und die es nichtsdestotrotz unverdrossen tun. Ein Grauen für das menschliche Gehör!«

»Wie Euer Hochwohlgeboren meinen.« Der Rauschpfeifer neigte bescheiden das Haupt, und die übermäßig langen Fasanenfedern in seinem Hut wippten verwegen. Ein Lächeln hatte sich auf seine Miene geschlichen, das verriet, wie sehr ihm dieses Lob eine Wohltat war. Der Trommler hingegen strahlte. Er war noch ein Kind, feingliedrig, hatte ein schlankes Gesicht und leuchtend blaue Augen unter einem lockigen, blonden Schopf. Mindestens ebenso herzlich begrüßten beide den Humpen, der dem Rauschpfeifer von dem freundlichen Herrn in die Hände gedrückt wurde; malzig schmeckte das Bier und stark. Der Junge soff gierig, bis der Rauschpfeifer ihm den Humpen unter dem Munde wegzog.

»Kein Dünnbier!«, bemerkte der Junge erfreut und sprühte Schaum.

»Bah, Dünnbier!«, der Edle bediente sich beim Humpen seiner Frau. »Ein zergänshenktes Unding! Das hier ist gutes. Nicht wahr, Wohlgeboren Gartz, das Bier mundet!«

»Wohlgeboren Spinther, es mundet wohl! Und es schürt die Erwartung an guten Wein«, stimmte Gartz zu, der ihnen bislang schweigend gegenübergesessen hatte. Er trug Schwarz und wirkte außerordentlich zufrieden.

»Nun sagt, wo habt ihr in letzter Zeit gespielt? Leute wie ihr kommen doch herum!«

»Ach, in und um Köln herum«, erwiderte der Rauschpfeifer und machte eine lockere Geste mit der Hand, die die anderen lachen ließ. »Doch viel zu feiern gibt es dieses Jahr nicht. Und getanzt wird bei euch Lutherischen ohnehin gar selten.«

»Die Hungersnot ist doch vorbei, möchte ich meinen«, mischte sich Gartz ein.

Der Rauschpfeifer nickte. »Sie hat einen hohen Zoll gefordert. Es sind viele Kindlein gestorben im vorletzten Winter, da ist den Leuten nicht nach feiern. Jedenfalls werden die Zeiten nicht einfacher. Aber was rede ich! Feiern, das tun wir jetzt!«

Er machte Anstalten, aufzustehen, aber Spinther hielt ihn am Ärmel fest.

»In zwei Tagen findet ganz in der Nähe ein Fest statt wegen der Heimkehr eines lang fortgebliebenen Herrn. Vielleicht mögt ihr dort spielen? Sie suchen da noch Leute, die gut spielen können, es musste alles sehr schnell gehen. Ich denke, dort wird es mehr Wein als Bier geben.«

Der Rauschpfeifer nickte interessiert.

»Also, in Epprath ist die Feier. Am Samstag. Kommt dorthin, ich werde mich dort gleichfalls einfinden. Euere Trommel und euere Pfeifen würden mein Ohr erfreuen!«

Der Rauschpfeifer überlegte und öffnete den Mund zur Antwort, als Gartz fragte: »In Epprath? Ihr meint doch nicht etwa die Rückkehr des Herrn Stubbe?«

»Eben jenen.«

»Ah! Ein hochanständiger Mensch! Ich werde mich mühen, gleichfalls zu erscheinen, das sollte ich wohl meinen! Ja, spielt dort auf, es wird euer Schaden nicht sein.«

◦◎◦

»Er ist da?«

»Zurückgekehrt, um den Hof zu übernehmen, ja«, ließ sich der Knecht vernehmen. Odilia hatte die Stoffe vor Trine Trumpen alle ausgebreitet, und die Witwe war wie üblich zufrieden mit der Flickarbeit.

Odilia warf dem Vinksfranz einen bösen Blick zu. Es ging den Knecht nicht das Geringste an, was sie mit der Witwe Trine Trumpen besprach. Zudem stand er wie der Gestalt gewordene Vorwurf mit verschränkten Armen an der Tür und schaute missmutig drein.

»Sage mir, ist er wie sein Bruder?«, fragte Trine Trumpen. Die Hand, in der sie einen Becher hielt, war so angespannt, dass die Knöchel weiß hervortraten. Doch Odilia wusste, dass diese Anspannung nichts mit der Botschaft zu tun hatte: Vielmehr war Trine Trumpen seit dem Verscheiden ihres Ehemannes stets voll Besorgnis. Mit einer Person wie dem Vinksfranz auf dem Hof fand Odilia dies auch nicht sehr verwunderlich.

»Stellt euch vor, er ist ganz schlank, und die Kleidung des Gebildeten steht ihm wohl! Auch ist er blass im Gesicht, nicht so rot wie … verzeiht …«

Trine Trumpen winkte ab. »Dass Ludwig ein hässlicher Fettwanst ist, weiß jeder. Aber wie ist sein Bruder im Wesen?«

»Er sieht aus wie ein sehr schlauer Mensch. Ihr hättet ihn reden hören müssen mit seinem Bruder. Der Peter Stubbe weiß, was er will.«

»Das weiß Ludwig auch.«

»Er weiß sich gut auszudrücken, ganz wie ein Doctor! Und er lädt Herren von Bedburg ein, zu der Feier, die er hält. Der Stubbe ist ein wirklicher Herr.« Hinter sich hörte Odilia ein Husten. Sie spürte Wut in sich aufschäumen und wünschte von Herzen, dass dieser Vinksfranz bald mit Peter Stubbe Bekanntschaft machen möge.

»Ich würde gern zu Herrn Stubbes Feier kommen.« Trine Trumpen nahm gedankenversunken einen Schluck.

»Es gibt zu viel Arbeit auf dem Hof«, ließ sich der

Vinksfranz aus dem Hintergrund vernehmen. »Du kannst nicht fahren.«

»Herr Stubbe wäre bestimmt erfreut«, sagte Odilia laut.

Trine Trumpen schluckte den Wein hinunter. »Doch. Ich denke, ich gehe. Ja.«

»Aber Herrin, das ist unvernünftig! Ich ...«

»Franz, ich gehe. Verstanden? Ich gehe. Ich will wissen, wer Ludwig ablöst. Ja.« Sie wandte sich Odilia zu und schenkte ihr ein trauriges Lächeln. »Dank dir. Und hab Dank für die Stoffe.«

Odilia nickte ihr freundlich zu. Im Hinausgehen rempelte sie den Vinksfranz kräftig an. »Unter Peter Stubbe kennt jeder seinen Platz«, zischte sie.

Der vergangene Tag war gut gewesen, sehr gut sogar. Der Rauschpfeifer rülpste und rüttelte den Jungen an der Schulter.

»Dafür, dass du noch nicht einmal ein Mann bist, kannst du ja schon einiges ab, Kleiner«, murmelte er. »Aber die Rache des Bieres bleibt auch dir nicht erspart.«

Wie zur Bestätigung seiner Worte machte der Junge eine Miene, als hätte er gerade eine Maß Essig ausgetrunken.

»Hannes, wir müssen los. Die Sonne steht schon hoch!«

»Und der Friedrich darf wieder schlafen«, krächzte Hannes. »Warum wird der nicht mal vor mir geweckt?«

»Weil er mindestens drei Mal so alt ist wie du!« Der Rauschpfeifer versetzte Hannes eine gutmütige Kopfnuss. »Auf jetzt!«

Trotz der ausgiebigen Feier brummte der Hof vor Geschäftigkeit. Die Spielleute ließen sich Bratenreste, Brot und Bier vorsetzen und verfolgten das Treiben um sich herum aus verschlafenen Augen. Der Rauschpfeifer unterhielt die Magd, die ihnen das Frühstück gebracht hatte, mit kleinen Taschenspielertricks, ließ sein Messer verschwinden und zog es aus Hannes' Ohr, um es schließlich in eine Kornblume zu verwandeln, die er der errötenden Magd hinstreckte. Als sie frohgemut den Hof verließen, zog er ehrerbietig den Hut vor einem Schwein, tat verdattert und wiederholte die Geste unter unzähligen Kratzfüßen vor dem Herrn des Hofes, der laut auflachte und sie in gespielter Entrüstung mit einem Reisigbesen auf die Straße jagte.

Hannes zerrte den Handwagen mit ihren Instrumenten hinter sich her und lachte trotzdem, da einer der Wolfshunde ständig an ihm hochsprang und ihm übers Gesicht lecken wollte. Bei jedem Lacher verzog er das Gesicht unter dem aufflammenden Kopfschmerz. Der Rauschpfeifer stolzierte mit der Hand auf dem Degen voraus, begleitet von dem zweiten der beiden großen Wolfshunde. Es war ein guter Tag gewesen, und die Aussicht auf eine Feier zur Rückkehr eines Großbauern stimmte alle froh – denn dort winkten erfahrungsgemäß nicht nur gutes Schmausen, sondern auch generöse Spenden.

∞⊚∽

Gartz zählte einige Ratszeichen in seine Börse. Großzügigkeit war angebracht, befand er. Ohnehin bekam er mehr von den Münzen, als er versaufen konnte.

»Conrad!«, rief Gartz. Ein hochaufgeschossener Junge mit scheuem Blick erschien in der Tür. »Schau nach dem Schreiber und hol mir das Konzept zur Verschreibung, das ich ihm aufgegeben habe. Das über das Gut bei Beduerdyck. Wenn er es noch nicht hat, dann dränge ihn. Ich möchte nicht des Stubbes Feier verpassen, nur weil er müßig ist und ich einen Tag später erst zur Besichtigung des Gutes fahren kann, nicht wahr. Sag ihm das.«

Er winkte den Jungen heran und drückte ihm zwei Ratszeichen in die Hand. »Gib ihm das zum Dank für seine schnelle Arbeit.«

»Soll ich denn warten, bis er es verfertigt hat?«

Gartz zögerte. »Nun ... ja. Ja, das ist gut. Aber gib ihm die Ratszeichen sogleich, mit meinen Worten. Hast du verstanden?«

Der Junge nickte, schloss die Hand um die Münzen und eilte davon.

Gartz wandte sich wieder seinem Kassenbuch zu und hatte seine Arbeit daran gerade fertiggestellt, als Conrad wieder im Kontor erschien.

»Der Herr Pempelpfort hat sich sogleich an die Arbeit gemacht«, berichtete er. »Hier ist es. Ich soll dank sagen für die Ratszeichen.«

»Die er zweifellos gar flink anzulegen weiß«, brummte Gartz mehr zu sich selbst als zu dem Jüngling, stellte fest, dass das Dokument zu seiner Zufriedenheit war und verstaute es.

»Lass den Wagen anspannen. Der Knecht möge ein Fässlein Wein in die Kutsche schaffen, sag ihm, den Blutkopf. Und dann bringe in Erfahrung, wann der Ratsherr Mattheiß Eckert die Waffenmacher besucht. Aber unauffällig, verstanden.«

Das plötzliche Ende einer Feier

Peter Stubbe feierte ein Fest! Alle waren geladen, ganz Epprath kam, um den neuen Herrn des Stubbehofes zu begrüßen, seine Großzügigkeit im Feiern von Festen zu ehren und allgemein die Gelegenheit zu Klatsch und Tratsch und einem guten Mahl zu genießen. In Kesseln kochte zartes Fleisch in einem Sud aus Zwiebeln und Kräutern, das Blut der zwei geschlachteten Schweine wurde von den Leitern gewaschen, es duftete nach frischem Brot, Weinfässer wurden auf den Hof gerollt und die Doggen kurzgehalten. Odilia sah sich in ihren Befürchtungen bestätigt: Dieses Fest wurde um einiges arbeitsreicher als die Feiern, die einst der älteste Bruder oder gar Ludwig gelegentlich und mit dem Widerwillen des Geizigen ausgerichtet hatte. Heute rannte Stubbes Bruder in für seine Leibesfülle beachtlicher Eile umher und gab jedem mit wichtigen Gesten Anweisungen zu allem und jedem, während seine Frau griesgrämig den Teig prüfte und nach Gesetzen, die nach Odilias Ansicht nur sie kannte, den Kopf schüttelte oder knapp nickte. Gott, wie gern sie dieser Frau den Teig um die Backen gehauen hätte, anstatt sich nach Aleths unergründlichem Urteil mit Gerda darüber zu zanken, was sie wohl beim Anrühren falsch getan haben mochte. Das Brot würde schon werden.

Für ihren Ärger entschädigt fühlte Odilia sich

allerdings durch die Spielmannstruppe, deren Mitglieder in der Sonne dösten. Zwei Wolfshunde lagen angeleint an der Linde und beachteten die zuerst aufgebrachten, dann nur noch argwöhnischen Doggen nicht weiter. Ein schlaksiger Kerl von höchstens dreißig Jahren, der seinen Hut mit verwegenen Fasanenfedern auch im Liegen nicht absetzte, brachte Thomas mit allerlei Fingerkunststückchen zum Lachen. Odilia richtete es so ein, dass sie immer wieder nah an ihm vorbei musste. Und als sie ihm einen frischen Krug Bier brachte, da blinzelte er ihr zu und brachte damit ihr Blut in Wallung, wie es sonst nur der Jakob vermochte. Abgesehen von einem anderen Herrn allerdings. Sie bedauerte sehr, dass sie keine Zeit hatte, sich für einen Moment zu ihm zu gesellen. Dass Jakob dadurch hätte eifersüchtig werden können, förderte ihr Bedauern nur noch mehr.

Aber dafür war Peter Stubbe mit den Arbeiten sichtlich zufrieden. Ludwig Stubbe hatte geizig gehaushaltet, die Speicher, so man denn ihre Verstecke kannte, waren voll. Ein Kater schoss an Odilia vorbei, um wenig später in sichtlichem Triumph mit einer Maus im Maul zurückzutraben. Sehr sauber war es hier nicht im Vergleich zu den hohen Hallen, in denen der Herr vorher studiert haben musste, dachte Odilia. Sie ahnte nicht, dass Stubbe der Geruch nach Kuhmist vermutlich wesentlich angenehmer war als der nach Abort, ein Geruch, der ständiger Begleiter in der Schreibstube gewesen war.

»He, Magd, ein Becher Wein!« Stubbe befahl, mit bestimmter und fester Stimme zwar, aber er tat es mit einem Quäntchen Unsicherheit, so, als sei es ihm ungewohnt. Odilia hatte allerdings sehr wohl Notiz davon genommen, dass seine Befangenheit mit jedem Tag schwand, und sie fand es gut.

»Geh, Zähnchen«, gab Odilia den Befehl weiter.

Die kleine Zähnchen eilte mit dem Becher in beiden Händen herbei und gab sich Mühe, dass nichts über den Rand schwappte. Odilia nahm ihr das Gefäß ab, um es Peter Stubbe zu reichen, und lächelte. Das Mädchen schaute zu ihr hoch, und Odilia bemerkte Unsicherheit in ihren Augen.

»Hat der Thomas dich geärgert?«, fragte sie. Zu ihrer Überraschung schüttelte Zähnchen nicht etwa den Kopf und rannte davon, wie sie es sonst tat, sondern rang die Hände und trat von einem Bein aufs andere.

»Nein, nur der … der Till ist weg.«

Peter Stubbe war herbeigeschlendert und nahm Odilia den Becher aus der Hand. »Was, jetzt? Will der Kerl sich etwa vor der Arbeit drücken?«

»Das tut Till eigentlich nicht«, meinte Odilia. »Sie hat recht: Till ist schon ziemlich lange weg.«

»Was meinst du, schon lange?«

Odilia legte erschrocken die Hände an die Wangen. Erst jetzt begriff sie: »Er ist schon seit zwei oder drei Tagen fort! Seit er zu den Schafen gegangen ist, Brot und Wein bringen. Hätte spätestens gestern wieder da sein müssen. Herrje, das hätte mir doch auffallen müssen!«

»Warum hat mir das keiner gesagt? Wir brauchen heute jede Hand, die wir kriegen können!«

Zähnchen antwortete. »Na, Ihr ... Ihr wart so beschäftigt mit den Vorbereitungen ... wir hatten gedacht, er kommt schon ... ist ja ein weiter Weg bis zur Weide ... aber Gerda meint, wird schon nichts passiert sein ...«

»Ach, und warum sagt Gerda mir das nicht?«, empörte sich Odilia. »Weiß Gott, vielleicht ist dem Kind ein Unglück zugestoßen!«

»Oder er liegt unter einem Baum und lässt sich's wohlgehen«, rief Georg im Vorbeilaufen. »So wär's am gescheitesten mit einer Flasche Wein!«

»Gleichviel, jetzt gibt es anderes zu tun«, beschloss Peter Stubbe. »Odilia, sorgen kannst du dich später.« Er gab dem Mädchen durch ein Handwedeln zu verstehen, dass es gut sei. Zähnchen drehte sich um und rannte fort.

Mit einem prüfenden Blick in den Himmel versicherte Odilia sich, dass das Wetter ihnen gewogen war; warum Till nur noch nicht zurückgekommen war ...? Aber jetzt blieb ihr keine Zeit für weitere Gedanken dieser Art. Gerade ratterte ein Karren durchs Tor; sie eilte zu dem Bauern hinüber, der, kaum dass sein Karren gehalten hatte, Anweisungen gab.

»Ah, das Brot!«, begrüßte Peter Stubbe den Bauern, der vom Nachbarsdorf kam, aber den Epprather Ofen mitnutzte und für das Fest das Backen besorgte.

»Mein bestes Festrezept«, erwiderte der Bauer und schnupperte mit verzückter Miene an einem Laib, dessen

Durchmesser nur wenig unter seiner Schulterbreite lag.

»Die anderen haben auch gebacken. Hier, die Laibe sind vom Kratzhand … hier vom Schleiferhannes, ein bisschen klein, er ist wohl wegen der Ackersache mit Euerem Bruder etwas verstimmt …«

Das Brot wurde in mehreren Weidenkörben verstaut, sodass man es am Abend rasch auf den Tischen verteilen konnte. Während Odilia gemeinsam mit Jakob und Gerda die Last ablud, kam Ludwig Stubbe herangeschnauft und begann, mit dem Bauern um den Preis zu handeln. Odilia sah, wie Peter Stubbe seinen Bruder für einen Moment prüfend beobachtete und sich der nächsten Sache zuwandte, als der Preis offenbar für seinen Geschmack tief genug gesenkt worden war. Odilia stellte einen Stapel Brotkörbe ab und eilte ihm hinterher.

»Was sollen wir zum Brot tun?«, fragte sie, während er zu Thomas ging.

»Schmalz, Salat, und was sonst noch dazugehört«, erwiderte Peter Stubbe knapp, während er Thomas, der die Messer schärfte, über die Schulter sah.

»Gut, dass die meisten ihre eigenen dabeihaben«, bemerkte Odilia. »Der Schleifer war lang nicht mehr hier. Der kann das besser als wir mit unseren Schleifsteinen.«

»Aber es sind genug da?«, vergewisserte sich Peter Stubbe.

»Ja, reichlich. Thomas, mach nicht so ein Gesicht und leg nicht das Fleischermesser zu denen fürs Essen!«

»Odilia! Hast du nichts zu tun? Die Bänke!«, zeterte Aleth.

»Gleich!«, rief Odilia und erlaubte sich das Gefühl des Triumphes, dass Aleth sie hier, solange sie neben Peter Stubbe stand, nicht weiter herumkommandieren würde. Inzwischen wurden die Bänke und Tische um die ungerührt ruhenden Spielleute herum aufgerichtet. Wütendes Bellen und ein Schrei erklangen vom Gesindehaus her, gefolgt von Zetern.

»Georg! Georg, verdammich!«

Georg eilte zu der Quelle des Aufruhrs. Die Doggen hatten nach Zähnchen geschnappt und sie um Haaresbreite verfehlt. Georg zog einen Lederstreifen aus dem Gürtel, brachte die Hunde zur Ruhe und zerrte sie einen nach dem anderen in einen Zwinger.

»Das hätte schon längst gemacht werden müssen«, brummte Peter Stubbe und schüttelte den Kopf. Odilia stimmte ihm in Gedanken von Herzen zu. Sie konnte die Hunde nicht leiden.

Zuerst kamen die Bauern aus der Umgebung. Wie es sich gehörte, wurde jeder Gast von Stubbe, dann von seinem Bruder und dessen Frau, und dann vom Gesinde willkommen geheißen. Wer das Empfangsspalier bewältigt hatte, der konnte sich zur Belohnung seinen Krug mit Bier füllen lassen. Bald schon hallte der Stubbehof vom Summen der Gespräche und von fröhlichem Gelächter wider. Peter Stubbe ging mit Ludwig an der Seite zwischen den Gästen hindurch und betrieb Konversation mit Einzelnen.

»Ah, Hubert Kratzhand!« Peter stellte sich so, dass sein Bruder schräg hinter ihm bleiben musste, und gab Hubert – zum zweiten Mal – die Hand. »Ich danke für die Fahrt nach Epprath. Ihr fahrt regelmäßig nach Bedburg?«

»Na, auf den Markt, ja«, erwiderte Hubert.

»Dann kennt Ihr die Stadt?«

»Na, den Markt kenn ich. Und ein bisschen drumrum, viel größer ist's ja nicht. Aber wisst Ihr, Herr Stubbe, beim Verkaufen – da hat man nicht viel Zeit zum Umgucken. Das Gesinde dafür habe ich nicht. Bin nur ein Freibauer.«

»Der Markt geht gut?«

»Es geht. Wisst Ihr, wenn man nichts zu verkaufen hat, wie vorletztes Jahr, dann zahlen die Leut ein Vermögen. Wenn man viel hat, so wie ich heut, dann zahlen die Leut nichts. Es ist nicht einfach! Man beißt sich halt so durch.«

»Schön, schön.« Peter Stubbe klopfte ihm auf die Schulter und sah sich um. »Ah, entschuldigt mich … nehmt Euch Wein, das Fleisch ist bald fertig, langt zu! – Herr Schleifer, was muss ich hören! Land hat mein frecher Bruder Euch abgetrotzt!«

Der Schleiferhannes wendete sich um, machte ein griesgrämiges Gesicht und nickte.

»Aber es geht Eueren anderen Kindern wieder gut, nehme ich an? – Schön, schön! Stoßt mit mir an, auf ihre Gesundheit! Und möge eine derartige Hungersnot uns nie wieder heimsuchen. – Ja, ich ahne, was Ihr fragen wollt: Auch bei uns in der Schreibstube war es klamm! Ihr mögt Euch das vorstellen, wir, ohne Äcker und Vieh, mit leeren Vorratskammern, was haben unsere dicken Rektoren gejammert! Ha, abgenommen haben sie da, das wohl! Euer Entschluss war weise, Erde kann man nicht essen, nicht wahr, und unsere Rinder waren ausgezeichnet, ich bin überzeugt – ah, ich hätt gern ein Rind beigegeben heute, aber wir müssen wohl bei Schweinen bleiben, dazu reicht unsere Herde nicht mehr. Nehmt Euch ordentlich, gleich ist's fertig! Vergnügt Euch, jetzt, wo ich den Hof führe, ist kein Hunger mehr zu fürchten. Habt Dank, es freut mich, dass Ihr gekommen seid –«

Peter Stubbe wurde am Ärmel gezupft. »Herr Stubbe«, sagte Thomas, »Herr Stubbe, da kommt eine Kutsche die Straße herauf, von der Stadt!«

»Ah! Oh! Ja, schön, Schleifer, dass Ihr gekommen seid. Also, danke, danke, ich komme.«

Damit ließ er einen überrumpelten Schleiferhannes stehen, der noch damit beschäftigt war, den Wortschwall zu verstehen, der wie ein herzliches Willkommen geklungen hatte und doch aus irgendeinem Grunde nicht so ganz.

Während er zum Tor eilte, rückte Peter Stubbe den Kragen und den Degen zurecht, den er sich von Ludwig hatte geben lassen: Ein ganz passables Rapier von seinem Großvater war es, in rindslederner Scheide mit silberner Mundzier und einem dezenten Ortband.

Der Kutsche voran kam Rat Gartz. Peter Stubbe zog den Hut und verbeugte sich tief.

»Wie es mich freut! Gott zum Gruße, und bitte, ich bin kein Papst!«, rief der Rat gut gelaunt.

Die Kutsche rumpelte zum Tor, gerade als Peter Stubbe es erreichte. Er wies Thomas mit einer Geste an, die Kutschentür zu öffnen.

Ein Paar, das offenbar gleichfalls den höheren Schichten der Stadt angehörte, stieg aus. Ihm folgte eine Frau, deren Hand Rat Gartz nahm, während er die Neuankömmlinge vorstellte.

»Wie es der Zufall so will, habe ich die Kutsche auf meinem Weg zu Euch getroffen, ich musste noch ein kleines Anwesen begutachten. – Aber ich bin unhöflich. Hier, meine Frau. Das ist Hochwohlgeboren Karl Spinther. Er empfahl die Spielleute ... die bereits da sind?«

»Gewiss«, versicherte Peter Stubbe, »aber ich wollte noch warten.«

»Wenn Ihr noch mehr Gäste erwartet, dann platzt Euer Hof ja aus allen Nähten«, scherzte Rat Gartz und steuerte den nächsten Tisch an.

Tatsächlich traf noch eine weitere Kutsche ein. Ihr entstiegen wohlgekleidete Bürger. Stubbe begrüßte sie, aber es war offensichtlich, dass er sie nicht kannte.

»Das sind Doctores aus Köln«, brummte Ludwig auf Stubbes fragenden Blick. »Ich hätte nicht gedacht, dass sie hierher kommen ...«

Die Straße herunter kam noch eine einzelne, in Schwarz gekleidete Frau. Stubbe hob fragend die Augenbrauen.

»Das ... ja das ist Trine.« Ludwig konnte seine Überraschung nicht verhehlen. »Trine Trumpen. Witwe. Sie war noch nie auf einem unserer Feste! So was.«

Peter Stubbe begrüßte sie und musterte sie erwartungsvoll. Sie strahlte nicht den selbstgerechten Griesgram aus wie Ludwigs Frau, sondern die Traurigkeit eines Menschen, der das Wertvollste verloren und seither keinen Trost gefunden hat. Auch ließ sich nicht verhehlen, dass Trine Trumpen keine Dame war, die ihre Tage in düsteren Kämmerlein verbrachte: Dazu war ihr Gesicht zu sehr von Arbeit, Wind und Wetter gezeichnet, wiewohl es ihr nach Stubbes Geschmack durchaus vorteilhaft anstand. Die langfingrige und doch kräftige Hand fand gleichfalls sein Wohlgefallen. Als sie Stubbe begrüßte, schien es, als leuchte ein Licht in ihren blauen Augen auf.

»Seid willkommen!« Ludwig fegte den kurzen Moment mit seiner dröhnenden Stimme hinfort. »Lange ist es her!«

Trine Trumpen schenkte ihm ein scheues Lächeln.

»Kommt, gleich lade ich zum Tanz«, sagte Peter Stubbe, ehe sein Bruder weitersprechen konnte. »Ich bin außerordentlich erfreut, dass Ihr den Weg hierher gefunden habt. Nehmt meine Hand!«

»Aber es sind vielleicht noch nicht alle ...«, begann Ludwig. Peter Stubbe, der bereits durchs Tor ging, schnitt ihm mit einer knappen Handbewegung das Wort ab und verschwand mit Trine zwischen den anderen Gästen.

Nachdem Peter Stubbe dafür gesorgt hatte, dass Trine

Trumpen sich in guter Gesellschaft befand, erklomm er einen Tisch und bat laut um Aufmerksamkeit. Mit wohlgesetzten Worten bedankte er sich bei den vielen Gästen für ihr Kommen, insbesondere bei den hohen Herren und Damen aus der Stadt, und bekundete seine Hoffnung, dass jeder mit Speis und Trank auf seine Kosten kommen und das Fest noch lange im Gedächtnis behalten möge. Er jedenfalls werde es, denn der Stubbehof habe nun wieder einen Herrn, nachdem der letzte, sein verehrter Bruder, ja in Krankheit, lange habe er für ihn gebetet, sich aber auch gesehnt nach einem Heim, wo er ja nun sei, und weise werde er, Gaben zu würdigen wisse er, verdenken einem jeden, das Brot beweise wie gut das Dorf, und so weiter, und so fort, aber jetzt komme man endlich zu jenem, worauf alle gewartet, es möge mit dem Schmausen begonnen werden!

Jubel würdigte die Rede, vielleicht hatte auch das Auftragen der Schüsseln mit Braten und Kochfleisch, Salaten und Gemüsen und räderweise Krustenbrot seinen Beitrag daran. Erst nach und nach wurden die Gespräche wieder aufgenommen: Der Hunger hatte Vorrang.

»Eine gute Rede«, lobte Rat Gartz, der an Peter Stubbes Tisch saß und herzhaft von einem Stück Schwarte abbiss. »Das habt Ihr offensichtlich gelernt.«

Peter Stubbe nickte bescheiden.

»Sagt doch bitte noch einmal für die anderen, wo habt Ihr Euch dies wohl angeeignet?«

»Schon früh war ich als Schütze unterwegs, dann ging

ich auf die Universität, wo ich Grammatica, Dialectica, Rhetorica, Musica, Arithmetica und Geometrica lernte, mit neunzehn Baccalaureus artium, mit einundzwanzig Magister der Künste. Dann bedienstet bei den Protestanten«, zählte Peter Stubbe mit spürbarem Widerwillen auf.

»Ungewöhnlich! Habt Ihr doch hier einen Hof. Ja, einen doch recht ansehnlichen Hof!«

»Den hatte mein Bruder selig. Ich hatte nichts. Es ist ja ein Halfengut. Nur gepachtet.«

»Aber das Studium kostet, möchte ich doch meinen?«

»Man hielt mich für klug und gab mir Geld.«

»Und da kommt Ihr hierher zurück?«

»Ja. – Aber sagt, wie steht es in Bedburg?«

»Ah, das wird Euch interessieren, nun hat der Graf von Neuenahr …«

Peter Stubbe hörte den Worten des Rates kaum zu. Nur als Gartz auf die Konfessionskämpfe zu sprechen kam, sah Stubbe sich wieder zum Antworten gezwungen. Schließlich sagte Gartz: »Wie ich sehe, vermögt Ihr nicht nur wohlgesetzt zu reden – und in bescheidener Kürze –, sondern versteht Euch auch auf die Theologie. Man merkt, dass man mit einem ehrlichen Magister der Künste parliert. Diese Gaben hat nicht jeder! Ganz zu schweigen von den Pfaffen.«

Stubbe schob die leere Schale von sich fort, spülte mit Wein nach und wischte sich über den Mund.

»Ihr solltet die Musik eröffnen«, lächelte Rat Gartz.

»Ich bin mir sicher, keiner wird da beim Konsistorium Beschwerde einlegen. Ein Tanz wird uns erfrischen.«

»Das ist wahr«, nickte Stubbe. Er stand auf und gab den Spielleuten ein Zeichen. Die Musiker hatten sich in der Ecke zwischen Scheune und Herrschaftshaus postiert, und der Schall der Trommel ließ die Menschen aus ihren Gesprächen schrecken. Auf ein weiteres Zeichen von Stubbe hin hielt der Trommler inne.

»Ein weiteres Mal willkommen«, rief Peter Stubbe den versammelten Gästen zu, »seid willkommen zu dieser Feier, mit der ich meine Freude über meine Wiederkehr in das schöne Epprath mit euch teilen will! Nachdem ihr euch gelabt habt, bitte ich nun zum Tanze. Und vergesst nicht, euch an Bier und Wein gütlich zu tun!«

Die Sackpfeife scheuchte die Gäste von den Bänken, zuerst die höheren Herrschaften, die paarweise auf den Platz vor den Musikern schritten, dann die übrigen. Die Spielleute spielten einen würdigen Schreittanz auf, der die Trägheit aus den Knochen trieb, ohne die vollen Mägen zu quälen. Eine willkommene Gelegenheit für den Herrn oder die eine oder andere Dame, dem Begehrten eine kleine Botschaft ins Ohr zu raunen, wie Trine Trumpen, die Stubbe bei einer beiderseitigen Verbeugung zuflüsterte: »Besucht mich auf meinem Hof!«

Die Trommel nahm einen treibenden Rhythmus auf, umsponnen von auf- und abschwellenden Tonketten, und ließ den Schreittanz auseinanderbrechen. Die geordneten Linien der Hüte und Hauben zerflossen, vermischten sich und bildeten ein lebhaftes Farbenspiel. Die Volte übernahm das Regiment auf dem Stubbehof: Paare wirbelten umeinander, die Weiber wurden emporgeworfen und zurückgezogen, man sprang und jauchzte, ließ das Leben eine Freude sein, und im Intermezzo der Rauschpfeife wurden Kappen geschwenkt und weitere Jubelrufe ausgestoßen. Wann immer die Instrumente am Ende eines Stückes verstummten, ließ man sich nicht lumpen, bediente sich an Bier und Wein, trank einander zu und war vergnügt. Wer sich erbrechen oder Wasser abschlagen musste, erledigte dies schnell an der nächsten Häuserwand und kehrte eilig zu seinem Krug zurück, der dank der Kameraden bereits wieder eine Schaumkrone trug. Die Knechte und Mägde schafften Bier und Wein herbei und gingen in dem Treiben auf, selbst Odilia, die seit der Nachricht über Tills Fernbleiben bedrückt wirkte.

Rat Gartz genoss das Fest. Es lief so, wie er es geplant hatte, die Spielleute hatten sich als begnadete Anheizer des Tanzes bewährt, vom Fleisch war nur noch wenig, aber ausreichend übrig, und sogar der Wein würde erst spät zur Neige gehen. In der Pause zwischen zwei Tänzen schenkte Rat Gartz seiner Frau vom Blutkopf nach.

»Es ist ein mittelmäßiger Wein«, stellte er gegenüber dem Ratspaar Spinther fest und schenkte auch ihnen nach, »aber immer noch besser als jene, die hier sonst umgehen.« Er trank ihr zu und lud die Spinthers ein, es ihm gleichzutun. Nach ein, zwei sorgsam gewählten

Worten war ein lebendiges Gespräch zwischen seiner Frau und dem anderen Ratspaar im Gange, von dem Gartz sich unauffällig zurückziehen konnte, nicht ohne den Becher seiner Frau noch einmal großzügig gefüllt zu haben.

Bedächtig schritt er zwischen den Tanzenden hindurch, ließ den Blick schweifen, bis er die Magd Odilia erkannte, die sich mit dem Weintragen mühte. Er trat auf sie zu. Sie wollte ihm einen Krug reichen, aber er streckte einladend die Hand aus. »Auf einen Tanz, Verehrteste?«

»Aber Hochwürden ... der Wein ...«

Ihr scheuer Augenaufschlag, das Erröten ihrer Wangen, all das war ihm sehr zum Gefallen, wie Gartz mit Freude feststellte.

»Gönnt einem silbernen Herren die Freude«, murmelte er ihr ins Ohr und blinzelte ihr zu. Wie sie daraufhin für die Dauer eines Lidschlags das Gesicht verzog, um gleich darauf ein tapferes Lächeln aufzusetzen, brachte sein Blut in Wallung. Gehorsam stellte sie ihre Krüge auf einer Bank ab, wo sie sogleich von begeisterten Gästen in Beschlag genommen wurden, und ließ sich von Gartz in die wirbelnde Menge führen.

Gartz bemerkte wohl die Blicke der anderen, die sich wundern mochten, wie ein hoher Herr dazu kam, mit einer Magd zu tanzen, aber das kümmerte ihn nicht. Und der spürbare Widerstand Odilias machte die Schritte umso leichter, beflügelte die Schwünge und Drehungen.

Als die Instrumente verstummten, entließ er sie mit einem Zwinkern. Er sah ihr nach und prägte sich ihre appetitlichen Rundungen ein.

Schneidig drehte er sich herum, schritt, derweil er vergnüglich brummte, zurück zu seinem Tisch und begutachtete die Festgemeinde. Er sah den Stubbe gleichfalls zwischen den Bänken einherschreiten, mit hoch erhobenem Kopf, ganz Zufriedenheit, und dazu hatte er auch Gründe, schienen doch die Frauen in seiner Umgebung von ihm recht angetan. Gartz sah sogar die eine oder andere unter den Jüngeren kichern. Und doch wollte dieser Peter Stubbe nicht recht ins Bild eines Frauenhelden passen.

»Wo warst du denn, Herz?«

Zögernd wandte er die Augen von dem bleichen Hofherrn und ließ sich neben seiner Frau nieder, die ihn am Ärmel gezupft hatte.

»Ach, Herr Spinther, so schenkt mir doch nach, Ihr sitzet so viel näher am Krug.«

Herr Spinther begann, nachzuschenken. Als er den Krug tiefer kippte und noch kein Wein kam, hob Gartz abwehrend die Hände.

»Wartet, mein Freund, wie ich sehe, ist der Krug bald leer. Gebt den Rest lieber meiner Frau Gemahlin, derweil ich uns ein neues Krüglein hole.« Symbolisch hob er den Becher zu Spinther, der den Krug bis zum letzten Tropfen in des Gretchens Becher leerte, sodass dieser überzulaufen drohte, sodann seiner Pflicht nachkam und das symbolische Zutrinken Gartz und Gretchen gegenüber erwiderte. Während seine Frau sich mühte, den randvollen Becher zum Mund zu führen, glitt Gatz von der Bank und sah sich um. Fand, was er suchte, und steuerte mit wohlbemessenen Schritten auf den Tisch zu, an dem Knechte die Krüge befüllten. Hinter ihm spielten die Musiker zu einem neuen Tanz auf.

»Braucht Ihr etwas Bestimmtes?«, fragte ein Knecht mit grobschlächtigem Aussehen und einer dazu passenden Stimme.

»Du warst ein Fußknecht, wie ich sehe?«

Der Mann war verblüfft. »Wie? Ja, Herr, durchaus!«

»Nun, hier hast du zweifelsohne einen guten Platz gewählt, besser als in deinem Haufen«, meinte Gartz und fügte hinzu, gerade als sich die Miene des Mannes verfinsterte, »an der Quelle des Weines, an der du nun stehst.«

Da lachte der andere und prostete Gartz zu. Gartz betrachtete die Krüge und schien zu überprüfen, welcher wohl am vollsten sei. Odilia kam herbeigeeilt, um einen Krug abzuholen. Nach einem kurzen Blick aus den Augenwinkeln ließ Gartz die Hand auf ihre Hüfte sinken, gerade, als sie sich nach einem Krug beugte. Er spürte ihren Schauer unter seiner Handfläche, aber im Gegensatz zu manch anderem Weib schrak sie nicht etwa hoch, kiekste auch nicht, kam ihm aber auch nicht entgegen, blieb vielmehr sehr ruhig und richtete sich mit zwei Krügen in den Händen auf, was er nutzte, seine Hand etwas weiter in ihre Mitte vordringen zu lassen.

»Ich nehme an, etwas Ruhe von dem ganzen Treiben hier möchte ihr gefallen«, raunte Gartz ihr ins Ohr. »Was hält sie wohl von einem einsameren Ort, fragt sich ein ehrbarer Herr.«

Sie schenkte ihm einen Blick, in dem sich Respekt vor seiner Stellung mit Widerwillen mischte.

»Wir nehmen einen dieser zwei Krüge, die du da hast, und genießen den Wein ganz für uns«, Gartz verstärkte kurz seinen Griff und bemerkte erneut zu seinem Gefallen den neuerlichen Schauer, der sie dabei durchfuhr.

»Die Gäste ... warten auf Wein«, sagte die Magd und schob sich an ihm vorbei.

»Gib mir nur ein Zeichen: Stell uns einen nur halbvollen Krug hin, und ich komme, dich aus dem Treiben zu befreien«, gab Gartz ihr mit auf den Weg. Dann wandte er sich wieder dem Knecht zu. »Nun wird es aber Zeit, dass ich einen Krug nehme, sonst ist alles versoffen.«

Der Knecht hatte entweder von dem kurzen Zwischenspiel nichts bemerkt, oder es war ihm gleich, jedenfalls schob er Gartz ein Gefäß hin und schwieg.

»Eine fleißige Magd habt ihr da. Der Stubbe kann sich glücklich schätzen!«

»Na ja, ja, die Odilia ist fleißig«, brummte der Knecht.

Gartz nickte ihm zu und schaffte den Krug zu seiner Bank. Der Stubbe war gerade da und sprach mit Gretchen und den Spinthers. Gartz nutzte die Gelegenheit, ihnen allen ordentlich nachzufüllen und dem Gastgeber zuzutrinken.

»Kommt nach Bedburg, mittwochs und donnerstags, im Alten Hundeschlager sitzen wir. Euch dort zu finden, wäre eine Wohltat!«, erklärte er und hob seinen Becher gen Stubbe.

Peter Stubbe nahm die Einladung entgegen wie etwas, das er so nicht anders erwartet hätte, und nickte mit der Andeutung eines Lächelns.

»Gern«, erwiderte er. »Entschuldigt mich, es dunkelt.«

Rat Gartz sah Stubbe gedankenverloren nach, der Anweisungen gab, ein Feuer zu entzünden. Als der Krug bis auf einen Rest geleert und die Schüsseln mit Bratobst verzehrt waren, erhob sich Gartz. »Lasst uns das Feuerspringen besehen.«

Bei seiner Frau zeigte der Wein Wirkung, denn als sie sich erheben wollte, fiel sie wieder auf die Bank zurück.

»Geht ihr nur zum Feuerspringen«, erklärte Frau Spinther, »wir bleiben wohl lieber hier, nicht wahr, Gretchen?«

Gartz nickte verständnisvoll, goss den Rest Wein in den Becher seiner Frau und machte sich mit dem Rat Spinther auf zum Feuer.

Als erstes sprang der Gastgeber, und er sprang aus Heiterkeit in einem besonders hohen Satz über die Flammen, gerade dort, wo das Feuer am breitesten war, und die Zuschauer klatschten und lachten über den Funkenregen, den er beim Aufkommen auf einem verglimmenden Scheit verursachte. Seinem Beispiel folgten die jungen Männer. Die Spielleute begleiteten jeden Sprung mit Trommelschlag und dem erschrockenen Quäken der Rauschpfeife. Peter Stubbes Lächeln war mit der Zeit wächsern geworden, wie Gartz feststellte, wahrscheinlich die Schwermut des Weines. Die Fröhlichkeit der anderen schien an ihm abzuperlen und konnte ihn nicht wieder aufmuntern.

Doch der Stubbe kümmerte Gartz im Moment wenig; er suchte ein anderes Gesicht unter den Zuschauern und fand es recht bald. Es kostete ihn wenig Mühe, den begeisterten Spinther stehenzulassen und sich durch die Menge zu ihr vorzuarbeiten. Als er die Hand unauffällig wieder auf die gleiche Stelle legte, wo sie schon zuvor beim Weinausschank hingewandert war, war da, wie auf Abruf, wieder ein Schauer, und wieder blieb sie ganz gefasst und drehte nur langsam den Kopf, mit einer reichlich abweisenden Miene, das musste Gartz schon sagen.

»Werte Odilia«, raunte er so leise, dass es fast im Jubeln der Umstehenden unterging, »Ihr lasst einen armen Ratsherren wahrlich zappeln! Nach der Schau mag es Zeit sein für etwas Ruhe, meint Ihr nicht?«

Es versetzte ihm einen überaus angenehmen Stich, als er sah, wie Odilia kurz die Augen verdrehte und dann wieder ganz gefasste Magd war. Sanft ließ er seine Hand in die Falten ihres Kleides wandern und übte ein ganz klein wenig Druck aus, um sie näher an sich zu bringen; sie aber ruckte, als wäre sie eine Statue, gab nur das Notwendigste preis und keinen Fingerbreit mehr, und wieder verspürte er, wie ihr Widerstand ihn aufreizte. In seine Nüstern drang, vermischt mit dem Geruch des Kiefernholzfeuers, der feine Duft ihres Schweißes, eines jungen, frischen, betörenden Schweißes, wie er fand. Sanft entließ er sie, im Wissen, später umso mehr genießen zu können, und beschränkte sich darauf, ihr Gesicht von der Seite zu mustern, diese klaren Augen, in denen sich die Flammen spiegelten, diese weichen Wangen und was sonst noch Gefallen am Haupt eines Weibes zu erwecken vermag.

Im Anschluss an die Feuersprünge beherrschte nur mehr das Summen ruhigerer Gespräche den Hof. Ausschweifendere Tänze wurden nicht gewagt, um das Konsistorium nicht über Gebühr zu reizen. Die Spielleute hatten sich zu den anderen Gästen gesellt, die verträumt ins Feuer starrten, noch ein paar Schwänke zum Besten gaben oder ihre ganze Kraft dazu aufbieten mussten, sich aufrecht zu halten. Flinke Schatten huschten über die Erde und ergatterten die besten Stücke der Speisereste, die reichlich zu Boden gefallen waren; größere Schatten sprangen hinter den Schuhen der Menschen hervor und erlegten ihrerseits manchen unvorsichtigen Sammler. Es war ein Fest für Mensch, Katz und Maus.

Und für den Rat Gartz. Er war vom Tisch aufgestanden, mit dem Ausdruck dessen, der sich das Austreten rechtschaffen verdient hat, wurde aber ohnehin nicht beachtet: Der Spinther hatte sich in eine heftige Diskussion darüber verstrickt, ob der unfertige Südturm des Kölner Doms eine Lächerlichkeit sei und ob er wohl je fertiggestellt werden würde, seine Frau redete leise mit Gretchen, die aber schon am Tisch zusammengesunken war und ganz offensichtlich schlief. Er fing Odilia ab, gerade, als sie Wein an einen Tisch Dösender gebracht hatte, befand, dass es an der Zeit sei zum Handeln, und nahm sie beiseite; zwar spürte er zu seiner Freude ihren Widerwillen, aber seiner Herrschaftlichkeit wagte sie sich nicht zu widersetzen. Er legte ihr die Hand auf den Arm.

»Nun zeig mir ein ruhiges Örtlein«, bat Gartz leise, »und ich möchte, dass du dies als Andenken an mich ehrst.« Er zog ein kleines Medaillon aus der Rocktasche. Gold glänzte im Schein des Festfeuers, und wie Gartz es erhofft hatte, fand er das Glänzen nun auch in ihren Augen wieder.

»Nimm es von mir, während du mich hinführst.« Sie zögerte, aber er brauchte den Griff nur um eine Winzigkeit zu verstärken, da nahm sie das Medaillon, betrachtete den Schatz voller Staunen, und wies mit dem Kopf zu dem großen Stallgebäude hin. Gartz ahnte, dass sie ihm nicht wegen dem Schmuck, auch nicht aus Angst folgte, sondern sich allein seiner Stellung nicht zu widersetzen wagte, und in seinem Inneren verspürte er Freude über ihren Widerstand, der durchaus vielversprechend war, und Spannung darauf, ob dieser Widerstand wohl in der Scheune noch wachsen würde. Nun, er hoffte es.

Augenscheinlich niemand schenkte den beiden Beachtung, als sie zur Scheune kamen.

Es roch nach Heu und Staub, als sie sich hineinbegaben. Der Mond schien hell genug, um das Innere leidlich auszuleuchten: Über der Tür befand sich eine weitere, wohl um Lasten von draußen auf den Heuboden schaffen zu können. Gerade ließ Gartz Odilia in einer mondbeschienenen Fläche aufs Stroh gleiten, als er ein Husten von der Tür hörte. Gefasst trat er darauf zu, langte plötzlich in einer schnellen Bewegung zu und zerrte einen kleinen Jungen hinter der Tür hervor, der ihn mit großen Augen anstarrte.

»Das ist Thomas!«, flüsterte Odilia, und es lag eine Spur Verzweiflung in ihrer Stimme.

»Thomas, soso.« Gratz hob den Jungen auf Augenhöhe und verstärkte den Griff um dessen Kragen, sodass Thomas nach Luft zu schnappen begann. »Sollen wir unserem kleinen Spion gleich hier und jetzt den Hals umdrehen, wie man es mit Täubchen tut?«

»Nein, bitte nicht«, quiekte Thomas.

»Nein.« Gartz lachte und stellte Thomas wieder auf den Boden, ohne ihn jedoch loszulassen. »Warum sollte ich auch ... wenngleich es keine feine Art ist, anderen hinterherzuspitzeln, nicht wahr, Junge?«

»Ich habe nicht gespitzelt!«

»So? Und was treibt dann ein Knäblein in der Tür einer düsteren Scheune?«

»Ich habe ...«

»Ja?«

»Ja ...«

»Hör zu«, sagte Gartz und zog den Jungen wieder

ein wenig an sich heran. »Ihr geht es nicht gut. Du weißt schon, der viele Wein. Hier ... nimm. Du hast uns nicht gesehen, verstanden? Man soll nicht erfahren, dass der Wein ihr so zugesetzt hat heute. Hier war nur eine Katze, die gemaust hat.« Er drückte Thomas eine Münze in die Hand. »Wiederhole.«

»Poh, das ist ja ein ... ein Heller?«

»Ja, fast ein Heller. Es ist ein Albus. Wiederhole, was hast du hier gesehen?«

Der Junge blinzelte ihn an, dann zog sich ein breites Grinsen über sein Gesicht. »Gesehen? Ich? Hier? Nichts!«

»Und was noch?«

»Na ... eine Katze, stimmt's?«

»Also mach, dass du fortkommst.«

»Ihr seid ein guter Herr!«, zischte Thomas und rannte davon, während er die Münze zwischen den Fingern begeistert hin und her drehte.

Gartz wandte sich wieder Odilia zu. »Entschuldige. Nachher gebe ich ihm gut von meinem Zwetschgenwasser zu trinken, dann wird er sich nicht einmal daran erinnern, wenn er es versucht. Nun lass uns aber die Nacht genießen!«

Als er sich neben sie niedersinken ließ, flüsterte er: »Du wirst es nicht bereuen.«

Und dann kam eine Todesbotschaft.

Wo kurz zuvor noch dösende oder angeregt diskutierende Menschen gesessen hatten, drängten alle zu Georg.

»Schaut …. schaut, wen ich gefunden habe!«, rief er.

Rat Gartz bemühte sich, seinen Unmut über die unvorhergesehene Wendung nicht anmerken zu lassen, sondern bahnte sich einen Weg durch die Gaffenden, um besser sehen zu können. Der Knecht hielt eine kleine Gestalt am Kragen, die in sich zusammengesunken war. Vor Stubbe griff er grob nach ihrem Schopf und zerrte ihn zurück, sodass alle das Gesicht sehen konnten. Es war ein Junge. Sein Gesicht war über und über mit Dreck beschmiert, und die Augen waren geschlossen. Sein Kittel war an mehreren Stellen eingerissen. Gartz sagte das Gesicht nichts, aber Peter Stubbe und die Leute vom Hof schienen es zu erkennen: Ein entsetztes Raunen ging durch die Menge.

»Mordio! Ist das nicht … einer … einer von meinen Knechten?«, murmelte Peter Stubbe.

»Jawohl. Das ist Till. Er ist verschwunden, kaum dass Ihr angekommen seid. Till, wo hast du gesteckt?«

Georg ließ seinen Kopf los, und Till hing schlaff in seinen Armen.

»Zu viel … zu viel gesoffen.« Peter Stubbe seufzte.

»Nein, draußen am Tor, da lag er, ich hab ihn gefunden.«

Peter Stubbe hob Tills Kinn an. »Er sieht schrecklich aus«, sagte er. »Leg ihn auf eine Bank.«

Die Lähmung des ersten Schreckens fiel von den Menschen ab. »Was ist mit ihm?« – »Er hat ja ganz zerfetzte Kleider!« – »Ein ... ein Landstreicher. Sag ich.« – »Blut! Haha ... Blut, er ist ja voller Blut!«

Odilia stürzte an Rat Gartz vorbei, kniete vor dem Jungen nieder und befühlte seine Stirn.

»Ist er tot?«, fragte einer.

Odilia brachte die Lippen nah an das Ohr des Jungen. »Till, was ist?«

Till schnappte nach Luft. Ein Raunen ging durch die Zuschauer. Odilia nahm den Weinbecher, den einer der Gäste ihr hinstreckte. Rat Gartz ließ sich in die zweite Reihe der Zuschauer zurückfallen und hielt übellaunig Ausschau nach seiner Frau.

»Hier, trink!«, sagte Odilia, hob sachte seinen Kopf an und presste den Rand des Kruges zwischen seine Lippen.

Ein Rucken ging durch den Körper des Jungen, er machte drei, vier gierige Schlucke, hustete und spuckte Wein, schreckte hoch und starrte mit angstgeweiteten Augen ins Leere.

»Er ist tot!«, schrie Till und brach in Tränen aus.

Seine Finger spielten mit dem Stoff der Kappe. Er musste sie verbergen. Der Filz prickelte zwischen den Fingern und erweckte Erinnerungen zum Leben. Da war wieder der Hang, und da hörte er auch wieder die Stimme, dünn und flehend. Als er in Gedanken erneut den Weg zwischen den morschen Bäumen ging, immer auf der Suche nach der Quelle des Rufs, wand er sich im Widerstreit seiner Gefühle, Lust stand gegen Schuld. Er hatte getötet, wo er hatte helfen sollen, schwerst versündigt hatte er sich, aber er hatte es genossen, und das machte es noch schlimmer. Der Junge hätte ihn nicht verhöhnen sollen, seine fruchtlosen Rettungsversuche mit Spott beantworten, wäre er nur still gewesen, alles wäre gut gegangen, er war schuld, ganz allein er. Der Stamm, es war wie für ihn bereitgemacht, das Opfer verstummte einfach nicht, und dieser Blick, nach Ansitz oder Anschleichen springen sie ihre Beutetiere an und reißen, er sah die Magd im Schilf, hörte ihre Schreie, die er diesmal erstickt hatte, der erfolgreiche Jäger hat seine linke Pranke im Nacken, erstickt durch den Totentanz, den er auf dem Stamm vollführt hatte, für immer. Bei den Erinnerungen verspürte er Genuss, warf ihn seinen Schuldgefühlen entgegen, knetete die Kappe, beschwor die Bilder von Neuem, aber diesmal war es, als glitten sie durch seine Finger, Pranke, sie boten immer weniger Schutz vor dem Begreifen, dass er ein schweres Verbrechen begangen hatte, und der wohlige Schauer, der ihm in der nächsten Sekunde über den Rücken jagte, also Mahlen und Zerkleinern in der Mundhöhle, das linderte den Schmerz über seine Untat nur viel zu wenig, er hatte das Leben eines Kindes genommen. Wenn es wenigstens eine Magd gewesen wäre. Er versuchte, es sich einzureden – es war kein Junge. Es war kein Junge. Es war kein Junge. Für einen Moment merkte er, wie seine Schuldgefühle bei der Vorstellung von Genuss übertönt wurden, aber nur kurz, dann hatte sein Verstand ihn wieder eingeholt: Es war ein Junge gewesen. Wie hatte er ihn nur ermorden können, wie hatte er sich nur hinreißen lassen können, dabei wäre die Rettung doch so einfach gewesen ... Er verbiss sich einen Fluch und stopfte die Kappe gewaltsam in die Tasche. Sie musste versteckt werden. Sofort. Übelkeit überkam ihn. Am liebsten würde er es ungeschehen, einfach ungeschehen machen. Das war unmöglich.

Trine Trumpen

NOCH TAGE NACH DEM FEST war Till für niemanden ansprechbar außer für Odilia. Am Abend, als er sich heulend an ihre Brust geworfen hatte, hatte sie ihn ins Gesindehaus getragen und auf das Bett gelegt, das sie sich mit Gerda teilte. Gerda, die die heilkundigste Frau des Hofes war, hatte am nächsten Morgen erst einmal für einen großen Bottich heißes Wasser gesorgt. Sie hatte Till hineingesetzt, die vielen kleinen Schnitte und Striemen versorgt und festgestellt, dass sein Knöchel knallrot und angeschwollen war. Nach dem Bad hatte sie Till einen dicken Verband um das Fußgelenk gelegt, während Odilia mit sichtlichem Genuss den Kopf des Jungen gestreichelt und liebkost hatte, um ihm die Schmerzen der Wunde und der Seele erträglicher zu machen. Tills Miene bestätigte ihren Erfolg. Als sie die Decke über ihn warf und sich ans Bett setzte, schlief er gleich ein. Es sollte die erste in einer Reihe von Nächten werden, in denen er redete, aufschrie und um sich schlug.

Till verließ den Raum nur, um sich zu erleichtern. Sein verstauchter Fuß wurde nur langsam besser. Die übrige Zeit lag er regungslos im Bett und starrte an die Decke. Thomas war am zweiten Tag noch zu ihm gekommen, um ihn zaghaft zu einem Würfelspiel zu ermuntern, hatte aber bald die Fruchtlosigkeit seiner Versuche einsehen müssen. Till wollte nicht einmal wissen, was

Thomas in der Nacht mit Odilia beobachtet hatte. Einzig in Odilias Armen zeigte Till Gemütsregungen, flüsterte einige Worte und weinte hin und wieder.

»Der Knabe sollte den Tod doch kennen«, bemerkte Peter Stubbe am dritten Tag. Jakob nickte wortlos, und selbst Ludwig sagte entgegen seines sonstigen wortreichen Wesens nichts: Sie beide hatten gemeinsam mit Georg die Leiche gesucht, nachdem Odilia den Fundort mit viel Geduld aus Till herausgeholt hatte.

Sie fanden sie auch erstaunlich schnell, dank Glück, Odilias vorangegangener Fragekunst und den Baumkronen, die schwarz waren von Krähen. Die Vögel hatten anderen Tieren den Vortritt damit gelassen, sich an dem Körper zu schaffen zu machen.

Als die Männer die Kiefer mit vereinten Kräften aus dem Weg gehoben hatten, da brauchten sie nicht mehr viel Vorstellungskraft dafür, welch grausiger Anblick sich Till schon kurz nach dem Unfall geboten haben musste: Die Äste der Kiefer hatten sich durch die Kehle des Jungen gebohrt und den Hals und die rechte Schulter zerfetzt. Ein großer Fleck aus eingetrocknetem Blut umgab den Kopf des Toten wie ein Strahlenkranz. Seine vormals sonnengebräunte Haut hatte die Farbe alten Schinkenfetts angenommen. Dass weitere Äste unter dem Rippenbogen eingedrungen waren und der Leinenkittel dort, vollgesogen mit Blut, brüchig geworden war, dass sich Käfer an den Augenhöhlen delektierten und größte Raubtiere den Körper angefressen hatten, ließ selbst einen Georg die Augen abwenden. Der süßliche Gestank, der den Leichnam umgab, tat sein Übriges.

»Mein Gott«, flüsterte Georg und schlug ein Kreuzzeichen. Er vergaß sogar das Fluchen. »Wie nach der Dreitagesschlacht damals.«

»Der arme Junge«, brummte Jakob.

Ludwig schwieg: Er starrte auf das Tal, schnaufte und kämpfte mit dem Drang, sich zu übergeben.

Georg war der Erste, der sich wieder der Leiche zuwandte. »Wir müssen ihn fortbringen.«

»Ja, macht, macht.« Ludwig wedelte mit der Hand, ohne sich umzudrehen.

Sie legten den Toten auf eine Bahre, schulterten das Werkzeug und machten sich auf den Rückweg. Ludwig schob seinen fetten Körper in einem respektvollen Abstand hinterher und schwitzte und schnaufte noch mehr, als er es bei der Steigung ohnehin getan hätte. Das Rapier, auf das er sich zusätzlich zu seinem Wanderstab stützte, bog sich unter seinem Gewicht durch.

»Habt ihr ihn erkannt?«, rief er den beiden Knechten zu, als sie den Grasweg entlanggingen und er wieder zu Atem gekommen war.

Kurz blieben die beiden Träger stehen. Ludwig nutzte die Gelegenheit wohlweislich nicht dazu, um zu ihnen aufzuschließen.

»Ja. Das ist der Sohn eines Hirten, den kenn ich«, stellte Georg fest, während sie sich wieder in Bewegung setzten.

Den Rest des Weges nach Epprath legten sie schweigend zurück.

Den Menschen des Hofes wurde der Anblick des Toten erspart. Da der Hirtenjunge nicht zu einer Herde des Stubbehofs gehörte, sondern zu jenen von Hubert Kratzhand, schaffte man ihn ohne Umstände dorthin.

Der Unfall wurde von Epprath zur Kenntnis genommen. Es handelte sich zwar nur um einen Hirten, aber es wurde allgemein als großes Glück und göttliche Gnade angesehen, dass er gefunden worden war und ihm also ein christliches Begräbnis zuteil werden konnte. Peter Stubbe hielt am Grab des Kindes eine ergreifende Ansprache, erwähnte darin sein Fest, das so viel Freude bereitet hatte und so schlimm geendet war, und erbat vom Pfarrer den Segen für die Gemeinde, auf dass sie von derlei Unfällen künftig verschont würden. Auch spendete er großzügig eine Messe für den Verstorbenen.

Georg erzählte nicht ohne Genuss Einzelheiten darüber, wie sie den Toten gefunden und von dem Baumstamm befreit hatten, ließ sich von den Hirten belehren, dass es den Knaben wohl aus Neugier dorthin verschlagen hätte, wo man ja seit Langem Silber und Gold vermute. Das aufflammende Gierfeuer in den Augen der anderen Zuhörer erstickte Georg geschickt durch eine besonders ausführliche Beschreibung: »Der Hals, der war wie durchgebissen, da hingen die Fleischfetzen herab, ja, genau hier, da ging der Ast durch, schaut«, er stieß sich mit dem ausgestreckten Zeigefinger in das Grübchen unter der Gurgel, »und ihr kennt doch diese großen, schwarzen Mistkäfer, ich hatte ja erst gedacht, das seien seine Augen, und wisst ihr, was die Tiere als Erstes ganz weggefressen haben ...« Spätestens hier verbargen selbst die robusteren unter den Zuhörern ihre Gesichter in den Bierkrügen und begannen, ein wenig gezwungen diejenigen zu verspotten, die sich abwandten oder mit einer Ausrede den Tisch verließen.

Nach dem Begräbnis geriet der Tod des Jungen schnell in Vergessenheit. Bis auf das gelegentliche Begegnen in einer Wirtschaft oder beim Schafauftrieb hatte der Junge keine Verbindungen zum Stubbehof gehabt, und der Tod eines Menschen war in diesen Zeiten beinahe alltäglich. Georg gab seine Geschichte nur noch in den Gasthäusern zum Besten, wo sie von einem entsprechenden Publikum gewürdigt wurde und den Charakter eines schockierenden Märchens anzunehmen begann. In ihren Nacherzählungen würdigten die Weitergebenden seine Erzählkunst, indem sie sich auf die Schilderung der zugerichteten Leiche, auf die Käferaugen oder die zerfetzte Kehle konzentrierten und mehr und mehr das Drumherum als Bestandteil einer dem Anlass anzupassenden Kulisse behandelten.

Till erholte sich nur langsam. Selbst als sein Bein weitgehend abgeschwollen war und er wieder einigermaßen gehen konnte, kam er nur aus der düsteren Kammer, wenn man ihn rief. Dann erledigte er seine Aufgaben mechanisch, ohne ein Wort. Als er einmal gescholten wurde, da ließ er die Standpauke ohne eine Regung über sich ergehen, und Georg hätte wohl zur Rute gegriffen, hätte nicht selbst ihn der Zustand des Jungen erschüttert.

Peter Stubbe wirkte dagegen außerordentlich zufrieden. Das Grüßen auf der Dorfstraße erwiderte er stets freundlich. Nach der Feier und dem Begräbnis hatte er sich in den Köpfen der Menschen als Herr eines großen Halfenguts und einer der bedeutenden Persönlichkeiten im Dorf Epprath etabliert.

»Diese Trine Trumpen«, sagte er zu Ludwig, der zunehmend die Gesellschaft seines Bruders mied. »Ich möchte sie gern besuchen. Sie bat mich auf unserem Fest, nach ihr zu sehen.«

Ludwigs gerötetes Gesicht verzog sich zu einem Grinsen. »Ja, ja, nun, die Trumpen, die Witwe Trumpen, nicht wahr?«

»Natürlich. Wer sonst?«

»Die Witwe Trumpen, ich gebe dir Odilia mit, die kennt sie gut. Ihr Hof ist der hinter der Gabelung.«

»Gut. Ich hole Odilia schon selbst. Mach du ein Pferd fertig, ich möchte noch am Vormittag aufbrechen.«

Ludwig vollführte mehrere kleine Verbeugungen und stampfte fort, während er etwas in seinen Bart murmelte.

Es dauerte nicht lange, da kam Peter Stubbe im besten Gehrock aus dem Herrenhaus stolziert, das Rapier seines Vaters an der Seite, der Bart gezwirbelt. Er gab Thomas ein Zeichen mit dem silberbeknauften Stock. Der Junge zerrte den bereits aufgezäumten Schecken aus dem Stall. Auf anstachelnde Hackenstöße hin setzte sich das Pferd in Bewegung. Thomas sprang zur Seite, während Odilia zu Fuß vor ihm her ging und den Weg wies.

Es war ein ausgezeichneter Frühsommermorgen. Odilia empfand das Laufen an solchen Tagen als erfrischend, auch wenn sie sich eilen musste, wollte sie nicht von Stubbes Pferd gerammt werden. Doch dies kümmerte sie nicht. Sie schnupperte die Luft, die ungewöhnlich angenehm war: Ein leichter und warmer Wind blies den dörflichen Gestank fort und trug stattdessen frische Landluft herbei. Schwalben verkündeten durch hohen Flug auch für die nächsten Tage gutes Wetter. Selbst die Hühner schienen mit einer größeren Lebenslust zu scharren als sonst. Sie bedauerte es fast, dass sie nur ein kleines Stück die Straße hinunter am Ziel angekommen waren.

»Wir sind da, Herr.«

Ein ausbesserungsbedürftiger Zaun, der von Kirschbäumen gesäumt war, umgab das Anwesen. Die Dächer des Schuppens und der Scheune wurden von einer langen Stange überragt, auf der ein Wagenrad angemessene Unterkunft für ein Storchenpaar bot. Von drinnen begrüßte Hundegekläff die Ankömmlinge.

⁂

»Aber Herr, Ihr seid doch lutheranisch!«
»So? Und als nächstes möchtet Ihr wohl von Hoch-

wohlgeboren verlangen, man werfe die Calvinisten aus der Stadt, weil sie nicht so rechte Lutheraner sind? Es würden sich einige darüber sicher außerordentlich freuen. Unser Herr Fürst doch weniger, bedenkt man die Vorteile, die jene Leute mit sich bringen.«

»Ihr nickt, Herr Fürst! Dieser Rede zuzustimmen ...«

» ... ist eines Grafen nicht würdig, möchte ich vermuten, hättet Ihr gesagt.«

»Nichts dergleichen wollte ich meinen!«

»Wie überaus gelegen es Euch kommen muss, dass eines Grafen unwürdig, was Euch schon lang wie ein Dorn, ja, wie ein Dorn im Fleische steckt ...«

»Herr Rat Gartz! Die Calvinisten stören mit ihrem unsinnigen Fleiß meine Geschäfte nicht im Geringsten! Was sollte mich wohl an ihnen stören!«

»Nun, Ihr kennt Euren Verkauf wohl besser als ich. Wir möchten seine Hochwürden damit nicht länger belästigen. Ich empfehle mich.«

Rat Gartz kehrte in das Wirtshaus zum Rat ein und traf dort Spinther.

»Ein wahrer Hohlkopf, unser Alfons Eckert.«

»Ja, er versteht seine Absichten nicht recht zu verbergen. Ich nehme an, er war wieder lutherisch?«

»Ganz großer Protestant«, pflichtete Gartz ihm bei. »War doch drauf und dran, dem Neuenahr den Rausschmiss der Calvinisten nahezulegen. Dem Neuenahr!«

»Gemeinsam mit den Katholen, nehme ich an.«

»Ai wohl. Dabei genügt ein Blick auf sein Handelshaus, und man sieht den gar weltlichen Grund für sein Tun.«

»Er war noch nie gut, der Alfons.«

»Aber zu etwas war es gut: Neuenahr steht weiter fest zu den Reformatorischen. Seine Miene war klar zu lesen.«

»Ah.«

»Wo wir gerade dabei sind. Wie fandet Ihr den neuen Herren des Stubbehofs?«

»Oh. Ja. Ein Mann von Welt, möchte man meinen. Gebildet. Durchaus gewandt in seinen Worten.«

»Wenngleich kein Überflieger.«

»Ja, das denke ich auch. Aber in Epprath wohl der Gescheiteste.«

»Ich möchte wohl meinen, nicht in Epprath allein. Ein Fest, ein Begräbnis, die vielen Dinge, die bei einem Hof erst einmal geregelt werden möchten, all das ist ihm leicht von der Hand gegangen, wie man hört, und es hat ihm in der kurzen Zeit durchaus Ansehen verschafft. Mich dünkt, wir sollen ihn einmal nach Bedburg laden.«

»Ist er nicht Protestant?«

»Nun, da habt Ihr wohl recht. Auf unseren Herrn Graf!« Rat Gartz zwinkerte seinem Gegenüber zu und leerte den Becher in einem Zug.

Trine Trumpen hörte das Hundegebell und das Hufgetrappel eines Pferdes und ahnte sofort, dass hier ein besonderer Besuch kam. Sie machte sich zurecht, so gut es in der Eile eben ging, ließ den Sitz ihrer Haube überprüfen und scheuchte Mägde und Knechte.

»Hol mir den guten Wein, Franz, ja, den schwarzen«, befahl sie im Hinausgehen.

»Du weißt doch gar nicht, wer kommt«, warf der Vinksfranz mit energischem Gesichtsausdruck ein.

Trine Trumpen runzelte die Stirn. »Ich möchte den Wein für unseren Besuch, Franz.«

»Das ist Verschwendung!«

Sie beachtete seinen Protest nicht und eilte zur Tür.

Als sie in den Hof trat, war sie ganz Würde und Gelassenheit. Dass ihr das Herz klopfte, als das Tor geöffnet wurde – wiewohl sie nicht wusste, wer der Besuch war –, das sah man ihr nicht an. Ein Schecke mit glänzendem Fell trabte herein. Hintendrein trottete die Trine gut bekannte Odilia. Ein Knecht eilte herbei und nahm die Zügel in Empfang. Dann stieg der Reiter ab und kam auf sie zu. Ihr stockte der Atem. Es war Peter Stubbe.

»Wie es mich freut!«, rief sie, vergaß beinahe die würdige Rolle, die sie zu solchen Anlässen spielte, und kam mit erzwungen langsamen Schritten auf ihn zu. Peter Stubbe sah gut aus. Seine Kleider mochten ein wenig abgetragen wirken, aber selbst für einen angesehenen Halfen verletzte er damit bald die Kleiderordnung, und hätte es eine Ordnung zu ständischem Betragen gegeben, hätte er sie bis zum Adelsstand übertreten: Er war der Galan in Person, als er sich vor ihr verneigte. »Die Freude ist auf meiner Seite.«

Üblicherweise traten die Großbauern anders auf: Sie polterten gern und ließen sie spüren, dass sie nur eine Witwe war und sie selbst, wenn sie nur wollten, beliebig mit ihr umspringen konnten. Stubbes Auftritt dagegen rührte sie.

»Ich habe geahnt, dass Ihr kommen würdet«, lächelte Trine Trumpen. Ihre Augen leuchteten. »Kommt ins Haus!«

Der Vinksfranz trat Trine Trumpen in den Weg. »Vergiss nicht, dass der Acker ansteht.«

»Der Acker wird wohl nicht zürnen, wenn er ein Stündlein länger in Ruhe liegt. Lass mich durch.«

Der Vinksfranz trat zur Seite und beugte sich zu Peter Stubbe hinüber. »Ihr wisst, dass die Herrin viel zu tun hat.«

Peter fragte scharf: »Und wer bist du?«

»Ich bin der erste Knecht von diesem Hof, Herr.«

»Dann scher dich und versorg mein Pferd!«

»Kommt, Peter Stubbe. Kümmert Euch nicht, Franz ist nur immer sehr ... sehr besorgt um mich.«

»Vergiss nicht, die Sachen müssen zum Markt! Soll ich das wieder allein machen?«, rief der Vinksfranz ihr nach.

Mit verzerrter Miene drehte Peter Stubbe sich um. »Jetzt scher dich, oder ich nenne dich einen Hundsfott! Na wird's bald!«

Als der Knecht aufsässig dreinsah und nicht sofort folgte, stemmte Peter Stubbe die Arme in die Hüften. Er wurde rot vor Zorn. »Ich werde dich Anstand lehren!

Wie kommt es, dass du deine Herrin behandelst wie eine Magd? Sprich!«

Der Vinksfranz schwieg.

»Dein Benehmen ist eine Schande! Was glaubst du, wer du bist? Ein kleiner Knecht bist du! Glaubst wohl, der Hof sei dein Eigen, nur weil deine Herrin allein ist! Wart nur, sie wird dich lehren! Verschwinde!«

Der Vinksfranz verzog die Lippen und wandte sich betont langsam zum Gehen. Peter Stubbe holte tief Luft und betrat kopfschüttelnd das Haus.

»Kommt, ich habe uns einen guten Tropfen hergestellt«, lud Trine Trumpen ihn mit einer Handbewegung zu dem schweren Eichentisch ein. Stubbes Wutausbruch war wie weggeblasen. Sein Gesicht nahm wieder einen freundlichen Ausdruck an. Er nickte, nahm die Hand vom Degenknauf und ließ sich nieder. Die Anspannung, die sich seit der Begegnung mit dem großen Knecht auf seine Miene gelegt hatte, wich jenem Lächeln, das er bei seiner Ankunft gezeigt hatte.

»Ach, der Franz meint es wohl nur gut. Aber manchmal glaube ich, er vergisst, dass er ein Knecht ist.«

»Ja, das Gesinde muss gelegentlich an seine Stellung erinnert werden.«

Plötzlich schaute Trine Trumpen müde drein. »So ist das wohl. So ist das wohl. Aber nun ... auf Euere Rückkehr, Herr Stubbe, und auf das wunderbare Fest, das Ihr ausgerichtet habt!«

Sie tranken einander zu.

»Es ist beachtlich, dass Ihr diesen Hof allein führt.«

»Ja, es geht, Herr Stubbe. Wenngleich ein Mann nicht selten von Hilfe wäre. Aber ich möchte nicht klagen. Ich habe immerhin die Anna, nun ja, und den Vinksfranz und die alte Merg. Es geht!«

»Verzeiht, wenn ich mich erdreiste zu fragen, aber es möchten doch bestimmt viele den Hof an Euerer statt … übernehmen.«

»Das wohl«, Trine Trumpen lachte und schenkte Stubbe und sich nach, »und sie werden immer dreister. Einer meinte gar, mich zu einer Hexerin machen zu können.« Sie prostete ihm zu. »Er wurde wegen falscher Rede auf ein nicht unerkleckliches Sümmchen verurteilt.«

»Hattet Ihr von meinem Bruder selig gehört?«

»Ach, es war ein Gräuel, glaubt mir. Robert stand mir stets zur Seite damals, nachdem mein Mann verstorben war. Und dann war er plötzlich weg … wenn er wenigstens nicht so lange hätte siechen müssen. Aber so … man begreift es kaum.«

Stubbe nickte. »Ich habe nur mehr verschwommene Erinnerungen an ihn, und die sind, wie ich gestehen muss, nicht besonders gut. Er hatte es uns spüren lassen, wer der Älteste war. Ach, und seit ich zur Schule geschickt worden bin, habe ich ihn nur ein paar Mal gesehen.«

»Viel zu kurz, um alte Wunden zu schließen«, vermutete Trine einfühlsam.

»Nun ja. Jetzt ist er tot. Einen großen Hof hat er hinterlassen.«

»Und einen jüngeren Bruder«, lächelte Trine.

Peter Stubbe machte eine wegwerfende Geste. »Ja, Ludwig. Nun ja. Der freut sich wohl nicht besonders über meine Rückkehr.«

»Sagt mir, ich könnte ab und an den Rat eines erfahrenen Mannes brauchen. Würdet Ihr mir ein Ohr leihen?«

»Kommt vorbei, wann immer es Euch beliebt«, erwiderte Peter Stubbe. »Aber jetzt erzählt, wie es Epprath in der Zeit meiner Abwesenheit ergangen ist!«

Trine Trumpen begann zu erzählen. Ihr Gesicht hatte den traurigen Ausdruck verloren. Sie erzählte voller Inbrunst, sie erzählte voller Begeisterung und voller Grimm. Sie entrüstete sich und bewunderte, überschritt dabei aber nie die Grenze zur Theatralik und der Entrüstung um der Entrüstung Willen.

Am späten Nachmittag erst erhoben sie sich.

»Euer Knecht beleidigt Euch, wenn er Euch duzt. Das ist nicht recht«, stellte Peter Stubbe fest.

»Ach ja, Franz. Ach ja.« Trine Trumpen seufzte und setzte eine resolute Miene auf, als sie hinausgingen.

»Da bist du ja endlich«, begrüßte der Vinksfranz sie im Vorbeigehen. »Die Arbeit macht sich nicht von allein, und die Mägde haben Fragen wegen dem Markt.«

Peter Stubbe blieb stehen und musterte den Knecht mit einem kalten Blick, dann rief er Odilia, ging zu seinem Pferd, das Jakob herbeigeführt hatte und verabschiedete sich von Trine Trumpen. Nach dem Aufsitzen lenkte er seinen Schecken neben sie und beugte sich ein weiteres

Mal zu ihr herunter. »Hochverehrte Dame, wir sehen uns bald!«

Dann trieb er sein Pferd an und ritt an dem Vinksfranz vorbei, ohne den Knecht eines weiteren Blickes zu würdigen. Odilia verabschiedete sich herzlich. Noch lange stand Trine Trumpen am Tor und sah dem Reiter nach.

∽☙∼

Ihr Magen war voll. Voll mit dem Feuer unbändiger Wut. Heute hatte es nichts zu essen gegeben. Zu allem Überfluss schmerzte ihr Bein noch stärker als gestern. Eiter wurde von dem rosafarbenen Stück Fleisch abgesondert, das beim Kampf gegen einen Rivalen aufgerissen worden war. Sie hatte den Kampf verloren, sie war verletzt, sie hatte Hunger, kurzum, sie befand sich in einem Gemütszustand, der selbst nach den Maßstäben einer Dogge außerordentlich blutrünstig war. Und jetzt kam ihr Herr und packte ihre Kette, ihr Herr, der sie heute nicht gefüttert hatte, sondern geschlagen, und der dennoch ihr Herr blieb und damit unantastbar. Er zerrte sie aus dem Zwinger in die Nacht hinaus. Sie duckte sich, als sie am Sieger des gestrigen Kampfes vorbeigeführt wurde. Sogar das herrische Gebell ließ sie ohne Erwiderung über sich ergehen. Ihr Bein brannte bei jedem Schritt, den sie tat. Sie kniff die Augen zusammen. Ein grober Ruck an der Kette zeigte ihr an, dass sie sich setzen sollte. Als ihre Wunde die Erde berührte, jaulte sie kurz auf. Gleichsam wie eine spöttische Antwort wurde ihr Aufjaulen durch das Gebell der anderen Hunde erwidert. Die Kette lag achtlos hingeworfen im Staub. Wäre der Zwang zur Folgsamkeit nicht überwältigend, wäre sie aufgesprungen und den anderen Hunden, einem nach dem anderen, an die Kehle gegangen. So blieb sie sitzen und wartete. Ihr Bein zuckte unter den Schmerzen.

Endlich kam ihr Herr aus der Dunkelheit auf sie zu. Er hielt ein großes Ding in der einen Hand. Mit der anderen warf er etwas, und sie drehte unwillkürlich den Kopf. Ehe sie sich wieder umgedreht hatte, gab es einen Ruck, und es wurde schwarz um sie. Die Innenseite eines engen Jutesacks kratzte über ihre Schnauze und biss in die Wunde. Ein Tritt brachte sie aus dem Gleichgewicht. Jemand stauchte sie zusammen, verknotete den Jutesack und warf sie sich über die Schulter. Das Bein scheuerte unter dem Gewicht ihres Körpers und ließ Flecken vor ihren Augen tanzen.

Die Wut der Dogge steigerte sich zu Raserei.

Ein einsames Talglicht wanderte über den Trumpenhof. Der Vinksfranz machte seine nächtliche Runde. Er kontrollierte das Tor, warf einen prüfenden Blick auf die Scheune, stattete dem Abort einen Besuch ab und begab sich als Letztes zum Schuppen, um danach zum Herrenhaus und ins Bett zu gehen. Im Taubenschlag über seinem Kopf erklang das gelegentliche Gurren der schlafenden Vögel.

An der Schuppentür hielt er inne. Als würde er seinen Augen nicht trauen, sah er für einen Moment starr auf den Spalt, der zwischen Brettertor und Schuppenwand klaffte. Das Tor stand nicht nur offen, in dem Spalt befand sich auch ein schiefes hölzernes Ding: Irgendjemand hatte die Schubkarre einfach im Tor stehen lassen.

»Herrgottmaria. Diese Anna. Verdammtes Druckspack.« Der Vinksfranz gab sich keine Mühe, leise zu fluchen. Seine Worte hallten gut hörbar über den Hof. Er verharrte sichtlich unschlüssig, rang die Hände und blickte zum Gesindehaus, war schon drauf und dran, loszumarschieren, aber dann zuckte er mit den Schultern, spuckte aus, legte sein Talglicht in die Schubkarre und packte sie an den Griffen.

Mit Mühe quetschte er sich hinter ihr durch die Lücke. Aus der schwachen Helligkeit des Sternenhimmels trat der Vinksfranz in die Finsternis des Schuppens. Im Licht der sich windenden Talgflamme streckte sich allerlei Ackergerät wie Spinnenfinger nach ihm aus. Heugabeln verwandelten sich durch ihre eigenen Schatten in tückische Eisenstachel. Eine Egge ragte neben ihm auf und erinnerte an eine riesenhafte Rattenfalle. Die Schubkarre stieß gegen etwas. Er fluchte und zerrte sie zur Seite.

»Verdammter Mist!« Er warf die Griffe hin, dass das Talglicht beinahe verlöschte, nahm es und fluchte erneut, als er sich umdrehte, sich dabei den Fuß stieß und heißer Talg über seine Finger lief.

Ein Winseln erklang hinter ihm. Der Vinksfranz erstarrte. Er war nicht etwa erschrocken, sondern lauerte vielmehr wie ein Raubtier, das willkommene Beute gewittert hat. Mit der Linken ergriff er den nächstbesten Stiel einer Erdhacke. Mit der Rechten hielt er das Talglicht weit vor sich gestreckt. Er drückte sich an der Schubkarre vorbei in den hinteren Teil des Schuppens. Das Lichtlein enthüllte einen zappelnden, klumpenförmigen Schemen. Langsam hob der Vinksfranz die Hacke zum Schlag. Noch trennte ihn ein Stück von dem zuckenden Etwas. Beinahe hatte er es erreicht, da hörte das Zappeln auf. Ein rundlicher Kopf wuchs aus dem Klumpen heraus, ein Paar verkniffener Augen warf den Flammenschein zurück, und ein Maul voller Reißzähne bleckte sich.

Plötzlich lag der Geruch nach Angst in der Luft. Das Talglicht flog ihm aus der Hand, als die Dogge den Schmerz und die Erniedrigung und den Hunger und den ganzen lodernden Hass in einen einzigen Sprung legte.

༺✦༻

Peter Stubbe war auffallend gut gelaunt heute. Mit fröhlicher Miene spornte er die Knechte und Mägde zur Arbeit an, drückte hier ein Auge zu und machte dort eine flapsige Bemerkung. Odilia fragte sich, ob der neue Herr des Stubbehofs wohl zumeist so sei, oder ob er einfach glücklich war über die Übernahme des Hofes; oder ob doch noch etwas anderes Anteil an seiner guten Laune hatte. Dies vermutete sie umso mehr, als Stubbe nach dem Mittagsmahl zu ihr kam und sie bat: »Du hast doch stets Stoffe für die Trine Trumpen gebracht. Sag, hast du nicht auch heute etwas zu ihr zu schaffen?«

Odilia, erfreut schon über die Aussicht, zur Trumpen zu gehen, nickte und hatte rasch einiges zusammengesucht. Sie sah nach Till, der in einer Ecke hockte und sich stumm damit abmühte, eine Sense zu schleifen, streichelte ihm liebevoll über den Kopf und machte sich auf zum Hof der Trumpen.

»Achte wohl auf alles, ich möchte genauen Bericht!«, wies Peter Stubbe sie gut gelaunt an. Sie nickte und war verblüfft über die Anweisung. Aber vielleicht wollte der Stubbe ja nur sichergehen, dass sie ihrer Aufgabe gewissenhaft nachging und nicht allzu lange mit den Mägden auf dem Weg tratschte. Nun, da musste er sich keine Sorgen machen, fand sie – die Trumpen war ihr eine viel liebere Gesprächspartnerin als die Klatschbasen an der Pütz.

Es dauerte einige Zeit, bis Odilia wieder zurück auf dem Hof war. Jakob sah sie hereinkommen. »Was guckst du so bedrückt?«, fragte er besorgt.

»Bei der Trumpen ist ein Unglück geschehen«, sagte Odilia.

»Doch nicht etwa der Trine Trumpen!«, erklang der Ausruf des Peter Stubbe, der gerade hinzukam.

»Nein, die Trumpen ist wohlauf! Es ist ihr Knecht, dieser Vinksfranz!«

»Der sich stets beträgt, als sei er Herr im Hause?«

»Ja, eben der ist der Vinksfranz«, knurrte Jakob. »Und was ist mit ihm?«

»Angefallen wurd er! Von einem gar gierigen Untier! Halb zerfleischt ist er worden. Er lag in der Knechtskammer auf seinem Bett, nicht wiedererkannt hab ich ihn in seinen blutigen Laken! Die Trumpen hat die Anna nach einem Doctor gesandt.«

»Und was ist geschehen?«, erkundigte sich Stubbe. Während Jakob mit offenem Mund und großen Augen vor Neugier lauschte und das übrige Gesinde, das herbeigeeilt kam, Entsetzen und Erschütterung kundtat – auch wenn ihm die Ursache noch gar nicht zu Ohren gekommen war –, war Peter Stubbe ganz Ruhe und Sachlichkeit. Und spendete Odilia damit den Halt, den sie brauchte, um sich selbst ob der Nachricht nicht in Verzweiflung zu reden.

»Ein Wolf muss es gewesen sein!«, rief der Georg. »Hat der Franz den Schuppen nicht verriegelt, ist er allein schuld!«

»Der Franz ist aber noch am Leben?«, vergewisserte sich Gerda. »Eine Strafe für sein Betragen gegenüber Trine, das möchte ich sagen!«

Peter Stubbe wies Odilia an, den Wagen anspannen zu lassen. »Ich fahre gleich zu Trine Trumpen. In solcher

Zeit sollte man eine Dame nicht allein lassen. Georg, nimm dir Till und geh nach Bedburg, du weißt schon, das Ackergerät, das ich in Auftrag gegeben habe – ich werde bei der Trine Trumpen dringender benötigt.«

Damit bestieg er den Wagen und fuhr gemeinsam mit Odilia zur Trumpen. Odilia fand es unerhört vornehm, dass er für die paar Schritte einen Wagen anspannte.

»Wo steckt Till?«, fragte Georg. »Es ist an der Zeit, dass er seine Verstockung aufgibt!« Gerda fasste ihn am Arm.

»Sei nicht so streng mit ihm! Nach allem, was er erlebt hat.«

»Das ist schon eine Weile her! Weißt du, was ich alles erlebt hab? Bin ich etwa komisch geworden? Verkriech ich mich etwa in dunklen Ecken? – Till! Till, komm her, wird's bald!«

»Hinaus mit dir!«, erklang Aleths Stimme aus dem Inneren des Hauses. Gleich darauf erschien sie in der Tür und zerrte den widerspenstigen Till am Arm hinter sich her. »So, da ist er! – Jetzt geh mit Georg!«

Till sah zu Boden und ließ die Glieder hängen.

»Jetzt kommst mit, wir nehmen den Grauen! Auf!«

Till wandte sich hölzern zum Pferdestall.

»Und etwas flotter, ja, geht's noch!«

Wenig später trottete der Graue mit Georg und Till aus dem Hof. Auf dem Weg nach Bedburg wechselten sie kein Wort. Die Stadtmauern, die Till sonst immer so sehr interessierten, vor allem, da er kaum Gelegenheit hatte, sie zu sehen, die beachtete er jetzt gar nicht.

Georg lenkte das Pferd zur Schmiede, bei der sie die Gerätschaften bestellt hatten.

»Jetzt gehen wir erstmal einen trinken«, brummte er, als der Schmied sie bat, noch etwas zu warten. Till wurde in die Schenke hineingeschoben und bekam einen Becher Weißwein vorgesetzt.

»Trink«, sagte Georg, packte ihn grob am Schopf und hielt ihm die Nase dicht über die hellgelbe Flüssigkeit.

»Was ist mit dem Jungen?«, fragte einer der anderen Gäste. »Aber ... ich kenne Euch doch. Seid Ihr nicht vom Stubbehof? Ihr hattet doch von dem Knaben berichtet, der im Wald zerfleischt worden ist! He, Lotzer, der Georg ist da, weißt schon! Komm her! Und was ist mit dem da?«

»Der hat ihn gefunden, den Knaben«, brummte Georg. Als sich wie von Zauberhand ein freier Krug Wein vor seinem Platz wiederfand und die auf vier Köpfe angewachsene Zuhörerschaft alle Anzeichen gab, ihm auch den nächsten und gewiss auch den übernächsten Krug zu spendieren, da löste sich des schweigsamen Georgs Zunge zu Tills Verwunderung. Er fuhr fort: »Aber jener Knabe ...«

» ... der mit den Käfern im Auge!«

» ...der mit der Kehle, die abgebissen war!«

» ... ja, jener Knabe, ja, gar grauslig hat er ausgesehen, wie wir ihn geborgen haben, und man soll ja nicht schlecht über seine Herren reden, aber wisst ihr, der Ludwig, der hat's gleich bereut, dass er mitgekommen, weil gerochen hat's, ich sag euch, ein Batzen toter Ratten riecht nicht so, also der Knabe, das war nicht der Einzige!«

Till stierte tiefer in seinen Krug und versuchte, nicht hinzuhören. Die Bilder, die bei Georgs Worten in seinem Kopf wieder auflebten, waren grässlich. Er hatte sie schon vergessen gehofft.

Derweil nahm Georg einen tiefen Zug und genoss sichtlich die Neugier seiner Zuhörer, die riefen: »Nicht der Einzige? Was meinst du damit?«

»Ein weiterer Toter? Nein, sag nur?«

»Wer war es diesmal? Doch nicht wieder ein Knabe?«

»Wirt, einen Schnaps von deinem Branntwein für unseren Georg hier, schnell, haben Söldner gehaust? Waren es wieder die Wölfe?«

Da hob Georg die Hand. »Wölfe, da habt ihr recht. Aber diesmal, ihr werdet es mir nicht glauben, hat es einen Knecht erwischt! Mitten auf einem Hof!«

»Nein!«

»Wölfe auf dem Stubbehof?«

Georg akzeptierte den Becher Obstbrand und grinste abfällig. »Wenn einer von denen auch nur seine Schnauze durchs Tor schiebt, dann binde ich ihm die Hinterläufe ums Haupt, dass er nicht mehr weiß, wo oben und wo unten. Und unsere Doggen wünschen sich solchen Besuch gar sehr. Nein, nicht bei uns ist das Unglück geschehen. Ihr kennt doch den Hof der Witwe Trumpen, auch zu Epprath?«

»Die Witwe Trumpen? Gehört habe ich wohl von ihr.«

»War nicht vor lang, da hab ich sie gesehen hier in Bedburg. Eine gute Frau. Die Wölfe werden doch nicht etwa sie ...«

Georg hob beschwichtigend die Hände und grinste. Nun hatte er auch Till mit seinen Geschichten gepackt.

»Nein, nein, Gott wird der ehrbaren Trumpen doch keinen Schaden tun wollen. Wohl aber dem Knecht, den du meintest, Lotzer.«

»Der Vinksfranz? Der ist vom Wolf gefressen worden?«

»Nun, gefressen hat der Wolf ihn nicht. Aber ordentlich gezaust hat er ihn. Er blutet im Trumpenhof gerade seine Bettstatt voll.«

»Wie kann das? Der Vinksfranz ist doch kein Kind mehr!«

»Er hat wohl des Nachts einen Wolf gestört. In die Enge getrieben wird er ihn haben, der Dummkopf. Im Schuppen ist er gewesen, hat nicht gemerkt, dass ein Wolf darin gewesen. Nun, gleich darauf wurde ihm eine Lektion erteilt. Er ist wohl gerade so mit dem Leben davongekommen.«

»Was du nicht sagst! Bei euch geschieht ja zahlreicher Unbill!«

»Trifft aber nicht den Falschen. Dieses Mal wenigstens.«

»Ja, es war wohl eine Strafe Gottes. Wer hat sonst je gehört, dass Wölfe in einem Schuppen auflauern?«

»Es ist so kalt hier.«

Peter Stubbe sah Trine Trumpen mit einem besorgten Blick an. Sie saß ihm gegenüber am Tisch ihres Hauses und schlang ihren Schal enger um sich. Odilia stand im Hintergrund und war nicht minder besorgt als ihr Herr. Die Trumpen sah schlecht aus, bleich war sie und ihr Gesicht aufgequollen. Am liebsten hätte sie die Trumpen umarmt und ihr Wärme gespendet.

»Liegt es an Franz?«, fragte Stubbe vorsichtig.

Das Schweigen der Trumpen schien Stubbe Antwort genug zu sein.

»Ihr habt doch Mägde, die können Euch doch zur Hand gehen«, sagte Peter Stubbe leise.

»Die eine ist ältlich, die andere kaum zu gebrauchen«, ließ sich Odilia aus dem Hintergrund vernehmen.

»Ah«, machte Stubbe. Als Odilia sah, wie Trine Trumpens Rechte wie aus eigenem Willen zu Stubbes Hand hinüberwanderte, zog sie sich leise aus dem Zimmer zurück. Doch eine Neugier, die ihr selbst durchaus widerstrebte, zwang sie, das Geschehen aus dem Nebenraum zu verfolgen. Trumpen wischte sich mit der Linken eine Träne aus den Augen, während ihre andere Hand die des Stubbe fest umschloss, als wolle sie nie wieder loslassen. Und Stubbe erwiderte ihren Händedruck nicht nur, er legte sogar tröstend die freie Hand auf die ihre und sah ihr tief in die Augen. Was er sagte, verstand Odilia zwar nicht, sie sah aber wohl, wie ein Lächeln über Trine Trumpens Antlitz huschte.

Für eine ganze Weile saßen beide nur da, und Odilia glaubte zu spüren, wie Trine Trumpen langsam wieder an Kraft und vielleicht so etwas wie Zuversicht gewann.

»Ich dachte, der Vinksfranz sei ihr ein Teufel«, murmelte Peter Stubbe, als sie den Hof wieder verließen. »Jetzt sehe ich, dass er ihr Teufel und Stütze zugleich war. Odilia«, er sah sie an, »wir fahren jetzt jeden zweiten Tag hierher. Führe Aufsicht über ihr Gesinde und treibe es an, während ich der Trine Trumpen helfe in ihren Dingen.«

Bei jedem zweiten Tag blieb es nicht. Selbst als der Vinksfranz wieder gesundet war – drei Finger seiner rechten Hand blieben jedoch unbrauchbar – nutzte Peter Stubbe jede sich bietende Gelegenheit, Trine Trumpen einen Besuch abzustatten. An seiner Laune erkannte Odilia, wie sehr es ihm behagte, dass der Vinksfranz mit dem Verlust seiner Gesundheit auch viel von seinem herrischen Auftreten verloren und Trine Trumpen mindestens im gleichen Ausmaß an Selbstsicherheit ihm gegenüber gewonnen hatte. Peter Stubbe stieg in Odilias Ansehen noch weiter. Aber wo sie glücklich war und stolz auf den neuen Herrn, da wurde Ludwig Stubbe unerträglich, unerträglicher noch als zuvor, Odilia hatte es kaum für möglich gehalten.

»Das war früher nicht so«, ließ er sich vernehmen, ganz gleich, was Peter Stubbe angeordnet hatte. Ob nun ein Kornspeicher geleert wurde, als die neue Ernte vor der Tür stand und das alte Korn dringend zur Mühle gebracht werden musste, ob der Pachtzins pünktlich entrichtet wurde, ob Peter Stubbe aus den Obstwasservorräten eine Flasche abzweigte als Geschenk für einen Bauern – Odilia hatte vom Jakob gehört, dass er das tat, um nachher dessen Karren ohne Mühe ausleihen zu können, und fand das durchaus weitsichtig – stets war Ludwig der Ansicht, sein Bruder wirtschafte den Hof geradewegs in die Katastrophe. Seine Frau Aleth meisterte derweil das Kunststück, noch griesgrämiger zu sein als sonst. Doch abgesehen von den beiden waren alle auf dem Hof ihrem neuen Herren mehr oder weniger wohlgesinnt. Odilia empfand den Stimmungswechsel als sehr wohltuend. Und die häufigen Besuche bei der Trumpen kamen ihr ebenfalls durchaus gelegen.

Nicht ohne Genugtuung hörte Odilia, wie Ludwig sich empörte, dass Peter Stubbe ihm den Schlüssel zur Geldkiste verwehrte.

»Er versäuft das ganze Geld mit der Trumpen«, ließ Georg sich vernehmen.

»Woher weißt du das?«, fuhr Odilia ihn an. Überrascht über den ganz ungewöhnlichen Wutausbruch sahen alle von ihren Schüsseln auf. Georg hob träge die Schultern. »Na, der Ludwig hat's gesagt.«

»Der Ludwig, der würd seine Frau am liebsten gegen die Trumpen tauschen!«, entfuhr es Odilia, ehe sie an sich halten konnte. Die Knechte und Mägde lachten.

»Nein, Georg, das eine weiß ich: Er beträgt sich wohl

bei der Trumpen, und verschwenden tut unser neuer Herr doch nichts, oder? Oder?«

Sie sah herausfordernd in die Runde. Niemand widersprach ihr; aber so mancher Blick zeigte, dass Odilia eine recht unbekannte Seite ihres Wesens gezeigt hatte.

Peter Stubbe gelang es trotz seiner Sorge um Trine Trumpen, auch andere Dinge nicht zu vernachlässigen. So auch heute, als er Till zu sich rief. »Ich brauch einen Botenjungen, du bist am entbehrlichsten. Wir fahren nach Bedburg!«

Till gelang es sogar, Freude über den anstehenden Ausflug zu empfinden, ein Gefühl, das ihm seit seinem Leichenfund fremd geworden war. Eine verräterische Stimme in seinem Kopf meldete sich allerdings, dass er offenbar entbehrlicher war als Thomas. Aber ehe er sich darüber grämen konnte, schickte Stubbe ihn schon, das Pferd anzuschirren: »Beeil dich!«

Als er das Pferd samt Droschke aus der Scheune führte, stieß er beinahe mit Ludwig Stubbe zusammen. Der sah ihn aus glasigen Augen an.

»Er nimmt wieder keinen Hund mit«, stellte Ludwig fest.

Till sah ihn verwirrt an. Ludwigs Pranke legte sich aufs Tills Schopf. Er griff so fest zu, dass Till ächzte. »Ist gefährlich ohne Hunde«, brummte er. »Hat wohl keine Angst, mein Bruder.«

Till schluckte und versuchte vergeblich, den Griff in

seinem Haar zu mindern, zumal er mit der Rechten das Pferd ruhig am Maul führen musste. Da ließ Ludwig ihn los und schlurfte gebeugt davon. Der Junge stand für einen Atemzug nur da und sammelte sich. Sein Herz klopfte, er hatte Angst vor Ludwig bekommen. Daher war er richtig froh, als er ins Freie trat.

Peter Stubbe kletterte auf die Droschke, und Till eilte, um das Tor zu öffnen. Jakob winkte ihm fröhlich zu: »Sauf nicht zu viel Wein!«

»Gehen wir ins Gasthaus?«, wagte Till zu fragen, als sie den Hof verließen und er sich neben Stubbe auf den Bock gesetzt hatte. Peter Stubbe blieb ihm die Antwort schuldig. Schweigend legten sie den Weg zwischen Epprath und Bedburg zurück. Der Himmel war bewölkt, und es herrschte eine drückende Hitze. Mehrfach warf Stubbe einen Blick zum Himmel.

»Gibt es ein Gewitter?«, fragte er Till unvermittelt. Der Knabe war so überrumpelt, dass der Herr sein Urteil verlangte, dass er erst nach einer Weile antwortete. »Ich ... ich glaub ...«, stammelte er.

»Heraus damit!«, forderte Stubbe ungeduldig.

»Ich glaub nicht«, erwiderte Till. Für die Dauer eines Herzschlags erkannte er Verwunderung in Stubbes Augen – schließlich waren die Wolken fett und die Luft schwül –, dann nickte er und schnalzte den Pferden zu.

Tatsächlich behielt Till recht. Trocken fuhren sie in Bedburg ein. Vor einem nicht auffällig großen, aber selbstbewusst mit blauen Begleitern und einer Madonnenstatue verzierten Fachwerkhaus am Markt hielten sie.

»Du kommst mit«, befahl Stubbe, als Till sich um das Pferd kümmern wollte. Er klopfte an die Tür.

Der Werwolf zieht los

»Melde dem Rat, dass der Stubbe da ist«, wies er den Diener an, der öffnete. »Und kümmer dich um meine Droschke.«

»Er bittet Euch herein«, sagte der Diener wenig später unterwürfig.

Till folgte Peter Stubbe ins Innere des Hauses. Es war angenehm kühl hier und roch nach Schinken und Rauch. Im Kontor wurden sie schon erwartet.

»Der gute Herr Stubbe! Wie es mich freut, nicht wahr! Gut, dass es Euch hierher verschlagen hat. Und den Knaben an Eurer Seite, der nur ein Wams trägt, den erkenne ich wohl auch, einer Euerer Knechte, wenn ich mich nicht irre. Willkommen, willkommen! Setzt Euch. Wie kann der Rat Gartz Euch zu Diensten sein?«

Till blieb hinter Stubbes Stuhl stehen, während sein Herr Platz nahm.

»Ich habe von Euerem Wein gehört, der gar köstlich sein soll«, begann Peter Stubbe.

»Ah, es spricht für Euch, dass Ihr wegen des Weines hergekommen seid. Manch einem dünkt Wein doch nicht bedeutungsvoll genug, dafür eine Fahrt zu machen. Dabei ist er die Essenz des Lebens, ein Genuss, nicht wahr!«

Rat Gartz winkte dem Diener zu. »Bringe uns einen

Krug Blutskopf! – Der, lieber Stubbe, mundet Euch gewiss. Erlaubt mir, Euch eine Probe zu servieren.«

Peter Stubbe dankte, und als er das Becherglas an die Lippen geführt hatte, verzog sich sein Gesicht zu einem Bild des Genusses. Zu gern hätte Till gleichfalls probiert, aber das stand ihm natürlich nicht zu.

»Nicht wahr, dieser Tropfen tut wohl«, freute sich Rat Gartz. »Als ich zum Stimmeister gekürt wurde, da schwärmten die anderen Herren noch eine Weile davon. Aber was rede ich. Zudem ein guter Rat«, er beugte sich mit gespielt verschwörerischer Miene zu Peter Stubbe vor, »nehmt niemals ein solches Amt wahr, und seht Euch vor, das geht wohl schneller, als man sich dünkt! Schließlich ist man's, wenn sie einen erkiesen, ob es einem passt oder nicht. Stimmeister zum Beispiel, das ist wohl ein schöner Titel, aber ich sage Euch, arm seid Ihr, wenn Ihr das Amt angetreten habt! Und die anderen wissen das ganz genau. Man neidete mir nur meinen Doctor der Rechte. Und natürlich den Blutskopf hier, was wir ja gut verstehen mögen, nicht wahr!« Rat Gartz lachte. Stubbe erlaubte sich ein feines Lächeln und zeigte mit der Andeutung eines Nickens seine Zustimmung. Till wurde schon unruhig vom vielen Herumstehen, als der Diener die Bestellung entgegennahm: »Zwei Fuder vom Blutskopf«, befahl Rat Gartz, »für meinen Freund Peter Stubbe hier. Der Junge steht bei der Droschke draußen, beladet sie damit.«

Der Diener nickte, wandte sich zum Gehen und zögerte plötzlich. »Verzeihung«, wandte er sich an

Stubbe, »ist es wahr, was man über Wölfe auf Euerem Hof erzählt?«

Rat Gartz wollte ihn scharf zurechtweisen, aber Peter Stubbe hob die Hand. »Wölfe auf meinem Hof? So?«, fragte er.

»Ja, es wird ... es wird erzählt«, erwiderte der Diener, dem sein eigener Mut sichtlich unheimlich geworden war, »also es wird erzählt, ein Wolf habe einen Knecht zerfleischt.«

»Mein Diener hört auf billige Gerüchte?«, fragte Rat Gartz und machte ein interessiertes Gesicht jener Sorte, das sogar bei Till die Feuerglocken schlagen ließ.

Doch Peter Stubbe lächelte nachsichtig. »So ganz falsch liegt Euer Mann da nicht«, erklärte er. »Doch in einem irrt er: Der Wolf war nicht auf meinem Hof. Vielmehr auf einem nachbarlichen. Und den Knecht hat er zerhäckselt, doch lebt er noch, und es ist ein gar gräulicher Mensch. Merke dir das, und wenn du wieder Unsinn über meinen Hof hörst, dann sage, der Peter Stubbe selbst hat dir gesagt, wie es wahrlich gewesen ist! Nun geh und tu, was dein Herr dir anbefohlen hat.«

Rat Gartz blickte Stubbe amüsiert an. »Ihr wisst Untergebene zu führen, Herr Stubbe, so wie Ihr standesgemäß zu feiern wisst! Das ist wohl, will ich meinen. Doch mögt Ihr mir verraten, was es nun mit dem Wolf auf sich hat? Und ja, bedient Euch, der Blutskopf möchte vertrunken werden«, fügte Rat Gartz hinzu, als Peter Stubbe nach dem Krug griff. Till versuchte wegzuhören, als sein Herr von dem Unglück zu erzählen begann, das dem Vinksfranz vom Trumpenhof widerfahren war: Stubbes nüchterne, aber genaue Beschreibungen von des Franzens Verletzungen riefen in Tills Kopf wieder Bilder wach, die ihn erst seit Kurzem nicht mehr jede Nacht im Traum heimsuchten. Seine Hände krampften sich um Stubbes Stuhllehne, und es war eine Erleichterung, als sein Herr sich endlich zurücklehnte. Rat Gartzens Interesse dagegen war geweckt.

»Es darf natürlich nicht angehen, dass solcherlei Getier eine Gefahr für brave Leut darstellt! Ich dachte, wir wären der Plage Herr geworden. Was Ihr zu erzählen habt, ist wahrlich böse! Nun gut. Ich werde daselbst zu Bedburg bei unserem Herrn vorsprechen, und die Jagd auf solcherlei Untiere anführen. Ich möchte meinen, die Wölfe werden nicht lange ungeschoren über unsere Felder ziehen!«

»Ihr habt Erfahrung in derlei Dingen?«

»Das möchte ich so vermessen sein, zu behaupten, ja. Die Jagd war stets meine große Liebe.«

»Ich werde Wort in den Dörfern geben, dass jeder, der einen Wolf sieht, mir schnellstens Meldung gibt«, sagte Peter Stubbe. »So kann ich Euch rasch Kunde bringen, wenn solcherlei Getier wieder auftauchen sollte.«

»Mein lieber Stubbe, ich habe mich nicht geirrt, als ich Euch schon bei unserem ersten Zusammentreffen für einen klugen Kopf hielt. Es freut mich, und so wollen wir verbleiben. Und Euere Mühe wird nicht ungolten bleiben, das sag ich Euch.«

Peter Stubbe hob sein Becherglas, und sie stießen darauf wie auf einen Handel an. Anschließend einigten sie sich auf einen Preis für die zwei Fuder Wein, und Till hatte den Eindruck, als gehe Rat Gartz allzu schnell auf Stubbes Gegenangebot ein.

Es war, als habe Rat Gartzens Ankündigung, die Sache mit den Wölfen vor seine Hochgeboren zu bringen, die wilden Tiere verschreckt. Er hatte Peter Stubbes Worte durchaus nicht vergessen, jedoch passte die Einladung zur Jagd nicht in die folgenden Sitzungen, hier hatte er zu viele Forderungen und Bitten vorzutragen, als dass eine weitere geeignet gewesen wäre. Dort baute er gerade einen Vorrat an Dankbarkeit und Verpflichtung seiner Person gegenüber auf, den er anderswo dringlicher einzulösen hatte als für das Vergnügen der Jagd. Wenn er sich unbeobachtet wusste, machte er sich gelegentlich einen Spaß daraus, den Arm wie mit einem Spieß in der Faust zu heben und auf einen Schatten in der Ecke zu schleudern, in der er sich einen großen Wolf vorstellte. Die echten Wölfe hingegen fielen seit dem Unglück mit dem Vinksfranz niemanden mehr an; sie waren wohl weitergezogen, mutmaßte Gartz. Doch stets, wenn er ausfuhr, horchte er auf Neues, was Hinweise auf Wölfe geben könnte. Und da er den Hof in Beduerdyck erstanden hatte, war er oft unterwegs und machte dann und wann auch beim Stubbehof Halt. Durch seine Feier, aber vor allem durch sein umsichtiges Wirtschaften, verschaffte sich Stubbe schneller Respekt in den umliegenden Ortschaften als manch ehrgeiziger Reicher. Die lutherischen Pfarrer hießen ihn willkommen, und einmal fand sich Gartz im Kreise der Kirchdiener der Landschaft beim Konsistorium wieder. Sie hatten Wein und Braten zu Stubbe gebracht, um mit ihm höhere Fragen der Theologie zu erörtern, und auf dem Lande war alles eine höhere Frage, was über Grundlegendes der Ehe und der Feiertage hinausging. Rat Gatz fand sich wiederum fasziniert von dem neuen Hofherrn. Stubbe hörte zu, und nur hin und wieder warf er eine Bemerkung ein, die jedoch immer treffsicher war, aber niemals Stellung für die eine oder andere Partei der Kleriker bezog. Tatsächlich offenbarte Stubbe dabei ein Wissen, das ihn deutlich von den meisten anderen Mitgliedern des Konsistoriums abhob. Selbst als sie zu den Schwierigkeiten der Schweinezucht kamen, wusste Stubbe, wiewohl noch nicht lang Herr des Hofes, Kluges beizutragen. Auch als Rat Gartz einen Kleriker dazu brachte, gegen Stubbes Worte Position zu beziehen, blieb er überlegen und gab keine Handbreit Boden preis. Tief beeindruckt verließen die Konsistoriumsmitglieder den Hof wieder.

So lief alles seiner Wege; das erste Jahr verstrich, ohne dass es noch zu Katastrophen oder Unglücken gekommen wäre. Der Winter wurde hart, doch Stubbe hatte auf die Knechte gehört und brachte alle dank wohlbemessener Vorräte gut durch. Zu Ludwigs außerordentlichem Ärger schenkte er gar dem Kratzhand Mehl und Äpfel, und in dieser Nacht war Aleths Keifen auf dem ganzen Hof zu hören. Mit der Trumpen war Stubbe eine überaus nützliche Gütergemeinschaft

eingegangen: Was ihr fehlte, gab er ihr, und was sie
überhatte, gab sie ihm. Auch bei schwerem Schnee-
treiben besuchte er sie; und wenn es gar zu schlimm
wurde, kam er für den Abend nicht wieder. Odilia, die
ihn zwar nur noch selten begleitete, dafür aber sonst
wenigstens die Hälfte der Zeit bei der Trumpen war,
bemerkte wohl das Gerede, das im Dorf entstand. Es
war jedoch ein unterm Strich gutmütiges Geschwätz,
das Stubbe Großmut attestierte und Trumpen beglückwünschte. Und Odilia kam nicht umhin, den Gerüchten
ein Körnchen Wahrheit zuzugestehen, vielleicht auch
etwas mehr: Aus der Neugier des Stubbe war sichtlich
Zuneigung geworden.

Und so war Odilia in Gedanken bei ihnen, als sie
zu Jakob kam. Der hatte eine ganz besondere Vorliebe,
das Melken nämlich. So war er bereits auf Händen und
Knien, wenn Odilia hereinkam, wie Gott ihn schuf –
und Odilia fand, Gott habe ihn außerordentlich wohl
geschaffen – und sie fuhr ihm zwischen die Hinterbacken und griff in sein Gehänge, dass sie die Gänsehaut
auf seinem Rücken aufblühen sah; und während sie zu
melken begann, begann er zu schnauben wie ein Hengst
und mit der Hand auf den Boden zu trampeln und wurde
von Erschütterungen durchjagt; bis er seinen Blondschopf in den Nacken warf, zu ihr herumfuhr und sie
an sich presste, derweil er sich zwischen ihren Brüsten
entlud. Seine Wildheit im Körper des Jünglings liebte
sie und wünschte sich, wenn sie ermattet beieinander
lagen, gleich ein weiteres Mal.

»Ob der Stubbe es wohl auch mit der Trumpen …«, flüsterte Jakob. Odilia lachte, denn allein die Vorstellung wollte so gar nicht passen, und umarmte ihn.

»Na, der Stubbe und die Trumpen sind doch recht eng«, meinte Jakob.

»Recht hast du ja. Ich kann's mir nur nicht vorstellen, unseren ehrenwerten Herrn Stubbe …«

»Ich auch nicht«, gab Jakob zu. »Trotzdem …«

»Bald ist Frühling«, meinte Odilia, um das Thema zu wechseln. »Dann ist der Stubbe schon ein Jahr auf dem Hof. Wie die Zeit vergeht …«

»Ich glaub, dem Ludwig ist sie verdammt lang. Der wird ja von einem Tag auf den anderen immer giftiger.«

»Ja, was war das für eine Zeit, als er noch hier regiert hatte …«

»Ja«, sagte Jakob und strich ihr eine Strähne aus der Stirn, »ich glaub auch, dass für uns eine gute Zeit angebrochen ist.«

Tatsächlich war es so: Das Folgejahr verlief gut, die Ernte war üppig, und Peter Stubbe gewann dank Rat Gartzens Hilfe auch in Bedburg an Ansehen. Sogar in Köln, dieser riesigen Stadt, war er kein völlig Unbekannter mehr. Selbst der Graf höchstselbst lud ihn gegen Ende des Jahres, um in einer Sache die Sicht der Landschaft zu bezeichnen.

Georg ging mit Till in eine Schenke, während Stubbe mit den hohen Herren sprach. Er traf dort bekannte Gesichter und ließ sich bitten, von dem lange zurückliegenden Vorfall auf dem Trumpenhof zu erzählen: Der dabeisitzende Kölner Verwandte von dem, der Lotzer hieß, hatte die Sache damals nicht glauben wollen. Am anderen Ende der Bank saß ein buntes Völkchen, ganz wie Großvater, Vater und Sohn, die freundlich zu ihnen hinübersahen. Voller Interesse lauschten sie Georgs Bericht, der sich im Munde der Anwesenden rasch zu einem blühenden Gerücht entfaltete.

»Ich kenn euch doch!«, sagte Georg plötzlich. »Ihr wart doch die Spielleute auf dem Fest!«

Der mittlere der drei neigte das Haupt. »Doch sagt, es handelt sich nicht um das Unglück, in das dieser Knabe, ich erkenne dich kaum wieder, verwickelt war?«

Till sah den Rauschpfeifer an, konnte mit seinem Gesicht aber nichts anfangen. »Ich kenn euch?«, fragte er.

»Nun, ja und nein. Wir kennen jedenfalls dich. Du kamst während der Feier halbtot zum Stubbehof. Aber wie ich sehe, bist du wieder wohlauf! Wie es mich freut!«

Der Rauschpfeifer reichte ihm die Hand. Till war recht verwirrt, dass einer ihn nicht nur beachtete und ansprach, sondern sogar die Hand gab; nicht ohne Stolz erwiderte er den Händedruck.

»Na, nun aber zur Sache!«, rief der Lotzer. »Was für eine merkwürdige Sache, Wölfe –«

»Ein Wolf«, verbesserte Georg.

»Ja, also der lauerte jedenfalls dem Knecht von der Trumpen auf, weißt schon, die Witwe vom Trumpenhof, so war's doch damals, Georg!«

»Und ganz zerpflückt ist der Vinksfranz worden«, bestätigte der.

»Aber war da doch nicht Winter, wie kommt's, dass ein Wolf auf ein Mannsbild geht?«, fragte der alte Fidelfriedrich nach, und der Kölner Verwandte des Lotzer nickte dazu.

»Ich sehe, Ihr habt Euch einen scharfen Verstand im Alter bewahrt. Das ist Weisheit«, sagte Lotzer.

»Georg?«

»Er war im Schuppen.«

»Im Schuppen? Ein Wolf? Was Ihr nicht sagt!«

»Glaubt Ihr mir etwa nicht?«, brauste Georg auf. »Wollt Ihr ...«

Der Rauschpfeifer hob beschwichtigend die Hände. »Keineswegs, keineswegs wollte er euch zu nahe treten, da bin ich mir sicher. Es klingt halt nur ungewöhnlich.«

»Vielleicht hat der ... Franz ... ihn in den Schuppen getrieben?«, ließ sich der Trommlerhannes vernehmen.

»Quatsch doch nicht«, platzte es da aus Till heraus, »der wär dem Vinksfranz doch ausgekommen, bevor er ihn überhaupt gesehen hätt draußen im Freien!«

Der Trommlerhannes sprang auf, doch da er dabei beinahe die Weinbecher umgerissen hatte, wurde er vom Rauschpfeifer wieder auf seinen Platz zurückgedrückt.

»Ich quatsch gar nicht«, zischte Hannes. Die beiden Jungen starrten sich feindselig an.

»Dann war der Wolf im Schuppen«, meinte Lotzer und drehte den Krug in den Händen.

»Und der Vinksfranz hat ihn bedrängt, vielleicht hat er das nicht bemerkt – sonst wär er doch nicht in den Schuppen gegangen.«

»Das klingt nach Teufelswerk«, flüsterte der Rauschpfeifer und machte ein so unheimliches Gesicht, dass es Till kalt den Rücken hinunterlief. Hastig nahm er einen Schluck. Dabei kreuzten sich seine und des Trommlerhannes Blicke. Der verächtliche Ausdruck im Gesicht des Spielmannsjungen versetzte ihm einen Stich. Er beschränkte sich darauf, ihm unter der Bank einen Tritt zu verpassen, oder das zumindest zu versuchen.

Lautstark protestierte der Lotzer: »Redet keinen Unfug über Teufelswerk! Ein Rätsel ist's, und wohl auch ein Quäntchen Gottes Strafe für die Hochmut vom Knecht, aber Teufelswerk, das wollen wir nicht hören!«

Georgs Gesichtsausdruck zeigte, dass er gleicher Ansicht war. Till glaubte darin aber auch so etwas wie Unsicherheit zu lesen. Einst hatte er gehört, der Teufel käme am liebsten dorthin, wo man ihn anrief. Ein neuerlicher Schauer jagte ihm über den Rücken. Einzig der Rauschpfeifer verzog die Lippen zu einem spöttischen Grinsen, erwiderte jedoch nichts. Und dem Trommlerhannes war die Verunsicherung in Tills Miene nicht verborgen geblieben. Er blinzelte ihn mit unverhohlenem Spott an und versuchte, ihm immer wieder mit der Fußspitze gegen das Schienbein zu stoßen.

»Wir müssen weiter«, sagte Georg schließlich, nachdem sie noch ein wenig weiter über Franzens Unfall gesponnen hatten. »Dank für die Zeche.«

Der alte Kämpe

»Das waren ein paar Albus zu viel«, raunzte der Fidelfriedrich. »Die halbe Zeche! So eine Unverschämtheit!«

»Ach, nach dem Stubbefest können wir das noch ab«, erwiderte der Rauschpfeifer. »Wirst sehen, unsere Zuhörer werden es uns zehnfach vergelten!«

»Ein Wolf in einem Schuppen, solch ein Unfug«, brummte der Alte. »Das glaubt uns doch keiner.«

»Und, was tut's! Schrecken wird es sie! Gell, Hannes, das kriegen wir schon hin!«

Der Trommlerhannes streichelte über die Schnauze eines der Wolfshunde und grinste zum Rauschpfeifer hoch. »Und ob!«

Doch der Fidelfriedrich war nicht überzeugt. »Können wir ja gleich einen Werwolf auftreten lassen«, brummte er.

»Alter Nörgelfritz«, lachte der Rauschpfeifer.

Sie hatten Bedburg schon am Vormittag verlassen und wanderten über Wiesen und Felder. Der Fidelfriedrich hatte ein untrügliches Gespür dafür, wohin sie sich wenden mussten, um bald wieder auf einem Fest auftreten zu können. Es war ein heller Frühlingstag, und unsichtbar schmetterte eine Schwalbe ihre Melodie. Die Wolfshunde sprangen neben den Musikanten her, untersuchten mal hier eine Scholle und forschten dort einem Kaninchenbau nach, kehrten jedoch stets zurück, ehe sie sich zu weit von ihrem Herren entfernten.

Die Gefährten wanderten durch ein Waldstück; der Weg war ausgefahren und ließ den Wagen holpern. Als sie auf der anderen Seite wieder aus dem Wald kamen, bot sich ihnen ein Flecken unter einem Baum so einladend zur Rast an, dass der Rauschpfeifer die Hand hob und sie sich niederließen. Der Fidelfriedrich holte Rüben, Speck und Zwiebeln hervor und richtete alles in einem Topf an.

»Hol Holz«, sagte er zum Trommlerhannes. »Vorher gibt's nichts zu essen.«

Der Trommlerhannes raffte sich auf, derweil der Rauschpfeifer die beiden Wolfshunde versorgte.

Es war, als überschreite er die Grenze zu einer anderen Welt. Das Licht war mit einem Schlag gedämpft, ebenso plötzlich war die Hitze der Frühlingssonne einer angenehmen Wärme gewichen. Anstelle des Klapperns und Quietschens des Fuhrwerks war nur mehr das Rauschen des frischen Grüns und weit hallender Vogelgesang von überall her zu hören. Selbst seine Schritte waren Hannes ganz ungewohnt: Anstelle über den steinigen Untergrund des Weges zu stampfen, federten sie über das Laub wie auf Kissen.

Obwohl es reichlich Reisig gab, reizte es ihn, weiter in die Wildnis vorzudringen. Moosbewachsene Baumstämme lagen kreuz und quer über Gestrüpp und weiten Laubflächen. Ein Dom aus Sonnenlicht lockte ihn zu einer Lichtung, und von dort aus bot sich ein Waldbächlein an. Hannes antwortete einem Vogel mit einem Pfiff und war amüsiert, als der Vogel ihm wiederum antwortete. Sogleich versuchte er es noch einmal, und wieder bekam er Antwort. Schon hatte sich entwickelt, was Hannes sich als angeregte Unterhaltung ausmalte.

Als der Vogel irgendwann verstummte, kehrte das Rauschen der Baumwipfel und das Knarzen der Kiefern zurück, und ihm wurde mit einem Mal bewusst, dass die anderen schon seit einer geraumen Weile auf das Feuerholz warteten. Mit einem Anflug von Bedauern machte er kehrt – und stutzte. Zwischen den Bäumen hatte er etwas Buntes aufleuchten sehen, etwas, das von ganz und gar anderer Farbe war als das Grün der Farne und das Gelb und Weiß der Waldblumen. Verwundert äugte er hinüber. Das Rascheln schneller Schritte bewies ihm, dass er sich nicht geirrt hatte – kam der Rauschpfeifer etwa, um ihn zu holen? Aber es war nicht der Rauschpfeifer. Es war jemand ganz anderes.

»Da, da ist er!«, erklang eine helle Stimme rechts von dem Buntgekleideten, und Hannes erkannte einen spanisch anmutenden Jungen in Schenkelhosen, der auf ihn zeigte; und derjenige, dem er es zugerufen hatte, erschien zwischen den Bäumen. Es war ein stattlicher Mann in vielfach längs geschlitzten Pluderhosen, der über dem Waffenrock einen Katzbalger und einen Dolch an der Seite trug. Sein Vollbart reichte ihm bis auf die

Brust, und seine Augen erinnerten Hannes an die eines Wolfes. Dies war ein Landsknecht.

Hannes fuhr herum und gab Fersengeld. Der Mann hätte ihn mühelos eingeholt, wäre seine bauschige Landsknechtsgewandung nicht so ungeeignet für den Wald gewesen. Aber er war darin alles andere als ungeschickt. Sein junger Begleiter erwies sich als bissig wie eine Dogge, und mit seinen nackten Knien hinderte ihn kein Geäst und Gestrüpp daran, rasch zu Hannes aufzuholen. Ehe er ihm in die Beine greifen konnte, machte Hannes einen Schritt zur Seite und trieb ihm den Ellenbogen in die Magengegend; sein Verfolger warf ihm den Schopf ins Gesicht, stolperte, überschlug sich und blieb für einen Moment zusammengekrümmt liegen. Hannes hörte viel zu bald, wie er mit einem gewürgten Wutschrei die Verfolgung wieder aufnahm. Ihm gingen langsam die Kräfte aus. Immer öfter strauchelte er, war sich auch gar nicht sicher, ob er in die richtige Richtung rannte, rang sich ein paar Hilfeschreie aus der Brust und glaubte den Dolch seiner Verfolger schon im Nacken zu spüren. Da vernahm er gedämpft durch das Rauschen des Blutes in seinen Ohren Hundegebell schräg vor sich, erkannte die beiden Wolfshunde am Klang und schöpfte Hoffnung. Ein Blick über die Schulter zeigte ihm, dass Landsknecht und Knabe das Gebell gleichfalls gehört hatten. Sie ließen sich zurückfallen. Dann waren die beiden Hunde da und stürmten wie schwarze Schatten zu beiden Seiten an Hannes vorbei. Der Landsknecht war stehen geblieben, griff hinter sich und zog eine riesige Radschlosspistole hervor. Mit kaltblütiger Ruhe legte er an, zielte, dann erfüllte Pulverdampf die Luft, das Krachen hallte durch den Wald, gefolgt von einem Winseln. Schon hatte der Landsknecht die Pistole fortgeworfen, zückte den Katzbalger, wartete in Kampfhaltung den Ansturm des zweiten Hundes ab und versetzte dem Tier mitten im Sprung einen Streich, der es zur Seite warf und gegen einen Baum prallen ließ. Während der Hund sich unter Schmerzen wand, trat der Landsknecht auf ihn zu und schlug ihm den Schädel ein.

Die Leichtigkeit, mit der der Krieger beide Wolfshunde überwältigt hatte, brachte Hannes vor Angst fast um den Verstand. Dort, dort war der Waldrand! Hannes würgte ein »Sie kommen!« hervor und brach zwischen Rauschpfeifer und Fidelfriedrich am Baum zusammen. Während dem Rauschpfeifer das Entsetzen ins Gesicht geschrieben stand und er – freilich nicht sehr überzeugend – seinen Degen gezückt hatte, stand der alte Fidelfriedrich in einer Haltung da, die Hannes vollkommen unwirklich erschien. Das Gesicht des alten Mannes zeigte Entschlossenheit, und seine Augen, die stets leicht verschlafen und gutmütig dreinblickten, blitzten nun in einem gefährlichen Glanz. Aber was am meisten beeindruckte, war das anderthalb Schritt messende Schlachtschwert, das er geradezu aus dem Nichts hervorgezogen hatte – Hannes hatte es jedenfalls noch nie gesehen, und schon gar nicht hatte er den Fidelfriedrich mit etwas Gefährlicherem als einem

Brotmesser in der Faust erlebt. Als der Landsknecht und der Bursche aus dem Wald kamen, waren sie nicht weniger überrascht, jedenfalls hielten sie inne und taxierten die Gruppe. Für den Rauschpfeifer hatte der Mann kaum einen Blick übrig, aber den Fidelfriedrich besah er umso mehr, und ihm war deutlich anzusehen, dass hier auch seiner Ansicht nach etwas nicht stimmte. Hannes krallte die Hände in die Rinde des Baumes und bemühte sich, wieder Luft zu bekommen. Als der Mann langsam seinen Schweizerdolch aus der Scheide gleiten ließ, schlug Hannes' Herz noch stärker, so stark, als wolle es sich von ihm losreißen und ohne ihn das Weite suchen.

»Alter Mann, verletz dich nicht«, versuchte der Landsknecht es mit Spott.

»Oh, das hebe ich mir für Euch auf. Kommt nur her, und ich will Euch fürstlich bedienen.«

»Das sagst du, der du kaum das Eisen ruhig halten kannst!«

»Ai wohl, es dürstet ihm nach Euerem Blute. Das habt Ihr wohl bemerkt, wie mir scheint.« Friedrich beugte die Knie und hob das Schwert beidhändig, sodass die Spitze über seine linke Schulter wies. »Weshalb sonst habt Ihr Eueren Schweizer in die Linke genommen, wo doch der Katzbalger in Euerer Rechten vollauf für einen Greis genügen sollte!«

»Nun legt Euer Fundstück fort, ich will gnädig sein.«

»Diese Art von Gnade ist mir, mit Verlaub, allzu

wohlvertraut. Bedauert Ihr es, dass Ihr Euer Knallrohr vorhin entleertet? Aber ich nehme an, Ihr seid von Euerem anderen Rohr her gewohnt, dass es zu früh entladen ist.«

»Macht keinen Dichterwettstreit draus, Alter, ich gehe Euch ans Leben!«

Er machte einen Schritt vor, aber noch ehe er den Fuß aufgesetzt hatte, hatte der Fidelfriedrich zwei rasche Schritte auf ihn zu gemacht und dabei das Eisen so schnell in einer Acht durch die Luft zischen lassen, dass er unwillkürlich zurückwich und der Junge ein erstauntes Keuchen ausstieß. Mit dem Schwert hoch über dem Haupt verharrte der Fidelfriedrich. Ehe der Landsknecht dies erwidern konnte, erscheinen zwei weitere Männer an seiner Seite, beide nicht weniger bunt, wenngleich in ganz anderen Farben und anderem Schnitt gekleidet. Beide trugen Waffen. Der Landsknecht grinste. »Na, wo ist nun Euere Redseligkeit hin, alter Mann! – Holen wir sie uns!«

Doch anstatt entsetzt zu sein, wie es der Rauschpfeifer und Hannes vormachten, leuchtete das Gesicht des Fidelfriedrich auf. »Hermann Bräuer! Du bist's!«

»Friedrich! Euch zu sehen! Ja, glaub ich's!« Einer der beiden Neuankömmlinge schob sein Schwert zurück in die Scheide und breitete vor freudiger Überraschung die Arme aus. Sein vielgeschlitztes Wams leuchtete in Beige und Grün auf, gerade wie bei einem radschlagenden Pfau.

»Leute, ich glaube es nicht, ihr seht hier den guten

Friedrich, alt seid Ihr geworden, aber nicht minder tapfer, wie ich seh – das Schwertschwingen habt Ihr nicht verlernt! Langer, du tatest gut daran, ihn nicht zu behelligen, mit dem Schwert kann unser Friedrich so einige unvermutete Streiche führen, und schon hättest du deinen ganzen Mannesstolz über den Boden verteilt gehabt und hernach deinen Kopf dazu – in meine Arme, Kamerad!«

Und vor den ungläubigen Augen aller fiel der Landsknecht dem Fidelfriedrich um den Hals, der sich erst einmal ächzend aus der hoch aufgerichteten Haltung in den normalen Stand bringen musste und sie dann gezwungenermaßen würdig, aber umso herzlicher erwiderte.

»Mein alter Führer, Meister meiner Rotte, welch eine Freude! Das wollen wir feiern!«

Als die anderen, völlig überrumpelt von der plötzlichen Wendung, nur glotzten, winkte der Landsknecht ungeduldig Hannes und dem Rauschpfeifer zu, die angstvoll zusammenfuhren.

»Ihr beiden, kommt doch mit dem guten Friedrich mit zu uns – Friedrich, seh ich recht, dass Ihr Spielmann geworden seid? Solcherlei lustige Leute kann unser Haufen wohl vertragen! Kommt mit uns!«

So kam es, dass die Spielleute sich wenig später bei zwei Rotten Landsknechten wiederfanden, die auf der anderen Seite des Waldes lagerten.

»Wir gehen nach Hambach«, erklärte der, der den Fidelfriedrich erkannt hatte und Bräuer hieß, »es wird gesagt, dass sie dort bald Truppen sammeln werden. Wohin es dann geht, wissen wir freilich nicht.«

Lotte, eine Frau mit rosigem Gesicht, rückte einen Topf vom Feuer, um das sie herumsaßen. Sie lächelte den Bräuer an und gab jedem einen Napf mit Suppe.

»Warum habt ihr uns angegriffen?«, fragte Hannes den Jungen, der ihm gerade noch an die Kehle hatte springen wollen und jetzt kameradschaftlich das Brot herüberreichte. Der grinste breit. »Na, wir haben viel zu wenig Lohn bekommen, viel weniger als abgemacht war, sagt der Arnold. Deswegen holen wir uns halt, was uns so über den Weg läuft. Dabei haben wir toll gekämpft!«

»Du hast mitgekämpft?«, fragte Hannes beeindruckt. »Bei einer echten Schlacht?«

»Na klar!« Der Junge warf sich in die Brust. »So wahr ich Milo heiße! Mein Vater, der Arnold, der ist Fähnrich, der braucht mich, weil er kann ja nicht weg von der Schlacht! Gerade letztes Mal, da hat es den Pfeifer und den Trommler umgehauen, als die Feldschlangen gedonnert haben, da hab ich ihm geholfen. Hier am Ohr, guck, da fehlt ein Stück, das war ein Splitter von den Feldschlangen!« Er zeigte stolz seine linke Ohrmuschel, an deren Rand ein winziger geröteter Punkt zu sehen war. »Aber gekriegt haben sie mich nicht und meinen Vater auch nicht. Die ihm ans Leder wollten, hab ich umgeschossen! Und ihm Trank und was er sonst noch braucht geholt.«

So recht konnte Hannes es sich nicht vorstellen, wie

Milo die Feinde reihenweise umschoss, aber er spürte dennoch Bewunderung für seinen Mut. »Ich muss immer mitten rein ins Getümmel«, brüstete sich Milo. »Wenn du da nicht flink wie ein Fuchs losspringst, landest du wie ein Schwein am Spieß!« Beide mussten lachen. »Da kommt mein Vater.«

Arnold war eine beeindruckende Erscheinung. Hannes konnte sich gut vorstellen, dass er in der Schlacht stand wie ein Fels in der Brandung. Er war ein mindestens sechs Fuß großer Mann mit brustlangem Vollbart und einer gezwirbelten Moustache, die ihm fast bis an den Helm reichte. Er war breitschultrig wie ein Ochse, trug einen glänzend polierten Kürass mit Beintaschen und schützte Schultern und Hals mit einem Bischofskragen aus engmaschigem Kettengeflecht. Knapp begrüßte er die Anwesenden, schien über die neuen Gäste nicht weiter überrascht und setzte sich.

Während Milo Hannes sein Messer zeigte, an dem nach seinen Worten schon das Blut von mindestens einhundert Feinden klebte, einigten sich der Bräuer und der Rauschpfeifer darauf, gemeinsam weiterzuziehen.

»Und Euer Wissen, guter Friedrich, das wird uns wertvoll sein!«, sagte der Bräuer. »Niemand kann so gut die Zeichen der Landschaft deuten wie Ihr! Unser letzter Führer, der hat noch nicht mal ein Gewitter bemerkt, wenn es schon über seinem Haupt gerumpelt hat. – Leute, hört mal her!«, rief er in die Runde. Friedrich war es sichtlich unangenehm, dass sich zwanzig Häupter in seine Richtung drehten, hob abwehrend die

Hand und kraulte sich im Bart, als Bräuer fortfuhr: »Das hier ist der Friedrich, ich kenn ihn noch von damals, wo ich selbst so grün war wie Milo hier. Er war ein Führer, der hat den Feind schon gerochen, da hat der noch gar nicht gewusst, dass er überhaupt unser Feind war! Und seine fröhliche Truppe wird uns begleiten. Die Zeichen stehen gut für Hambach!«

Teils neugierig, teils auch argwöhnisch beäugten die Männer Friedrich und seine Begleiter; aber als der Rauschpfeifer Hannes die Trommel zuwarf und die Pfeife hervorzog, da löste sich die Stimmung rasch.

»Weshalb seid Ihr von den Landsknechten fort?«, fragte der Bräuer.

»Wenn Ihr in so vielen Regimentern gedient habt wie ich«, erwiderte der Fidelfriedrich nach einer Weile, »mal diesem, mal jenem Herren, wenn Ihr so oft Euer Leib und Leben Himmel und Hölle angeboten, und dazwischen, wenn die hohen Herren Frieden machten, auf Gartzeit pausiert und für Monate keinen Gulden mehr gesehen habt – glaubt mir, auch Ihr werdet Euch sehnen nach einem Einkommen, sei es auch ein bescheidenes, aber für die ganze Zeit. Da ist das Spielmannsleben ganz recht: Gefeiert wird ja immer, selbst bei den fleißigen Protestanten. Und wenn doch mal nicht gefeiert wird, dann wird getrauert. So oder so – Spielleut bekommen immer etwas ab. Ohne ihr Leben aufs Spiel setzen zu müssen!«

»Meistens zumindest«, fiel der Rauschpfeifer ein.

»Ja. Und was glaubt Ihr, wie viele ich gesehen habe, die

haben Jahr um Jahr tapfer gekämpft, und dann verloren sie ein Bein, einen Arm, die Augen vielleicht – die findet ihr jetzt in der Gosse wieder als arme Hunde, als hätten sie nie zu etwas getaugt. Nein, die Landsknechterei ist wahrlich etwas für Jüngere.«

»Na, dann begleitet uns als Fidelmeister nach Hambach.«

»Das«, erwiderte der Fidelfriedrich, »tue ich mit Freuden.«

Hannes schwirrte der Kopf. Vor Hambach schon waren ihre Rotten auf andere gestoßen, die mit gleichem Ziel unterwegs waren.

»Ende der Gartzeit!«, riefen die Männer, die allesamt grellbunt gekleidet waren, in Pluderhosen, mit weit geschlitzten Gewändern, je bauschiger, desto besser, und sich in Form und Größe ihrer Schamkapseln auf unverhohlen obszöne Weise zu übertreffen suchten. Zugleich boten diese Gewänder allerdings vortreffliche Wohnstatt für Flöhe, und so hatten auch die Spielleute schnell mit diesem Unbill zu kämpfen. Darüber hinaus bedeutete der Auflauf für sie Schwerstarbeit: Von ihrer Ankunft bis in die tiefe Nacht hinein spielten sie auf, als ginge es um ihr Leben. Was auch durchaus nicht ganz unzutreffend war, erhitzten sich doch die Gemüter allgemein bei Musik und Getränk so sehr, dass es nur zu rasch zu Handgreiflichkeiten gekommen wäre, hätten sich nicht der Bräuer und seine Leute vor sie gestellt und mit dem Katzbalger vor Händel gewarnt. Noch frei und ohne Regiment sorgte kein Profoss für Ordnung und kein Schultheiß für Recht. Ab morgen würde dies anders sein, das war allen wohl bewusst.

Hambach hatte in weiser Voraussicht seit den frühen Mittagsstunden die Tore geschlossen und gewährte nur einzeln durchs Mannloch Einlass. Doch die Anspannung, die über den versammelten Kämpen lag, die körperliche Gefahr, dieser Tanz inmitten des Wespennests elektrisierte Hannes ebenso wie seine beiden Gefährten. Das Gefühl, sich dem Strom des Spiels hinzugeben, in den Melodien und Gesängen gleichsam zu schweben, das war ihm von den Festen wohlvertraut, aber noch nie hatte es ihn in dieser Wucht durchflutet wie hier, zwischen den kaum bezähmten Kriegsreisenden, für die jeder Tag der letzte sein konnte und die also den Tod selbst als Tanzpartner nahmen. Der Widerspruch zwischen Ausgelassenheit, ungetrübter Lebensfreude, einem unvergleichlich herrlichen Farbenreigen und Kriegsschwertern, Spießen und Musketen schaffte ein Spannungsfeld, dem sich Hannes nicht entziehen konnte. Vollkommen erschöpft fiel er irgendwann spät nachts auf sein Lager und schlief sofort ein.

Am nächsten Morgen wurden sie früh durch lautes Trommeln geweckt. Hannes schrak hoch und fürchtete schon, jemand habe sich seines Instruments bemächtigt, aber es war ein öffentlicher Ausrufer, der in der Haltung eines Gockels über das Feld der Schlafenden stolzierte und mit schmetternder Stimme verkündete: »Alle Bewerbsmänner sollen sich zum siebenten Schlage auf dem Platz zur Martinskapelle einfinden, gerade vor den Toren unserer Stadt Hambach! Jeder bringe seine Wehr und seinen Passport!«

Was gerade noch wie ein Schlachtfeld ausgesehen hatte, erwachte nun zum Leben: Die Männer räkelten sich, manch ein Weib zeterte lautstark, um ihren Manne zum Aufstehen zu bewegen, Kleinkinder schrien, Hunde liefen umher und suchten ihre Herren, und das Stöhnen und Ächzen der Feierfreunde erfüllte die ebenso belebend wie schmerzhaft kalte Morgenluft. Und doch dauerte es nicht bis zur halben Stunde vor sieben, dass aus dem Heer der Schlafenden ein Heer von eifrigen Stutzern geworden war.

Hannes äußerte seine Verwunderung darüber gegenüber Milo. Als er sah, dass der Landsknechtsknabe hochaufgerichtet und nackt vor seinen Sachen stand und jedes einzelne Kleidungsstück handbreitweise auf Flecken hin untersuchte, merkte er plötzlich, wie sein Mund trocken wurde und ihm das Herz heftig in der Brust zu schlagen begann; für einen Moment war er völlig verwirrt über dieses merkwürdige Gefühl, dann riss er sich zusammen und fragte ihn, was es mit dem Feinmachen auf sich hatte.

»Wer jetzt wie ein ordentlicher Kriegsmann aussieht, bekommt den besten Lohn«, erklärte der Junge und legte die Schlitze seiner Hemdsärmel zurecht. Der Arnold kam herbei und gab ihm einen Klaps auf die Hinterbacken, dass es knallte. »Beeil dich, Nackedei, sonst kommen wir zu spät, oder willst du, dass der Hauptmann deinen Arsch so süß findet, dass er uns besseren Lohn gibt?« Er lachte. »Wohl kaum. Los, damit wir nicht am Schluss sind! Hier ist ein Kamm für deine Haare.«

Milo wurde nicht etwa rot ob der anzüglichen Bemerkung, sondern grinste spitzbübisch. »Könnte dem so passen«, raunte er amüsiert. Hannes musste sich zusammenreißen, nicht allzu offen zu Milo hinzustarren, während der in seine Sachen schlüpfte. Was war nur los mit ihm? So merkwürdig, nicht eigentlich aufgeregt, nicht eigentlich ängstlich, hatte er sich noch nie gefühlt. Und die Bemerkung des Arnold hatte seine Verwirrung gar verstärkt, dabei war sie doch eigentlich nicht mehr als das, was hier allenthalben an rauen Worten zu hören war.

Wegen der großen Zahl der herbeigezogenen Landsknechte hatten sich mehrere Hauptmänner eingefunden. Die Tische für die Feldschreiber standen schon, während daneben aus Spießen und Hellebarden drei Tore aufgestellt wurden. Auf das Zeichen der Hauptmänner hin gab der Trommler mit einem Wirbel den Beginn der Musterung bekannt.

»Was ist eigentlich mit uns?«, fragte der Rauschpfeifer.

»Na, kommt dazu! Ihr seid vielleicht nicht gerade eine Kriegernatur, aber jeder Fähnrich braucht seine Trommel.«

»Und seine Pfeife!«, ließ sich Milo vernehmen und stieß Hannes vor.

»Reiht Euch mit uns ein! Es gibt guten Lohn, und was

noch viel wichtiger ist für Euch, danach werdet Ihr ein Leben lang Geschichten zu erzählen haben.«

»Das ist wahr«, sagte der Fidelfriedrich.

»Seid Ihr wieder dabei?«, fragte der Bräuer erfreut.

Aber Friedrich schüttelte den Kopf. »Meine Zeit als Kämpe ist um. Ich bleibe beim Tross und werde die Fidel anstelle dem Schwert führen. Und falls Euer Führer Rat braucht, da steh ich ihm natürlich zur Seite.«

»Das ist mein Friedrich!«, rief der Bräuer aus. Hannes und der Rauschpfeifer guckten recht merkwürdig drein; es war ihnen anzusehen, dass sie beide ein flaues Gefühl im Magen hatten, jetzt, wo sie sich in die Schlange der Bewerbsmänner einreihten.

»Ihr seid noch nicht in der Liste der Feldschreiber«, sagte der Bräuer. »Lasst mich reden. Das wird schon klappen. Milo, hol Arnold her.«

»Der steht schon hinter dir«, lachte Milo.

»Oh, ja. – Arnold, als Fähnrich willst du sicher keine Pfeifer und Trommler, die so schrecklich spielen, dass sie die eigenen Leute vertreiben, nicht wahr?«

»Niemals! Da nehm ich lieber diese hier. Wenn Ihr abends auch spielt!«

»Es ist uns ein Vergnügen«, erwiderte der Rauschpfeifer und machte eine einladende Geste. Im Gegensatz zu Hannes gelang es ihm gut, seine Aufregung zu verbergen. Obwohl sie zeitig aufgebrochen waren, dauerte es bis zur Mittagszeit, bis sie an die Reihe kamen. Milo stand vor Hannes, und als es kurz vor dem Schreibertisch zu Gedränge kam, wurde Hannes der Handrücken für einen Moment zwischen seinen Schenkel und Milos Hinterbacken gedrückt; der Blitz, der ihn durchzuckte, ließ ihn schlucken. Doch ehe er sich gesammelt hatte, kamen sie auch schon an die Reihe. Der Fähnrich Arnold erklärte kurz und knapp, er habe seine Musiker dabei, doch seien sie noch nicht in der Liste verzeichnet, er bürge für sie und wolle sie haben. Dazu legte er seinen Passport vor, der ihm die Teilnahme an zahlreichen Schlachten und allgemein großen Mut bescheinigte.

»Ich bin Doppelsöldner«, erklärte er würdig.

Und der Bräuer fügte hinzu: »Als Rottmeister unterstütze ich sein Gesuch. Mustert sie an.«

»Das entscheide ich«, erwiderte ihr Musterherr und nahm sich Hannes und den Rauschpfeifer vor. Dann urteilte er: »Aus dem Jungen mag noch etwas werden. Der Lange ist mir wohl zu dürr, und seine Bewaffnung ist übel.«

»Jetzt nicht mehr«, ließ sich der Fidelfriedrich vernehmen. Er kam herbei und drückte dem Rauschpfeifer sein altes Kriegsschwert in die Hände. »Ich habe es stets gehütet und gepflegt. So vielen Männern habe ich damit den Leib gespalten, dass es fast von selbst tötet.«

Der Musterherr betrachtete die Klinge, fand an ihr nichts auszusetzen und beugte sich dem sengenden Blick des Fähnrichs.

»So sei es denn. Ihr seid der Fähnrich ... Alfons – nein, Arnold. Feldschreiber, stelle den beiden Neuen die Passporte aus. Nennt mir euere Tauf- und Rufnamen.

Eueren Lohn setze ich auf drei Gulden, weil ihr zwar neu seid und unerfahren, aber beim Fähnrich in der Schlacht stehen müsst. Wohlan. Jetzt schwört den Eid, dann geht durch das Hellebardentor dort. Anschließend bekommt ihr euren Laufpass.«

Hannes fühlte sich glücklich, als er durch das Tor schritt. Jetzt war er ein echter Landsknecht. Was das bedeutete, würde er erst nach und nach begreifen.

Das Versprechen gegenüber Arnold lösten sie schon am gleichen Abend ein: Wie gestern spielten sie auch heute auf. Allerdings war die Stimmung nicht gar so ausgelassen. Mit dem Eid und dem Eintritt ins Regiment galten jetzt die Gesetze. Auch die Bürger, die zahlreich von der Stadt herbeigekommen und angemustert worden waren, trugen zu der ruhigeren Stimmung bei, musste man sich doch erst einmal beschnuppern. Als die Sonne untergegangen war, beschloss der Rauschpfeifer daher, ruhigere Töne anzuschlagen. Er erzählte eine Geschichte: »Wahr ist sie, das könnt ihr mir glauben. Geht nach Bedburg, in den Alten Hundeschlager, dort weiß man es. Es ist die Geschichte von Wölfen, die einen Mann anfallen und ihn fast verspeisen, aber denkt euch, nicht etwa auf freiem Felde, sondern in dem Schuppen eines Hofs! Denn dort wollte der Teufel einen Knecht holen, der sich als Herr dünkte.«

Weit holte der Rauschpfeifer aus und schilderte in bunten Farben, wie der Knecht vom Untergebenen zum König glaubte aufzusteigen, wie daraufhin des Nachts ein Wolf, von des Teufels Hand geleitet, die Tür zum Schuppen öffnete, und sich darin auf die Lauer legte. Als der Rauschpfeifer in Hannes' leisem Trommelwirbel zum Schluss kam, da hatte der Knecht sein halbes Gesicht verloren und an einem Bein nur mehr Knochen, der Wolf war im Dunkel verschwunden, und die Zuhörer waren atemlos vor Spannung. Manch einer sollte diese Nacht nicht nur von Ungeziefer, sondern auch von Albträumen gequält werden. Alle aber begegneten dem Rauschpfeifer mit Achtung, und vielen war er nun auch etwas unheimlich.

Rot ist Leben

Sein Opfer erspähte er, kaum dass er aufgebrochen war. Nichts ahnend ging es seiner Wege. Doch auch jetzt, wo kein Anzeichen auf die lauernde Gefahr hindeutete, zuckte sein Blick bald hierhin, bald dorthin; das Herz schlug schnell, jederzeit bereit für die Flucht; und wenn ein Baum knarrte oder ein Vogel ungewöhnlich schrie, verharrte der Argwöhnische und ahnte doch nicht, dass das Unheil nur ein kleines Stück entfernt über seinem Kopf lauerte. Noch hatte er die Möglichkeit, seinem Schicksal zu entkommen. Noch hätte er, einer Grille folgend, umkehren, sich für ein anderes Kraut entscheiden können, aber zu verführerisch leuchteten die Blüten in dem einzelnen Sonnenstrahl, der durchs Blätterdach des Mischwaldes fiel. Über ihm spannte sich der Lauernde, senkte langsam das Haupt in seine Richtung und läge ihm nicht Geduld und Vorsicht im Blut, hätte er sich wohl durch eine unachtsame Bewegung verraten. So aber bereitete er sich auf den Sprung vor, einen einzigen Versuch hatte er, wenn er sein Opfer nicht gleich erdolchte, dann standen die Chancen schlecht – ja, dann begab er sich selbst in Gefahr, denn wehrlos war sein Ziel durchaus nicht. Die Augen auf den Boden gerichtet, nur gelegentlich nach allen Seiten sichernd, bewegte das Opfer sich dort unten auf das verheißungsvolle Kraut zu. Und kam damit in Reichweite.

Alles ging ganz schnell. Ein Schatten fiel auf das Opfer, das losspringen wollte, doch da saßen ihm schon die Dolche zwischen den Rippen und rissen es herum. Es trat um sich, aber das verstärkte nur den Griff, der Stück für Stück alles Leben aus ihm herauspresste, während der Überfallene ohrenbetäubend kreischte und pfiff. Allein, es half ihm nichts – da war niemand, der retten würde. Weshalb auch, ist doch nicht bekannt, dass ein Kaninchen einem anderen zu Hilfe geeilt wäre. Lange dauerte es, bis Beuteklaue und Atzklaue durch Fell, Knochen und Sehnen ihren Weg in den Brustkorb gefunden hatten und bei stetem Grimmen das Herz zerrissen. Da war es still im Wald.

Da Accipiter gentilis seine Beute zu einem geeigneten Rupfplatz schleifte, setzte nach und nach der Gesang der Vögel wieder ein, und es war, als könne hier niemals etwas derart Grausames geschehen. Das Schreckliche nun versorgte den Greifvogel mit frischer Nahrung, und die brauchte er auch: Der Terzel hatte eine Familie zu versorgen, drei der vier Jungen waren schon geschlüpft und verlangten nach Atzung. Es war ein gutes Jahr, aber selbst jetzt konnte der Vogel sich keine Leichtfertigkeit erlauben. Wollte er alle Nestlinge durchbringen, musste er erfolgreich sein. Zumindest jetzt aber konnte er zufrieden sein. Sein Brustgefieder war rot vom Rupfen, und er kröpfte hastig, was er in aller Eile hinunterschlingen konnte. Dass er daran gut tat, bewies sich sogleich: Klappern und Schlagen schreckten ihn auf. Kurz stritten der Hunger mit der warnenden Stimme zur Vorsicht, bis es ihm zu riskant wurde und er sich auf einen Ast über seinem Rupfplatz schwang. Er sprang noch ein paar Äste höher, bis er sich vor Entdeckung sicher wähnen konnte, und äugte misstrauisch abwechselnd auf seine Beute und in die Richtung des Lärms.

Zwischen den Bäumen erschien das bunte Farbenspiel, das Accipiter gentilis höchst fremdartig vorkommen musste, das ein menschlicher Beobachter hingegen, wäre er unklugerweise in der Nähe gewesen, sogleich als Landsknechtsgewandung erkannt hätte. Dem Gesetz der Natur folgend gewahrte niemand den Vogel, den man nicht sieht. Da schritten die Hauptleute mit ihren Spontons voran, gefolgt von einem Fähnrich, den Trabanten, Trommler und Pfeifer, die aber nicht spielten, sondern ganz mit Marschieren beschäftigt waren; ihnen folgte der bunte Haufen der Spießknechte, die immer wieder zusammenrückten, wenn eine ausladende Baumkrone nach ihren Waffen fingerte. Während Mensch und Greif sich hier nicht weiter im Wege standen und gleichermaßen wenig miteinander zu schaffen hatten, verhielt es sich mit den Hunden schon anders. Die wären wohl für Aquila ein rechter Imbiss gewesen, für Accipiter waren sie zu groß. Und sie erschnupperten rasch die frische Rupfung.

Hätte es ihn auch nur annähernd interessiert, hätte Accipiter sich vielleicht gewundert, weshalb ein knapp fünfzehnjähriger Junge, der eine Trommel über der Schulter trug, vorstolperte, als ob er von hinten gedrängt worden wäre, und dabei in scheinbarer Ungeschicklichkeit die flache Hand in die Falte der engen Schenkelhose des Jungen vor sich drückte. Aber der Vogel ärgerte sich gerade viel zu sehr über einen anderen Umstand, wenigstens deutete sein Gesicht ausdrucksstark darauf hin. Beleidigt flog er davon, während sich unter ihm ein halbes Dutzend Hunde im Streit um den Balg fast totbissen.

Der Trommlerjunge hingegen verbarg im angestrengten Keuchen des Marschierens seine Erregung, die der merkwürdig warme Ort zwischen den Hinterbacken direkt in Herz und Unterleib jagte. Sie waren die ganzen letzten Tage gelaufen, und hier hatte Hannes rasch bemerkt, wie groß der Unterschied zwischen dem ihm gewohnten Schlendern und dem Vorantreiben eines Regiments war. Obwohl der Tross sie ausbremste, marschierten sie so schnell, wie Hannes es nicht gewohnt war. Auch Pausen gab es kaum. Wenn es welche gab, dann aßen sie rasch, und erst am Abend gab es Gelegenheit, sich hinzulegen. Dann war Hannes völlig zerschlagen und wusste nicht, wie er den nächsten Tag durchstehen sollte. Die Kleider waren stets klamm, und die Plage der Flöhe und Läuse in einem erträglichen Rahmen zu halten, war auch Schwerstarbeit. Dem Rauschpfeifer erging es nicht besser. Allein der Fidelfriedrich war regelrecht vergnügt.

»Kein Wunder, er fährt auch auf dem Wagen mit«, murrte der Rauschpfeifer. Dann, wenn sie sich zum

Schlafen legten, achtete Hannes darauf, dicht bei Milo zu liegen; und als der Knabe ihm erlaubte, ihm den Arm um den Hals zu legen, da verspürte Hannes eine überwältigende Art brüderlichen Glücks, die ihn für alle Anstrengungen entschädigte – und die eigentlich wenig brüderlich war, aber vom Verstehen dieser Angelegenheit war Hannes weit entfernt. Immerhin schenkte ihm dies die Kraft, die er allmorgendlich aufbringen musste, seine steifen Beine zum Weitergehen zu bewegen. Und wenn Milo und er in den kurzen Esspausen und mit einem stärkenden Becher voll Wein in der Hand nebeneinanderhockten und Milo den Kopf auf seine Schulter sinken oder er sich zwischen Hannes Schenkel sitzend lausen ließ, dann entschädigte das Hannes für alle Anstrengungen.

Ihr Heer hatte sich inzwischen mit den Schützen und der Arckeley vereinigt. Das allabendliche Heerlager glich einem Bienenstock. Überall flatterten Banner über dem Feld. Sie nächtigten in zusammengesteckten Reisighütten, denen die Spieße als Stützen dienten, und allseits fanden sich die Fasswagen, an denen sich eine Kanne Wein zapfen ließ. Ein Umstand, von dem alle gern und viel Gebrauch machten. Die Zelte der Offiziere standen bewacht abseits.

Mit der Zeit mischte sich eine eigentümliche Anspannung in die Erschöpfung der Menschen.

»Die Spanier haben die Stadt einfach überrannt«, hieß es hier.

»Die Schlacht vom Sonnenhang, das war keine Schlacht, das war ein Gemetzel«, raunte es anderswo.

»Ihre Geschütze, die feuern doppelt so schnell und dreimal so weit wie unsere«, verkündete ein dritter. Kurzum, die Stimmung in der Truppe war gar nicht günstig.

»Spielt auf«, forderte der Bräuer den Rauschpfeifer eines Abends auf. »Ihr seht ja, die Männer können eine Aufmunterung vertragen! Ihr seid so erschöpft wie wir. Na, ich könnt mir denken, die Lotte lässt Euch morgen auch auf dem Wagen mitfahren. Na?«

»Er hat recht«, brummte der Fidelfriedrich und holte sein Instrument. Hannes glaubte zunächst, viel zu ermattet zu sein, um seine Trommel überhaupt anheben zu können. Aber als der Rauschpfeifer im Sitzen eine Melodie anstimmte, deren Rhythmus langsam an Fahrt aufnahm, da bewegten sich seine Hände bald wie von selbst. Er merkte kaum, dass er und der Rauschpfeifer aufgestanden waren und mit den Füßen wippten. Sodann gab der Rauschpfeifer eine aufmunternde Geschichte zum Besten, und Friedrich, der der Ausgeruhteste unter ihnen war, ließ den Bogen tanzen. Die Menschen scharten sich um sie, und die Kinder des Trosses drängten sich vor und lachten, wenn der Rauschpfeifer mitten in seiner Erzählung ein Ei verschwinden ließ, um es gleich darauf Hannes aus dem Munde zu ziehen. Ein Lichtschein ging über die Gesichter der bekümmert dreinschauenden Frauen. Auch wenn die meisten Männer auf ihre Spieße und Schwerter gestützt eher nachdenklich verharrten, war doch auch ihnen anzusehen, wie sie mit der Zeit ein wenig Zuversicht gewannen. Als der Rauschpfeifer eine wilde Posse über das Ungeschick eines spanischen Kriegsherrn improvisierte und dabei dem Publikum Schlussfolgerung und Auflösung jeder Etappe der Geschichte überließ, da brüllten nicht nur die Kinder begeistert Spott über den kastilischen Pfau.

Als die Sterne am tiefschwarzen Himmel funkelten und der zunehmende Mond bereits hoch am Firmament stand, kehrte Ruhe im Lager ein. Die Lagerfeuer flackerten nur noch schwach, hier und da kläffte ein Hund, Laternen tanzten zwischen den Lagernden umher, und die Nachtwachen schritten ihre Runden ab. Mit der Stille kam die Kälte, und mit der Kälte kehrte die Furcht vor dem nächsten Tag zurück. Dem Tag, der für viele unter ihnen der letzte sein würde. Nur die Unerfahrenen, darunter die meisten frischgeworbenen Bürger von Hambach, schnarchten sogleich: Sie hatten ihre Angst im Wein ertränkt und würden die Zeche morgen doppelt und dreifach zu zahlen haben, manches Mal in genau dem Augenblick, der über Leben und Tod entschied.

Hannes hielt Milo fest umarmt; der Junge hatte sich bei ihm zusammengerollt und schien glücklich darüber, dass es jemanden gab, der ihm Halt schenkte. Für Hannes hingegen vermengte sich der Widerspruch aus Glück und Furcht zu einem Wust aus Gefühlen, der ihm fast den Verstand rauben wollte.

»Steh auf! Es ist Weckzeit!«

Hannes drehte unwillig den Kopf und kniff die Augen zusammen. Die Sonne stand groß und kalt gerade über dem Horizont; man hatte sie länger als sonst schlafen lassen, und doch hatte er den Eindruck, als habe er nur einen Moment lang geruht. Sein ganzer Körper fühlte sich an wie mit einer klebrigen Transchicht überzogen. Die feuchte Kleidung bestrafte jede Regung. Der Biss eines Insekts juckte.

Mit größter Überwindung löste er die Umklammerung, mit der er Milo immer noch festhielt, rappelte sich auf und suchte die Trommel. Ein paar schlaff herabhängende Banner entfernt begann der erste Trommler bereits mit dem Wecken. Hannes' Augen fühlten sich noch vom Schlaf ganz verkrustet an. Er pustete in die Glut ihres Feuerchens, hustete, als ihm eine Wolke kalter Asche ins Gesicht stieg, und wärmte das Fell der Trommel an; der Morgentau hatte sie ziemlich mitgenommen. Nun setzten eine zweite und eine dritte Trommel ein, und Hauptleute begannen, die Liegenden aufzuscheuchen. Wo notwendig, verliehen sie ihrer Forderung mit den Schäften ihrer Spontons Nachdruck. Mit einem schrecklichen Gefühl im Magen fiel Hannes in das Getrommel ein.

»Lauter!«, mahnte ein Hauptmann im Vorbeigehen. Kaum dass die Landsknechte aufgestanden waren, begannen die Vorbereitungen zum Aufbruch.

»Heute geht es los!«, rief der Bräuer, während er sich von Milo beim Anlegen des Kürasses helfen ließ. Dann ließ er Milo rote Binden an die anderen verteilen. »Macht euch die Schleifen auf die Schulter, damit wir im Gefecht nicht einander umhauen! Jeder, der Rot trägt, gehört zu uns, sagt der Hauptmann.«

Zur Linken des Fähnrichs Arnold, auf dessen rechter Seite der Rauschpfeifer ging, der aussah wie ein Häuflein Elend, schritt Hannes auf eine Hügelkuppe zu. Von dort oben blickten die Kriegsherren mit einigen Hauptleuten auf das Tal jenseits des Hügels hinunter. Auf einen Befehl hin schob sich ihr dicht gedrängter Haufen auseinander; der Fähnrich blieb stehen und ließ mehrere Glieder Pikeniere an sich vorbeiziehen, bis sie sich in der Mitte der Truppe befanden. Hannes kam sich ein wenig vor wie in einem Käfig, gefangen in einem Wald aus drei Mann hohen Spießen. Niemand sprach ein Wort. Der Klang der Trommel und der Pfeifen mischte sich ins Scheppern und Stampfen der Männer. Sie erklommen die Hügelkuppe, wogten darüber hinweg – und jetzt sah auch Hannes das gegnerische Heer. Für einen Moment vergaß er zu trommeln. Von dem gegenüberliegenden Hügel aus kam ihnen ein Haufen Spießträger entgegenmarschiert, der auf Hannes viel größer wirkte als ihr eigener; und jetzt fiel ihm zum ersten Mal auf, wie lang die Spieße waren und wie scharf ihre Spitzen glänzten. Zur Linken gewahrte er eine Bewegung, gerade am Rand eines kleinen Wäldchens. Dort bleckten die Münder der Arckeley. Eine Reihe zwanzigpfündiger Notschlangen, die von einer vorgelagerten Reihe kleinerer Falkonette flankiert war, wartete dort auf ihren Einsatz.

Hinter ihnen standen die Schneller und Stückknechte in Bereitschaft, für Hannes' Augen eine geisterhafte Erscheinung, da sie in ihrer braungrünen Kleidung mit dem Waldrand zu verschmelzen schienen. Zwischen Arckeley und Spießknechten zog in drohender Größe die Reiterei auf. Hannes schlug das Herz bis zum Hals. Er musste seinen ganzen Willen aufbieten, sich nicht in die Hosen zu machen. Und er wünschte sich so sehr zurück auf die Feste, bei denen sie aufgespielt hatten – selbst eine der wüsten Feiern, wo das Festmahl ihnen allenthalben entgegengeflogen und sie im Rausch als Stümper beschimpft worden waren, hätte er in diesem Augenblick gegen das hier eingetauscht. Es gab kein Entrinnen. Unwirklich leise hallten die Befehle der feindlichen Offiziere zu ihnen herüber. Die vordersten Glieder senkten ihre Spieße, und auf einen Ruf hin tat Hannes' Regiment es ihnen gleich, während sie gleichmäßig aufeinander zumarschierten, zwei monströse Igel aus Holz und Eisen. Noch schwieg die Arckeley, wartete die Reiterei auf beiden Seiten, waren die beiden Spießhaufen alles, was sich regte.

»Schweizer Reisläufer«, brummte Arnold. »Hannes, du und dein Kollege, ihr bleibt stets bei mir. Vergesst nicht, jeder, der eine rote Schleife trägt, gehört zu uns! Passt bloß auf, dass ihr die nicht verliert, sonst seid ihr schneller Krähenfutter, als ihr schauen könnt.«

Unaufhaltsam kamen sich die beiden Formationen näher. Zur Linken eilte eine Gruppe Musketiere an ihnen vorbei und auf die feindlichen Geschütze zu.

»Sind die des Wahnsinns, zwischen uns und die Arckeley zu gehen! Sollen doch von der Seite zu den Geschützen!«, rief Arnold. Hannes sah ihn bleich an. »Na, jetzt muss die Arckeley nur losdonnern und hat die Schützen und uns gleich mit! Gleich kracht's! Es geht los. Trommle! Trommle!«

Hannes nahm eilig den Rhythmus wieder auf, sah zu den Geschützen, da wanderte ein Blitz durch die Reihe der Notschlangen, und Kanonendonner ließ seinen ganzen Körper erbeben. Ihm antwortete das Rollen der eigenen Arckeley. Schlammfontänen schlugen wie Flammen seitlich von ihnen aus dem Boden, doch damit war es nicht vorbei. Wie Bälle sprangen die Eisenkugeln wieder empor, torkelten hier in hohem Bogen, dort flacher durch die Luft, und eine fuhr quer durch ihre Reihen. Schräg vor Hannes wurden gleich drei Mann in Reihe umgerissen, als eine Kanonenkugel ihre Schienbeine zerschmetterte. Die Aufschreie der Getroffenen gellten ihm in den Ohren.

»Weitertrommeln! Trommel weiter! Geh weiter! Los!«

Das Gebrüll des Fähnrichs löste die Lähmung, die Hannes befallen hatte. Er bemerkte, dass seine Hose nass geworden war. Wo die Geschütze gestanden hatten, wuselten die Schatten der Schneller im dichten Pulverdampf. Das Peitschen der Musketen hallte über die Hügel. Die Schlacht hatte begonnen.

Hoch oben wehte ein scharfer Wind, und die Sonne gleißte. Von hier aus sah die Welt winzig aus, oder sie hätte so ausgesehen, hätte der Jäger nicht sein Opfer fest im Blick und kein Auge für alles Übrige. Dass unter der Krähe die Hügel in Pulvernebel lagen, Stahl und Gelb und Rot emporblitzte, interessierte den Falken nur insofern, als es die Krähen geradezu magisch anzog. Das Bollern der Geschütze, das Klirren von Schwertern, das Kreischen hätte sie wohl sonst auch rasch verjagt; aber eine Mahlzeit, die sich derart auf dem Präsentierteller anbot, das gab es nur selten. Gerade, als er sich zum Zustoßen entschied und sich in Tropfenform, die Mesken abgespreizt, vom Himmel fallen ließ, sank Milo mit blutverschmiertem Gesicht in Hannes' Armen zusammen. Die Formation der Spieße hatte sich in der gegnerischen verhakt, war nach einem Hin- und Herzerren aufgebrochen und hatte sich in unzählige Einzelkämpfe zersplittert. Wer nicht in den Spießen hängengeblieben war, der kämpfte mit Kriegsschwert und Katzbalger Mann gegen Mann. Arnold machte eine blitzschnelle Bewegung mit der Rechten, während er mit der Linken die Fahne fest auf der Hüfte hielt, und zog einem Reisläufer den Katzbalger durchs Gesicht.

»Trommel weiter!«, herrschte er Hannes an. Hannes sah mit vor Entsetzen hervorquellenden Augen abwechselnd ihn und Milo an, nickte, ließ Milos leblosen Leib zu Boden gleiten und trommelte weiter. Einige Landsknechte waren endlich zur Stelle und stellten sich schützend vor ihre Fahne.

Die feindliche Arckeley war verstummt, ebenso die eigene; blind ins Getümmel zu feuern, brachte schließlich nichts. Das Hauen und Stechen indes ging unvermindert weiter, ja, es schien an Wucht gar noch zuzunehmen. Die Reiterei beider Seiten vermischte sich mit dem Fußvolk, hier und da versuchten sie, Keile in die Haufen zu treiben, die durchsetzt waren mit den um sich hauenden Kämpfern des jeweiligen Gegners; während die Musketenschützen etwas abseits den Kampf unter sich ausmachten, krachten hier nun die Faustfeuerwaffen der Reiter, und einmal surrte eine Kugel knapp an Hannes' Ohr vorbei. Hatten die Reiter ihre Pistolen abgefeuert, fochten sie mit ihren Rapieren und Schwertern weiter; doch selbst wenn der Schemen eines solchen Mannes drohend im Pulverdampf wuchs, stand Arnold wie ein Fels in der Brandung und schenkte Hannes damit die Sicherheit, die er brauchte, um nicht Hals über Kopf Reißaus zu nehmen. Plötzlich aber tauchte zur Rechten ein riesenhafter Schecke wie aus dem Nichts auf. Hannes atmete erleichtert auf, als er das Rot auf der Schulter des Mannes sah. Aber dann hob der Reiter das Rapier und streckte den Landsknecht neben ihnen nieder, und Hannes gefror das Blut in den Adern: Es war kein rotes Band, sondern Blut, das auf der Schulter und im bauschigen Kragen glänzte. Hannes sah in die wilden Augen des Kämpfers, der geradewegs aus der Hölle zu kommen schien. Der Junge brachte einen erstickten Schrei zustande, als das Ross auf Milo und ihn zusetzte. Anstatt zurückzuweichen, stellte er sich schützend vor Milo, damit das Pferd den Verletzten nicht tottrampelte, bereit, auch den Streich für ihn aufzufangen. Als würde die Welt plötzlich entschleunigt, sah er jeden einzelnen Brocken des Schlamms, den die Hufe des Tieres aufspritzen ließen, sah den Schaum vom Maul flocken, die tief einschneidende Trense und darüber, wie ein Rachegott, den blutbesudelten Reiter in seinem Eisenpanzer, das Rapier in schräg nach unten weisendem Stich geradewegs auf ihn deutend. Arnold schlug Hannes gegen die Schulter, dass er beiseitetaumelte, ein ohrenbetäubender Knall zerriss beinahe sein Trommelfell, und Glut biss ihm in die Wange. Der Feind preschte an ihm vorbei. Doch wo Hannes einen Hieb quer durch seine Kehle erwartete, war nichts. Stattdessen brach das Pferd nach links aus, während sein Reiter tot aus dem Sattel fiel. Arnold hatte die Hand mit der Pistole immer noch ausgestreckt, das Schwert vor sich in den Boden gerammt, und starrte Hannes an. Das Banner wallte um seinen Kopf und verlieh seiner Erscheinung für Hannes' Augen etwas Übernatürliches. Der Fähnrich steckte die Pistole schon fort und zog eine zweite. Breitbeinig stand er vor seinem Schwert und sicherte nach allen Seiten. »Ich brauche einen zum Nachladen!«

»Milo … Milo liegt da«, krächzte Hannes. Arnold brüllte einige Befehle, woraufhin nichts geschah. Aber wahrscheinlich nahm Hannes das nur nicht wahr, denn es war jetzt so, als wäre er aus seinem Körper herausgetreten und beobachte sich teilnahmslos selbst, wie er mechanisch die Trommel schlug. Für den Rest der Schlacht stieß kein Feind mehr zu ihm vor.

Irgendwann wurde es ruhiger, nur das Kreischen der Verletzten erfüllte die Luft. Ein Hauptmann kam mit zwei Trabanten herbei, alle mit blutgetränkten und in Fetzen zerrissenen Kleidern; der einst glänzende Sponton war rostrot geworden.

»Es wurde Frieden für heute vereinbart«, keuchte der Mann. »Der Tag ist unser.«

Arnold packte wortlos sein Schwert, riss es aus dem Boden, wischte es ab und steckte es in die Scheide. »Hannes, worauf wartest du? Kümmer dich um Milo!«, befahl er. Milo hatte die ganze Zeit über dagelegen und war mit Schlamm und Blut beschmiert. Er regte sich nicht. Hannes packte die Angst, er könne gestorben sein, nur weil er, Hannes, nicht geholfen hatte. Aber was hätte er tun sollen? Er war gezwungen gewesen zu trommeln, und Arnold hatte die Fahne halten müssen, das war wichtiger als alles andere. Und den knapp verhinderten Hieb des Reiters, der zweifelsohne tödlich gewesen wäre, hätte er bereitwillig an Milos Stelle empfangen, und er würde es wieder tun, wenn es notwendig sein sollte. Jetzt bettete er Milos Kopf auf seine Schenkel. Ihm fiel ein Stein vom Herzen, als er sah, wie die Augenlider des Knaben flatterten und er sich wieder zu regen begann. Quer über der Stirne klaffte eine fingerdicke Wunde, die ihm ein gar schauerliches Aussehen verlieh, aber ansonsten schien Milo in Ordnung zu sein.

In der letzten Zeit packte er wieder öfter die Filzkappe aus, die er von dem Unfall – oder war es Mord? Nein, ein Unfall – aufgehoben hatte. Wenn er sie in den Händen drehte, dann kamen wieder Erinnerungen in ihm auf; an den Blick, der schließlich brach, an das letzte, krampfhafte Strampeln, ehe das Leben aus ihm gewichen war, an den Schweiß auf seiner Stirne und die vollen Locken, und anfangs war es ihm auch gelungen, das glatte Gesicht zu dem eines jungen Weibes zu machen. Aber es fiel ihm immer schwerer. Stattdessen kam eine tiefe Sehnsucht, schleichend zunächst, wenn er die Kappe drehte, immer fordernder dann und inzwischen hoch auflodernd. Wäre es doch nur eine Frau gewesen. Hätte er doch nur das eine Mal Glück gehabt! Ungerecht war es, da fand er schon einen Sterbenden, und dann war es nur ein Knabe. Wie glücklich wäre er gewesen, wenn es nur gepasst hätte damals … mit unbeschreiblicher Macht drängte es ihn danach, ein Weib so zu sehen, ihre Hilflosigkeit und Angst zu erleben, und so begann er, fast ohne es zu merken, sich einen Plan zurechtzulegen. Einen Plan, bei dem nichts falsch laufen konnte, schon gar nicht die Art des Opfers.

∽⊚⁀

Odilia machte sich manche Gedanken über die Trumpen. Sie hatte wieder Zweifel an Stubbe geäußert, die Odilia nicht recht verstand. Allein wie glücklich wäre sie gewesen, hätte der Stubbe sie erwählt – aber so durfte sie nicht denken, das wusste sie, schließlich war sie Magd, und welches Schicksal jenen zugedacht war, die sich zu gut für ihre gottgegebene Stellung waren, das hatte sich mit Franzens Unglück hinlänglich gezeigt. Gedankenverloren reichte sie Till Wurzeln zum Abschrubben. Immerhin hatte sich der Junge einigermaßen erholt. Zwar lag weiter eine Art Schatten auf seiner Seele, aber der war wenigstens so weit gewichen, dass sich Odilia nicht Sorge um zwei machen musste, um ihn und die Trumpen.

»Die Trumpen ist ganz niedergeschlagen«, sagte sie zu Jakob, als sie ihn bei den Pferden sah.

»Was hat sie denn?«, erkundigte der sich.

»Ach, ich weiß es nicht. Sie meint, der Stubbe sei nicht mehr so warm zu ihr.«

»Wie kann sie das sagen? Der Stubbe ist doch dauernd bei ihr. Er kümmert sich um sie, als wäre sie seine Schwester.«

Odilia sah ihn gequält an. »Jakob, sie will ihn aber nicht als Bruder. Was denkst ...«

»Die Trine Trumpen mag den Peter nicht mehr leiden?«, tönte es von der Stalltür her. Odilia entwich ein erschrockener Ausruf, als Ludwig kam und sie am Arm packte. »Odilia, mach die Droschke fertig. Will doch mal sehen, was der Peter verbockt hat!« Er kniff sie grob und war wieder hinaus.

»Ich mag es nicht, wenn der dich so anpackt«, zischte der Jakob und sah Ludwig Stubbe mit blitzenden Augen nach.

»Wo kam der denn so plötzlich her?« Odilia hatte den Schreck noch nicht ganz verwunden.

»Hat's jedenfalls gehört, und jetzt wird er sich an die Trumpen ranmachen, nimmt für die paar Schritte sogar die Droschke, als wär er der ganz große Herr, das fette Schwein.«

»Jakob! Du sprichst vom Bruder unseres Herrn!«

»Ja«, Jakob schenkte ihr einen hasserfüllten Blick. »Wenn er das nur begreifen würde. Dass er nur der Bruder ist, meine ich.«

»Ach, sei doch nicht so giftig.« Odilia streichelte ihm über die glatten Wangen. »Weißt du, dass du noch schöner aussiehst, wenn du wütend bist?«

Jakob sah sie für einen Moment an wie ein kleiner Junge, der nicht weiß, ob er beleidigt mit dem Fuß aufstampfen oder drauflosheulen sollte.

»Ach!«, fauchte er schließlich und machte sich los.

»Die Pferde!«, bellte Ludwig draußen. Odilia beeilte sich, die Droschke anzuspannen, während Jakob sich schmollend gab.

Ludwig arbeitete sich in gewohnter Manier zum Kutschbock hoch und ließ Odilia vor dem Pferd laufen. Das Auf- und Absteigen strengte ihn bald mehr an, als wenn er das Stück gelaufen wäre. Dafür kostete er aber die Gelegenheit reichlich aus, sich beim Abstieg auf Odilia abzustützen und sie dabei hinlänglich zu begrapschen.

»Melde mich der Herrin«, befahl er der Magd Anna großspurig. Und als Trine Trumpen selbst herbeikam, da war Ludwig Stubbe ganz Freundlichkeit und zuvorkommend, oder was er dafür hielt. In Odilias Augen war er nur umso schleimiger.

»Wie schön, die Witwe Trumpen, wie es mich so unsagbar freut, Euch zu sehen! Verehrte Frau!«

Trine Trumpen war sichtlich überrascht über den unvermuteten Besuch und bat Ludwig herein, der ihr, so weit Odilia denken konnte, nie besondere Beachtung geschenkt hatte – geschweige denn, dass er sie besucht hätte. Odilia folgte Trine in die Stube und musterte sie mit einem schiefen Blick, den diese aber nicht erwiderte. Da war auch der Vinksfranz, und wenn der Knecht vor seinem Unfall zur Hochmut geneigt hatte, war er jetzt ganz Unterwürfigkeit. Er schien es für Odilias Empfinden sogar noch mehr zu sein, als wenn Peter Stubbe da war – Ludwig besaß dort Autorität, wo Peter Stubbe nur wenig vorweisen konnte, in der Körperfülle nämlich. Odilia ertappte sich dabei, dass der Vinksfranz sie tatsächlich etwas dauerte. Hatte sie seine arrogante Art stets gestört, gab er jetzt, mit seiner gelähmten Hand und dem vernarbten Gesicht, ganz das Bild eines gebrochenen Mannes ab. Während sie in Gedanken noch ganz bei des Vinksfranzens Schicksal verharrte, hatte Ludwig eine Tonflasche Obstwasser hervorgezaubert und schenkte sich und Trine großzügig ein. Dass die Trumpen wenig begeistert das Gesicht verzog, als ihr der Dunst in die Nase stieg, bemerkte Ludwig Stubbe offenbar nicht.

»Ach Trine«, begann er redselig, »es ist schon eine schwere Zeit. Ihr habt Sorgen, habe ich gehört! Auf Euer Wohl.«

»Nun, dass Euch das plötzlich interessiert«, erwiderte Trine Trumpen. Ludwig bemerkte weder die Spitze in ihren Worten, noch den Unterton, in dem sie gesprochen hatte.

»Ja, ich sorge mich eben um meine Nachbarn«, erklärte er, füllte seinen Becher nach und lehnte sich vertraulich zu ihr vor. »Eine Frau wie Ihr gehört doch nicht allein auf einen Hof. Die braucht doch jemanden, Ihr wisst schon, der sich um sie sorgt und so. Es gehört doch ein Hahn in jeden Stall!«

Trine Trumpen, die sich zurückgelehnt hatte, um ganz offensichtlich dem Mundgeruch des Ludwig zu entgehen, sah ihn mit einer Mischung aus Fassungslosigkeit und Erstaunen an. »Ja, da habt Ihr recht, eine Witwe zu sein ist nicht einfach.« Und sie fügte in einer Direktheit hinzu, die Odilia fast den Atem verschlug: »Es halten doch viele Kerle Witwen für Freiwild, grad solche von großen Höfen!«

Und wieder entging Ludwig die Spitze. Odilia konnte es kaum fassen.

»Ja, ja«, stimmte er nämlich zu und rückte noch näher heran, dass sein Wanst über die Tischplatte fläzte, »da habt Ihr so recht, so recht! Ich find's auch furchtbar. Doch sagt, ist er Euch sehr lästig? Ihr wisst schon?«

»Ja, das kann ich durchaus von ihm behaupten«, erwiderte Trine Trumpen mit Betonung.

»Sagt, soll ich ihn für Euch zurechtstutzen?«

Trine Trumpen sagte nichts, sondern sah ihn mit einem offen angewiderten Ausdruck an. Ludwig hustete, wobei er einiges an Speichel in Trine Trumpens Richtung sprühte, und fuhr mit einer für Odilias Begriffe bald übermenschlichen Dreistigkeit fort, wobei er sich wohl besonders geschickt vorkam: »Na, die Zugezogenen, die sollen doch besonders bös rangehen, wenn sie eine hilfesuchende Witwe sehen, gerade, wenn sie selbst nichts getan haben und dann plötzlich dank Gottes Gnade zu Haus und Hof und Besitz gekommen sind, ohne je einen Finger dafür krummgemacht zu haben, das sind doch die Schlimmsten! Ich sag dir, die kehren ganz den großen Herren heraus, der die weite Welt gesehen und die Weisheit mit Löffeln gefressen hat, aber wenn ihnen so eine Witwe dann glauben möcht, dann zeigen sie ihre Fratzen und führen sich auf, als sei alles ihres! Zurücktreiben sollt man so ein Pack in die feuchten Löcher, aus denen es gekommen ist!« Ludwig Stubbe zog sich um den Tisch herum, ohne seinen Becher abzustellen. »Aber da braucht's einen Mann, einen, der anpacken kann, einen, der weiß, was er macht und was so eine herrliche Frau Witwe braucht! Ich beschütz dich, Trine, das kannst mir glauben, und wehe ...«

Weiter kam Ludwig nicht. Bei den letzen Worten hatte er den Mund geöffnet und die fleischigen Lippen zum Gesicht der Trumpen bewegt; und nun hatte die ihm eine Backpfeife gegeben, die ihresgleichen suchte. Innerlich klatschte Odilia Applaus. Trine Trumpen war aufgesprungen und wies zur Tür. »Raus!«, herrschte sie Ludwig an. »Untersteht Euch, den Peter Stubbe als Lüstling hinzustellen! Eueren eigenen Bruder! Selten ist mir so ein anständiger Mann begegnet wie er; der Lüstling, der seid ja Ihr selbst! Hinaus!«

Ludwig starrte sie fassungslos an und wich zur Tür zurück. Er war bleich geworden. »Das hätt ich nicht von Euch gedacht. Das hätt ich nicht von Euch gedacht!«, wiederholte er, während er rückwärts aus dem Haus stolperte, an einer verwirrt dreinschauenden Anna vorbei. Als er sich schnaufend auf den Bock wuchtete, schrie er: »Ihr steckt doch mit dem Peter unter einer Decke! Was ist das für ein Gesindel hier! Otterngezücht! Otterngezücht! – Odilia, bring das Obstwasser mit! Aber alles davon! Hier lass ich doch nichts vom guten Wasser! Da kommt man, um zu helfen, und bringt gar was mit, und das ist also der Dank! Ah, Brüderchen …«

Während Ludwig draußen fluchte, nahm Odilia eilig die Tonflasche an sich. »Oh verzeiht, liebe Trine! Ihr wisst ja, der Ludwig ist ein garstiger Mensch! Wie leid es mir tut!«

Trine Trumpen schenkte ihr einen leidvollen Blick. »Es ist schon gut. Von Ludwig ist nicht mehr zu erwarten. Jetzt geh aber, ehe er sich dich auch noch vornimmt. Aber komm mir bald wieder!«

»Ja«, erwiderte Odilia, sah Trine Trumpen nochmals entschuldigend an und eilte hinaus. Der Vinksfranz hatte die ganze Zeit über dagestanden und sich nicht gerührt. Was er von alledem hielt, blieb Odilia verborgen.

Ludwig Stubbe kochte. Den ganzen Heimweg über fluchte er, und da dieser sehr kurz war, spie er noch Gift und Galle, während sie in den Hof einfuhren, wobei er es tunlichst vermied, Anspielungen auf Trine oder seinen Bruder zu machen. Seinen Zorn bekam jeder zu spüren, der das Pech hatte, seinen Weg zu kreuzen. Und als er Aleth traf, da schlug er sie, und damit zeterten beide im Chor und taten ihr Bestes, den anderen das Leben zur Hölle zu machen. Peter Stubbe bezog bei alldem keine Stellung, was nicht nur Odilia als übertriebenen Respekt vor dem Bruder auslegte.

»Der Ludwig ist schlimmer denn je«, stellte Gerda eines Abends beim Gesindemahl fest. »Dass der Peter Stubbe ihm nicht Einhalt gebietet!«

»Der ist halt ein guter Herr«, erwiderte Odilia, »der achtet seinen Bruder.«

»Ja, leider«, brummte der Georg. »Möcht meinen, das macht den Ludwig grad noch bissiger.«

Zustimmendes Gemurmel füllte die Halle. »Hassen tut er den Peter, das ist es«, sagte Jakob.

»Aber er ist doch sein Bruder, wie kann er den hassen!«, ließ sich Zähnchen vernehmen.

»Jetzt erzähl mir nicht, du wärest gut mit Thomas«, lächelte Odilia.

»Aber hassen tu ich ihn doch nicht!«, protestierte Zähnchen und verpasste Thomas unterm Tisch einen Tritt gegen das Schienbein, als der sie breit angrinste.

Kind, du bist ja ganz verhungert! Das hatte die freundliche Frau gesagt, obwohl sie eine wohlgekleidete Bürgerin war. Nur zu gut erinnerte er sich daran, wie ihn die feisten Mägde sämtlich von der Schwelle gewiesen oder ihm gar Steine nachgeworfen hatten. Und dann war diese Bürgerin in der Tür gestanden und hatte ihm ein Ei und einen großen Kanten gutes Brot in die Hand gedrückt. Noch heute lief ihm das Wasser im Mund zusammen, wenn er sich daran erinnerte, wie er den köstlichen Geruch geschnüffelt hatte. Damals war der Hunger unerträglich geworden, und es war erstaunlich, dass überhaupt jemand sein dünnes Stimmchen vernommen hatte, mit dem er mit seinen vielleicht zehn Jahren um Brot gesungen hatte. Er hätte am liebsten einen Luftsprung gemacht, als er die Gasse entlang zurückgerannt war, aber er fürchtete viel zu sehr, dass ihm das Ei entgleiten könnte. Strahlend hatte er Brot und Ei seinem Bacchanten vorgezeigt. Endlich zu essen! Der Bacchant hatte beides genommen und begutachtet, da wurde es ihm auch schon von seiner Geliebten, der Sybille, aus der Hand gerissen.

»Ist das alles?«, hatte sie ihn, den kleinen Schützen, angeschrien, dass er erschrocken zurückgewichen war. »Du hast doch davon gegessen! Das seh ich doch! Schau in seinem Maul nach«, befahl sie dem Bacchanten. Noch heute spürte er dessen harten Griff, der ihm die Kiefer auseinanderzwang und den bitteren Geschmack der Finger, die ihm über die Zähne gefahren waren. Als diese Prüfung nicht das erhoffte Ergebnis zeitigte, hatte die

Sybille ihm gegen den Bauch gedrückt, dass es wehtat. »Da ist doch was drin!«, aber es war ja nur Luft, die sie da für Raubgut im Magen hielt.

»Leg ihn übers Knie, dann lässt er das Mausen!«, befahl sie, und noch heute kroch ihm die Scham über die Wangen, wenn er daran dachte, wie sie sich hinter ihn gestellt und auf seinen Blanken gestarrt hatte, während der Bacchant auf ihn eindrosch. An jenem Abend hatte er noch nicht einmal den Mut gehabt, nach Resten zu suchen. Und gleich am nächsten Morgen hatte die Sybille ihm auf den Kopf geschlagen und ihn wieder zum Singen geschickt, dabei war er doch schon überall gewesen. Als er mit leeren Händen zurückgekehrt war, wiederholte sich die Strafe, und wieder starrte die Sybille die ganze Zeit über auf sein Hinterteil und lachte, während er wie ein Zicklein blökte. Da waren Bürger gekommen und hatten dem ein Ende bereitet. Er war dann später von einem Hund gebissen worden, dem er einen Knochen gestohlen hatte, aber das war ihm ganz gleich gewesen, einzig zählte, dass er etwas im Magen hatte, mochte es ihn auch noch so sehr würgen machen ob des stinkigen Hundespeichels an den Fleischfetzen. Und die Sybille hatte die ganze Zeit über bei ihrem Bacchanten gezetert, ohne Unterlass. Und doch war er, der Schütze, an seinen Bacchanten mit dessen schrecklichem Weib gebunden und biss die Zähne zusammen, Tag für Tag und Woche für Woche, während sie zu einer anderen Schule gewandert waren. Und wenn der Bacchant ihm einen Heller geboten hatte dafür, sich unter den

Augen der Sybille durchhauen zu lassen, dann hatte er stets genickt, obschon er wusste, dass er nur noch eine Backpfeife drauf bekam, wenn die Sybille hernach den Heller von ihm zurückforderte und ihm wiederum auf den Kopf hieb, dass ihm schwindelig wurde. Und wenn sie mit den anderen Bacchanten ihrer Burse im Bad waren, dann hatte die Sybille so lang auf die anderen eingeredet, bis sie ihn unter allgemeinem Gelächter aus dem Zuber hoben und draußen vor der Türe in den Kot warfen. Wenn er dann zurückkehrte, dann kleideten sie sich schon wieder an und befahlen ihm, es ihnen gleichzutun, mochte ihn dann auch der Dreck unter dem Kittel kratzen.

Heute war das erste Mal seit Langem, dass er wieder an die Ereignisse seiner Wanderschaft zu den Schulen und Universitäten dachte. Er hatte es die ganze Zeit über vergessen geglaubt, und nun war es wieder da, dieses Gefühl der Schmach und Schande, als habe er es gerade durchlitten. Immer hatte Sybille gefordert; die Bacchanten hatten Hand an ihn gelegt, wenn er zögerte; und wenn er ihren Wünschen gerecht werden wollte, ließ sie ihn danach trotzdem strafen, weil er ihr nicht gut genug war oder er ihr zu lang gebraucht hatte. Ihr fortwährendes Gezeter und Fordern klang ihm noch heute in den Ohren. Und sogar als er selbst Bacchant geworden war und studierte, da verstand sie es, fortwährend von ihm zu fordern und ihm abzustreiten, was ihm zustand. Bis sie endlich mit ihrem Gemahl davongegangen war. Er knetete die Stoffmütze und sah das Gesicht der Sybille unter dem Baumstamm, hörte, wie ihr ständiges Zetern zu einem Japsen wurde, empfand größte Zufriedenheit – und blickte jäh ins Gesicht des unbekannten Knaben. Sein Hochgefühl fiel mit einem Schlag in sich zusammen. Er knetete heftiger, zwang Sybilles Gesicht in die Kappe unterm Baumstamm, keuchte vor Anstrengung, da das Bild sich nicht halten ließ und an der Sybille statt wieder der Junge aus seiner Erinnerung dort lag. Wäre es doch die Magd gewesen, wie viel leichter wäre es ihm gefallen, Sybille zum Verstummen zu bringen, aber es war ein Hirt gewesen, und Sybille lachte und zeterte in seinem Schädel, zerquetschen wollte er sie wie den Knaben, er knetete die Kappe, zerquetschen und ihr Lachen ein für alle Mal zum Verstummen bringen, aber es war nur ein Knabe gewesen, keines von diesen Weibern, die ihn stets verspottet, von der Tür gewiesen oder erniedrigt hatten, die seine Blöße ausgekostet hatten, die redeten und redeten ohne Unterlass, ihr dämliches Schnattern, und ihn doch stets niedergehalten hatten, er versuchte ein letztes Mal, Sybilles Gesicht in die Kappe zu zwängen oder doch wenigstens das einer Magd, wieder entglitt es ihm, wieder starrte er in Jungenaugen. Mit einem Zornesschrei schleuderte er die Kappe gegen die Wand. Vor einiger Zeit noch hatte es ihm keine Mühe bereitet, die Gesichter zu tauschen, es war ein großartiges Gefühl gewesen, die Sache mit dem Baumstamm wieder und wieder durchzuspielen. Aber von Mal zu Mal war es ihm schwerer gefallen, dabei war es gar nicht so, dass die Erinnerung etwa verblassen würde – vielmehr ließ sich das, was wirklich gewesen war, nicht mehr unterdrücken, und da war eben keine Magd und schon gar keine Sybille gewesen. Das Verlangen danach, die Sache zu wiederholen, genau so, wie er es wollte, ließ sein Herz bis zum Hals schlagen. Beim letzen Mal, als er in einem Gefühl der Hilflosigkeit Halt in der Erinnerung gesucht hatte, da war ihm schon ein ganz bestimmtes Gesicht durch den Kopf gegangen. Aber es war nur eine Idee gewesen, mehr nicht. Jetzt, nachdem er zwei Wochen weiterer Demütigung durchstanden hatte, begann sich aus der Ahnung ein konkreter Plan zu formen. Er wusste, wen er packen wollte. Und jetzt wusste er auch, wie.

Er legte die zerknautschte Kappe in eine Kiste, verschloss sie und straffte sein Wams. Es gab zu tun.

⁂

Wenig später kam das Gerücht auf, der Stubbe habe ein uneheliches Verhältnis mit der Trumpen und plane keineswegs, um Gottes Segen dafür zu bitten. Das ahnte auf dem Hof zwar schon jeder, aber die Intensität, mit der es in den Dörfern zu kursieren begann, ja sogar in Bedburg aufkam, war beachtlich.

»Ist doch gleich«, meinte Jakob leichthin. »Guck, wir sind auch nicht verheiratet. Und der Ludwig ist es und hat dich trotzdem angefasst. Was kann Schlimmes an unseres Herrn Verlangen sein.«

Doch Odilia fand sich durch seine Worte nicht beruhigt. Dieses Gerücht hatte etwas Bösartiges, und da war es ganz gleich, was es im Kern besagte. Vor allem sorgte Odilia sich aber, dass Trine Trumpen sich das Gerede sehr zu Herzen nahm: Sie wurde noch stiller als sonst und blickte niedergeschlagen drein. Nur wenn Peter Stubbe kam, leuchtete ihr Gesicht auf, zumindest für einen Moment; doch sie schwiegen viel, Stubbe ging ihr zur Hand und verließ den Hof dann wieder, und Odilia wusste, dass Trine Trumpen ihm Vorwürfe machte, nicht schärfer gegen die Gerüchte vorgegangen zu sein. So unnachgiebig Peter Stubbe in Sachen seines Hofes war, so wenig schien er zu wissen, was er dagegen tun sollte und verschloss die Augen davor. Außerdem war sein Hochgefühl verflogen, das er sonst bei den Besuchen bei Trine gezeigt hatte. Odilia hatte fast den Eindruck, als seien ihm die Besuche zu einer lästigen Pflicht geworden. Das Schlimmste aber war, dass seinem Bruder all dies nicht verborgen blieb. Er verstärkte seine Bemühungen noch, gab ständig anders lautende Anweisungen als sein Bruder, ließ Pausen einlegen, wo dringend hätte gehandelt werden müssen und begann, in verschwenderischer Manier Bekannte auf den Hof zu laden – und bei ihm, fand Odilia, war es keine Großzügigkeit, sondern böser Protz, mit dem er die nicht minder unsympathischen Gäste bewirtete. Und Peter Stubbe sah all dem untätig zu.

»Ich begreif das nicht«, gestand sie Jakob. »Der Stubbe ist ein so guter Herr, versteht sich darauf, gut zu wirtschaften und verkehrt mit hohen Herren vom Rat, aber seinen eigenen Bruder vermag er nicht zu zügeln!«

»Ich hätt den Ludwig längst zertreten, grad wie eine Schlange.«

»Sag doch so was nicht.«

»Na hab ich nicht recht? Sagst du doch selbst.«

»Morgen fährt er nach Bedburg. Da kann Ludwig wieder tun, was er will.«

»So wie gestern«, seufzte Jakob. »Ist bald öfter in Bedburg als hier.«

»Und häufiger als bei der Trumpen«, meinte Odilia und kuschelte sich enger an Jakob.

»Nimmt er wieder den Till mit?«

»Denke mal. Der schafft zwar inzwischen wieder was, aber den können wir hier noch am ehesten entbehren. Gibt ja viel zu erledigen zwischen all den Pausen, die der Ludwig befiehlt.«

»Kann uns doch nur recht sein, das mit den Pausen!«, grinste Jakob. Odilia musterte ihn streng. »Du weißt genau, dass das nicht gut ist! Ach, Jakob, warum ist nur alles so vertrackt.«

»Du machst dir zu viele Sorgen.«

»Ja.« Odilia umarmte ihn noch fester.

Merode-Brüder

»Du, Bruder«, sagte Ludwig beim Essen zu Peter Stubbe. »Ich glaub, der Hof braucht dich viel mehr. Siehst doch, alles hier läuft nicht gut.«

»Na und, tu ich etwa nichts?«, fauchte Peter Stubbe ihn an.

»Ja, ja ... einzig, weißt, manchmal bist du einfach zu oft fort ...«

»Ja?«

»Du wirst hier gebraucht. Glaub's mir, die Trumpen hat gesagt, du magst doch zu ihr ziehen, weil ihr Hof ja bald besser dran ist als unserer hier.«

»Das hat sie gesagt?«

Ludwig machte eine Unschuldsmiene. »Ja sicher, glaub's mir, ich hab's ja gehört. Für die bist du der beste Knecht, von dem man träumen kann.«

»Ach!« Peter Stubbe sah seinen Bruder scharf an. Der schlug sogleich die Augen nieder.

»Rede so nicht über Trine!«, befahl er und ging hinaus. Odilia eilte hinter ihm her. Der Herr des Stubbehofs machte ein ganz ungewohnt grimmiges Gesicht. Als sie wenig später an der Scheune vorbeikam, hörte sie die Gerda mit ihm reden.

»Ja, ja«, sagte die Magd. »Die Trine, das hat mich auch gewundert, kaum wart Ihr weg, da hat sie gemeckert, dass es noch so viel zu machen gäb und Ihr schon wieder fort wärt. Das klang recht komisch, nicht.«

Odilia verschlug es fast die Sprache. Wie kam Gerda dazu, so etwas zu sagen? Doch sie erfuhr nicht viel mehr, denn Peter Stubbe kam gedankenversunken aus der Scheune. Als er weg war, ging sie zu der Magd. »Wie kommst du darauf, dem Stubbe so was über die Trumpen zu erzählen?«

»So hat's mir die Anna vom Trumpenhof erzählt«, verteidigte sich Gerda und drehte sich demonstrativ weg.

»Die Anna?«, rief Odilia ihr hinterher. »Die Anna würd doch so was nie sagen!«

»Wenn du's mir nicht glaubst, frag sie doch selbst!«, entgegnete Gerda über die Schulter hinweg und verschwand in der Tür. Odilia nahm sich vor, Anna zur Rede zu stellen.

∽⌇∽

»Es sind Merodeurs gesichtet worden!«, rief Jakob aufgeregt.

»Red keinen Unsinn. Es gab keinen Krieg hier«, brummte Georg.

»Und doch sag ich's euch! Die vom Bockshof haben sie gesehen, als sie auf dem Feld schafften!«

»Bist du sicher?«

»Wie viele?«

»Kommen sie her?«

»Was ist los?« Peter Stubbe trat aus dem Haupthaus.

»Was ist?«, wiederholte er lauter, als niemand ihn beachtete.

»Ruhe! Der Stubbe spricht!«, donnerte Georg. Nun endlich verstummten alle.

»Was ist?«, fragte Peter Stubbe ruhiger.

»Der Jakob hier sagt, die vom Bockshof sagen, sie haben Merode-Brüder gesehen!«, erklärte Gerda. »Wenn die herkommen! Was machen wir?«

»Wir müssen uns gegen sie stellen!«

»Dann bringen sie uns alle um!«

Während alle durcheinanderredeten und Ludwig und Aleth die Arme in die Luft warfen und über das Böse in der Welt zeterten, trat Georg an Stubbe heran. »Das ist übel«, sagte der Knecht. »Was tun wir?«

Stubbe sah ihn mit einer ganz ungewohnten Unsicherheit an. »Du warst Landsknecht, habe ich vernommen. Sage, was du meinst!«

»Müssen sie aufhalten«, brummte Georg. »Wenn wir warten, bis sie hier sind, rennen uns die Leut weg und es ist fröhlich Plündern. Frag mich eh, wo die her sind.«

Stubbe blickte fragend.

»Merode-Brüder sind halt die Trabanten von einem großen Heer. Das sind die, die nicht mehr mitkämpfen. Meistens sind sie krank oder so. Mit denen kommen wir klar, wenn's keine Gartzeiter sind in Wahrheit.

Und halt nur, wenn wir bewaffnet sind und nicht untätig auf sie warten.«

»Also rufen wir das Dorf zusammen.«

»Und die anderen dazu, ja.«

Stubbe zögerte noch. Dann rief er Till, Thomas und Jakob herbei. »Ich weiß, was zu tun ist«, sagte er. »Thomas, du gehst durchs Dorf und sagst allen, dass wir uns wegen Meroden heut Abend in der Kirche treffen. Till, du sagst das dem Pfaffen, er soll sich dazu bereithalten und Sturm läuten, dass die Menschen von den Feldern kommen. Georg, Jakob, ihr reitet aus und gebt den anderen Dörfern Bescheid. Sie sollen sich eilen!«

Die Aufregung war groß. Bei der Versammlung, zu der ständig mehr Bauern auch von abgelegeneren Höfen eintrafen, wurde Peter Stubbe die Führung aus den Händen genommen –

»Der kann das nicht! Der hat doch keine Ahnung!«, hatte eine Stimme gerufen. Ludwig und der Schleiferhannes befleißigten sich darin, diese Meinung noch zu bestärken, durch Bemerkungen und Sticheleien, die Stubbe aber nicht als direkten Angriff auf ihn werten konnte. Odilia sah ihrem Herrn an, dass er tief getroffen war. In seinen Gesprächen mit Trine Trumpen hatte er oft davon erzählt, wie stolz er darauf war, von allen wohlhabenden Bauern und den Pfaffen dazu hoch geachtet zu sein. Dieser Rückschlag traf ihn weit härter, als Odilia gedacht hätte: Er zog sich zurück und blieb untätig; sein Bruder packte die Gelegenheit beim Schopfe und polterte umso lauter, um alle auf den Kampf vorzubereiten, als zögen sie in einen Krieg.

⁓⊙⁓

Sie kam zu ihm. Weil die ihn schätzte und fürchtete, seine Macht und seinen Einfluss, weil er lenkte. Da machte sie gar den Weg aus dem Dorf, er sah sie den Hohlweg entlanggehen, mal leuchtete ihr blondes Haar verheißend im Sonnenlicht, dann verschwand es wieder hinter Gebüsch oder wenn der Weg tiefer lag; im kühlen Waldschatten erwartete er sie. Und dann war sie da, die die Weinkrüge gebracht hatte, die von allen am besorgtesten über das Knechtlein gewesen zu sein schien, sie kam auf ihn zugeeilt, ihr Rock flatterte in der Frühlingsbrise, der Waldschatten löschte das Flammenmeer ihrer Locken und seine Worte verbreiterten ihr Lächeln noch, das hätte er nicht für möglich gehalten. Er führte sie in den Wald hinein und versprach eine Lichtung, schön wie ein Traum, und sie kam mit, doch als er in dichteres Unterholz ging, fragte sie, Muss das sein, er drehte sich um, sie blickte unglücklich und wies auf ihr Kleid, Gibt es keinen anderen Weg, Nein, erwiderte er, seine Stimme klang hart und das irritierte ihn selber, Ich will da nicht durch, Komm jetzt, Lass uns woanders hingehen, Du kommst jetzt mit, er riss sie am Arm, spürte sein Blut in Wallung geraten, sie sollte gehorchen, aber sie gab sich widerspenstig. Da war plötzlich Sybille, blitzartig hieb er ihr mit der Faust auf den Mund, gleich noch einmal, sie taumelte zurück und guckte ihn blöde an, er setzte nach, riss ihr Kleid auf und rang sie nieder, die begann zu schreien wie die Sybille, als er ein Stücklein Brot vom Singen gebracht hatte damals, Es ist nicht genug! Nicht genug!, Dann gebe ich dir mehr, er begann wie von Sinnen auf sie einzuhauen, schlug ihr den Kehlkopf ein und stopfte Laub in ihr Maul, bis sie endlich verstummte, er knetete die Filzkappe in den Händen. Schweißüberströmt war er und fühlte sich ganz leer, nicht etwa erfüllt, nur leer, wie er so an die Wand starrte und die Bilder der Vorstellung langsam verblassten.

Dann füllte Sehnsucht die Leere aus. Nicht allein und im stillen Kämmerlein wollte er die Weiber zum Verstummen bringen. Nein, er wollte, er musste das wahre Hochgefühl seiner Tat erleben, unbedingt, und bald. Er durfte sich so etwas nicht einfach ausmalen. Er musste es tun. Sein Opfer hatte er gründlich beobachtet. Die Schlinge war ausgelegt, ebenso wie der Köder.

⁂

»Und ich hatt so gehofft, im Stubbe einen zu haben, der mir helfen wird«, klagte Trine.

»Aber das tut er doch«, erwiderte Odilia.

»Ja, liebe Odilia, nein, er tut es, aber du erinnerst dich gewiss an die Sache mit meinem Land, nachdem ich Witwe geworden? Kurz vor des Stubbes Eintreffen?«

»Du meinst, dass deine Ländereien an unseren Herren Fürsten zurückfallen sollten, da du verwitwet warst? Aber der Prozess wurde doch nie geführt?«

»Ach ja, ich hatte es auch schon vergessen, aber stell dir vor, da ist jetzt ein neuer Gelehrter an der Seite des Fürsten, und der will die Sache wieder aufrollen! Sie hatten gesagt, ich solle mich bereithalten für den Prozess, der wäre bald. Stell dir vor! Wenn ich das Land verliere, dann kann ich betteln gehen.«

»Aber nein, das wird der Stubbe sicher richten!«

»Wie soll er? Er sagt selbst, ein guter Advokat für mich wär er nicht, weil er selbst doch nur ein Halfe ist. Ach, Odilia, wie ist mir bang!«

»Sorge dich nicht. Keiner wird dir das Land nehmen, der Stubbe kennt schließlich Leute, die mit dem Fürsten gut stehen! Was sie dir bis heute nicht genommen haben, werden sie jetzt erst recht nicht bekommen.« Als sie sah, dass ihre Worte keine Wirkung auf Trine zu haben schienen, versicherte sie: »Ich komme morgen wieder. Versprochen. Aber hab Nachsicht mit meinem Herrn. Peter Stubbe wird dir dein Land schon erhalten, allerdings hat er viel zu tun. Schließlich führt er seinen Hof ja erst seit einem Jahr, und mit dem Ludwig an der Seite ... das ist nicht einfach. Er wird sich für dich einsetzen, da bin ich mir sicher.«

»Ach, wie sehr ich hoffe, dass du recht hast, Odilia. Ich war mir ja so sicher, einen rechten Mann gefunden zu haben, so viel besser ist er mir erschienen als mein

Verschiedener. Da hoff ich jetzt nur, er will mich weiter haben.«

Odilia drehte sich an der Tür zu Trine um. »Ich weiß das«, sagte sie mit einem Lächeln. »Anna, du bist meine Zeugin: Der Stubbe will seine Trumpen, oder nicht? Hat doch immer von ihr gesprochen und wie's ihr geht, wenn du auf dem Hof warst, oder nicht?«

Anna guckte sie einen Moment lang blöde an, dann rief sie: »Oh ja, natürlich, hat er immer, ja, gefragt hat er nach deinem Wohlbefinden, Herrin, oh ja, oh ja! Der meint's ernst, ja, aber da bin ich ganz, ganz sicher, das meint er!«

»Hier nimm«, unterbrach Odilia sie und wuchtete ihr einen schweren Korb in die Arme, der zurück zum Stubbehof gebracht werden musste. »Ich nehm die leeren Eimer. – Also, bis bald, Trine. Sei unbesorgt.«

Trine hob zum Abschied die Hand und lächelte ein schwaches Lächeln. Als Odilia die Tür aufzog, flutete die Abendsonne herein und machte ihre Begleiterin, als sie voranging, zu einem von einem Flammenkranz umspielten Schemen. Die Sonne war heute besonders groß: Halb stand sie noch über dem Horizont und füllte mit ihrem tieforangenfarbenen Schein fast das ganze Blickfeld aus.

»Was für ein Abend!«, sagte Odilia und atmete tief die frische Abendluft ein. Anna erwiderte ungewöhnlicherweise nichts. Odilia bedachte sie mit einem Seitenblick. Ihre Begleiterin wirkte merkwürdig ... angespannt, als erwarte sie etwas Wichtiges.

Zwei Tage später erlebte Odilia eine Überraschung. »Das hat die Trine Trumpen gesagt?«, fragte sie entgeistert.

»Aber ja«, erwiderte Gerda. »Aber ja! Wenn er die Bauern nicht wider die Meroden führen mag, nur weil einer bei der Versammlung was Dusseliges sagt, wie kann er dann für ihren Hof gut sein, hat sie gesagt!«

»Die Trine Trumpen? Über Stubbe? Ja, die beiden sind gerade schon etwas schlecht miteinander. Aber dass sie so etwas sagen soll ... Gerda, jetzt sei aber ehr ...«

Odilia unterbrach sich mitten im Satz, als sie aus den Augenwinkeln einen Schatten vorbeihuschen sah. »Herrgottmaria«, entfuhr es ihr. Mit weit ausgreifenden Schritten eilte Peter Stubbe von ihnen fort in Richtung Haupthaus. Ob er etwas davon mit angehört hatte oder nicht, ließ er sich nicht anmerken.

Es war zwei Wochen später, zum Pfingstfest, als Rat Gartz wieder zum Stubbehof kam. Es waren wieder viele geladen, darunter Honoratioren der Stadt, aber diesmal war Rat Gartz der Einzige, der den Weg von Bedburg auf den Stubbehof schaffte. Immerhin waren die Pfaffen gekommen, neben einigen Bauern und jenen, die das ihnen jeweils am vielversprechendsten erscheinende Fest zum Vollstopfen und Besaufen suchten. Odilia meinte Rat Gartz den Unwillen über diese Zusammensetzung der Gesellschaft anzusehen, aber sie musste zugeben, dass er sich angesichts dessen sehr beherrscht gab. Als sie nach den Tischreden den zweiten Becher Wein vor ihm abstellte, erwiderte er ihr

Lächeln mit einer Spur Anspannung. Odilia wunderte sich darüber etwas und hatte schon den Verdacht, sie habe etwas falsch gemacht und daher die Zuneigung verspielt, da erklärte sich sein Ausdruck. Mit einem Wink gab er dem Stubbe zu verstehen, sich neben ihn zu setzen und erklärte gerade so laut, dass Odilia es noch verstand, nicht aber die anderen Anwesenden: »Herr Stubbe, ich fürchte, ich vermag heute nur mit schlechten Nachrichten zu Euch zu kommen. Wir haben die Sache zu den Merode-Brüdern zu Bedburg besprochen. Wie ich sagte, hat der Neuenahr kein Interesse, selbst dagegen vorzugehen, und also schlug ich Euch vor als Anführer des Bauernhaufens. Da erntete ich auch viel Zustimmung. Es ist ja für den Fürsten keine kleine Sache, seine Bauern in Waffen wider die Meroden ziehen zu lassen, und Ihr habt das Vertrauen, dass es auch dabei bleibt, für einen zweiten Bundschuh gibt es ja keinen Anlass, mit Euch dann eben auch keine Gelegenheit. Nach eingehender Beratung kamen wir dann aber überein, Euch nicht dieser Gefahr aussetzen zu wollen, dazu seid Ihr uns, möchte ich meinen, viel zu kostbar! Glaubt mir, Herr Stubbe, die Entscheidung ist nur zu Euerem Besten und ist gewiss nicht irgendeinem Misstrauen Euch oder Eueren Führungseigenschaften gegenüber geschuldet.«

Peter Stubbe erstarrte. Für eine Sekunde rang er sichtlich um Fassung, und es schmerzte Odilia tief, ihn den Kampf verlieren zu sehen. Mit steinerner Miene erhob sich Peter Stubbe und verließ die Versammelten. Die meisten waren viel zu sehr mit Saufen beschäftigt, um davon Notiz zu nehmen. Nur Jakob bemerkte es und wandte sich an Odilia. »Was ist denn los?«

»Ach, unser Herr bekommt nicht die Führung über den Haufen, es wird gar keinen Haufen geben.«

»Und das nimmt er so schwer? So hab ich ihn ja selten erlebt.«

»Hier, nimm den anderen Krug, die Herren brauchen frischen Wein. – Ja, weißt du, das ist ja nicht alles. Der Stubbe kümmert sich angeblich zu wenig um Trine Trumpen, sagt man. Das musst du dir mal vorstellen! Und jetzt das noch obendrauf! Dabei kümmert er sich wirklich um die Trine, das seh ich ja selbst!« Sie stellte einen Weinkrug neben Rat Gatz. »Diese Anna, die hat das alles erzählt, eine falsche Schlange ist das«, ereiferte sie sich weiter. »Die erzählt so Falschheiten von wegen Trine hält den Peter für einen Nichtsnutz, und er tauge ja doch nichts und so! Was für ein hinterlistiges Biest!« Odilia hielt sich erschrocken die Hand vor den Mund über ihre lautstarke Entrüstung, als sie Rat Gartzens Blick begegnete; doch der quittierte es mit dem Hauch eines Grinsens. Einem Grinsen, das durchaus Wohlgefallen ausdrückte.

Hastig wandte Odilia sich ab, grummelte noch ein »Ich könnt sie …« in sich hinein und spürte zugleich eine aufregende Wärme in ihrem Schoß aufsteigen, als sich die Erinnerung an die beinahe vollzogene Vereinigung während Peter Stubbes Begrüßungsfeier in ihre

Gedanken drängte. Als die Runde gerade in eine besonders hitzige Diskussion verwickelt war, griff Rat Gartz Odilia unvermittelt am Handgelenk. Die Berührung rann ihr wie Feuer den Arm hinauf.

»Zeig mir mein Ross, ich möchte bald aufbrechen«, erklärte der Rat.

Kaum dass das Dämmerlicht des Stalles sie umfing, stieß Odilia in plötzlicher Atemlosigkeit hervor: »Alle sind mit dem Fest beschäftigt, wir sind allein hier!«

Willig wie ein Fohlen ließ sich der Rat von ihr zu einer leeren Parzelle führen, dann umfasste er sie und rang sie nieder ins Stroh. Feurig war des älteren Herrn Beginn, er brauchte gar nicht zu suchen, nachdem er sich seiner Schamkapsel entledigt hatte, sondern begann sofort und mit solcher Inbrunst zu arbeiten, dass Odilia meinte, ihr müssten die Sinne schwinden. Nur mit größter Mühe gelang es ihr, leise zu bleiben, die leichten Bisse des Rates in ihren Hals und ihre Schulter, seine Zunge an ihrem Ohr raubten ihr fast den Verstand, sie bäumte sich auf, jetzt, genau jetzt – schwand das Gefühl größter Lust, fiel zusammen, was ihr Blut hochgepeitscht hatte, zogen sich des Rates fein frisierte Augenbrauen in Enttäuschung und Zorn zusammen, derweil weich blieb, was doch gerade jetzt gefordert war und was so verheißend seine Aufgabe erfüllt hatte, aber eben nur bis jetzt, kurz vor der Erfüllung selbst. Und es war auch durch Odilias eilige Handarbeit nicht dazu zu bewegen, wieder seinen arbeitsfähigen Zustand einzunehmen und aus der Verheißung Glück zu machen. Sie mühten sich beide noch eine ganze Weile, allein, es blieb vergeblich; bis der Rat schließlich einem geprügelten Hund gleich die Droschke bestieg und gar nicht schnell genug davonfahren konnte.

∽❦∾

Die Magd kam den Hohlweg entlang, ihr Schopf leuchtete mal auf, mal war er verschwunden, ganz, wie es sich auch in der Vorstellung abgespielt hatte. Wie leicht es doch war, sie zum Herbeikommen zu bewegen, ganz ohne Mühe, nur eines hatte er sicherstellen müssen: Dass sie niemandem etwas davon erzählt hatte, da hatte er natürlich Vorkehrung getroffen, jetzt kam sie das letzte Wegstück hinauf zum Waldrand, abschätzen, ob die Entfernung gering genug ist, um die Beute zu überraschen und einzuholen, ehe sie in den Wald eintauchte, sah sie sich noch einmal um und ihr Haar flammte auf, dann war er bei ihr, griff sie am Arm, sie erschrak, drehte sich zu ihm um und begann zu lächeln, es fuhr ihm wie ein wohliger Schauer durchs Gebein, hatte er sie gerade noch mit der Lichtung locken wollen, so fand er nun Gefallen an dem Gedanken, sie ein wenig durch den Wald zu führen, es schien die Sonne durch das Blätterwerk und leuchtete ihm verheißungsvoll den Weg, und sie war so willig, es war ihm eine Lust. Zu Beginn schwieg sie auch wie bezaubert von ihm und seiner Macht und war ganz folgsam, oftmals über viele Tage, bis ein Tier sich von der Herde löst und abseits steht, dann pirschen, Welches Ziel der Herr anstrebe, fragte sie, woraufhin er erwiderte, es sei ihm so wohl in der Frische des Waldes, das bestätigte sie, aber beließ es nicht dabei, sondern fuhr fort zu reden, über Belangloses, dann schlecht über andere Menschen, wie ein Wasserfall dröhnte es in seinen Ohren, wenn eine Störung das Wild aufscheucht, entscheiden sie in Augenblicken, ob sie, die Sybille hörte er plötzlich, sah sie neben sich an Stelle der Magd, ihr Gerede war Keifen, war Schelte, mehr solle er bringen, mit einem Mal verspürte er Kopfschmerz, als habe sie ihn geschlagen, hatte sie ihn wieder geschlagen? Sie schlug ihn immer, und immer auf den Kopf, so stark, dass er fast nicht mehr bei Sinnen war, aber das hatte seine Mutter genauso getan, immer, wenn sie einen Beischläfer verabschiedet hatte, sie entfesseln ihre Muskelkraft in einem gewaltigen Sprung, bei dem sie die Pranken vorstrecken, sodass die Krallen das Wild an der Flanke, dieses Kreischen hallte im Wald wider, er ließ es verstummen, und da lag sie tot unter ihm und er war ganz außer Atem und löste seine Hände von ihrer Kehle, während ihn eine Woge Glücks mit ungekannter Gewalt überschwemmte. Es war so leicht gegangen, Sybille und Mutter zum Verstummen zu bringen, ruhen bei dem geöffneten Kadaver, nachdem sie sich satt gefressen haben, und sind für Tage, endlich schwiegen sie, endlich wussten sie, dass er der Herr war, sein Kopfweh war zu einem Pochen geworden, und als er das kleine Medaillon vom Hals seiner Mutter löste – es war das gleiche Medaillon wie bei seiner Mutter, es war seine Mutter, das wusste er, obschon seine Augen ihm sagten, das ist eine Magd –, da durchflutete ihn erneut ein überwältigendes Gefühl des Triumphes und des Glücks. Noch nie, noch nie in seinem ganzen Leben hatte er ein so starkes Gefühl erlebt.

∞⊚∞

Till war sauer. So stolz hatte er Thomas erzählt, dass er gleich wieder nach Bedburg ging, und wieder hatte Stubbe ihn, nicht etwa den starken Georg oder den fleißigen Jakob, nein, ihn dazu auserwählt, ihn zu begleiten. Das hatte Thomas aber völlig kalt gelassen.

Er hatte frech gegrinst und erwidert: »Klar nimmt er dich, weil du so schön doof bist, du kapierst nichts davon, was der Stubbe bespricht! Der nimmt dich doch nicht mit, weil du so toll bist, das bist du nämlich nicht! Haha!« Und damit hatte Thomas den Grashalm, auf dem er herumgekaut hatte, weit von sich gespuckt.

»Du redest doch selber Blödsinn! Klar kann ich mir was merken!«, hatte Till entgegnet; aber jetzt, wo er die Pferde anspannte, wollte ihm kein Handgriff so recht gelingen, immer ging irgendetwas schief. Leise vor sich hin grummelnd brachte er die Droschke ins Freie; Peter Stubbe ging nicht auf seine Laune ein, und so befanden sie sich gleich darauf auf dem Weg nach Bedburg. Als sie auf der holprigen Straße waren, winkte Peter Stubbe ihn zu sich auf den Bock, das hob Tills Laune. Und als er in einem Bedburger Gasthaus einen Becher Wein vor sich wiederfand, war er schon fast mit dem Tag versöhnt.

Allein um Thomas ein Schnippchen zu schlagen, hörte er jetzt ganz genau hin, als Stubbe und Rat Gartz sich besprachen.

»Mir ist zu Ohren gekommen«, sagte Rat Gartz sehr entspannt, »dass es zwischen Euch und der Witwe vom Trumpenhof gar wohl steht.«

Peter Stubbe nickte.

»Nun, dann wird Euch interessieren, was ich Euch zu sagen habe. Ihr seid gebildet, kein einfacher Bauer, umsichtig im Wirtschaften, vor allem aber, möchte ich meinen, eine gar wohl geachtete Person. Nun gut. Jedenfalls habe ich mich umgehört, und wahrlich, wir können einen wie Euch gut gebrauchen. Ich möcht Euch einladen, werdet Schöffe! Und ehe Ihr sagt, das sei zu viel der Ehre: Ich weiß wohl um den Rechtsstreit, der der Witwe Trumpen ins Haus steht wegen ihrem Land. Nun, als Schöffe hätte Euer Wort Gewicht, und wenn Ihr der Trumpen Advocat macht, dann wird sich die Sache zu ihren Gunsten wenden mögen. Und somit zu den Eueren, wie mir doch scheint.«

Er fixierte Stubbe über die zusammengelegten Fingerspitzen hinweg. »Nun, was meint Ihr? Oder nein, gebt mir morgen Kunde. Da sind dann auch die anderen Schöffen anwesend, es geht um eine kleine Sache, genau das Rechte, um Euch den anderen vorzustellen und alles für Wahl und Eid zu bereiten. Ist das ein Wort?«

Stubbe verharrte zunächst unschlüssig, während Till noch des Rates Wortschwall zu ordnen versuchte, geschweige denn dass er ihn auf Anhieb verstand. Dann nickte sein Herr, und was weiter gesprochen wurde, das verstand Till ganz gut, nur leider waren es allesamt Belanglosigkeiten.

Zu Hause suchte Till das Ganze Thomas zu berichten, es wollte ihm aber nicht recht gelingen. »Wart, ich werd's dir gleich morgen sagen können! Da fährt er noch mal runter.«

»Ha, das ist deine letzte Gelegenheit, sonst darf ich dich einen Esel nennen! Schaffst du nie.«

Derart angespornt konnte Till es kaum erwarten, wieder mit Stubbe auszufahren. Der nahm ihn auch tatsächlich erneut mit. Doch zu seiner grenzenlosen Enttäuschung musste Till vor der Tür des prachtvollen Rathauses warten.

Stubbe blieb lang im Rathaus. Till vertrieb sich die Zeit damit, mit einem kleineren Jungen um die Wette Kiesel zu schussern. Als es zum späten Nachmittag läutete, rannte der Kleine los, er musste nach Hause; Till spielte noch ein wenig mit den Steinchen vor sich hin, dann wusste er auch nicht mehr zu tun als Däumchendrehen. Merkwürdigerweise wurde es jetzt noch wärmer als zu Mittag. Je tiefer die Sonne am Himmel stand, desto stechender wurde sie. Für einen Junitag war es ungewöhnlich heiß. Waren bislang ab und zu Leute zum Rathaus gegangen, lag der Platz nun menschenleer da; nicht einmal zum Brunnen verirrte sich jemand. Ein Hauch Fäulnis wehte vom verwaisten Marktplatz herüber. Durch die Gassen hallte der ferne Gesang einer Amsel. Die Einsamkeit hatte eine eigentümliche Wirkung auf Till. Selbst die Spatzen verzichteten auf ihre gewöhnliche Beredsamkeit. Till blinzelte in die Sonne. Ein leichtes Schwindelgefühl überkam ihn. Es prickelte leicht auf seiner Stirn.

Plötzlich sprang ihn das Bild des Toten unterm Baumstamm an, traf ihn vollkommen unvorbereitet und ließ ihn taumeln; rasende Angst bemächtigte sich seiner, und er wollte nur noch rennen, aber seine Füße regten sich kein Stück, er sah den Baumstamm, sah die dunkle Lache, die beiden bleichen Stöcke, die Beine waren, und er roch den stechenden Geruch des Todes. Der Platz war plötzlich voller Blut. Till zwinkerte. Da war doch gar kein Blut! Doch, eine dicke Schicht aus geronnenem Blut legte sich wie eine Decke über den Boden, er konnte Bewegung in der Masse erkennen, sie kroch über den Staub auf ihn zu! Till zwinkerte erneut. Was dachte er denn da? Der Platz lag friedlich im Sonnenlicht, ganz ohne Blut, und überhaupt konnte geronnenes Blut doch gar nicht mehr fließen, außerdem war es doch im Wald geschehen ... Er taumelte zurück, als habe ihn ein Faustschlag getroffen: Das Antlitz der Leiche war so deutlich vor seinen Augen, als beuge er sich jetzt gerade über sie, sah in verschorfte Augenhöhlen, das Blitzen der Sonne auf einem Stein wurde zum Blitzen der gebleckten Zähne. Und dann kroch das Grauen Tills Rücken hoch, als er spürte, wie eine Gestalt von hinten an ihn herantrat, die einen Knüppel hob, um ihn — mit einem erstickten Schrei fuhr er herum und prallte gegen Peter Stubbe, der ihn unwillig auffing.

»Was soll das?«, erkundigte sich der Hofherr.

»Ai, mich dünkt, Euer Knechtlein hat einen Geist gesehen«, sagte Rat Gartz, der neben Stubbe aus dem Rathaus getreten war. »Na, mein Junge, was mag wohl in dich gefahren sein?« Der Rat lachte und strich Till gut gelaunt über den Kopf.

»Los, Kerl, wir fahren«, wies Peter Stubbe Till an. Sehr freundlich wandte er sich dann an den Rat: »Die Sache gefällt mir. Ich denke, ich werde als Schöffe gern mittun.«

»Aber das weiß ich doch, lieber Peter Stubbe.« Rat Gartz lachte. »Die Wahl ist eine reine Formsache, glaubt mir. Und vergesst nicht, Euere Trine wird's Euch vergelten! Es freut mich sehr, möchte ich sagen. Eine gute Rückfahrt, und auf bald! Wir sehen uns beim nächsten Gerichtstag! Da wollen wir Euch wählen.«

Peter Stubbe erwiderte Gartzens Händedruck und schwang sich auf die Droschke.

»Los!«

Gehorsam führte Till die Pferde aus der Stadt und kletterte auf den Kutschbock. Er war immer noch wie betäubt, und kalter Schweiß benetzte seine Stirn. Wenigstens sein Herz schlug etwas ruhiger. Hätte er sich nicht mit aller Kraft zusammengerissen, er hätte die Droschke geradewegs auf den nächsten Acker gelenkt und das wahrscheinlich gar nicht bemerkt.

Auf dem Hof angekommen, führte er das Gefährt wie mechanisch zum Stall, schirrte die Pferde ab, stürzte an Thomas und Georg vorbei, bemerkte gar nicht, dass alle zusammenstanden und aufgeregt redeten, wollte nur ins Schlafgemach, stürzte sich auf sein Lager, an Gerda vorbei, die gleichfalls in den Raum gerannt kam, aber nicht wegen ihm, sondern um der Odilia etwas zu sagen. Und gerade, als die Tränen in seine Augen schossen, hörte er Gerda zu Odilia sagen: »Die Anna ist ermordet worden?«

Der Bastard

Odilia war durch die aufgeregte Gerda so abgelenkt, dass sie Till gar nicht wahrnahm.

»Aber das ist doch Unsinn!«, rief sie. »Was soll das Gerede, von wegen Anna ist ermordet worden! Ja gut, sie war nicht zur Trumpen zurückgekommen letzte Nacht, aber das heißt doch noch nicht, dass sie ermordet worden ist! Du bist doch sonst nicht so leicht aus der Fassung zu bringen!«

»Aber alle sagen, die Anna ist tot!«, erwiderte Gerda.

»Ich komme gerade von der Trumpen, glaub mir, das ist Unsinn!«, erklärte Odilia.

»Aber zurück ist sie auch nicht«, beharrte Gerda.

»Deswegen ist sie doch noch lang nicht tot! Ich geh jetzt raus und sag das den anderen. Was soll denn das alles.«

Und damit ließ sie Gerda zurück, die den Kopf schüttelte, den heulenden Till bemerkte und ans Bett trat.

Odilia schob die anderen beiseite, die alle gleichzeitig auf Peter Stubbe einredeten. »Herr, die Nachricht kam von mir. Aber die Anna ist verschwunden, nicht tot.« Sie warf einen wütenden Blick in die Runde. »Auch wenn das jetzt alle behaupten. Ich war bei der Trumpen, die hat nur gesagt, Anna sei gestern Abend nicht zurückgekommen, das ist alles!«

»Dann muss ich zu ihr«, beschloss Peter Stubbe. Odilia begleitete ihn zum Trumpenhof, wo Trine im Garten arbeitete. Dort bestätigte Trine Odilias Schilderung: Nein, bis jetzt sei Anna nicht wieder aufgetaucht, weder tot noch lebendig, überhaupt, wer habe denn behauptet, dass sie tot sei, und Anna sei schon einmal auf eigene Faust weggeblieben.

»Unzuverlässiges Gesinde«, brummte Peter Stubbe. »Ich kann dir aber ein Gutes sagen«, fuhr er fort, »ich werd vereidigt als Schöffe zu Bedburg. Du weißt, was das heißt?«

Trine Trumpen ließ die Hacke sinken, und ihr Gesicht leuchtete auf. »Mein Land?«, fragte sie voller Hoffnung.

Peter Stubbe nickte stolz. »Das werde ich dir erhalten! Ich werde zusehen, dass recht bald darüber befunden wird. Sorge dich nicht, ich wache über dich!«

»Kannst du helfen, jetzt, wo die Anna verschwunden ist?«, fügte Trine Trumpen hinzu.

»Aber ich helfe dir ja bereits.«

»Du hast doch Knechte, da könnte einer hier mit anpacken. Der Vinksfranz ist ja ein Krüppel, der ist nur noch halb so viel wert, und außer Anna hab ich nur noch die Merg, und die ist alt.«

»Aber ich brauche meine Knechte selbst«, entfuhr es Peter Stubbe.

»Ach, liebst du mich wohl nicht?«, rief Trine Trumpen im Tonfall der Verzweiflung.

»Wie kannst du nur so etwas sagen!«, entgegnete Peter Stubbe, und mit einem Mal zitterte er am ganzen Leib.

So hatte Odilia ihn noch nie erlebt: Seine Fassung, die er stets wahrte, war mit einem Mal dahin.

»Immer stand ich dir zur Seite, seit ich zurückgekehrt bin auf meinen Hof, immer war ich da, selbst wenn mein eigener Hof mich dringend gebraucht hätte, ich komm her, dir zur Hand zu gehen, nie habe ich gezögert, nie etwas dafür verlangt, und sogar dein Land werde ich dir erhalten, wo ich jetzt Schöffe werde, und wie dankst du es mir? Du wirfst mir vor, ich würde nicht genug für dich tun, allein schon dein Tonfall ist mir ein Messer in der Seele. Es ist so, als hätte deine Anna recht, recht mit ihrer Behauptung, du würdest mich verstoßen. Sag, habe ich das verdient? Habe ich?«

Peter Stubbe stand schwer atmend da, die Hände zu Fäusten geballt, und starrte Trine Trumpen an. Die hatte die Hacke fallen lassen und verharrte einen Moment lang stumm, dann sprang sie auf Peter Stubbe zu und fasste ihn an den Armen. »Lieber, lieber Peter!«, rief sie, und mit einem Mal rannen ihr die Tränen aus den Augen. »Ach, ich habe dir Unrecht getan! Ach, wie ich mich geirrt habe! Ich liebe dich doch von Herzen, du bist mein Einziges, verzeih meine Worte!«

Peter Stubbe war sichtlich überrascht, und wie Odilia zu erkennen glaubte, auch durchaus gerührt ob Trine Trumpens Beteuerungen, und Trine brachte einen um den anderen Treueschwur vor. Mochte es bei einer anderen wie ein billiger Trick erscheinen, um Vertrauen zurückzugewinnen, so war die Aufrichtigkeit der Trine unzweifelhaft. Schließlich tat Stubbe etwas, was er noch nie getan hatte – wenigstens nicht in Odilias Beisein –, er fasste Trine Trumpen um die Hüfte und erstickte ihre Worte in einem langen, leidenschaftlichen Kuss, der nicht enden zu wollen schien.

»Was bin ich froh«, sagte Peter Stubbe darauf, »hatte ich doch schon fast gezweifelt. Liebste Trine, ich gelobe, mein Bestes zu geben für dich und deinen Hof.«

Und auch Stubbes Worte waren nicht einfach dahingesagt. Er und Odilia halfen Trine den ganzen Nachmittag über mit dem Garten, und als sie zurückgingen, da war er so beschwingt und glücklich, wie Odilia ihn nur selten erlebt hatte.

Seine gute Laune hielt an, und es war, als wehte ein frischer Morgenwind durch den Stubbehof. Mehrmals in der Woche ließ Peter Stubbe sich nun nach Bedburg fahren, sei es zum Gericht, sei es, um mit den Bedeutenden der Stadt einzukehren oder zu repräsentieren, und wenn er in Epprath war, dann geschah es öfters, dass ein Pfaffe oder ein Bauer vorbeikam und den Rat des Schöffen suchte oder ein Anliegen in einer Gerichtssache an ihn herantrug. Sogar mit dem Fürsten selbst sollte Peter Stubbe nicht unbekannt sein. Und so war es nicht verwunderlich, dass die Landfrage der Trumpen im Sande verlief und schließlich ganz offiziell nicht mehr weiterverfolgt wurde. Anna blieb verschwunden, und allgemein wurde nun akzeptiert, dass sie fortgelaufen war, vermutlich mit irgendeinem Landstreicher oder Landsknecht auf Gartzeit. Einige wenige beharrten jedoch darauf, dass sie tot sein müsse, konnten für diese Einschätzung aber nicht mehr als ihre Ahnung vorweisen.

Der Einfluss des Hofherrn hatte wenige Jahre nach seinem Kommen spürbar zugenommen. Ja, Peter Stubbe war zu einem bedeutenden Manne aufgestiegen, der nicht nur bei Gericht die Stimme der protestantischen Bauernschaft geworden war.

⁂

Das Wetter gab sich ungnädig nass und kalt. Einige Landsknechte hatten sich erkältet, und eine ältere Frau im Tross war unglücklich gestürzt und litt nun Qualen, aber ansonsten hatten sie den Unwettereinbruch glimpflich überstanden. Der Schlamm machte das Fortkommen schwer. Ständig blieben Wagen des Trosses stecken, und selbst vorne, wo Hannes die Trommel schlug, sank man knöcheltief im Matsch ein. Weiter hinten glich der Weg mehr einem Sumpf. Zum Glück hatten sie viel Zeit, um ihr Ziel zu erreichen, das Antwerpen lautete. Aber das hinderte die Hauptleute nicht daran, sie weiter voranzutreiben, mochte sich der Heerwurm auch noch so schwerfällig voranquälen. Als es dann warm wurde, stieg die Stimmung deutlich; und nach einer Woche erinnerte nichts mehr an die Unbill des beginnenden Mai. An einem Flusslauf begann ein großes Waschen, denn so rau die Kämpen auch waren, sie legten doch größten Wert auf ihr Erscheinen. Nicht umsonst war dieses Auftreten, das alle Kleidungsvorschriften und Gepflogenheiten in seiner Farbenpracht und Fülle sprengte, berüchtigt, wurde zu Stadt und zu Lande als höchst unanständig verurteilt und unter der Hand gerade von Jüngeren als bewundernswert und in summa ganz beachtlich zergänshäckselt verehrt. Daher musste das einheitliche Drecksbraun der letzten Wochen unbedingt weichen.

Hannes spürte schon bei dem Gedanken daran, dass sie sich gleich ausziehen würden, Herzklopfen, als er mit Milo und den anderen zum Fluss hinunterging. Und er wurde nicht enttäuscht: Ohne Zögern ließ der Knabe die Schenkelhosen herunter, und Milo erschien Hannes wie die verletzliche, zart gebaute Unschuld zwischen Arnold und den anderen zotteligen Bären. Während die anderen die üblichen derben Scherze machten, wusch Milo in sich versunken seine Sachen aus; Hannes stellte sich hinter ihn, und jedes Mal, wenn der sich vorbeugte, spürte Hannes ein erneutes Aufwallen von Erregung in seinem Bauch. Als er ihm beim Lausen half, war ihm, als zerfließe er innerlich. Er konnte sich nicht erklären, was ihn an Milo so sehr fesselte, schließlich empfand er beim Anblick der anderen nichts, höchstens Abneigung. Aber hier verspürte er ein so tiefes Glück, als wäre er bereits ins Himmelreich eingegangen.

Es war den Landsknechten deutlich anzusehen, wie sie mit neuem Stolz und hoch erhobenen Hauptes weitermarschierten. Nicht zuletzt mochte dies auch daran liegen, dass man jetzt nicht mehr ständig versucht war, sich zu kratzen. Das Regiment hatte sich von einem Tag auf den anderen von einem dreckigen Haufen in ein frohes Farbenspiel zurückverwandelt.

Für die Bauern freilich war es eine gefährliche Schönheit. Oft ging Arnold mit dem Quartiersmeister ins nächste Dorf, hieß Hannes die Trommel rühren und verkündete: »Gute Leute, wir sind auf eurer Seite und wollen euch nichts Böses; kommt heraus, denn die Kämpen haben Hunger und sich eine Mahlzeit wohl verdient!«

Wenn sich nichts regte, sandte er Hannes, zwei Rotten zu holen, um das Vieh zusammenzutreiben. Falls dann doch ein Bauer zaghaft aus der Tür guckte, gab es auch nur kurzes Verhandeln, bei dem ausschließlich Arnold das Wort führte, und so blieb das Ergebnis gleich. Und dennoch führten die Merode-Brüder, die wie Mückenschwärme um das Regiment kreisten, ein ungleich besseres Leben. Manches Mal, wenn Hannes sich mit Hunger im Bauch in eine Decke wickelte, hörte er ihren ausgelassenen Gesang in der Ferne, denn sie band keine Heeresordnung. Sie bedienten sich gerade, wie es ihnen in den Sinn kam, sie faulenzten, während das Regiment in der brütenden Hitze marschierte, und tranken Wein und Tabak, wenn das Fähnlein wieder einmal kaum genug für eine dünne Wasserbrühe hatte. Und wenn der Profoss einmal Rotten gegen sie aussandte, dann verstreuten sie sich in alle Winde und fanden sich doch sogleich wieder zusammen, sowie ihre Verfolger aufgegeben hatten. Schlimmer noch: Je weiter das Regiment marschierte, desto zahlreicher wurden die Meroden, und zunehmend kam es vor, dass der Quartiersmeister in ein gerade von ihnen ausgeplündertes Dorf kam.

»Warum schlagen wir sie nicht einfach tot?«, fragte Hannes Arnold immer wieder, und der gab ihm die immer gleiche Antwort: »Weil es sich nicht lohnt, sagen die Offiziere.«

Das verstand Hannes zwar nicht recht, aber schließlich musste er sich damit abfinden. Und so zog sich der Weg nach Antwerpen ins Unendliche hin. Wie groß war da die Enttäuschung, als die Botschaft kam, der Ruf werde zurückgezogen, es gäbe nichts zu tun!

Und also begann eine lange Gartzeit. Jeder war mit seinen Sorgen beschäftigt. Wenn Hannes gehofft hatte, dass die Verwirrung, die er beim Anblick des nackten Milo empfunden hatte, weichen würde, so hatte er sich geirrt. Wann immer Milo sich im Schlaf in seine Arme kuschelte, wurde Hannes von einem Gefühl des Glücks überspült. In mancher Nacht warf er sich herum und hatte immer wieder einen wilden Traum, von dem er am nächsten Morgen nur noch wusste, dass ihm der Knabe in überirdischer Schönheit erschienen und er ihm unterm Nabel gegriffen hatte. Die Schuldgefühle plagten ihn tagelang und ließen nur nach, wenn Milo ihm abends erlaubte, ihn zu umarmen. Es war gleichsam, als würde Hannes das damit wiedergutmachen. Er schwor sich, Milo mit seinem Leben zu beschützen, wann immer es notwendig werden sollte.

So war ihm die Ablenkung willkommen, als dann die

Königlichen mit den Spaniern für Ende September für zwei Monate Dienstzeit musterten. Dass sie damit auch die Seiten wechselten, war durchaus nicht ungewöhnlich in diesen Zeiten. Anschließend geschah etwas, das Hannes nicht vergessen würde: Ihr Fähnlein war vor die Stadt Antwerpen verlegt worden; das Kastell war in spanischer Hand, und Anfang November hatten einige Edelleute damit begonnen, eine Schanze zum Schutz der Stadt gegen eben dieses Kastell zu errichten. Viele Kriegsleute waren dazu eingezogen. Zunächst sah es danach aus, dass allein das Erscheinen des Regiments auf der einen Seite, mit dem Kastell auf der anderen Antwerpen zum Baustopp bewegen würde. Aber als dann der Graf von Egmont mit achthundert Mann erschien und die Schanze weitergebaut wurde, hörte Hannes eines Morgens, ehe die Vögel mit ihrem Gesang begannen, Donnern und Schießen einsetzen. Als er aus dem Zelt kroch, standen schon Arnold und einige Hauptleute beisammen und sahen zur Stadt hinüber, derweil sich die Landsknechte in aller Eile rüsteten. Pulverdampf stieg bei der neuen Schanze auf.

»Das ist schwere Arckeley«, erkannte der Fidelfriedrich, der ächzend gegen die Schmerzen in den Knochen ankämpfte.

»Wir müssen dem Kastell zu Hilfe kommen!«, rief der Rauschpfeifer.

Arnold aber stützte sich auf die Fahne und kniff die Augen zusammen. »Das geht nicht gegen die Burg. Das geht gegen die Stadt.«

»Wir haben keine Kunde von dem Angriff!«, rief einer der Hauptleute. »Sollen wir gleichfalls vorrücken?«

»Von der Erstürmung Antwerpens war nicht die Rede«, widersprach der Regimentsoberst. Demonstrativ nahm er seinen Helm wieder ab. »Sie werden uns wohl rufen, wenn sie unserer Hilfe bedürfen.«

Also verfolgten sie tatenlos das Geschehen. Viel war nicht zu sehen aus der Entfernung, doch umso mehr zu hören: Das Donnern der Arckeley wich dem Fauchen und Peitschen von zahllosen Musketen, und als Qualm das Vorrücken der Spanier in die Stadt anzeigte, hallte das Leidensgeschrei von Menschenmassen zu ihnen herüber.

»Was tun sie da«, brummte Arnold. »Sie erschlagen die Bürger und beginnen zu plündern!«

»Ja, seht!« Der Rauschpfeifer wies mit ausgestrecktem Arm auf den Stadtgraben. In ihrer Verzweiflung flohen die Menschen ins eisigkalte Wasser, Frauen warfen ihre Kinder hinein, und dicht hinter ihnen blinkten die Rüstungen und Spieße der Verfolger in der Sonne. Hannes konnte erkennen, wie einige vergeblich versuchten, sich über Wasser zu halten; und wer den Kälteschock überlebt hatte und schwimmen konnte, auf den legten die Musketiere an. Selbst Arnold erschütterte der Anblick der zappelnden Leiber sichtlich. Binnen kürzester Zeit hatte sich Antwerpen in eine Wolke aus Pulverdampf gehüllt, und der Stadtgraben hatte sich rot gefärbt. Die Leichen schwommen dicht an dicht, sodass Hannes meinte, den Graben trockenen Fußes überqueren zu können.

Und immer noch hielt das Schreien und Kreischen an. Unwirklich hallte es herüber, wie vielstimmiges Windgeheul. Es lief ihm kalt den Rücken hinunter.

»Geh schon!«

Hannes schrak auf. »Was, was?«, fragte er.

»Hol die Trommel«, wies ihn der Fidelfriedrich an Arnolds Stelle sanft an. »Wir haben Botschaft von den Spaniern bekommen.«

Mit wachsendem Entsetzen vernahm Hannes, dass sie den Befehl bekommen hatten, auf Antwerpen vorzurücken. »Die Stadt ist doch längst erobert«, sagte er verständnislos, als er mit der Trommel zum Fähnrich hastete.

»Wir sollen nur vor die Tore und verhindern, dass jemand flüchtet«, erwiderte Arnold und hob die Fahne.

Es grauste Hannes, näher an das Schlachtfeld heranzukommen. Er hatte inzwischen schon manches Gefecht erlebt, und Blut und Gedärm waren ihm längst nicht mehr fremd. Aber dies war anders. Als sie vor die Mauern zogen, breitete sich vor ihnen ein Leichenfeld aus, bei dem nicht etwa Kämpfer lagen. Es waren Alte und Junge, Frauen und Männer, beleibte Handwerker, schlaksige Jünglinge, bucklige Greisinnen, alle in ihrer inzwischen steif gefrorenen Bürgertracht von arm bis reich, und alle von hinten erschossen, in den Rücken, in den Kopf, durch die Beine. Hannes war immerhin erleichtert, dass sich die Befürchtungen der Spanier als unbegründet erwiesen: Zumindest hier wagte niemand mehr aus der Stadt zu flüchten – wer es versucht hatte, der war schon tot. Dann ließen die Spanier die Tore zumauern.

Im Regiment wusste keiner, was er davon halten sollte. Plünderung und Eroberung war niemandem fremd, und doch hatte sie alle die Erbarmungslosigkeit verstört, mit der gegen die Stadt vorgegangen worden war. Am Abend war die Stimmung gedrückt. Der Fidelfriedrich trank seinen Tabak und starrte ins Feuer; neben ihm polierte der Rauschpfeifer sein Schwert mit übermäßiger Sorgfalt. Hannes sehnte sich nach früheren Tagen zurück, wo er mit den beiden auf fröhlichen Festen aufgespielt hatte. In trübe Gedanken versunken teilte er seinen Becher mit Milo. Nicht einmal der Braten, von dem es heute wieder reichlich gab, mochte ihm richtig schmecken.

Sie zogen weiter! Hannes war froh, als Antwerpen aus ihrem Blickfeld verschwand. Und so erging es nicht nur ihm. Knapp drei Wochen später traten sie in Friesland mit anderen Fähnlein der Königlichen zusammen und machten sich gemeinsam auf den Weg nach Groningen. Es waren jene, die selbst bei dem Massaker in Antwerpen dabei gewesen waren, und sie betrachteten das Geschehene als alles andere als ein Ruhmesblatt.

»Aber Eid ist Eid«, sagten sie, »und unser Geld haben wir auch bekommen. Aber so recht in Gottes Sinne war's gewiss nicht, was uns da befohlen worden ist.«

Keiner von ihnen redete gern über das, was sie dort getan hatten, aber es war auch keinem danach, sie weiter nach einem Bericht zu fragen, ganz anders als bei gewöhnlichen Schlachten.

»Ach, blutig ist's nicht nur hier«, sagte der Rauschpfeifer des Abends und holte sein Instrument hervor. Hannes bemerkte wohl, wie viel Überwindung ihn seine leutselige Art in diesem Moment kostete, aber vielleicht war es ja das Blut des Spielmanns in seinen Adern, das ihn gerade zu dieser trüben Stunde eine Unterhaltung aufnehmen ließ.

»Hört, ihr Leute, was ich euch zu berichten habe! Es war vor einigen Jahren, und weit, weit weg von hier, zu Bedburg bei Köln, da trug sich ein schauerlich Ding zu.«

Die Menschen lauschten nachdenklich; ihnen war gar nicht nach Unterhaltung zumute, und doch waren sie dankbar für diese Ablenkung, Hannes sah es ihren Gesichtern an. ›Weit, weit weg‹ war ein Begriff, der ihnen allen gerade sehr gut gefiel. Der Rauschpfeifer stimmte eine klagende Melodie an; und als wenig später der Fidelfriedrich sein Instrument geholt hatte, fuhr er fort: »Es trug sich zu, dass dort ein Wolf sein Unwesen trieb, er zerfleischte Mensch und Vieh, gar einen starken Knecht fiel er an, in einem verschlossenen Schuppen.« Er hielt kurz inne, und als kein Protest erklang, erzählte er weiter: »Wie er wohl dort hineingekommen, möchtet ihr wissen, ein Wolf kann doch keine Tür öffnen. Und das fragten wir uns auch. Doch erwies es sich, dass einer einen Mann gesehen hat, der sich mit dem Teufel verbündete! Wenn wir heute hier beisammen sitzen, unser Leben für ehrlich Geld den Hohen Herren stellen, so tut jener Mann Böses allein: Das Untier ist ein Werwolf!«

Nun hatte er die Aufmerksamkeit seiner Zuhörer gewonnen. Nach einem jammernden Zwischenspiel spann er die Geschichte weiter, riss vier Mägdelein und Lämmchen die Kehle heraus, mordete Knaben und Knechte, bis er schließlich endete mit den Worten: »Also nehmt euch in Acht vor den bedburgischen Landen, denn der Werwolf lauert dort bis heute!«

Und darauf ließ er seine Geschichte in einem Crescendo aus Pfeife und Fidel enden. Verhaltener Applaus würdigte seine Vorstellung, und auch Hannes tat es wohl, dass es anderswo noch gräulichere Dinge gab als das, was er erlebt hatte.

Zur späten Mittagsstunde kehrten die Hauptleute aus Groningen zurück und riefen die Rottmeister zusammen.

»Der Spanier Coronel Jaspar Robles möcht uns auf drei Monate verpflichten«, verkündeten sie und rieben sich die kalten Hände.

»Was, um noch mal zu tun, was in Antwerpen geschehen ist?«, brummte der Fidelfriedrich, der inzwischen als alter Kämpe stets an Arnolds Seite war zu derlei Beratungen.

»Das steht zu befürchten«, nickte einer der Hauptleute.

»Wir müssen das mit unseren Männern besprechen. Wir brauchen Zeit«, erwiderte Rottmeister Bräuer, und die anderen nickten. Also wurde ein Bote nach Groningen entsandt mit der Botschaft, dass die Landsknechte wegen der Sache mit Antwerpen Zeit für Beratung bräuchten. Inzwischen versammelten die Rottmeister ihre Rotten um sich und erklärten das Anliegen des Spaniers. Hannes hörte zu und beobachtete den Fidelfriedrich, der sich zu ihnen gesellt hatte und alles andere als freundlich dreinschaute.

»Wir können allerdings das Geld brauchen«, brummte einer, der lange Hubertus.

»Bei so was mache ich doch nicht mit!«, rief Arnold. »Hast du vergessen, was wir vor Antwerpen gesehen haben?«

»Vor Jahr und Tag warst du noch nicht so zimperlich«, ließ sich der Fidelfriedrich vernehmen und grinste.

»Was soll das heißen, willst du mich etwa einen Lügner nennen?«, fuhr Arnold ihn an und griff nach seinem Katzbalger. Hannes schrak vor der plötzlichen Wucht seines Zorns zurück. Der Fidelfriedrich dagegen trank unbeeindruckt seinen Tabak, musterte den Fähnrich und erwiderte amüsiert: »Nun lass mal, Arnold. Ich will dir nichts Böses. Du hast ja recht, was sich in Antwerpen zutrug, war widerlich.«

»Höchst unchristlich!«, ließ ein anderer hören, woraufhin Schalk in des Fidelfriedrichs Augen aufglomm.

»Zumal der genannte Lohn doch ohnehin reiner Geiz ist«, fügte er hinzu. Hannes, durch des Rauschpfeifers geistreiches Redespiel im Hinhören geübt, entging die Ironie in seinen Worten nicht. Den anderen aber doch, sie nickten zustimmend.

»Allerdings, er meint uns wohl billig kaufen zu können«, stimmte nun auch der lange Hubertus zu. Sie besprachen sich noch eine Weile, aber die Rotte hatte sich ihre Meinung eigentlich bereits gebildet. Dem Jaspar Robles wollten sie nicht als billige Büttel für seine Plünderungen zur Hand gehen. Also begab sich ihr Rottmeister zur Versammlung der Hauptleute und stimmte gegen eine Teilnahme, und wie es sich herausstellte, dachten fast alle ebenso. Die Hauptleute begaben sich wieder nach Groningen und schlugen Coronel Jaspar Robles' Forderung aus. Als sie zurückkehrten, berichteten sie, wie er vor Zorn gebrüllt und Flüche in ihre Richtung ausgestoßen habe, und Hannes lachte mit den anderen darüber, wie der Spanier so stehengelassen worden war. Allgemeine Erleichterung breitete sich im Feldlager aus. Und so wurde der Abend fröhlich. Doch mitten im schönsten Spiel sah Hannes, wie einer der Männer Arnold etwas ins Ohr sagte. Der Fähnrich erhob sich mit besorgtem Gesichtsausdruck. Hannes folgte ihm, wie er es inzwischen gewohnt war. Etwas abseits standen die Hauptleute und Fähnriche bereits um einen Mann herum zusammen, der im Abendlicht kaum zu sehen war: Ein Geschützmeister musste es sein, denn im Gegensatz zu den Landsknechten war er in gedecktes Grün und Braun gehüllt.

Was tat der hier? Sie hatten keine Geschütze dabei, die waren getrennt von ihnen angeworben worden. Gleich darauf trat einer der Hauptleute vor, gebot der Musik mit einem Handzeichen Schweigen und befahl die Führer der Rotten zu sich, sofort. Hannes und die anderen

Trommler eilten durchs abendliche Lager und riefen jene herbei, die an anderen Feuern saßen.

»Hier ist ein aufrechter Kampfesbruder von der Arckeley, ein Geschützmeister, dessen Namen ich nicht nennen möchte. Er bringt uns Zeitung von Jaspar Robles! Unsere Ablehnung hat ihn gar sehr erzürnt. So sehr, dass er Geschütz aufstellen lässt an dem Weg, den wir nehmen wollten!«

Der Geschützmeister nickte. »Der Robles möchte euch kleinschießen für euere Ablehnung«, erklärte er. »Der Eid bindet mich und die meinen, ihm zu folgen. Aber er kann mich nicht hindern, euch zu warnen vor dieser Hinterlist! Es ist ihm ernst.«

»Das ist tapfer, und groß von Euch«, sagte der Offizier. »Kehrt nun zurück zu den Euren, wir werden zusehen, dass Euere Arckeley kalt bleibt und unsere Spieße rein. Und seid Euch unseres Dankes gewiss!«

»Der Jaspar Robles will uns zusammenschießen?«, fragte Hannes entsetzt.

Arnold nickte grimmig. »So scheint es wohl.«

Wieder setzten sich die Hauptleute und Rottmeister zusammen und berieten sich, wieder wurde unter den Landsknechten abgestimmt, wie zu verfahren sei. Früh am Morgen, noch vor dem ersten Hahnenschrei, setzte sich der Haufen in Bewegung, kampfbereite Landsknechte, flankiert von den Musketieren. Der Tross folgte in einigem Abstand. Die Führer wählten einen weiten Umweg nach Groningen. Es hatte leicht zu schneien begonnen.

»Was geschieht, wenn der Robles davon erfährt, dass wir einen anderen Weg nehmen?«, fragte Hannes und wusste doch selbst die Antwort.

»Dann wird er uns beschießen lassen, und der Geschützmeister wird ihm wie die anderen Folge leisten – er hat einen Eid abgelegt«, war Arnolds Antwort.

Mit einem mulmigen Gefühl musterte Hannes das Gestrüpp am Wegesrand. Die Vorstellung, dass es sich jederzeit in eine feuerspeiende Hölle verwandeln konnte, war nicht eben beruhigend. Jedes Mal, wenn sie über ein freies Wegstück mit weitem Blick übers flache Land gingen, war er erleichtert.

Sie kamen mühelos nach Groningen hinein. Coronel Robles und die anderen hohen Offiziere und Adeligen warteten noch auf Geschützdonner, der das Zuschnappen ihrer Falle verkünden würde, als sie selbst bereits in einer saßen. Die Bewohner von Groningen hießen die Landsknechte gar willkommen. So kam es, dass Jaspar Robles selbst Hannes, Arnold und den anderen ihrer Rotte geradewegs in die Arme lief, als er alarmiert aus dem Gasthaus kam, in dem er die ganze Zeit über gezecht hatte. Er zog sein Rapier.

»Den lasst Ihr fallen, Herrschaft!«, donnerte Arnold, und während er wie beiläufig die wallende Fahne mit der Linken auf die Hüfte setzte, streckte er dem Edelmann mit der Rechten die Pistole entgegen. So kam es, dass der, der eigentlich ihr Verhängnis werden wollte, nun ihnen ausgeliefert war. Er war nicht allein, und einer war gar geflohen. »Er ist noch in der Stadt«, verrieten die Bürger, die den Katholischen keinerlei Liebe entgegenbrachten. Ihnen war es dann zu verdanken, dass der Herr Vasless, als Mönch verkleidet und sogar mit Tonsur versehen, im Kloster aufgespürt wurde. Befreit dagegen wurde der Kommissar Martin von Stella, den Jaspar gefangen gehalten und gefoltert hatte. Danach riefen sie die Bürger auf dem mit einer dünnen Schneedecke bedeckten Marktplatz zusammen als Zeugen, eine Botschaft nach Brüssel zu senden, wie weiter mit den Gegnern zu verfahren sei.

Insgesamt erschien Hannes die Zeit der letzten Monate reichlich merkwürdig, ein Hin und Her jedenfalls, bei dem nicht etwa zählte, für wen sie kämpften, denn das konnte heute der Feind von gestern sein, sondern nur, ob sie dafür bezahlt würden und als Rotte zusammenhielten. Er war sich sicher, dass der Rauschpfeifer daraus noch große Geschichten weben würde, und ihr Kaplan spendete ohnehin jedermann Trost, ganz gleich, welcher Konfession er nun angehören mochte. Wie hatte Arnold einmal gesagt? ›Wenn die Katholischen gegen die Protestantischen kämpfen, ist es einerlei, welches Bekenntnis das Schwert für sie führt. Es schneidet beiderlei Fleisch gleich gut.‹

Und jetzt ging es wieder gen Süden. Der Winter war bereits hereingebrochen, und in den flachen Landen der Niederlande würde er sich nicht so gut ertragen lassen wie in den deutschen.

Odilia wunderte sich gelegentlich, wie schnell alles gegangen war. Es kam ihr wie gestern vor, dass Peter Stubbe den Hof übernommen hatte, und jetzt war er nicht mehr wegzudenken. Nun sollte man meinen, dass ein solcher Gewinn an Macht und Einfluss, ebenso an Ansehen, den damit Beschenkten glücklich machen sollte. Anfänglich sah es auch ganz danach aus. Doch wie die Monate vergingen, empfand Odilia Peter Stubbe zunehmend als müde und erschöpft. Seine sachliche und knappe Art hielt er weiter aufrecht, aber es war ihm anzumerken, dass dieses Leben an seinen Nerven zehrte. Die Liebe zu Trine schenkte ihm Kraft, aber der Hass seines Bruders raubte sie ihm wieder; Ludwig ließ nie ein lautes Wort hören, aber in seinem Inneren gärte es, und wo er konnte, hintertrieb er die Handlungen des Peter Stubbe und säte weiter Missgunst, tatkräftig unterstützt von Aleth, die es zu immer neuen Stufen des Griesgrams brachte.

Doch dann war Gerda schwanger geworden. Dies hatte für große Aufregung auf dem Hof gesorgt, als sie es nicht mehr verheimlichen konnte. Und das war ihr dank ihrer Fülle für die längste Zeit gelungen. Odilia hatte es zuerst herausgefunden, aber darüber Stillschweigen bewahrt. Dann hatte Ludwig davon erfahren, Aleth mit ihm, und kurz darauf wusste es der ganze Hof. Nur wer der Vater war, das war zunächst nicht einmal Odilia bekannt. Doch sie bemerkte, wie Peter Stubbe mehr und mehr von Unruhe getrieben wurde, und als hätte er ihren Verdacht erahnt, rief eines Sonntags der Ludwig: »Das ist Peters Balg!«

Er verkündete das gleich nach der Messe, wo es alle vernahmen, auch die Menschen der Nachbardörfer. Im Gasthaus hielt er sich ebenso wenig zurück. Ungewöhnlich offen gab er seine Empörung kund. Und Peter Stubbe, der mit anderen Bauern etwas abseits saß, guckte verdrossen in seinen Wein. Dann straffte er sich, erhob sich von seinem Stuhl und forderte laut Aufmerksamkeit.

»Ja, mein Bruder hat recht, die Gerda trägt mein Kind. So, jetzt wisst ihr's. Und sage keiner, ihm könnt das nicht auch passieren! Wein für alle, trinkt auf eine gute Geburt!«

Für einen Augenblick war es still. Dann ließ sich verhaltener Jubel über die freie Runde hören, und was man von Stubbes Eröffnung zu halten hatte, nun, das würde sich schon finden. Nur Odilia hörte den erstickten Schrei, der im allgemeinen Lärmen unterging. Trine Trumpen hatte die Hand auf den Mund gelegt und war bleich geworden.

⁂

Er schrak hoch. Das Mondlicht ließ die Landschaft wirken wie in einem Albtraum. Grau in Grau verschwommen Konturen, weiß lagen die Felder da, und die Schatten trugen ein Schwarz von solcher Tiefe, wie er meinte, es noch nie gesehen zu haben. Er war eingenickt! Panik schnürte ihm die Kehle zu. Waren noch alle da? Waren alle sicher? Er sprang auf und lief los, sie lagen alle schon herum, schwarze Hügel auf der kalkweißen Wiese, und regten sich nicht. Kurz fürchtete er, sie könnten tot sein; trat kräftig mit dem Fuß gegen einen Schlafenden; war erleichtert, als er das Blöken des Schafs vernahm. Er griff seinen Stecken, knuffte und puffte, bis fast die ganze Herde wieder auf den Beinen war. Da lag noch der Bock, an den traute er sich nie ganz heran, und das Biest wusste ganz genau, welchen Respekt er vor den Hörnern hatte; vorsichtig trat er zu ihm, bloß nicht zu nahe kommen, er streckte den Stecken aus – und auf einmal drehte sich der Körper des Tieres herum, und er starrte in die offene Bauchhöhle, aus der gräulich und voller Schleim die Eingeweide quollen.

Begierig wie ein Verdurstender riss er die Kiste auf und tastete darin herum. Wo war das Medaillon, wo hatte er es hingetan? Stets bei Vollmond hatte sein Vater ihn herausgejagt, als er noch klein gewesen war. Er hörte die alte Hexe, als wäre es gestern gewesen: Sie werden fett, wenn sie bei Vollmond grasen, tu sie bei Vollmond auf die Weide!, und seine Eltern hatten ihr Glauben geschenkt und ihm bei Strafe verboten, in solchen Nächten ein Auge zuzutun. Und dann das, ausgerechnet der Bock, des Vaters liebstes Tier, war gerissen worden, während er beim Hüten eingenickt war! Aber die Schafe und Hunde, die konnten doch nicht geschlafen haben, wo gerade einer aus ihrer Mitte gerissen worden war. Der Schrecken, den er damals bei der Entdeckung verspürt hatte, das Bild des offenen Tierkörpers ließen diese Einzelheit nichtig erscheinen. Noch heute hörte er das Geschrei seiner Mutter, er glaubte ihre heftigen Schläge auf seinen Kopf zu spüren. Er wühlte aufgeregt in der Kiste herum – wo war nur dieses Medaillon geblieben?

Dann hatte er es endlich gefunden. Gierig betastete er es; Kraft durchströmte ihn. Die Bilder des Schafsbocks und das Kreischen der Mutter wichen zurück, stattdessen fand er sich im Wald wieder, wie er diese Magd geführt, wie er sie überwältigt, wie er sie erschlagen hatte, sie war sein gewesen, in seiner Hand allein hatte ihr Leben gelegen, und niemand verspottete ihn oder wagte es gar, ihn zu strafen, denn hier war er!, er!, der Mächtige, mit der Macht über Leben und Tod; gierig zog er weitere Erinnerungen aus dem Schmuckstück, das einst seinem Opfer gehört hatte, und wiederholte Mal um Mal den Augenblick ihres Todes. Das Hochgefühl entschädigte ihn für all sein erduldetes Leid und all die Erniedrigungen. Erst nach einer Weile verstaute er das Kleinod wieder in der Truhe, schloss geradezu liebevoll den Deckel und atmete tief durch. Er war bereit für die Welt.

Kerpen soll fallen

TILL, DER MIT DEM HERANWACHSEN zum Krächzer geworden war, war glücklich, als er Thomas von einer Schöffensache berichten konnte: Peter Stubbe war geladen worden, einer peinlichen Befragung beizuwohnen, und da Till ihm Wein bringen sollte, kam er in das Gewölbe des Bedburger Schlosses, gerade als die Instrumente gezeigt worden waren und der Beschuldigte durch erneutes Leugnen die Durchführung eingeläutet hatte. Er stellte Krug und Becher vor seinen Herrn hin und wartete hinter den Sitzenden darauf, dass Stubbe ihn wieder fortschickte oder mit einem neuen Auftrag versah, aber der hatte nur Augen dafür, wie dem Befragten eine Spreizbirne in den Mund geführt und durch Schraubendrehen geweitet wurde, bis er zuckte und zappelte. Nach einem trockenen Knacken weiteten sich die Augen des Mannes, und seiner Brust entrang sich ein derart grausiges Wimmern, dass Till glaubte, den Teufel selbst jammern zu hören. Ihm standen die Haare zu Berge, Neugier und Angst stritten um Vorherrschaft. Peter Stubbe hing mit den Augen nicht minder gebannt am Geschehen. Er schien alles um sich vergessen zu haben, selbst beim Einschenken des Weines wendete er nicht den Blick. Nachdem der Scherge die Spreizbirne wieder entfernt und dem Befragten mit einer schallenden Maulschelle den Kiefer eingerenkt hatte, wurde erneut gefragt, ob er sich immer noch nicht daran erinnern könne, das kleine Bedburger Siegeltypar versetzt zu haben. Als der Befragte nur mit dem Kopf schüttelte, wurden Daumenschrauben angelegt. Till erlebte die ganze Folter mit, bis der Beschuldigte weinend zusammenbrach und gestand, ja, er habe das Siegel dem Siegelwahrer entwendet, als der ihn im Vertrauen bei sich wegen einer Stadtangelegenheit sitzen hatte, und habe es an einen Fremden verkauft. Er habe solchen Durst auf Wein gehabt; nein, wer das gewesen sei, wisse er nicht, die hohen Herren müssten ihm glauben. Zufrieden mit dem Geständnis begaben sich die Zeugen der Vernehmung zur Beratung, bald würde das Halsgericht ein Urteil fällen.

»Tod durch Erhängen«, mutmaßte Peter Stubbe, woraufhin Rat Gartz mit dem Kopf wiegte. Auf dem Nachhauseweg war Stubbe noch mehr in Gedanken versunken als sonst. Till gingen die Schreckensbilder wieder und wieder im Kopf herum. Er konnte Thomas kaum schnell genug davon berichten. Und als einige Tage später das Urteil auf Hinrichtung lautete, da hatte Till die seltene Gelegenheit, Thomas so richtig neidisch zu machen: »Ich fahre mit dem Peter Stubbe zur Hinrichtung!«, brüstete er sich.

»Ich will mitkommen!«, sagte Thomas, aber Odilia rief zu ihm hinüber: »Da bleibst du, dich brauchen wir hier!«

Und da konnte Till sich ein triumphierendes Lächeln leisten und gönnerisch erklären: »Ich werd dir alles ganz genau erzählen. Also, ich mein alles, an was ich mich noch erinnern kann. Weißt schon, ich kann mir das ja so schlecht merken.«

Thomas trat nach ihm und fluchte, bis Odilia ihn mit einer Kopfnuss zum Schweigen brachte.

Klein und glänzend lag das Verschlusssiegel hinter der Truhe des Siegelwahrers. Dass er es war, der es durch Unachtsamkeit hatte dorthin rollen lassen, nicht ohne die tatkräftige Mithilfe seines Hundes, das wusste der würdige Herr nicht oder wollte es nicht wissen. Und es war ja auch der Wesergeorg gewesen, in dessen Anwesenheit er es zuletzt verwendet hatte. Auch so würde es genug Ärger geben. Wichtig war letztlich jedoch nur, dass es der Wesergeorg war, der heute enthauptet werden würde. Er hatte ein Siegel der Stadt Bedburg versetzt, und das Siegel Bedburgs bezeugte den Willen der Stadt, den Willen also von Bedburgs Bürgern, und dann auch den der Bauernschaft; es durch Fahrlässigkeit zu verlieren, war schon unverzeihlich und Verrat, es zu versetzen grenzte schon bald an eine kriegerische Handlung gegen die eigenen Leute. Nur eine Hinrichtung konnte solches Unrecht wettmachen, und da ein jeder Opfer des Täters geworden, war es nur recht und billig, dass ein jeder der Hinrichtung beiwohnte und sein eigen Recht wiederhergestellt sehen konnte. Entsprechend voll war der Richtplatz. Till konnte zwar nicht so gut sehen wie Peter Stubbe, der nach der Begrüßung mit Rat Gartz den Ehrenplatz auf der Schöffenbank einnahm, nahe den anderen Honoratioren der Stadt. Doch es gelang dem Jungen, sich weit genug durch das Gedränge zu arbeiten, bis er eine passable Sicht hatte.

Graf Neuenahr selbst nahm an diesem Schauspiel nicht teil; nachdem der Vogt nach feierlichem Einzug an seiner statt Platz genommen und die übrigen Ehrbaren sich gleichfalls gesetzt hatten, nahmen Einführungszeremoniell und gemeinsames Gebet seinen Lauf. Als der Verurteilte herbeigeführt wurde, ließ der Zorn über den Verrat an ihnen allen die Menge in Schimpfchöre ausbrechen. Und als die Knechte glühende Zangen aus einem Kohletrog nahmen, ging ein Jubeln durch die Reihen; dann war Stille; dann heulte der Verurteilte auf. Till konnte sehen, wie sich seine Gesichtszüge spannten und die Adern hervortraten, als wollten sie aus der Haut bersten, und es brandete Jubel auf. Noch ein zweites Mal wurde der Mann mit den Zangen traktiert, und die Begeisterung wiederholte sich. Als Till zu Peter Stubbe hinüberblickte, sah er seinen Herrn weit vorgebeugt, mit glänzenden Augen, wie ein jüngeres Abbild des Rat Gartz. Schweigend und konzentriert verfolgten beide das Geschehen, und der Knabe erinnerte sich daran, dass er besser aufpassen sollte – schließlich wollte er Thomas alles haarklein berichten.

Als der zu Richtende niederkniete und der Scharfrichter das Richtschwert zum Streich hob, da hätte man einen Spatz vom Himmel fallen hören können, so still war es geworden. Doch der Scharfrichter schlug nicht zu. Till reckte den Hals, um zu sehen, was dort geschah.

Der Scharfrichter verharrte und schüttelte den Kopf. Ein Murren ging durch die Menge.

»Was ist los?«, fragte Till seinen Nachbarn.

»Er ... er neigt sich zur Seite«, erklärte der.

Till stellte sich auf die Zehenspitzen und sah es jetzt auch, gerade so: Der Verurteilte lehnte sich so, dass der Scharfrichter keinen sicheren Streich tun konnte. Kurz mühten sich die Knechte, ihn zurechtzuzerren, doch als die Unruhe unter den Zuschauern immer größer wurde, wandte sich der Scharfrichter hilflos dem Vogt zu. Der sagte etwas zu einem Knecht, der die Botschaft dem Scharfrichter überbrachte. Noch einmal sah dieser zum Vogt hinüber, und als der nachdrücklich Zustimmung signalisierte, zuckte er mit den Schultern und nickte. Als er erneut das Richtschwert in den Himmel hob, verstummte die Menge. Till wunderte sich: Der zu Richtende kniete immer noch so schräg da, dass der saubere Schlag gegen den Hals nicht gelingen konnte. Aber der Scharfrichter hieb nicht gegen den Hals. Vielmehr schlug er ihm die halbe Schulter ab und den Nacken mit dazu. Ein befreiter Ruf ging durch die Menge: Das Recht war wiederhergestellt.

Till spürte etwas Feuchtes auf der Nase. Als er sie abwischte, sah er, dass seine Fingerspitzen rot geworden waren: Das Blut war bis hierher gespritzt.

Als Till mit Peter Stubbe heimfuhr, wagte er, eine Frage an seinen Herrn zu richten. »Ich dachte, er darf ihn nur am Hals abhauen?«

Peter Stubbe reagierte zunächst nicht. Der Junge fürchtete schon, ihn verärgert zu haben, da sagte er wie aus weiter Ferne: »Ja, er darf nicht. Um also nicht dafür belangt zu werden, hat er die Erlaubnis des Vogts eingeholt. Deswegen durfte er.«

Und damit versank Peter Stubbe wieder ins Grübeln. Till aber spürte, wie ihn ein bedrückendes Gefühl beschlich. Während der Hinrichtung, zwischen all den Menschen, war es sehr unterhaltsam gewesen. Aber jetzt war er allein mit seinen Gedanken. Jetzt verbanden sich die Bilder mit den Erinnerungen an seinen Leichenfund. Das Blut, das der zerteilte Rumpf des Verurteilten bis zu den Dächern hochgeworfen hatte, schien mit einem Mal auf ihn zuzustürzen und ihn ersticken zu wollen. Till fasste sich erst wieder, als Peter Stubbe ihn grob an der Schulter rüttelte.

∽⚭∽

»Es geht nach Kerpen!«

Der Rauschpfeifer war erstaunt. »Kerpen liegt viele Tage entfernt! Es ist doch ohnehin in der Hand der Geussen?«

»Eben.« Arnold wies Hannes mit einem Kopfnicken an, die Fahne straffer zu halten. Nach der Sache mit Groningen waren sie von den Protestanten als willkommene Verstärkung empfangen worden.

»Was tun wir dann dort?«

»Na, ihnen helfen. Die Spanier marschieren auf die Stadt. Unser Fähnlein soll die Bedrohung abwenden.«

»Nun wohl, das ist besser, als Tag um Tag im Dreck zu liegen und eine Mauer anzustarren«, meinte der Fidelfriedrich. »Ich kenne einen guten Pfad, falls Ihr meinen Rat wünscht, Arnold.«

»Aber gar wohl! Die Offiziere und Führer versammeln sich gleich, ich lade Euch hinzu!«

In der Besprechung wurde zuerst vorgeschlagen, den Rhein hinauf, an Bonn vorbeizuziehen. Doch es gab viele Einwände; und als der Fidelfriedrich nach seiner Meinung gefragt wurde, wusste er einen Weg, der scheinbar Umweg war – ›Da kommen wir ja beinah bis Düren‹ –, bei näherem Besehen aber überaus günstig schien. Die Besprechung endete weit früher, als Arnold es wohl erwartet hatte. Und so schafften sie an diesem Tag noch ein gutes Stück Weg an der Lahn entlang. Das Fähnlein schlug am Fluss sein Lager auf; Wachen wurden eingeteilt, mit Zelten und Hütten mühte man sich aber nicht, da der Abend warm war und niemand mehr Arbeit als notwendig tun wollte.

»Komm, wir tränken die Trosspferde!«, rief Milo fröhlich zu Hannes. Sie führten die Tiere vom Lager in die Auen. Die Lahn bot sich so verführerisch dar, dass sie einfach hineinspringen mussten. Zudem war es eine Wohltat, die pappigen Kleider abstreifen zu können. Nicht zuletzt tat es den müden Beinen wohl, als Hannes sich ins Schilf niedersetzte und sie ausstreckte, nachdem er als Erstes mit beherztem Untertauchen ein Massaker unter den Flöhen angerichtet hatte.

Mit einem Kribbeln im Bauch sah er Milo herbeikommen. Das Abendlicht ließ die Wassertropfen auf seiner Haut glänzen, und wie in seinem Traum kam ihm der Junge auch jetzt wie von überirdischer Schönheit vor. Dass die Verletzung in der Schlacht eine Narbe quer über seiner linken Schläfe hinterlassen hatte, minderte sie für Hannes keineswegs. Sein Mund war trocken, und das Herz hämmerte gegen seine Brust.

Milo lachte fröhlich und sagte stolz: »Schau mal, was ich hab! Meiner wird schon so groß wie die Kapsel von Arnold! Er sagt, jeder, der ein Mann ist, muss so einen haben, sonst ist er keiner!«

Hannes blieb fast die Luft weg. Er verspürte ein ungeheuerliches Kribbeln, als er die festangezogenen Beine ausstreckte.

»Au, das geht bei dir gar ohne Zutun?« Milo war beeindruckt.

Als Hannes hinter Milo her ins Wasser sprang, war er erleichtert, dass die Kühle ihre Pflicht tat; doch als er im Spiel mit seinem Freund raufte, durchfuhr es ihn erneut wie Feuer.

Als sie die Pferde zurückbrachten, fand Hannes sich in einem eigentümlichen Widerstreit aus Glück und Verlangen wieder. Er fragte sich, welch Teufel in seinen Leib gefahren sein mochte.

An den nächsten Marschtagen wurde er davon nachhaltig abgelenkt. Sie wurden für alle zu einer Herausforderung ihrer Ausdauer und Leidensfähigkeit. Die Sonne brannte. Der Staub, den die vielen hundert Männer und der noch größere Tross aufwirbelten, musste meilenweit zu sehen sein; er stach in die Augen und in den Mund, sowie man sich in den hinteren Teil des Zuges begab. Unerklärlicherweise blieb die Kleidung trotz der Wärme feucht und verwandelte sich eher in ein unangenehmes Dunstzelt, als dass sie trocknen würde. Der Staub setzte sich in den Falten fest und kratzte mit den rasch wieder zurückgekehrten Flöhen um die Wette.

Immerhin war es ein Glück, dass Hannes und der Rauschpfeifer bei der Fahne bleiben mussten, also vorne, wenngleich Hannes schon am zweiten Tag glaubte, die Arme vom ständigen Trommeln zu verlieren. Hatte es ihm anfangs noch Spaß gemacht, die Pferde zu tränken, so fiel er jetzt auf sein Lager und schlief ein, sowie er seine Ration heruntergewürgt hatte. Zudem schien es ihm, als würden sie kaum vorankommen. Die Lahn hatten sie längst hinter sich gelassen, und streckenweise gab es nur niedrigen, verkrauteten Wald, der schwülwarm dräute und reichlich Unterschlupf für Mücken und anderes Getier bot. Dann kamen die Flöhe und verschafften ihm zusätzlichen Unbill, zumal er sich beim Trommeln kaum kratzen konnte. Kurzum, es war eine rechte Schinderei.

Einmal bedienten sie sich am Vieh eines Gehöfts, dessen Bewohner bei ihrem Anblick geflohen waren, und Bratenduft und Wein hob die Stimmung und verschaffte Linderung. Doch selbst bei dem Schmaus an diesem Abend konnte Hannes kaum Erholung finden, musste er doch mit den anderen beiden wieder aufspielen und dem allgemeinen, nicht jedoch dem eigenen Frohsinn dienen.

Endlich lagerten sie vor Kerpen. Kundschafter berichteten, es wären wohl einige hundert Spanier dort, weniger als erwartet, und dann erfuhren sie Erstaunliches. Die Spanischen lagen vor der Stadt, schossen auch fleißig, wie es gut zu hören war, doch nur mit Musketen und leichten Feldschlangen, weit und breit sei kein Stück zu erblicken gewesen, das geeignet wäre, ernstlich Schaden anzurichten. Hannes und Milo hörten gespannt zu, wie sich die Offiziere berieten.

»Es sind nur wenige mehr als wir«, sagte der Hauptmannsleutnant, »wenn wir sie überraschen und Kerpen einen Ausfall aus der Stadt macht, haben wir sie.«

»Doch wissen wir nicht, was Kerpen tun wird«, warf der Hauptmann ein. »Wohl sind sie vor der Stadt verstreut und wir in Formation, doch sie haben geschanzt.«

»Der alte Friedrich soll her«, sagte Arnold. »Sein Rat, wie am besten herzumarschieren sei, war gut! Vielleicht hat er wieder etwas zu sagen.«

Da niemand Einwände hatte, wurde Hannes nach Friedrich geschickt. Er kam herbei, ließ sich nieder und zündete seinen Tabak an, während die Kundschafter die Lage schilderten.

»Sie haben keine schwere Arckeley, nur Feldgeschütz«, brummte Friedrich nachdenklich. »Unbegreiflich, wie

sie die Mauern berennen wollen. Und es sind wenige.«
Er dachte nach und grinste plötzlich schalkhaft. »Mir scheint, Kerpen dünkt den Spanischen nur wenig wert zu sein. Es wäre also billig, einen Vergleich zu machen.«

»Wie das!«, rief der Leutnant. »Sie sind uns immerhin an Zahl über, sollen wir draufzahlen?«

»Das wissen wir wohl, dass wir ihnen an Mannen unterlegen sind. Aber sie wissen's nicht.«

»Das werden sie aber, sobald sie uns sehen!«

»Eben das sollten wir wenden. Lasst sie glauben, wir wären ihnen über. Hurenweybel, Ihr wisst wohl, dass es Euere Pflicht ist, den Tross in der Schlacht zu führen.«

Der Angesprochene nickte und fuhr sich nachdenklich durch den Bart, so, als ahne er schon, an was Friedrich dachte.

»Glaubt Ihr, sie werden uns das abkaufen?«, fragte er, und auch die anderen Offiziere hatten begriffen, was Friedrich meinte – für Hannes freilich blieb es im Dunkeln.

»Und sei's, dass es nur die Stadt glaubt«, entgegnete Friedrich. »Die Hoffnung allein wird ihnen Kraft geben, unseren Gegnern gut einzuheizen.«

Nach kurzer Besprechung wurde beschlossen, dem Vorschlag des Friedrich zu folgen. Und jetzt sah Hannes, was dahintersteckte: Anders als sonst blieb der Tross nicht zurück, sondern die Frauen und Kinder wurden vom Hurenweybel in eine Art chaotische Aufstellung gebracht, ein wenig hinter dem Landserhaufen, der zudem weit auseinandergezogen in Dreierreihen marschierte. Die Nachmittagssonne im Rücken, konnte der Haufen leicht für weitaus größer gehalten werden, als er tatsächlich war. Die Spanier hatten die Neuankömmlinge bemerkt und formierten sich, ihnen zu begegnen; für eine Weile standen sie sich gegenüber, und es war nicht klar, ob es sofort zum Kampf kommen würde oder ob Raum für Verhandlungen blieb. Hannes sah voll Spannung, wie sich die Unterhändler in der Mitte des Feldes trafen. Es war schließlich gar nicht sicher, ob die Spanier nicht doch die List durchschauen würden. Auf Kerpens Mauern erschienen mehr und mehr Köpfe; Hannes meinte, eine Bewegung in der Reihe der Spanischen wahrzunehmen, straffte sich schon, um die Trommel zu rühren und verspürte die Aufregung, die sich jedes Mal vor der Schlacht in seinen Magen senkte. Er warf einen Blick zu Arnold und Milo hinüber, der eine ganz das Mannsbild, voll Kraft und Macht, der andere geradezu winzig im Vergleich, atemlos und mit halb offenem Mund. Boten kehrten von den Unterhändlern zu ihren Haufen zurück. Ihre Nachricht lautete: Abwarten.

Die Verhandlungen dauerten bis zum nächsten Tag. Am Vormittag hatten sie wieder Aufstellung bezogen, diesmal ohne Tross, die Spanier würden ihn als Truppenteil in Reserve vermuten. Endlich kehrten die Unterhändler selbst zu ihren Truppen zurück. Der Spanier war zuerst bei den Seinen, und ein Wogen ging durch die Spieße, das Hannes an Wind in einem Kornfeld erinnerte, ein widersprüchlich friedliches Bild zu den Mordwaffen. Musketiere nahmen zu den Flanken Aufstellung.

Nun war auch der eigene Unterhändler wieder da. Der Leutnant nahm sichtlich angespannt vom Hauptmann die Neuigkeit entgegen. Hannes hob die Schlegel, als der Leutnant sich ihnen zuwandte und mit lauter Stimme verkündete: »Die Spanischen haben sich entschlossen, uns zu weichen! Sie ziehen ab, es kommt nicht zum Kampf!«

Ein Raunen der Erleichterung ging durch die Reihen. Tatsächlich brachen die Spanier ihre Belagerung ab.

»Wie kann das sein, so ein leichter Sieg?«, wunderte sich Hannes, als sie des Abends beisammensaßen und mit den Geussen vor Kerpen feierten. Bis tief in die Nacht hatten sie aufgespielt, zusammen mit Spielleuten des Ortes, und anders als in den vergangenen Tagen war es keine Beschwernis, sondern eine wahre Freude gewesen. Nun saßen sie um ein Feuer und genossen Ochsenfleisch, das die Spanier zusammen mit einigen Fässern Wein zurückgelassen hatten.

»Nun, es waren ihrer nur wenige, sie hatten nichts Großes, womit sie die Stadt beschießen könnten«, der Fidelfriedrich zwinkerte. »Ich habe schon gedacht, dass es so endet. Mit der Stadt hätten sie sich schon schwergetan, und ihre Zahl und Ausstattung verrät ja, dass diese Eroberung ihren Kriegsherren nur wenig bedeutete. Nun sind auch noch wir aufgetaucht, also wurde ihnen die ganze Sache schlicht zu teuer. Anders gesagt: Kerpen lohnt keine Schlacht.«

»Das nenn ich Glück. Obwohl wir sie ja hinweggefegt hätten«, erwiderte der Rauschpfeifer.

»Ja, ja, einer von uns hätte es mit fünfen von denen aufgenommen«, lachte der Fidelfriedrich und stieß mit ihnen an. »Erstaunlich, wie hinterher die Feinde schrumpfen! Lasst uns trinken!«

Hannes stand auf und ging ein Stück weg, um sich zu erleichtern. Er bemerkte den Vollmond. Die Unterhaltung der Feiernden hallte hohl zu ihm herüber; nur noch gelegentlich war ein lautes Auflachen oder ein kurzer Gesang zu hören. Er war froh, dass es nicht zur Schlacht gekommen war.

Er presste ihr die Hand auf den Mund, und ihr Schreien wurde zu einem Wimmern; er schlug ihr den Schädel ein, und es erstarb; hastig befingerte er das Medaillon, hob es an den Mund und fuhr mit der Zunge darüber, er zögerte den Augenblick ihres Todes heraus, wollte das Hochgefühl festhalten, doch es entglitt ihm, schon beim letzten Mal hatte es nicht so lange angehalten, er versuchte es anders und würgte sie, ja, das war besser, ihre Augen traten aus den Höhlen, und statt des Schreiens entwich ihren Lippen nur mehr ein Hauchen. Stärker drückte er zu, so war es gut, er lockerte den Griff ein wenig, und kaum hatte sie eingeatmet, drosselte er sie wieder, ja, so ließ sich der Reiz verlängern, beinahe verschluckte er das Medaillon, bis er irgendwann wieder zur Ruhe kam und in die Wirklichkeit zurückfand. Schwankend stand er auf, sammelte sich und verließ den Raum.

※

»Weshalb hat der Stubbe gesagt, dass es sein Kind ist?« Jakob ließ nachdenklich die Handflächen über Odilias Brüste gleiten. »Und noch dazu am Sonntag, wo auch die Trine dabei ist!«

»Vielleicht war's eine Flucht nach vorn, weil er wusste, dass er es nicht mehr verheimlichen kann.«

»Wieso? Die Gerda hätt ihn doch nicht verraten.«

»Ich sag ja, der Stubbe ist ein hochanständiger Herr! Der verstößt sein Kind nicht. Der nicht!«

»Hätt ja für es sorgen können. Hätt ja nicht geheißen, dass er auch der Vater ist.«

»Das verstehst du nicht«, sagte Odilia und küsste Jakob auf die Nasenspitze.

»Wie meinst du das?« Jakob runzelte die Stirne. Aber Odilia grinste nur, versenkte sein Gesicht zwischen ihren Brüsten und ließ ihm die Sinne vergehen.

Als Odilia Trine Trumpen am Montag besuchte, sah sie, dass Trine jede Leichtigkeit im Umgang mit Stubbes Eingeständnis abging. Sie rechnete ihm keineswegs seine Offenheit an. Wie ein Eiswind schlug Odilia Trine

Trumpens Laune entgegen, als sie die Tür zum Haus öffnete.

»Sprich nicht von ihm!«, befahl sie, ehe die Magd einen Schritt ins Haus getan hatte. »Ja, es gibt zu tun. Was, das sagt dir der Vinksfranz!«

Betreten folgte Odilia den Anweisungen des Knechts, der durch seine gelähmte Hand gehässig und verbittert geworden war. Doch Odilia ließ seine Bemerkungen über sich ergehen. Trines Zustand beunruhigte sie viel zu sehr. Jedes Mal, wenn sie versuchte, mit Trine darüber zu reden, bekam sie nur harsche Antworten.

»Sag ihm, ich will ihn nicht mehr sehen«, teilte Trine Odilia mit, als sie aufbrach. Odilia setzte zu einer Erwiderung an, aber Trines Miene war derart abweisend, dass sie nur traurig nickte und fortging.

»Du, Jakob, komm mal her«, sagte sie, als sie zurück auf dem Hof war.

»Ja, was denn?«

»Du – Till, ich hab dich genau gesehen! Hau ab, schau nach den Pferden, los! – du, die Trine hat mir heute was gesagt, was ich dem Stubbe sagen soll. Aber ich weiß doch nicht, wie. Und ob überhaupt. Sie nimmt es so schwer mit dem Kind von der Gerda.«

»Na, ist ja auch kein Wunder, oder?«

Odilia schilderte Jakob Trines Enttäuschung.

»Und du sollst es ihm jetzt sagen. Ganz schön böse von der Trine, dass sie das nicht selbst wagt.«

»Na, so enttäuscht wie sie ist!«

»Na trotzdem.«

Jakob hielt Odilia fest umarmt. Doch anders als sonst sträubte sie sich und wollte ihm ihre Nähe nicht erlauben. Dass Trine ihr keine einfache Aufgabe erteilt hatte, war ihr nur allzu sehr bewusst. Sie zu erfüllen, sah Odilia aber als ihre Pflicht an. An diesem Abend zeigte sie Jakob die kalte Schulter. Was verstand er schon davon …

Am nächsten Morgen raffte sie all ihren Mut zusammen und eröffnete Stubbe Trines Botschaft. Es traf ihn wie ein Schlag. Er zog sich zurück und ließ Ludwig und Aleth weitgehend freie Hand mit dem Hof, mit allen unguten Folgen. Odilia hatte gehofft, dass er wenigstens versuchen würde, Trine zu besuchen; aber ob aus Furcht, ob aus Gram, er zeigte dazu keinerlei Antrieb. Nicht einmal die Schöffensitzungen nahm er wahr.

Und hatte Odilia gehofft, mit der Zeit würde sich das Verhältnis zwischen Stubbe und Trumpen bessern, sah sie sich bald enttäuscht. Das eisige Schweigen zwischen ihnen hielt an. Und als Gerda Peter Stubbe eine Tochter gebar, da wurde das freudige Ereignis überschattet von ihrem Zwist. Die Geburtsfeier war ohne rechten Schwung, und wann immer Peter Stubbe vor Glück lachte, wenn er seine Tochter hob, verdüsterte sogleich Bitternis seine Miene wieder. In den folgenden Monaten kümmerte er sich ganz um seine Tochter, sodass es Gerda mitunter zu viel wurde; der Hof litt weiter unter seinem Desinteresse, und Ludwig begann sein Regiment mit wachsendem Selbstbewusstsein zu führen. Alles in allem sah es nicht gut aus. Wenigstens verurteilte das Konsistorium Peter Stubbe nicht für die uneheliche Geburt und ließ auch die Magd straffrei, überging die Sache schweigend, was durchaus bemerkenswert war und von Stubbes Ansehen zeugte.

∞§∞

Er würgte sie, und ihre Augen traten hervor ... ihr Mund ... nur ein Hauch, nur ein Hauch ... Er hatte sie umgebracht, mit seinen Händen! Das Gefühl der Schuld überwältigte ihn. Er ließ das Medaillon sinken und weinte still vor sich hin.

∞§∞

Das Amt eines Schöffen war nicht allein Ehre, es war auch Pflicht. Den Sitzungen fernzubleiben, wurde nicht gern gesehen. So kam es, dass eines Tages im Mai die Droschke des Rates Gartz vorfuhr.

»Der Rat kommt, der Rat kommt!«, rief Thomas aufgeregt.

Odilia vermisste des Rats flammende Blicke, die er ihr für gewöhnlich zuwarf. Doch immerhin konnte er sich nicht verkneifen, ihr an den Hintern zu fassen, als sie das Haus betreten hatten. Ein Schauer durchrieselte Odilia, als sie Stubbe den Ankömmling ankündigte.

Peter Stubbe saß teilnahmslos am Tisch und wies mit gleichgültiger Miene auf einen Stuhl.

Als sie den beiden Herren Wein holte, hörte Trine Rat Gartz sagen: »Lieber Stubbe, wir vermissen Euch bei Gericht! Ich fürchtete schon, Ihr wäret wohl krank, doch scheint es mir, Gott sei gepriesen, nicht so. Auch wenn Ihr, wie ich gestehen muss, erschöpft ausseht.«

Peter Stubbe nickte nur.

»Ich habe mich gerade auf den Weg zu meinem Halfen gemacht, da dachte ich, ein Besuch bei Euch könnte nicht schaden. Es gibt auch Interessantes zu Köln: Ein Priester in der Jesuitenburse, den sie, da er toll war, aufgenommen hatten, dieser Priester also hat mit einem Brotmesser die Häupter seiner Burse umgebracht! Man hat ihn zwar zuvor schon auf Rat der Ärzte mit Ruten schlagen lassen, weil er ja nicht ganz richtig im Kopf war, aber jetzt das … Der Koch hat ihn aufgehalten, bis die Gewaltrichter ihn fangen konnten. Jetzt sitzt er ein!«

Rat Gartz nahm den Becher Wein von Odilia entgegen, strich dabei wie zufällig mit der Spitze seines Mittelfingers über ihre Handwurzel, und fuhr fort: »Es sind finstere Zeiten, wenn Kleriker einander erschlagen. Wiewohl, bei den Jesuiten … die hielt ich schon immer für ein wenig … nun ja, eigen.«

Seine letzten Worte riefen bei Peter Stubbe ein Kopfnicken hervor.

»Wie ich vor Jahren schon gesagt hatte, Ihr erinnert Euch wohl, die Jesuiten werden immer frecher – jetzt sehen wir ja, was daraus wird. Umso mehr werdet Ihr gebraucht, Herr Stubbe! Kommt zu den Sitzungen. Gleich morgen, da brauchen wir Euch! Die anderen fordern schon Strafe, aber ich kenne Euere Sorgen wohl. Dieses Mal bedürfen wir Euer.«

Rat Gartz erzählte noch die eine oder andere Neuigkeit, die Stubbe ausdruckslos entgegennahm, dann verabschiedete er sich. Als Odilia ihn hinausbegleitete, schenkte er ihr einen betretenen Blick und murmelte: »Gib gut auf ihn acht. Er muss morgen kommen, sorge mir dafür.«

»Ich? Aber wie?«

»Das schaffst du schon«, erwiderte der Rat. Beim Besteigen seiner Droschke fuhr er Odilia wie zufällig von unten her über die Brüste.

»Till, mach den Wagen bereit, der Herr muss nach Bedburg. So. – Zähnchen, bring dem Peter einen Becher Wein. Gerda, bitte hol den Peter Stubbe von deiner Tochter weg.«

Gerda, die diese Ansprache von Odilia gar nicht gewohnt war, blickte zuerst aufsässig, nickte dann aber und verschwand im Haus. Tatsächlich kam Peter Stubbe dann auch heraus. Er küsste seine Tochter auf die Stirne, übersah Odilia und Gerda jedoch, als ob sie Luft wären. Till führte die Droschke aus dem Hof. Wenig später zuckelte er mit dem Herrn des Stubbehofs die Dorfstraße hinab.

Till fürchtete sich davor, dass er wieder so etwas sehen könnte wie beim anderen Mal, als er auf dem Platz wartete. Wieder stand er allein bei der Droscke, und der Platz lag in der kühlen Oktobersonne verlassen da. Mit Entsetzen sah er, wie erneut Blut aus dem Staub hervorsickerte. Sein Herz fing zu rasen an. Das Blut sammelte sich im Schatten der gegenüberliegenden Häuser und begann auf ihn zuzukriechen, quoll über die Linie zwischen Licht und Schatten, glitzerte braunrot und schwarz, und da waren auch wieder zwei bleiche Stöcke – ein Windstoß blies Till Staub ins Gesicht. Als wäre er gelähmt, konnte er sich nicht die Augen reiben, blinzelte aber. Und stellte eine merkwürdige Veränderung fest: Während er blinzelte, verloren die Trugbilder an Schärfe und damit an Schrecken. Das Blut war weiterhin da, auch die toten Beine, aber solange er blinzelte, berührte es ihn viel weniger als zuvor.

Als Stubbe aus dem Rathaus kam, machte er einen verstörten Eindruck.

»Das hätte ich nicht gedacht!«, rief Rat Gartz, der ihm folgte. »Die anderen hatten versprochen, Euch nicht zu strafen für Eure Abwesenheit!«

»Erniedrigt haben sie mich«, fauchte Peter Stubbe.

»Na und mich erst, lieber Peter, mich erst! Meinen Wunsch haben sie in den Wind geschlagen, wiewohl sie es mir schon zugesagt hatten. Wahrlich, ich bin erschüttert.«

Peter Stubbe kletterte in die Droschke und wies Till mit einer Handbewegung an, wieder heimzufahren.

Das Eis bricht

Von seiner Warte aus harrte der Bussard geduldig auf die Wühlmaus. Sie würde kommen, das sagte ihm seine Erfahrung; vielleicht war es aber auch einfach seine angeborene Trägheit, die ihn auf dem freistehenden Krüppelbaum abwarten ließ. Er war gut darin, sich zu gedulden. Wo Accipiter oder die Falconidae im Suchflug Beute ausmachten, da hockte und guckte er einfach. Aber es hatte ganz den Anschein, als verharrte er nicht zufällig an dieser Stelle: Gerade unter dem Baum verliefen zwei Laufrinnen, und mehrere Löcher verrieten Einstiege in den Wühlmausbau. Er musste gar nicht suchen – wenn er erst einmal den Weg seines Opfers kannte, brauchte er nur auf den richtigen Augenblick zu lauern, und seine Opfer kamen zu ihm. Das Gefieder des sandbraunen Vogels glättete sich. Er neigte den Kopf. Tief unter ihm, im Wurzelwerk, begann die Beute mit dem Aufstieg. Der ganze Vogel war mit einem Mal erwartungsvolle Aufmerksamkeit, gleichsam wie eine gespannte Muskete hielt er sich bereit, jeden Moment den Tod zu bringen. Da war schon eine Regung im Einstieg sichtbar, das Huschen von Hellgrau, dann kam die Wühlmaus halb aus ihrem Bau – und verschwand sogleich wieder. Unwillig sah der Vogel hoch, spreizte die Schwingen und flog mit sparsamen Flügelschlägen zum nächsten Waldrand, wo er sich in einer hohen Kiefer aufstellte.

Eine Frau kam des Weges. Das Haar zurückgebunden, wie es sich für eine Ehefrau schickte, ging sie den Weg, den sie stets am frühen Freitagnachmittag zurücklegte, wobei sie fürchterlich falsch vor sich hin sang, und im Irrglauben, es würde den kreischenden Beiklang ihrer Stimme überdecken, tat sie es besonders laut. Den Bussard hatte sie gar nicht bemerkt, genauso wenig wie das zweite Augenpaar, das sie beobachtete. Und wo der Bussard das Kopfgefieder in Entrüstung über den entgangenen Fang aufstellte, da lächelte der andere Jäger in sich hinein. Es war also richtig, was der Bauer ihm gesagt hatte, sie lief den Weg wirklich immer zur gleichen Zeit entlang. Die dritte Woche schon war sie pünktlich wie die Kölner Domuhr. Als ihr Gesang hinter einer Biege verklungen war, kam er hervor und machte sich auf den Rückweg.

Die Sache mit der Wanderin gab seinen Vorstellungen neue Nahrung. Wenn er das Medaillon und die Kappe herauskramte, dann imaginierte er nicht mehr das Gesicht der Sybille über seinen Würgegriff, sondern das ihre; labte sich an ihren Augen, daran, wie ihre grausige kreischende Stimme erstarb, die ihn so sehr an Mutter erinnerte. Immer noch plagten ihn Gewissensbisse, manchmal überfallartig, sodass er vor Verzweiflung kaum Luft bekam; doch wenn er dann an sie dachte, schob die Erinnerung an seine Mutter alles schlechte Gewissen fort, er hörte sie kreischen, so wie damals, wenn wieder ein Fremder bei ihr gewesen war, der nicht gezahlt hatte; und manchmal hatte sie auch gekreischt, obwohl der Besuch ihr die vereinbarte Summe gegeben hatte. Wenn der Fremde gegangen war, hatte sie ihn, den kleinen Jungen, unter wüsten Beschimpfungen hinausgejagt zum Gasthaus, Wein zu holen, und wenn er das nicht schnell genug getan hatte, hatte sie ihm auf den Kopf geschlagen, genauso wie später die Sybille. Da hatte er noch Glück gehabt, wenn kein Stock und nichts anderes zur Hand war. Ihr Geschrei hatte sie gleichsam hineingeprügelt in seinen Schädel.

Er kostete die Vorstellung aus, der Magd hier aufzulauern, spürte gar, wie ihr Singen ihn noch zorniger machte, und war voller Erregung, wenn er ihre Stimme unter seinen Händen zerdrückte, da hatte das schlechte Gewissen keine Aussichten mehr auf Erfolg, da widmete er sich ganz seinem Plan.

※

»Ich begleite dich.« Georg holte den alten Degen und die Armbrust.

»Die Spanier waren im letzten Jahr ja schon vor Kerpen. Wer weiß, ob sich nicht irgendwo ein paar Merode-Brüder verstecken«, pflichtete Stubbe ihm bei.

Georg spuckte mit einem Ausdruck von Ekel aus. »Gesindel«, knurrte er. Peter Stubbe nickte.

»Unserem Herrn geht es wieder besser«, sagte Gerda, als sie aus Epprath hinausgingen.

Georg brummte etwas Unverständliches.

»Ja, der Ludwig hat ihm arg zugesetzt!«, fasste Gerda nach. »Du, Georg, du denkst doch das Gleiche über den Ludwig wie ich. Wie kann ein so feiner Herr wie der Stubbe nur so ein Fass Gift zum Bruder haben!«

»Fluch nicht.«

»Ach, du fluchst aber doch gerade genauso, ich hör dich im Gasthaus. Nein, aber siehst du, wie er unsere Tochter liebt? Was für ein guter Mensch! Wenn ich mir dagegen vorstell, wie der Ludwig wäre, wenn der Kinder hätte! Also ich finde …« Und so ging es weiter. Gerdas Gesprächigkeit machte Georgs Schweigen mehr als wett.

Sie gingen einen Hohlweg entlang, als der Knecht plötzlich stehen blieb. Gerda verstummte sofort. »Was ist?«, fragte sie leise.

»Da ist was.« Georg nahm seine Armbrust und ging vorsichtig auf einen Busch zu. »He! Ihr da! Sagt an, was tut Ihr da, schlaft Ihr oder seid Ihr verletzt?«

Jetzt sah Gerda, was Georg meinte: Dort im Busch kauerte eine Gestalt. Ihre Haltung erschien der Magd sehr merkwürdig.

»Kommt heraus, wenn Ihr nichts zu verbergen habt!«, dröhnte Georg. »Oder gebt Laut, wenn Ihr verwundet seid!« Die Gestalt verharrte weiter unbeweglich, und Gerda beschlich ein unheimliches Gefühl. Wachsam sah Georg sich nach allen Seiten um. Aber sie waren allein mit jener Person. Als er keine Antwort bekam, zückte Georg den Degen und schob das Strauchwerk beiseite.

»Was tut Ihr mitten in …« Er verstummte. Dann trat er einen Schritt zurück und sah sich erneut um. Gerda erhaschte einen Blick an ihm vorbei ins Gestrüpp. Von den Zweiglein und Ranken umrahmt wie in einem Thronsessel, war dort eine junge Frau. Ihr Haar hing wirr in den Zweigen und formte einen Heiligenschein um ihren Kopf. Ihre Augen jedoch waren tot. Und dort, wo die Kehle gewesen war, klaffte ein schorfiger Krater.

Er hatte sie nicht umbringen wollen! Niemals hätte er das getan! Er war es nicht gewesen!

Doch. Und wenn er daran dachte, dann überkam ihn, trotz der schweren Selbstvorwürfe, ein unbeschreiblich großartiges Gefühl der Größe und Macht. Und dass er ihr die Kehle herausgeschnitten hatte, nun, daran war sie doch selbst Schuld gewesen mit ihrem Gekreische, da war sein Messer halt ganz von selbst in seine Hand gesprungen, das war ihre Schuld ganz allein. Er zog die Haube hervor, die er ihr abgestreift hatte; im sinnlichen Genuss sog er den feinen Duft ihrer Haare ein, und wieder überkam ihn eine Welle des Triumphes, so gewaltig, als wolle sie ihn hinwegspülen. Seine Mutter und Sybille schwiegen. Endlich.

»Herr! Ihr müsst schnell kommen!«

Odilia trat von einem Bein aufs andere. Es war Mai, anderthalb Jahre, nachdem Peter Stubbes Tochter geboren war, und seit der gleichen Zeit hatten er und Trine Trumpen sich nicht mehr gesehen. Ihr Verhältnis blieb so frostig wie der Wind, der von draußen herein pfiff. Am Abend hatte bitterkalter Graupel eingesetzt und hatte die Menschen gerade verloschene Maifeuer wieder neu entfachen lassen. Doch obgleich noch reichlich Glut vom Vorabend unter der Asche war und der Regen verdampfte, gelang es nicht, eine stetige Flamme zu nähren. So flüchteten die Bauern halb erfroren in ihre Häuser, nur um dort weiterzufrieren, denn die Betten waren klamm geworden. An den Mord vor einiger Zeit dachte man kaum mehr, überwiegend wurde in ausgeschmückten Gerüchten daran erinnert; alle waren viel zu sehr mit den eigenen Sorgen beschäftigt, um sich um einen weiteren unter zahllosen Todesfällen in diesen Zeiten zu kümmern.

»Welch üble Hexerei«, war allerorten übers Wetter zu hören. Doch am härtesten traf das Unglück jene, die noch Vieh auf der Weide stehen hatten, im Glauben, der Mai werde schon warm werden, und an die zahlreichen Landsknechte im Lande dachte erst recht keiner, auch nicht an Hannes, der mit Milo um die Wette zitterte, während sie eng umschlungen in ihrem Zelt ausharrten. Der Eisregen nahm bis Mitternacht noch zu. Wer bis jetzt keinen Unterschlupf gefunden hatte, dem drohte ein bitteres Ende.

Wie überwältigend war dagegen der Anblick, der sich Odilia im Licht der ersten Morgendämmerung geboten hatte.

»Odilia! Odilia!«, hatte Till geschrien und sie vor die Tür gezogen, noch ehe sie protestieren oder ihm für die Störung eine langen konnte. Gerade war die Sonne aufgegangen, und die Welt erstrahlte in einem märchenhaften Glanz. Es war, als habe sie sich über Nacht in Glas verwandelt: Fingerdick schmiegte sich Eis um jeden Ast und um jedes Zweiglein, machte Kirschblüten zu Diamanten und ließ die Knospen ein Feuer in allen Regenbogenfarben sprühen.

Doch die Schönheit war trügerisch. Das hatte Odilia gleich begriffen, als sie die alte Weide gesehen hatte. Die Krone klaffte zu weit auseinander. Diese Schönheit erdrückte ihre Träger.

»Kommt rasch!«, weckte sie Peter Stubbe. Der erkannte die Gefahr sogleich.

»Schicke Till zum Pfarrer und lass die Glocken läuten«, befahl er.

Odilia eilte zu Till und schickte ihn los, sah ihm kurz nach, wie er mehr über die Eisfläche schlitterte als ging und weckte das übrige Gesinde. Kurz darauf eilten sie mit Balken und Latten herbei, um die Bäume abzustützen.

»Trine hat ihre Kirschbäume und einen Obstgarten weiter draußen«, sagte Stubbe zu Odilia. »Geh zu ihr, nimm dir jemanden als Hilfe mit!«

Odilia nickte. Aber eines lag ihr noch auf dem

Herzen. »Herr ... ich denke ... verzeiht, wenn ich vorlaut bin, aber ich denke, Ihr solltet mitkommen. Ihr habt recht mit dem Obstgarten, ich hatte selbst in der Aufregung gar nicht daran gedacht. Ich bitt Euch, geht mit. Es kann doch nicht so bleiben zwischen Euch. Bitte.«

Sie schloss den Mund und erwartete Tadel. Peter Stubbe sah sie lange an. Dann nickte er.

So zog er mit Odilia und Jakob zur Trumpen. Trine war gerade dabei, einen Wagen mit Latten zu beladen, aber es erweckte einen hilflosen Eindruck. Sie war völlig aufgelöst; der Vinksfranz stand tatenlos herum und guckte ratlos. Sobald sie die Ankömmlinge sah, schreckte sie zuerst zusammen, doch dann glitt ein Lächeln der Erleichterung über ihr Gesicht.

»Euch schickt der Himmel!«, rief sie aus. »Meine Bäume, ich fürchte um sie!«

Rasch packten sie beim Verladen mit an. Peter Stubbe und Trine Trumpen wechselten die ganze Zeit über kein Wort und vermieden es, sich anzusehen. Es kostete sie einige Mühe, den Karren bis zum Obstgarten zu bringen, denn die Wege waren spiegelglatt. Als sie endlich damit beginnen konnten, die Bäume abzustützen, war es für einige schon fast zu spät. Bei einem besonders schief stehenden Baum mussten alle anpacken, selbst der Vinksfranz. Wenn man nicht aufpasste, blieben die Hände am Eis kleben und bekamen beim Wegziehen schmerzhafte rote Stellen.

Odilia sah mit Genugtuung, wie Peter Stubbe und

Trine Trumpen sich nun zwangsläufig ansehen mussten. Als der Baum abgestützt war, kümmerten sie sich zu zweit um die Äste; Odilia sorgte dafür, dass Peter Stubbe und Trine Trumpen sich mit einem Mal allein an einem Ast zerren sahen. Während Odilia wie eine gute Schäferin darauf Acht gab, dass keiner sich den beiden näherte, sperrte sie selbst die Ohren auf und vernahm schon bald einen heftigen verbalen Schlagabtausch zwischen ihnen.

»Du hast mich hintergangen mit deiner Magd!«, schrie Trine Trumpen schrill.

»Na, was hätt ich denn anderes machen können!«, entgegnete Peter Stubbe.

»Du hast mir nur was vorgemacht, von wegen, du liebst mich, dass ich nicht lache! Halt fest, das rutscht gleich ab!«

»Ich glaub, du bist närrisch, hab ich dir nicht dein Land gerettet als Schöffe?«

»Ach was, Land gerettet!«

»Ja was ach was!«, so ging es hin und her, und dass nun alle zu ihnen hinüberglotzten, störte sie gar nicht. Irgendwann waren beide vom Schimpfen so ermattet, dass sie innehielten. Und jetzt geschah, was Odilia sich erhofft hatte. So dicht voreinander, dass sie den Atem des anderen spürten, blickten sie über den kristallenen Wald der Obstbäume, in dem sich tausendfach die Sonne brach. Ihrer beider Zorn wurde gleichsam von der Traumlandschaft eingehüllt und verwandelte sich in Tränen, die Trine Trumpen nun wie Sturzbäche über die Wangen zu laufen begannen, noch ehe sie sich der festen Umarmung des Peter Stubbe hingab. Das Bild war so ergreifend, dass nicht einmal der Vinksfranz zu einer abfälligen Bemerkung fähig war; andächtig verfolgte das Gesinde die Versöhnung von Peter Stubbe und Trine Trumpen, und Odilia spürte Tränen ihre eigenen Wangen benetzen. Bis auf Trines gelegentliches Schluchzen war Stille im Märchenwald.

※

»Hochgeboren Herr Graf«, sagte Rat Gartz und schlug die Augen nieder. Ihm gegenüber saß hinter einem schweren Eichenholzschreibtisch Hermann Graf von Neuenahr, Anhänger der Augsburger Konfession und erklärter Bewahrer des Protestantismus. Er quälte sich seit Langem mit einem schweren Leiden, das ihn sichtlich gezeichnet hatte. Doch dies konnte seine würdige Haltung nicht mindern.

»Euere Bemühungen um den rechten Glauben sind ein Segen für die Landschaft. Wenn wir nur sehen, wie die Spanier gewütet haben und gar Kerpen bedrohten, so kann ich vor Euerer Weisheit nur das Haupt neigen.«

Der Rat fuhr fort, von Erträgen und Vorgängen im Lande Bedburg zu sprechen, wobei er sich aber kurz fasste und nur das Wichtigste sagte. Schließlich kam er zu seinem Anliegen. Das und zwei weitere Dinge hatten ihn eigentlich dazu bewogen, mit dem Grafen zu sprechen, doch dieses erste, so fühlte er, war ihm am wichtigsten.

»Nun, Graf, das sind die Dinge, wie sie hier liegen. Die Bauern und Bürger waren fleißig.«

Zum ersten Mal äußerte sich Graf Neuenahr. Seine Stimme war kaum mehr ein Flüstern, aber in seinen Augen leuchtete ein Feuer, das seinem gebrechlichen Äußeren spottete. »Was wünscht Ihr von einem alten Manne? Sprecht schon, Ihr seid nicht gekommen, um die Landschaft zu loben.«

»Nun, die Bauern waren wohl fleißig. Wie man Euch sicherlich berichtet hat, gerieten jedoch einige ... in Verzug. Damals, als Kerpen belagert worden ist. Bis heute haben sie sich nicht erholt. Und es war ja nicht einmal ein Haufen dort durchgezogen ...«

Graf von Neuenahr winkte ab. »Merode-Brüder«, meinte er abfällig.

»Ja, Euer Hochwürden. Einige konnten in Eueren Landen plündern. Vor einiger Zeit ist die Leiche einer Frau am Wegesrand gefunden worden, und sie ist nur eine von vielen Anzeichen für die Gefahr. Blicken wir nach Maastricht oder Antwerpen, so fürchte ich, wird es noch schlimmer. Wie Ihr gehört haben werdet, wurden dort ...«

»Was wünscht Ihr, Rat? Soll ich etwa Knechte bezahlen, um sie zu jagen? Ihr werdet selbst begreifen, dass das ein wenig ... widersinnig wäre.«

»Oh, es gibt eine Möglichkeit. Herr Graf, der Unmut über die Plünderungen ist groß, und die Zeitung aus den Staaten entsetzt die Menschen. Aber sie vertrauen Euch, ja, sie sehen Euch als den guten Herrn, der Ihr seid; und als Vorbild im Glauben. Ihr habt in ihnen ein ergebenes Heer.«

»Bauern soll ich bewaffnen?« Graf von Neuenahr schnaubte.

»Oh, Waffen haben sie. Erlaubt ihnen nur, gegen die Meroden vorzugehen, so wieder welche erscheinen. Und das werden sie ja, das ist zu unserem Leidwesen wohl sicher. Ich habe da einen als Führer dieses Haufens im Kopf, da schwöre ich Euch beim Herrn dem Allmächtigen, dass er Euch ergeben ist. Ich denke da an den Bauern Peter Stubbe, der Euch treu ist.«

Er glaubte ein Erkennen im Antlitz des alten Grafen zu entdecken und fuhr fort: »Der Haufen wird entstehen, wenn Meroden auftauchen, und die Männer werden wieder zu gewöhnlichen Bauern, wenn die Plünderer vertrieben worden sind. Wenn es aber Not tut, dann werden sie mit dem größten Eifer bei der Sache sein und so gut kämpfen wie die besten Soldaten. Schließlich geht es um ihre Höfe, schließlich hat manch einer eben durch die Plünderer einen Bruder oder Vater verloren, ganz zu schweigen von den Frauen. Rache ist der beste Antrieb in solchen Dingen. Und darüber hinaus«, Rat Gartz erlaubte sich ein Zwinkern, »darüber hinaus, möchte ich meinen, wird man Euch für Euer Vertrauen verehren. Es wird so sein, als habet Ihr eigenhändig das Gesindel vom Land geworfen.«

»Ich werde dies überdenken«, sagte Graf Neuenahr. Nicht einmal einem Menschenkenner wie Rat Gartz war es möglich, ein Für oder Wider in den Zügen des alten Grafen zu erkennen. Mit einem schwachen Wink mit der Hand erklärte Graf Neuenahr die Audienz für beendet.

⁂

Es war, als habe Peter Stubbe etwas wiedergutmachen wollen. Oder als wolle Trine Trumpen ihn in die Pflicht nehmen. So kam es Odilia zumindest vor: Nur wenige Monate nach ihrer Versöhnung eröffnete Trine Trumpen Peter Stubbe, dass sie schwanger sei. Und im Winter gebar sie ihm einen Sohn. Es gab einiges Gerede darüber, aber Peter Stubbe verkündete sogleich in aller Öffentlichkeit, dass es ein großes Fest geben würde, noch ehe der Frühling vorbei war. Er wollte auch Rat Gartz einladen.

Als Till am Donnerstag mit Peter Stubbe nach Bedburg fuhr, sahen sie wohl zweihundert Reiter, die gerade in vollen Waffen in die Stadt einzogen. Peter Stubbe hieß Till die Pferde zügeln und fragte einen Bauern am Straßenrand, was dort geschehen sei.

»Wisst Ihr es noch nicht? Vorgestern ist unser Herr Graf Hermann von Neuenahr verstorben! War ja auch schon lange krank gewesen.«

»Und die Reiter dort?«

»Knechte aus dem Lager des von Parma, sagt man!«, antwortete der Bauer und schielte misstrauisch zum Stadttor hin. »Der Graf Werner von Reifferscheidt ist hier aufgetaucht und sagt, Bedburg gehört zu ihm! Jetzt zieht er gerade in die Stadt ein.«

Immerhin machte der Einzug der Reiterei einen friedlichen Eindruck, und so wagte Peter Stubbe es, sich Bedburg weiter zu nähern. Als die letzten Soldaten in der Stadt verschwunden waren, lenkte Till die Droschke hinein. Die Bürger Bedburgs hatten den Grafen offenbar nicht gerade herzlich begrüßt, jedenfalls hatten sie sich zwar entlang der Straße eingefunden, jedoch war die Stimmung deutlich gedrückt. Als Graf Reifferscheidt und seine Mannen im Schloss waren, teilte sich die Menge der Zuschauer in kleine Grüppchen auf, die miteinander über den schnellen Herrschaftswechsel redeten.

»Die Räte sind auf dem Schloss«, bekam Peter Stubbe zur Antwort, als er sich nach Gartz erkundigte. »Der Graf Reifferscheidt empfängt sie wohl gerade.«

»Ich bin Schöffe! Warum weiß ich nichts davon?«

Niemand konnte ihm Antwort geben. Also blieb ihnen nichts anderes übrig, als auf Rat Gartz zu warten. Peter Stubbe beteiligte sich nicht an den Gesprächen, an den Vermutungen und Ängsten der Bürger, aber Till sah, dass er genau zuhörte. Er ahnte, dass nicht nur Bedburg schwerere Zeiten bevorstanden.

Als Rat Gartz endlich vom Schloss gekommen und mit Peter Stubbe zu sich nach Hause gegangen war, stimmte er ihm zu: »Diese Ahnung hatte wohl auch ich. Und dass Ihr nicht gerufen worden seid, verzeiht, der Graf

Reifferscheidt hat uns alle überrumpelt. Zumal, es ist vielleicht besser, wenn er Euch nicht allzu oft sieht. Er ist ja wahrlich kein Freund des Protestantischen.«

»Das ist schlecht.«

»Nun ja. Eigentlich glaube ich nicht, dass er sich lange in Bedburg halten kann, den Neuenahrs ist die Stadt zu wichtig. Bedburg soll in ihrer Hand bleiben – genauer gesagt in der Hand der männlichen Linie der Neuenahrs. Und dann gibt es da noch ein kleines Detail mit sechstausend Goldgulden. Adolf von Neuenahr ist der Neffe des verstorbenen Grafen, und als Vogt von Köln weiß er den mächtigen Gebhard von Waldburg hinter sich. Zudem ist Gebhard gerade erst auf dem Kurtag zu Köln zum neuen Erzbischof ernannt worden, gegen seinen Widersacher Ernst von Bayern. Gebhard kann Neuenahr also gute Unterstützung geben. Das heißt, Reifferscheidt hat keinen guten Stand. Ach, es waren aufregende Tage, mit zahllosen Mächtigen, die sich mit ihrem prachtvollen Gefolge in Köln versammelt hatten; ich war bald mehr in Köln als in Bedburg.«

»Und Ihr meint, der Erzbischof wird offen Stellung für Neuenahr und gegen Reifferscheidt beziehen?«

»Ich denke schon. Allerdings ist Reifferscheidt katholisch, was ich von Adolf von Neuenahr nun nicht gerade behaupten möchte. Aber Gebhard wird alles tun, um den Grafen von Reifferscheidt zu vertreiben, denn der ist einfach zu eng mit dem Bayern.«

»Dann wird er Neuenahr dabei unterstützen, Bedburg wiederzuerlangen?«

»Tja, da bin ich mir wohl sicher. Wie gesagt, nicht offen. Aber verdeckt durchaus. Ich frage mich, wie Graf Reifferscheidt mit seinem Handstreich durchkommen will. Vielleicht hofft er auf den Bayernernst. Der hat ja auch sofort die Rechtmäßigkeit der Wahl angezweifelt und wird bestimmt nicht zögern, seinerseits Graf Reifferscheidt zu unterstützen, wenn er letztlich damit den Gebhard von Waldburg treffen kann. Und dass der den Lutherischen nicht ganz abgeneigt ist, ist ja klar. Es wird Ernst also zupass kommen, dass Graf Reifferscheidt gleich verkündet hat, das Land solle wieder gut katholisch werden.«

»Das wird es nicht! Die Bauern werden gewiss nicht so schnell die Konfession wechseln!«

Rat Gartz nickte. »So denke ich auch. Cuius regio, eius religio – aber wohl kaum bei einer Drei-Tage-Herrschaft, wie die des Reifferscheidt eine zu werden verspricht. Es gibt allerdings ein Problem dabei: Graf Reifferscheidt wird das so nicht sehen, und er hat immerhin die Spanischen hinter sich.«

»Er wird also Gewalt anwenden.«

»Nun ja, wir werden sehen. Bedburg und sein Umland jedenfalls stehen nun zwischen zwei Fronten: den Katholischen und den Protestanten. Bislang haben die Wirren zwischen Niederlande und Spaniern, zwischen Katholen und Protestanten unser Land größtenteils verschont. Aber jetzt, jetzt droht der Krieg mitten hinein getragen zu werden.«

»Und was können wir dann tun, was meint Ihr?«

»Gegen die Regimenter? Gar nichts. Beten. Aber gegen die Meroden, gegen die können wir etwas unternehmen. Das Regiment frisst den Bauern die Haare vom Kopf, aber die Meroden fressen die Bauern gleich mit dazu. Ich hatte mit dem Grafen Hermann von Neuenahr selig bereits über derlei gesprochen.«

»Ein Bauernhaufen?«, fragte Peter Stubbe und wirkte plötzlich angespannt vor Erwartung.

Rat Gartz gönnte sich ein Lächeln. »Wohl ja! Es ist nicht ganz ungefährlich. Graf Reifferscheidt darf darüber keine Kunde erhalten. Der Haufen darf erst zusammenkommen, wenn Meroden sich auch tatsächlich hier herumtreiben. Und dafür brauche ich einen, der im Land als aufrechter Mann bekannt ist, der denken kann, gewissenhaft und gottesfürchtig ist. Der den Haufen nach getaner Arbeit so schnell wieder auflösen kann, wie er ihn hat zusammentreten lassen. Kurz, ich denke an Euch als Anführer.«

Im ersten Moment sah es so auf, als wolle Peter Stubbe erfreut aufspringen. Aber er blieb sitzen, hob einen Finger an die Lippen und tat grübelnd. Rat Gartz wusste jedoch, dass er ihn für seinen Plan gewonnen hatte.

Beinahe wäre der Grund für Peter Stubbes Kommen nicht mehr zur Sprache gekommen. Im Türrahmen erinnerte er sich dessen und lud Rat Gartz zur Geburtsfeier seines Sohnes ein.

»Wie es mich freut! Gerne werde ich kommen. Aber lasst keine Musikanten auftreten, nicht in diesen Zeiten. Aber das wisst Ihr ja. – Na, ich werde Euch noch einiges zu erzählen haben. Von nun an fahre ich öfter nach Köln, da hört man, was Monate später erst passiert. Ich bin gespannt. Nun aber noch einmal Glückwunsch, Herr Stubbe!«

Donnerwetter

IHR GÜLDENES HAAR wogte im warmen Licht der Frühlingssonne, während Odilia den gewundenen Pfad durch den lichten Wald entlangschritt. Die Blätter leuchteten ein jedes in einem erquicklichen Frühlingsgrün, wie es nur im Mai zu genießen ist. Ihre Schritte waren leicht, dass man meinte, die Schuhe möchten kaum den Boden berühren; überall saßen die Vögelein in den Ästen und jubilierten in reiner Freude über den jungen Tag. Zu Odilias Rechten tat sich eine Lichtung auf, und sie sprang über Farn und wogendes Rispengras hin zu einem Teich, der von einem lustig plätschernden Waldbächlein gespeist wurde. Es waren dort wohl auch bunte Fischlein, die umherschwammen zu ihren Füßen, derweil sie ihr sonnenerhitztes Kleid über den Kopf zog und erst das wollige Dreieck ihres Schoßes, sodann einen Bauchnabel von gar entzückender Rundheit, schließlich zwei überaus volle, mit neckischen roten Brustwarzen versehene Brüste auf ihrem marmorgleichen Körper enthüllte und nur mehr das Haupt vom Stoff zu befreien übrig ließ, bevor sie zum Bade schritt, wo Rat Gartz bereits erwartungsfroh zu ihr hinaufblickte. Ihr Zeh machte winzige Wellen und ließ den Rat vor Freude seufzen, während der Stoff ins Gras glitt und sie sich zu ihm hinunterbeugte, ihm mit gespitzten Lippen einen Kuss auf die Nasenspitze zu geben, wobei sich ihre Brüstlein gar vorwitzig – Ein Schlag traf das Wasser, dass es meterhoch gen Himmel schoss, und über Rat Gartz war der Himmel schwarz wie Teer, und wieder krachte ein Donner, und ein armdicker Blitz fuhr geradewegs auf ihn nieder. Rat Gartz warf sich in dem aussichtslosen Versuch herum, dem Tod zu entgehen – und fiel aus dem Bett.

Es war noch finster in der Kammer. Im ersten Moment war der Rat noch ganz verwirrt, halb gefangen in der so hässlich unterbrochenen Traumwelt. Dann rumpelte es erneut, und der Boden zitterte.

»Was in Gottes Namen?«, rief er aus. Das war kein Traum; das war wirklich. Richtiger Kanonendonner. Rat Gartz eilte, die Kerzen zu entzünden. Das Gemach erstrahlte in tausend funkelnden Punkten, als wären die Wände mit Diamantstaub verputzt. Die Januarkälte hatte sie mit einer dünnen Eisschicht überzogen.

Gerade jetzt, wo er in Köln weilte, wurde die Stadt angegriffen? Und wer sollte diese Stadt denn angreifen, die doch als Reichsstadt für alle ein Ort der Verhandlung war?

Als er hinaus auf die Straße eilte, wurde er von den Menschen mitgerissen, die in Harnisch und Waffen zum Markt strömten. Überall tanzten die Lichtpunkte der Handlaternen, und eben schlug die Domuhr fünf. Im Laufen zog der Rat seinen Pelzmantel enger um sich. Der Frost war in diesen ersten Januartagen besonders streng.

Noch bevor er den Marktplatz erreicht hatte, hieß es: »Zur Westmauer!«

Er ließ sich Zeit, den anderen zu folgen. Noch war keine Sturmglocke erklungen; was immer geschah, es eilte nicht so sehr, dass er sich dafür tottrampeln lassen müsste. Gleichwohl trieb ihn die Neugier auf den Wehrgang. Das Land vor der Stadt lag finster da. Doch die Bürger deuteten zum Horizont: Ein orangefarbener Schein glomm da im nächtlichen Winterhimmel. Rat Gartz steckte die Hände tiefer in den Pelz und trat ein wenig auf der Stelle.

»Kerpen!«, machte die Nachricht die Runde, »sie greifen Kerpen an!«

Wieder erzitterte der Boden unter einem neuen Donnergrollen.

»Das sind schwere Geschütze!«, rief der Mann zu Gartzens Rechten.

»Schießt man aus der Stadt oder in sie hinein?«, erscholl die Frage, die sogleich in jeder Variante beantwortet wurde. Rat Gartz jedoch drehte sich um und verließ die Mauern. Er musste zum Rat der Stadt Köln, um mehr zu erfahren. Bedburg lag nicht weit nördlich von Kerpen.

∽◎∕

Der Kanonendonner war ohrenbetäubend.

»Das letzte Mal hatten die Spanischen keine Arckeley!«, rief Arnold.

»Da haben sie gelernt – jetzt haben sie ja nicht gespart!«, brüllte der Fidelfriedrich zurück, während unter infernalischem Zischen und Krachen weitere Schüsse abgegeben wurden.

»Ja, nur sollten wir damals Kerpen entsetzen!«, schrie Arnold. Der Fidelfriedrich lachte und schlug sich gegen die Ohren. Waren sie erst nach Kerpen gezogen, um die Stadt zu schützen, waren sie wenig später auf Gartzeit von jenen angeworben worden, die zuvor ihre Feinde gewesen waren. Eine verkehrte Welt, fand Hannes.

Ihr Fähnlein hatte sich, kurz bevor das Feuer eröffnet worden war, gut sichtbar aufgestellt, eingereiht zwischen vierzehn anderen. Der Anblick von Kerpen aus musste ein wahrlich bedrohlicher sein – wenn denn endlich die Sonne aufgegangen war. Aus der Ferne sicherlich weniger bedrohlich, jedoch weitaus gefährlicher, wartete zu dem Zeitpunkt noch ein Stück vor dem Haufen die Reihe der Kanonen auf ihren Einsatz. Noch bleckten die Mündungen schwarz in die Kälte; als dunkle Schatten auf dem Schnee huschten die Schneller zwischen den stählernen Kolossen umher; sie erschienen Hannes geisterhaft. Und gleich würden sie die Hölle selbst entfesseln.

Das Zittern vor Kälte, das Hannes gepackt hatte, verstärkte das Gefühl des Unheimlichen zusätzlich. Dann kehrte Ruhe zwischen den Kanonen ein. Die Ruhe vor dem Sturm: Wie Glühwürmchen glommen die Lunten auf. Ein Befehl hallte über den Schnee. Und obwohl er sich innerlich darauf vorbereitet hatte, machte Hannes vor Schreck einen Satz, als alle siebzehn Kanonen zugleich losdonnerten. Es war, als habe ihm jemand mit Wucht in den Magen geschlagen, und in seinen Ohren schrillte ein hohes Pfeifen. Gebannt blickte er zu Kerpen hinüber. Schon die erste Salve hatte dort Blitze und Rauch aufsteigen lassen, und ein geschäftiges Treiben setzte um die Geschütze ein, als die Schneller nachluden.

Das Bombardement der Stadt dauerte den ganzen Tag bis in die Dunkelheit. Von irgendwo wehte das Läuten der abendlichen Fünf-Uhr-Glocken zu ihnen. Halb erfroren spannte Hannes sich an. Wein hatte die Runde gemacht, aber selbst der konnte seine kalten Glieder kaum noch erwärmen. Das Schweigen der Arckeley vermochte, was der Wein nicht geschafft hatte. Kam jetzt der Sturm?

»Quatsch«, beantwortete Milo seine Vermutung. »Es ist doch dunkel.«

»Ja, und der Herr Engelbert von Belen hat ja gesagt, wie gar furchtbar er Kerpen vor uns verteidigen würd«, ließ sich der Rauschpfeifer vernehmen. »Wie können wir es da wagen, der Arme würde doch sogleich Reißaus nehmen, wenn wir auch nur einen Schritt voran täten.«

Arnold schwieg dazu. Streng hielt er die wallende Fahne und harrte der Dinge. Aus ihrem Verband löste sich ein Reiter und preschte hinüber zur Burg; ihm kam ein anderer von dort entgegen, und sie trafen sich auf verschneiter Straße. Als der Reiter wieder zurückgekehrt war, kam gleich darauf der Befehl zur Auflösung der Formation: Bis morgen ging es zurück ins Lager.

»Verhandlungen«, verkündete der Fidelfriedrich fröhlich. »Die siebzehn Butzen haben dem Engelbert wohl reichlich eingeheizt. Jetzt will er kommen! Na da wird unser Herr Mondragon sich freuen.«

Der fackelte wahrlich nicht lange. Kaum war der Hauptmann Engelbert im Lager, wurde er gefangen genommen. Am nächsten Morgen wurden die Geschütze wieder feuerbereit gemacht, und Arnolds Fähnlein sollte das Schloss einnehmen. Als sie dagegen vorrückten, klopfte Hannes das Herz bis zum Hals – immerhin hatten sie vor sich feindliche Kanonen und Musketen, und hinter sich schwere Arckeley; den Kanonenkugeln würde es gleich sein, auf welcher Seite das Fähnlein stand. Zu seiner großen Erleichterung öffneten sich die Tore. Im Nu war die gesamte Besatzung gefangen genommen und vor den Spanier gebracht, der schon am nächsten Tag vierzig davon nackt an Apfelbäumen aufhängen und den niederländischen Hauptmann in Ketten durchs Lager treiben ließ. Dies ging einige Tage so weiter, die sich für Hannes und die anderen so angenehm gestalteten, wie sie für den Gefangenen unerträglich waren: Sie bekamen endlich wieder warme Mahlzeiten, und das nicht zu knapp. Das Plündern des Schlosses hatte große Vorräte zutage gefördert, und die hatten die ausgehungerten Landsknechte auch bitter nötig.

Erst nach einigen Tagen wurde der Niederländer aufgeknüpft. Zwischenzeitlich war ein Bote nach Köln entsandt worden, im Auftrag, eine Handvoll angeblich dort weilender Niederländer ausliefern zu lassen, andernfalls drohte Mondragon mit Belagerung. Doch die Stadt, die der Bote in voller Verteidigungsbereitschaft vorfand, beantwortete die Forderung mit einem ebenso freundlichen wie deutlichen Brief, in dem versichert wurde, die Gesuchten wären nicht in Köln. Und zu Hannes' – und offenbar auch zu des Fidelfriedrichs – Erstaunen gab Mondragon sich damit zufrieden. Stattdessen erteilte er nach der erfolgreichen Einnahme Kerpens den Marschbefehl gen Norden, nach Erkelenz. Also setzte sich der Heerwurm in Bewegung, die Erft entlang.

Wieder einmal löste sich ihre Rotte aus dem Heerwurm. Zusammen mit anderen, die seitlich versetzt zu ihnen marschierten, bildeten sie die Vorhut. Der Schnee lag knöcheltief.

»Bei der ganzen Marschiererei haben wir uns etwas verdient«, meinte Arnold. »Wir kehren auf dem Weg in einer Herberge ein, die ich gut kenne.«

»Eine Herberge!«, rief Hannes erfreut. »Aber da passt doch nie und nimmer ein ganzes Fähnlein hinein.«

»Braucht's doch auch nicht«, erwiderte Milo, der den Arm um Hannes' Schulter gelegt hatte. Dadurch musste Hannes ihn zwar fast mittragen, aber dafür belebte Milos Nähe ihn und machte ihm ganz im Gegenteil das Marschieren leichter.

»Das hat Arnold schon ein paarmal gemacht, früher, bevor ihr dazugekommen seid. Wozu sind wir denn Vorhut!«

Sie waren gerade über zwei Hügel hinwegmarschiert, da tauchten Felder auf und ein ungewöhnlich großes Haus mit einer Scheune. Ein Stück dahinter ragte ein schneebedeckter Kirschbaum in den Himmel.

Das Gasthaus hatte sich augenscheinlich auf Reisende ihres Schlages eingerichtet. Als sie den großen Raum betraten, wurde bereits emsig Feuer unter großen Kesseln entfacht; aus dem Hof erklang das erbärmliche Quieken einer Sau, die abgestochen wurde; und Tische und Bänke waren allesamt von der schweren Sorte, die nicht so leicht kaputtzuschlagen war. Der Wirt kam ihnen freudig entgegen, und auch er bot eine ungewöhnliche Erscheinung: Gehüllt in weite Landsknechtstracht, mit einer Schamkapsel, die selbst für Regimentsverhältnisse ungewöhnlich groß war – Hannes erkannte, dass in ihr Ende eine Teufelsfratze mit breitem Grinsen geschnitzt worden war –, mit einem Rapier an der einen Seite und einem Dolch an der anderen, starrte er die Neuankömmlinge aus einem einzelnen Auge an, dessen Pupille schwarz war wie Kohle.

»Seid gegrüßt«, donnerte er. »Setzt Euch, Freunde! Es steht der Wein schon bereit, und Ihr wisst ja, wo die Münze im Kasten klingt, das Weib in das Federbett springt!«

Kurz darauf löffelten sie eine fette Suppe und bedienten sich an Brot und geröstetem Schweinefleisch, dass es eine Lust war. Der Wirt höchstselbst zog eine

Fidel hervor und spielte zwar falsch, aber mit umso größerer Hingabe und seine gute Laune war wohltuend. Denn sie war reichlich ungewohnt im Vergleich zu dem häufig von unterdrücktem Zorn geprägten Gehabe der Landsknechte, oder auch zum misstrauischen Wesen anderer Wirte, was wenig verwunderlich war angesichts der Behandlung, die diese Wirte nur zu oft zu erdulden hatten.

»Dieser hier war selbst Landsknecht«, brummte Arnold, als Hannes seiner Verwunderung über die Erscheinung des Mannes kundtat. »Der kennt unseren Schlag. Und außerdem kennt er mich.«

Jedenfalls wusste er seine Gäste zu unterhalten und zu bewirten. Milo schabte seine Schale aus und grinste selig; selbst der Rauschpfeifer, sonst kein großer Esser, bediente sich ein drittes Mal an dem Eintopf. Und auch Hannes meinte, nie so gut gegessen zu haben. Er kratzte sich, denn die feuchten Kleider begannen in der Wärme der Stube zu jucken. Wenig später waren sie alle rund und satt. Doch wenn Hannes gedacht hatte, dass es das gewesen sei, hatte er sich geirrt.

»Jetzt kommt das Beste«, lachte Arnold in ganz ungewohnter Heiterkeit. »Der Nachtisch!«

Hannes hatte gar nicht bemerkt, wie einige Mägde hinter sie getreten waren. Eine legte dem Fähnrich die Hände auf die Schultern.

Im ersten Moment dachte Hannes, sie würden sich von früher kennen, vielleicht war es ja eine Schwester oder Cousine, aber Arnold lachte sie an und wies zu

Hannes' Verwunderung zu ihm herüber: »Du bist zu schmal für mich, nimm dir den! Der muss ordentlich gelaust werden – ist ganz frisch, dem kannst du was beibringen. Ich nehm deine Schwester!« Er umschlang mit der Rechten die Hüften eines drallen Weibes, dessen Apfelgesicht amüsiert aufleuchtete.

»Komm, Hannes, es wird Zeit für Taten richtiger Männer!«

Zuerst dachte Hannes wirklich, es ginge ums Entlausen. Aber dann begriff er endlich, was vorging, und das machte ihn merkwürdig hilflos. Wie ein Lamm ließ er sich von der Magd hinüber zur Scheune führen, gefolgt von Arnold, der seiner Begleiterin bereits begeistert in den Halsausschnitt fingerte. Im Dämmerlicht der Scheune warf die Magd Hannes auf ein Lager; und während gleich daneben bereits Kichern und Schreie der Begeisterung erklangen, starrte er nur mit leicht ungläubigem Blick zu ihr empor. Natürlich hatte er längst begriffen, wie das Lausen bei Arnold und seiner Begleiterin da in Wirklichkeit aussah, er hatte es in Käuflichkeit wie in Gewalt schon manches Mal erahnen oder gar beobachten können, doch dass ihm dies nun selbst widerfuhr, das war etwas völlig anderes. Sie war jung, nur wenig älter als er, kaum mehr als vielleicht zwanzig Jahre. In ihrem ansonsten ebenmäßigen Gesicht saß eine reichlich schiefe Nase, was ihr aber durchaus nicht zum Nachteil gereichte. Ihre Brüste hoben sich keck unter dem Gewand hervor, und er spürte, wie sein Mund trocken wurde, ganz ähnlich wie wenn er Milo beim Entkleiden zusah. Die Magd lachte erneut.

»Ich bin die Drutgin«, sagte sie, »und ich fresse dich nicht auf! Du guckst gerade wie ein Kälbchen. Dabei hast du wundervolles goldenes Haar, und so voll!«

Er ließ es regungslos zu, dass sie zu beiden Seiten die Hände in seinen Schopf wühlte und den Kopf zu sich heraufzog. »Na, dich kriegen wir schon hin, was meinst du?«

Scharfer Schweißgeruch stieg ihm in die Nase. Er schnappte nach Luft, sie lockerte ihren Griff und erlaubte ihm, Atem zu schöpfen, nutzte dies aber dazu, ihr Kleid zu öffnen. Als sie es an sich herabgleiten ließ, musste er beim Anblick ihres Körpers erneut schlucken. Neben ihnen schienen Arnold und seine Gespielin in eine Art Brüllwettstreit verfallen zu sein. Hannes spürte eine Berührung unter dem Nabel, und schon sah er sich seiner Beinkleider entledigt; Drutgin gingen die Augen über.

»Oh, wie süß! Der ist aber schön!«, rief sie. Und damit war sie hinter ihm, er fühlte sich an den Schultern aufs Lager zurückgedrückt, und plötzlich hatte er ihre Brüste im Gesicht und verspürte einen warmen Hauch dort unten, und da wurde ihm mit einem Mal schlecht.

Als er sich unwillkürlich umwand, ließ sie von ihm ab, versuchte noch händisch nachzuhelfen, allein, ihre Mühen blieben erfolglos.

»Na, mein Schöner, so aufgeregt? Dabei sieht das doch so gut aus, und so voll!«, umgarnte sie Hannes und warf sich in die Brust, dass es vor seinen Augen tanzte. Aber Hannes verspürte gar keine Lust, weder bei ihrem Anblick, noch bei der Berührung ihrer Haut oder dem Schnuppern ihres Duftes; im Gegenteil, all das stieß ihn ab. Und da er ganz genau wusste, dass dem nicht so sein sollte, verwirrte es ihn noch mehr.

Schließlich ließ Drutgin von ihm ab und sah nicht minder verwirrt auf ihn hinunter, und er konnte nicht mehr tun als ihren Blick hilflos erwidern, die Arme eng rechts und links an den Leib gelegt.

»Schön bist wie ein Engel«, sagte Drutgin, »aber leider genauso keusch, was?«

»Schaut mal, unser Hannes kann es nicht!«, rief Arnold und lachte schallend. Hastig zog Hannes die Beine an, packte seine Kleider und floh, gefolgt vom Gelächter der Landsknechte und vom Blick Drutgins, die sich verzweifelt fragte, ob das wohl ihre Schuld sei und weshalb, oder ob dieser Knabe, so wohlgeformt und schlank, wie er sich ihr dargeboten hatte, vielleicht wirklich ein Engel auf Erden war. Noch keiner hatte ihren Reizen widerstanden. Hannes jedoch verfolgte der Spott über sein Unvermögen über die nächsten Tage hinweg, ebenso unbestimmte Gewissensbisse. Dass er allein durch Milos Gegenwart schon Trost verspürte, war wenig geeignet, seine Verwirrung zu mindern. Gelegentlich empfand er es so, ob in seiner Brust ein Teufel wohne, der ihm die Welt verdrehte. Aber er hatte keine Ahnung, wie er diesen Teufel los werden sollte.

»Wir suchen uns ein gutes Nachtlager«, sagte Arnold einige Tage nach ihrem Aufenthalt in dem Rasthaus. »Milo und Hannes, ihr seht euch da hinten um, da steht eine zerstörte Scheune oder so etwas. Wir nehmen das Dorf in Augenschein und suchen dort Quartier.«

Also stapften Milo und Hannes zu dem einsam gelegenen Bau, der weitab des Dorfes am Waldrand stand. Schnell erkannten sie, dass die Scheune verlassen war: Das Dach war löchrig, und Efeu hatte begonnen, an den Mauern emporzuranken.

»Mir ist kalt«, sagte Milo.

»Ja, mir auch. Komm, wir machen ein Feuer«, erwiderte Hannes. »Wird ja noch lang dauern, bis die anderen mit dem Dorf fertig sind.«

In dem verlassenen Stall war es recht dunkel, nur das alte Stroh bot sich einladend an, und als Hannes ein Feuerchen in Gang gebracht hatte und Milo sich die Hände daran wärmte, begann er zu erzählen: »Das war das letzte Mal, dass wir aufgetreten sind als Spielleute.«

»Hier drin?«

»Ach was, in dem Dorf da, zu dem die Straße hier führt. Wie's heißt, hab ich vergessen.«

Hannes legte einen Ast nach. Langsam wurde es warm in dem kleinen Raum. Er schlug den Mantel auf, um die Wärme hineinzulassen.

»Da war ein großes Fest, wo wir Musik gemacht haben.« Er erzählte ihm davon. Je wärmer es wurde, desto mehr begannen die Bisse der Flöhe zu jucken. Auch Milo kratzte sich. »Mistviecher«, sagte er.

Hannes spürte, wie sein Mund trocken wurde, als er vorschlug: »Komm, wir gehen raus und reiben die mit Schnee weg!« Er zerrte sich die Sachen vom Leib, die in der Wärme wieder feucht geworden waren wie alte Lappen. Als Milo es ihm nachtat, musste Hannes schlucken und sah ihm diesmal ganz unverhohlen dabei zu. Währenddessen verspürte er ein merkwürdiges Gefühl des Glücks.

»Komm, hinaus!«

Mit einem aufgeregten Lachen folgte er Milo, der aus der Scheune in den Schnee sprang, und nahm die ganze Zeit die Augen nicht von ihm, gleichsam, als wolle er sich den Anblick dauerhaft einprägen. Die Eiseskälte dämpfte rasch seine Aufregung, und prustend rieben sie sich ab, um so schnell wie möglich wieder ins Warme zurückzukommen.

»Die Sachen legen wir ins Freie«, sagte Hannes, »damit die kleinen Meroden erfrieren!«

Milo, der mit dem aussichtslosen Unterfangen begonnen hatte, die Falten seiner Kleider nach Flöhen zu durchsuchen, nickte. Gleich darauf hockten sie wieder am Feuer, zogen die Knie an sich und genossen die Wärme. Je mehr die Kälte wich, desto merkwürdiger begann sich Hannes zu fühlen. Er spürte jeden Halm unter sich. Milos Nähe schürte ein Gefühl der Aufregung in seinem Magen, das er schon mehrfach in seiner Gegenwart bemerkt hatte; niemals jedoch war es so stark und fordernd geworden wie jetzt. Er rückte so dicht an seinen Freund heran, dass sie sich berührten. Das Gefühl wurde überwältigend.

»Und weißt was, auf dem Fest, da war so eine Magd«, Hannes schluckte, »die hat immer mit so einem wichtigen Kerl herumgemacht. Weißt schon, sie hat ihn da angefasst«, er ließ seine Linke mit einem entschlossenen Ruck zwischen Milos Schenkel gleiten und legte sie dort ab. Milo sah ihn verwirrt an. Von einem Drang überwältigt, gegen den Hannes nicht die geringsten Aussichten auf Gegenwehr hatte, streckte er die Beine ein wenig, zog seine Hand zurück und legte sie sich selbst in den Schoß. »Komm, zeig mal, wie's bei dir aussieht!«

Es schnürte ihm geradezu die Luft ab, als Milo ihn fragend musterte und sich erhob. Der Anblick wirkte auf Hannes derart überwältigend, dass er plötzlich von einem unbeschreiblich mächtigen Gefühl ergriffen wurde, sich durchbog –

»Was in drei Teufels Namen treibt ihr da? Bin ich vom Teufel geschlagen, oder was sehe ich!«

Milo huschte in eine Ecke, während Hannes gerade den Kopf in den Nacken warf und in das zornerfüllte Gesicht Arnolds blickte. Während er sich zerrissen von Entsetzen und Lust krümmte, sah er, wie Arnold mit dem Katzbalger ausholte und gegen seine Kehle schwang.

»Wie es mich freut, dass Ihr einen Sohn habt, mit der fleißigen Frau Trumpen!«, sagte Rat Gartz zu Peter Stubbe. »Feiern sind stets eine schöne Sache. Aber eine Feier zu einem solchen Anlass ist mir doch ein ganz besonderes Vergnügen!«

Odilia erlaubte dem Rat, heimlich ihre rückwärtigen Rundungen zu prüfen, derweil sie den bestimmt fünften Krug Wein auf den Tisch der Herrschaften stellte. Diesmal waren auch jene Honoratioren aus Bedburg gekommen, die sich sonst rar gemacht hatten; die Schöffen natürlich, sogar einige vom Rat zu Köln.

Es tat Odilia wohl, zu erleben, wie fröhlich und gelassen Peter Stubbe heute war, es ging ihm so gut wie seit Jahren nicht mehr. Trine, die an seiner Seite das Kleinkind wiegte, machte gleichfalls einen aufgeräumten und gut gelaunten Eindruck, auch wenn ihr die Mühen der Geburt und der schlaflosen Nächte deutlich ins Gesicht geschrieben standen.

»Euer Schöffenamt hat Euch gutes Ansehen eingebracht«, lobte Rat Gartz und trank Peter Stubbe zu. Wie es die Tradition gebot, erwiderte der den Zutrunk.

»Ich habe derentwegen eine Neuigkeit für Euch, die, wie ich meinen will, recht gut zur Feier passt. Ich weiß, dass es seit Langem Euer Wunsch ist, auch Bewaffnete zu führen. Jetzt hat Graf Reifferscheidt Bedburg eingenommen, aber ich glaube nicht, dass er sich dort lange halten wird. Deswegen haben wir beschlossen, nun doch Euch an der Spitze des Bauernhaufens wider die Merode-Brüder zu senden, denn jetzt brauchen wir gegen jene Plage den Verlässlichsten unter den Bauern. Der alte Graf vertraute mir, dass unser Haufen das Diebsgesindel zerschlagen und hernach wieder zur gottesfürchtigen Arbeit zurückkehren wird. Sein Andenken gilt es zu wahren!«

Peter Stubbe erwiderte nichts, lächelte aber zufrieden und trank Rat Gartz zu; doch beließ er es nicht dabei, sondern wiederholte das Zutrinken noch ein, zwei Mal. Odilia spürte, wie Unwillen in Rat Gartz darüber aufstieg, denn jedes Zutrinken wollte durch ein eigenes Trinken erwidert werden. Sie legte ihm beschwichtigend die Hand auf die Schulter und bot Feiertagsgebäck an, das der Rat dankbar annahm.

Als die Feier vorbei war und Odilia endlich erschöpft ins Bett fiel, spürte sie förmlich die Kälte, die von Jakob ausging. Eine Weile starrte Odilia schweigend ins Dunkel.

»Du warst wieder mit dem Alten zusammen«, raunte Jakob schließlich.

»Gar nicht«, widersprach sie.

»Ich hab dich doch genau gesehen! Wie er dich betatscht hat! Und dann seid ihr verschwunden! Und ganz rot war er, als er wieder aufgetaucht ist! Mach mir nichts vor.«

»Jakob, sprich nicht so über den ehrbaren Herrn Rat! Was du denkst! Pfui!«

»Ich denke das nicht, ich hab's gesehen.«

»Gar nichts hast du. Der ehrbare Herr Rat fasst ja gern Schönes an, ja, willst du ihm das verübeln? Und dass wir etwa danach … also Jakob, er ist verheiratet! Und ich, ich hab doch dich.«

Sie kraulte sein immer noch bartloses Kinn und dachte dabei an den Bart des Rates, der so wunderbar kitzelte und so dicht und stets gekämmt war. Außerdem hatte sie sich ihm ja wirklich nicht hingegeben, genau genommen: Wieder hatte der Rat aufgegeben und war spürbar frustriert gewesen, aber Spaß hatte es ihm doch gemacht. Und sie sah überhaupt nicht ein, was ihr Jakob daran auszusetzen hatte.

»Ich melke dich ja«, raunte sie Jakob ins Ohr und setzte ihr Versprechen auch gleich in die Tat um. Ihr kleiner Knecht konnte doch froh sein, dass sie nicht gleich mit dem edlen Herrn Rat Reißaus nahm. Und überhaupt ...

Der gefallene Engel

»Der Spanier Mondragon hat Kerpen eingenommen und Köln bedroht, jetzt will er an der Erft entlang gen Norden!«, hatte Rat Gartz atemlos berichtet. »Ein gewaltiges Heer, mit Geschützen, die jede Mauer brechen. Er wird wohl die bedburgischen Lande nicht versehren. Da ist es bald ein Glück zu nennen, dass gerade jetzt Graf Reifferscheidt in Bedburg herrscht. Vor allem zieht er zu weit westlich an der Erft entlang Richtung Erkelenz. Aber jetzt, mein lieber Herr Stubbe, ist der Augenblick gekommen. Denn gerade deswegen können die Meroden hier umso eher durchziehen, weit genug weg vom Regiment und doch in seinem Kielwasser! Der alte Graf von Neuenahr hatte es mir in die Hände gelegt, die Landschaft zu schützen, kurz vor seinem Tode erteilte er mir das Recht, Euch loszusenden mit einem Haufen Bauern. Seine Hochgeboren, möge er in Frieden ruhen, zählt auf Euch, Herr Stubbe!«

Peter Stubbe handelte sofort. Odilia bewunderte seine Entschlossenheit.

Gleich am nächsten Tag, nach der Sonntagsmesse, als sich die Männer des Dorfes wie üblich zum Schießen trafen, verkündete Stubbe, was Rat Gartz ihm aufgetragen hatte.

»Das Konsistorium soll zusammentreten«, forderte

er, »wenn Zeitung kommt, dass Meroden in der Nähe sind, dann heißt es schnell handeln! Wir müssen sie packen, noch ehe sie glauben, hier ein leichtes Spiel zu haben!«

»Solang sie nicht herkommen ...«, wandte der Hubert Kratzhand träge ein.

Peter Stubbe fuhr herum und blitzte ihn mit ganz ungewohnter Schärfe an. »Nein«, erwiderte er verbissen. »Nein, wir warten nicht, bis sie herkommen! Oder wartet Ihr auch mit dem Fuchs, bis er im Hühnerstall ist? Nein, wir greifen sie sofort. Meine Scheune brennt nicht ab, nur weil einer zu bequem ist. Gemeinsam mit den anderen Dörfern werden wir sie ausräuchern – gemeinsam sind wir ihnen über.«

»Na, dann machen wir halt eine Konsistoriensitzung«, meinte der Hubert Kratzhand und zuckte mit den Schultern.

Die Sitzung wurde schon am nächsten Tag einberufen. Odilia bewunderte Peter Stubbe dafür umso mehr: Prediger, Diakone und Älteste waren sonst kaum dazu zu bewegen, sich mehr als ein Mal im Monat zusammenzusetzen, und Stubbe war es innerhalb eines Tages gelungen, sie alle an einen Tisch zu bekommen.

Die Versammlung verlief gut: Wenig später schon sah sich Till mit Peter Stubbe und Georg auf dem Weg zu den Nachbardörfern, einen Brief des Konsistoriums in der Tasche, und trotz des Schnees kamen sie gut voran. Und als Till halb erfroren, aber stolz auf die Ehre ins

Bett fiel, beim Ausheben der Bauernwehr dabei zu sein, da blieben ihm nur wenige Stunden Schlaf. Gleich in der eisigen Morgendämmerung des Dienstags brachen sie zu den weiter entfernten Dörfern auf. Es wurden Glockensignale vereinbart.

Peter Stubbe achtete peinlich genau darauf, dass alle ihn als Anführer des Haufens, wenn es denn dazu kam, anerkannten und nichts ohne seine Anwesenheit unternommen wurde. Er wurde nicht müde, ihnen einzuschärfen, wie schwach der Einzelne war und wie mühelos ein Sieg zu erringen sein würde, wenn sie zusammenstanden, und dass dem Grafen Reifferscheidt keinesfalls Kunde erreichen dürfe – ein Umstand, der ihm beim Konsistorium durchaus Wohlwollen einbrachte. Sein Einfluss als Schöffe und seine guten Verbindungen nach Köln – wo einige Bauern ihre Pachtherren zu sitzen hatten –, verschafften ihm die notwendige Autorität. Und so hatte er ein Abwehrsystem geschaffen, das wirksam zu sein versprach. Er hatte gut daran getan, sich zu beeilen: Schon wenige Tage später kam ein Bote von Rat Gartz, um den Marschbeginn des spanischen Heeres anzuzeigen. Die Anspannung war im ganzen Dorf zu spüren. Und dann, nur einen Tag später, hörten sie vom Nachbardorf die Glocke herüberschallen.

»Das Signal!«, schrie Till voller Aufregung.

»Thomas, zum Pfarrer, er soll läuten! Auf, bewaffnet euch!«

Noch während die Epprather Glocke schlug, fanden

sich die Bauern und Knechte auf dem Friedhof neben der Kirche ein. Alle hatten sich Waffen gegriffen, vom Spaten und Knüppel über Spieße bis hin zu einem Luntenschlossgewehr, dessen Schießtauglichkeit allerdings infrage stand. Außerdem trug ein jeder seine Armbrust, sofern er sie fürs sonntägliche Schießen denn besaß.

»Gen Westen!«, rief Peter Stubbe, »wir treffen uns da mit den anderen! Auf!«

Und so ließen sie Epprath hinter sich. Till trug einen Spieß und war so aufgeregt, dass er die Kälte des Wintertages gar nicht spürte.

Im nächsten Dorf stießen weitere Bewaffnete zu ihnen, und als sie Kirchherten erreicht hatten, in dem der Alarm aufgelöst worden war, waren sie schon ein kleiner, bis an die Zähne bewaffneter Haufen.

»Sie haben den Bockshof gleich hinter der Erft überfallen! Den Männern haben sie Schwedentrunk eingeflößt und die Weiber geschändet! Jetzt steht der Hof in Flammen.«

»Wie viele sind es? Wisst Ihr das, Herr Hinrich?«, fragte Peter Stubbe.

»Zehn mögen's wohl sein«, erwiderte der Hinrich.

Till bemerkte das Aufleuchten in den Gesichtern. Sie waren den Merode-Brüdern an Zahl weit überlegen. Das war gut.

Trotzdem entschieden sie sich für einen Hinterhalt. Der Schnee erleichterte ihnen die Suche nach den Spuren; und als der Hinrich von einem Kundschaftergang zurückkehrte, konnte er bestätigen, die Meroden gesehen zu haben. Sie wollten wohl bald wieder aufbrechen. Peter Stubbe ließ seine Schar den Rastplatz der Meroden weiträumig umgehen. An einer günstigen Stelle, wo die Straße einen Bogen nach Norden machte und zu einem Hohlweg mit dichtem Gestrüpp an den Seiten wurde, richteten sie sich ein.

»Gut. Von Süden her bemerkt man uns hier nicht, und das ist der einzige vernünftige Weg«, stellte Georg zufrieden fest. »Mag nur sein, dass sie gleich an der Erft entlangziehen.«

»Das glaube ich nicht«, sagte Peter Stubbe. »Hier gibt es doch viel zu viele ungeschützte Bauernhöfe zu plündern …«

»Ja. – Leute, vergesst nicht«, wendete Georg sich an die anderen. »Wir dürfen nicht alle von denen gleich töten. Das soll eine Warnung sein an andere Meroden, die meinen, leichtes Spiel zu haben. Sie sollen ihre Brüder finden und sehen, was hier mit ihnen geschieht! Aber entkommen darf keiner, auf gar keinen Fall. Sterben müssen sie alle!«

»Nur nicht sofort«, fügte Peter Stubbe hinzu.

»Sie haben den ganzen Bockshof umgebracht«, rief der Hinrich. »Wir werden keinen von denen auskommen lassen!«

»Keinen!«, pflichteten die anderen ihm bei. Besonders die Bauern aus Kirchherten machten grimmige Gesichter.

Wein half ihnen über die Wartezeit hinweg. Peter Stubbe wäre es wohl nicht gelungen, den Haufen beisammenzuhalten. Nach einer Weile wollten einige unbedingt los, doch Georg verschaffte dem Befehl seines Herrn den nötigen Nachdruck. Dann legte er sich mit Till ganz am Anfang des Hohlwegs auf die Lauer.

Endlich wurde ihre Geduld belohnt. Till rieb sich gerade wieder die kalten Hände und erstarrte mitten in der Bewegung, als er ein Scheppern vom Weg her hörte. Zwei in Pelze gekleidete Männer kamen den Pfad hinauf, der eine mit einer Muskete, der andere mit einer Hellebarde in den Händen, und redeten miteinander.

»Das ist wohl eine Vorhut«, zischte Georg.

»Also, das muss jetzt ganz schnell gehen, und vor allem leise! Bevor die anderen von uns auf die Idee kommen, drauflos zu stürmen. Wir schleichen uns von hinten an sie heran!«

Till stockte der Atem, während sie die beiden dicht an sich vorbeiziehen ließen. Sie entdeckten sie nicht. Mit einer Geschmeidigkeit, die Till Georg gar nicht zugetraut hatte, schlüpfte der Knecht aus ihrer Deckung, winkte Till zu und war schon hinter den Meroden. Till fasste sich ein Herz und tat es Georg nach. Dabei glitt er auf einem Eisstück aus, fand zwar sofort sein Gleichgewicht wieder, aber die beiden Männer fuhren zu ihm herum, erschrocken, doch beide keineswegs zögerlich.

»Was haben wir denn da!«, lallte der eine und legte die Muskete auf Till an. Gerade, als er abdrückte, traf ihn ein Schlag ins Genick, der ihm beinah den Kopf vom Rumpf trennte. Die Muskete fiel in den Schnee: Ihre Lunte war nicht entzündet gewesen. Der zweite Mann hatte kaum

Zeit, zu begreifen, was geschehen war. Schon ereilte ihn das Schicksal seines Gefährten.

»Rasch, die Leichen weg! Ein Stückchen den Weg hinunter!«, befahl Georg leise.

Till stand so unter Anspannung, dass er Georgs Befehl ganz ohne nachzudenken befolgte. Ein Stück den Hohlweg hinunter verbargen sie die Toten in einer Schneewehe. Ihre Waffen nahm Georg an sich.

»Es kommen noch mehr!«, zischte er, als die Bauern neugierig aus ihren Verstecken lugten.

Diesmal brauchten die sich nicht lange zu gedulden. Klappern und Quietschen, das Schnauben von Pferden und unverhohlenes Palaver hallten vom Waldrand wieder.

»Der Tross von einem ganzen Regiment macht weniger Lärm!«, brummte Georg. »Leichtsinn!«

Wie der Lärm, so wirkte auch der Haufen der Merode-Brüder: bunt zusammengewürfelt, zugleich ziemlich abgerissen, darunter ein Mann mit Krücken und einer mit einer Augenklappe, den ein Junge an der Hand führte, und zwei Weiber, die ihre besten Tage gesehen hatten. Zwischen ihnen rumpelte ein Wagen, der bis über die Leitern mit Plündergut beladen war; zwei Kühe trabten hinter ihnen her, und zwei Männer auf abgekämpft wirkenden Pferden, aber mit umso größeren Federbüschen auf den Hüten ritten nebenher.

»Lass sie noch weiterziehen!«, raunte Georg. Als der Zug im Hohlweg war, gab er Till ein Zeichen, und sie schlüpften aus der Deckung wie schon bei der Vorhut. Diesmal aber bemerkten die Meroden nichts von ihren zwei Verfolgern. Trotz der Kälte, die den Geruchssinn trübte, raubte der Alkoholdunst Till fast den Atem.

»Halt! Hier ist euer Ende!«, hörte er von der Spitze des Zuges her Peter Stubbes Stimme. Der Karren kam quietschend zum Stehen; alle blickten vor, zückten Schwerter, Dolche und Messer. Georg handelte schnell. Noch während Peter Stubbe vorn etwas sagte, hob er die Hand und sprang auf die hintersten Männer zu. Gleich darauf klapperten Armbrustbolzen auf die Merode-Brüder nieder, und zu beiden Seiten erscholl Kampfgeschrei, als die Bauern sich auf ihre gehassten Feinde stürzten. Die Meroden waren so verwirrt ob des überraschenden Angriffs, dass sie kaum an Gegenwehr dachten. Ohnehin waren sie weit unterlegen. Der Knabe, der den Einäugigen geführt hatte, suchte sein Heil in der Flucht und hoffte wohl, an Georg vorbeizukommen, der gerade auf einen anderen eindrosch. Doch der Knecht stellte ihm wie beiläufig ein Bein, sodass er vor Tills Füße hinschlug. Als er sich rasch auf den Rücken drehte und entsetzt zu Till emporsah, war Georg schon herbei und zerschmetterte ihm mit einem Hieb den Schädel. Sein anderer Gegner krümmte sich derweil auf dem Boden und winselte, kaum noch bei Sinnen, um Gnade. Aber gleich zwei Bauern prügelten so lange mit Knüppeln auf ihn ein, bis der Schnee rundherum rot war und er sich nicht mehr regte. Von den Reitern wurde einer von unten herauf aufgespießt und brüllte sich die Seele aus dem Leib, der andere stürzte von seinem Tier, als es auf die Hinterhand stieg. Und als er nach seinem Degen greifen wollte, wurde ihm die Hand mit einem sauberen Axthieb abgetrennt. Doch ließ man ihn am Leben. Nachdem er seiner Kleider beraubt worden war, wurde er an den Armen zwischen zwei Baumstämme gebunden, wo er vom Weg aus nicht zu übersehen war, und die Weiber an die gegenüberliegenden Stämme gefesselt. Als eine von ihnen nicht zu schreien aufhören wollte, stopfte Peter Stubbe ihr so lange Schnee in den Rachen, bis sie nicht mehr konnte. Nicht besser erging es dem Einäugigen, der nur mehr leise, kehlige Angstlaute von sich gab und dessen milchiger Blick wild umherirrte.

»Damit ihr euch nach dem Sterben sehnt, Gesindel!«, zischte einer der Bauern. Kein anderer aus dem Meroden-Trupp überlebte die Wut der Bauern, und auch diese vier würden rasch erfroren sein.

»Rache für den Bockshof!«, riefen die Männer zum Abschied. Till war noch ganz benommen von dem plötzlichen Ausbruch ungezügelter Gewalt.

»Wieso habt ihr sie angebunden?«, fragte er einen der Männer auf dem Rückweg, den er als Hinrich kannte.

»Ich will dir mal was sagen«, brummte dessen Begleiter. »Ich hab die vom Bockshof gut gekannt. Der Alte, der war schon ein Kauz, aber das hat er wirklich nicht verdient – dem haben sie nämlich den Kopf zerquetscht, mit einem dicken Tau, so was von voller Blut hab ich noch nicht gesehen. Wie ein aufgeplatztes Ei hat das ausgesehen, nur halt schmierig und rot ... Das werd ich nie vergessen.«

Till wurde schon von der Beschreibung schlecht.

»Ja, und ich war auch im Haus«, hakte der Hinrich ein. »Zehn Kinder. Zehn Kinder gab's da. Und die haben gestohlen wie die Raben, das kann ich euch sagen! Aber das Ende haben sie nicht verdient! Das Ende nicht.«

»Hm«, stimmte ein anderer ihm zu. Es war einer der beiden, die auf den hilflosen Merode-Bruder eingeschlagen hatten, als wären sie von Sinnen gewesen. »Die zwei kleinsten«, flüsterte er und stieß einen erbeuteten Spieß immer wieder in den Boden, als wolle er den Schnee selbst erstechen, »wie zwei Brotlaibe, wer macht denn so was ...«

Till versuchte, wegzuhören. Wie zwei Brotlaibe ... unwillkürlich formte sich vor seinem geistigen Auge das Bild einer Backröhre. Schnell sah er in den Himmel hinauf und atmete tief durch.

»Und die anderen ...«, brummte der Hinrich.

Till beschleunigte seine Schritte und schloss zu Georg auf, der geradezu liebevoll die Muskete in den Armen wiegte, die ihren vormaligen Träger so schmählich im Stich gelassen hatte.

»Da hattest du aber Glück«, sagte der Hinrich zu Till. »Hätte der Hund seine Lunte auch entzündet, wär es um dich geschehen gewesen.«

»Betrunken war das Pack«, bemerkte Georg und ließ

das Luntenschloss schnappen. »Nicht mal geschmiert haben sie's. Na, jetzt ist's vorbei.«

Damit sollte er im Irrtum sein.

Als sie wieder in Kirchherten angekommen waren, bedankte sich Peter Stubbe wortreich bei den Bauern des Ortes, als hätten sie ihm einen Gefallen getan.

»Immer wachsam bleiben«, fügte er hinzu. »Das war vielleicht erst der Anfang. Und vergesst nicht, schweigt darüber. Der Reifferscheidt könnte das leicht als Anlass nehmen, uns als aufrührerisch hinzustellen. Dabei verteidigen wir ja auch sein Land.«

»Die Meroden sollen nur kommen«, sagte der Hinrich. »Das nächste Mal wird nicht erst ein Hof in Flammen aufgehen müssen.«

Peter Stubbe wandte sich ihm zu. Seine Augen leuchteten. »Da habt Ihr völlig recht«, stimmte er zu. »Wir werden Wachen ausschicken. Es gibt ohnehin wenig zu tun im Winter, das ist jetzt eine gar glückliche Sache. Jedes Dorf schickt Männer aus, die die Umgebung absuchen. Wenn Meroden kommen, dann wird der Schnee sie verraten! Das ist gut. Sehr gut.«

Die anderen wirkten von dem Vorschlag einigermaßen überrumpelt.

»Wollt Ihr, dass ein weiterer Hof niederbrennt? Oder gar ein Dorf? Nein, wir machen das so.«

Till bemerkte, wie Georg Peter Stubbe anerkennend zunickte. Und das kam bei Georg wahrlich nicht oft vor.

Ihr kleiner Trupp setzte seinen Rückweg nach Epprath fort. Doch kaum waren sie aufgebrochen, stießen sie auf eine Spur.

»Hier sind auch welche entlanggekommen«, sagte Peter Stubbe.

»Aber das waren keine Meroden«, stellte Georg fest und beugte sich über die Spuren im Schnee. »Zwei Rotten. In Waffen. Alle zu Fuß. Vielleicht Kundschafter der Spanier zum Flankenschutz.«

»Und?«, fragte Peter Stubbe. Plötzlich lag Anspannung in der Luft. Mit regulären Truppenteilen wollte sich keiner von ihnen anlegen – das war etwas ganz anderes als jene Krüppel, Räuberseelen und Faulenzer, aus denen sich die Meroden rekrutierten.

Georg schüttelte nur den Kopf.

»Denk ich auch«, meldete sich der Schleiferhannes. »Wenn wir denen auch nur im Weg stehen, putzt uns das ganze Regiment weg und Epprath gleich mit dazu.«

Drei Spuren bogen an einer Stelle offenbar zu einer verfallenen Scheune ab. Ein wenig später führten zwei davon wieder auf den Weg zurück.

Die Bauern sagten: »Wir sind weit genug gegangen.«

»Die sind weitergezogen.«

»Kehren wir um.«

Peter Stubbe neigte den Kopf.

»Moment«, sagte Georg. »Vorhin führten drei Spuren zu der Scheune da. Hier sind aber nur zwei zurückgekommen. Ich sehe nach, was mit dem dritten ist.«

Till verstand nicht, weshalb Georg sich dafür interessierte, aber er folgte ihm. Die anderen protestierten und blieben zurück.

Die zwei Spuren, die Georg und Till rückwärts zurückverfolgten, kamen aus einem kleinen Wäldchen. Georg hielt inne und zog etwas aus seinem Gewand, beugte sich mit der Muskete unter den Arm geklemmt vor und griff das Ende einer Lunte. Ein leises Klicken verriet, dass er Funken schlug. Als die Lunte zu qualmen begann, spannte er sie in den Luntenhalter und ging langsam weiter. Fürchtet er etwa, dass hier noch welche sind?, fragte sich Till entsetzt. Unwillkürlich packte er seinen Spieß fester. Obwohl der Wald frei von Blätterwerk war, sah Till überall Schatten und Gesträuch, in dem sich trefflich Feinde verborgen halten konnten. Er hatte keine Angst, dazu schritt Georg zu bestimmt voran, aber er war angespannt und überaus wachsam. Eine der beiden Spuren knickte plötzlich scharf ab, in eine Senke hinein, die von hier aus nicht einsehbar war, und führte gleich daneben wieder heraus. Andersherum, verbesserte sich Till in Gedanken, sie führte dort drüben hinein und hier wieder heraus. Und die Spur, die dort hineinführte, war deutlich tiefer als hier.

»Jemand hat etwas abgelegt«, wisperte er Georg zu. Der nickte und bedeutete ihm mit einer energischen Handbewegung, still zu sein. Geduckt ging er vor zum Saum der Senke. Till beobachtete, wie er die Muskete anlegte und sich langsam aufrichtete; der Lauf wies in die Senke hinab. Einen Moment lang blieb Georg bewegungslos so stehen, während die Lunte eine fast senkrechte Rauchfahne in den Himmel schraubte. Dann ließ er die Waffe sinken.

Till eilte zu ihm hin und folgte Georgs Blick. Es traf ihn wie ein Schlag. Alles geschah auf einmal: Ihm wurde übel, Frost, der nichts mit der Winterkälte zu tun hatte, drang ihm bis auf die Knochen und hätte er nicht einen Spieß in der Hand gehabt, er wäre einfach umgekippt. Hektisch begann er zu blinzeln, wie er es inzwischen so oft mit Erfolg getan hatte, wenn die Bilder des Grauens ihn überkamen. Doch diesmal war es kein Trugbild. In der Senke lag, eingebettet in angeschmolzenen Schnee wie in weißen Samt, der ausgestreckte Leib eines Jünglings. Er war nackt. Feiner Reif überzog seine Haut, seine Augen starrten in den Himmel, als schaue er zu Gott hinauf, und die Lippen waren leicht geöffnet. Die Gestalt eines Engels, der entspannt auf dem Rücken lag und in die Wolken guckte. Wäre da nicht der schwarzrote Spalt gewesen, der dort klaffte, wo einst die Kehle gewesen war. Till rutschte an seinem Spieß in die Hocke hinab und übergab sich. Er schrak hoch, als er eine Berührung an der Schulter spürte. Georg hielt ihm wortlos eine entkorkte Tonflasche hin. Dankbar nahm Till einen tiefen Zug und hustete gleich darauf: Das Zwetschgenwasser, das Georg bei sich trug, hatte es in sich. Aber es half, Till zurück auf die Beine zu bekommen. Blut strömte wieder in seine Glieder, linderte die schlimmste Übelkeit und löste die Lähmung, die ihn überkommen hatte. Der Kampf mit dem Branntwein ums Luftholen tat sein Übriges.

Niemand kannte den jungen Mann. Sein Körper war steifgefroren, als Stubbe befahl, ihn aus der Senke zu bergen.

»Er mag wohl achtzehn Jahre sein«, schätzte er. »Den muss also einer kennen, wenn er von hier ist! Habt ihr ihn schon einmal gesehen?«

Alle schüttelten die Köpfe. Der Junge erweckte auch nicht den Eindruck eines Bauernburschen, zu feingliedrig war er, zu schmal waren seine Hände und ohne Schwielen; die Füße verrieten dagegen, dass er viel marschiert war. Sein übriger Körper war makellos, der Engelsvergleich, der Till in den Sinn gekommen war, traf erstaunlich gut. Aber Engel hatten im Allgemeinen einen intakten Hals.

»Jemand hat ihm beinahe den Kopf abgehauen«, stellte Georg kühl fest, dem als Einzigem keine Gefühlsregung anzumerken war.

»Ja, die Wunde ist ganz zerfetzt«, bemerkte ein anderer.

»Fast wie herausgerissen …«, sagte der nächste.

»Ein Tier?«

»Das war ein Mensch, der ihn hierher getragen hat«, widersprach Georg.

»Ein Mannwolf!«, rief einer plötzlich aus. »Georg, du hast doch selbst von der Sache erzählt, damals, auf dem Trumpenhof, mit dem Vinksfranz! Das war ein Werwolf! Er ist wieder da!«

»Er ist noch da«, verbesserte Georg und schüttelte den Kopf. »Nein, das war …« Aber sein Widerspruch verhallte ungehört. Also schwieg er, während die anderen aufgeregt über Werwölfe redeten. Nur Peter Stubbe sagte gleichfalls kein Wort, wie Till bemerkte; er blickte nachdenklich drein.

Der Tote konnte noch nicht beerdigt werden, da der Boden zu stark zugefroren war. Aufgebahrt lag er in Epprath in der Kälte, und jeder konnte sich mit eigenen Augen davon überzeugen, dass der Werwolf einen Engel gerissen hatte. Es kamen die Leute aus den umliegenden Dörfern, um es zu sehen; Kriegsversehrte und Händler trugen die Kunde weiter, und nicht nur einer schnitt dem Toten eine Locke ab, um sie als Zaubermittel zu verkaufen. Und auch Peter Stubbe wusste aus dem Vorfall für seine Sache Nutzen zu ziehen, als er mit den anderen erneut auf Jagd nach Meroden ging.

⁂

»Ach sei doch still. Ich hab ja schon viel mehr gesoffen als ihr!«

Veit stand auf und trat vom Feuer aus dem Kreis der anderen heraus. Kaum dass er ihren Unterschlupf verlassen hatte, pfiff ihm der Wind um die Ohren. Aber es lohnte sich. Schließlich hatte er gesehen, wo der taube Pulverpeter die Goldgulden verborgen hatte, dessen Versteck er zuvor mit Pferdehaar, Geduld, viel Blut und Geschrei aus dem Bauern herausgefidelt hatte, um es dann selbst vor seinen Kameraden zu verstecken. Ganz besonders schlau war sich der ehemalige Schneller wohl dabei vorgekommen. Beim zweiten Karren war Leder unter die Bretter neben der Achse genagelt worden, und dazwischen hatte er sie gepackt. Veit hatte ihn dabei beobachtet, wie der Pulverpeter das Versteck überprüft hatte. Er zog den Mantel enger um sich, drückte seinen Hut ins Gesicht und ging zum Wagen. Der Eiswind sorgte wenigstens dafür, dass kein anderer ihm folgte. Er erreichte den Wagen und beugte sich zum rechten Hinterrad nieder. Hier irgendwo …

Jemand nahm ihm den Hut ab. Er wollte sich umdrehen, um den Scherzbold zurechtzuweisen und gleichzeitig sein Erschrecken zu überspielen, da traf ihn der Kolben einer Muskete gegen die Schläfe.

Beim Feuer wunderte man sich nach einer Weile, wo er wohl blieb. Die Meroden waren alle voller Selbstgewissheit und fühlten sich sicher, und sie waren auch alle vollständig bewaffnet. Und so dachte zunächst keiner daran, dass des Veits Ausbleiben vielleicht an einem Überfall liegen könnte.

»Veit, wo bleibst! Bist eingefroren oder was!«, schrie der Pulverpeter. Die anderen lachten. Schließlich erhob er sich, merkwürdig kam ihm das nun doch vor, und wo er seine Goldgulden hatte, das sollte keiner wissen. Aber konnte er sich da ganz sicher sein?

Die anderen verstummten, als er zum Ausgang ihres Unterschlupfs ging. Mochten sie auch keine Angst haben, vorsichtig blieben sie doch. Der Pulverpeter schlug die Decke zurück, die den Zugang verschloss – und der blutüberströmte Veit fiel ihm in die Arme. Er starrte in seine toten Augen, dann fiel Veits Kopf in den Nacken und offenbarte eine blutende Wunde. Ihm war die Kehle herausgerissen worden.

»Der … der Veit!«, schrie der Pulverpeter entgeistert und zeigte den anderen die verstümmelte Leiche. Alle sprangen auf. Im gleichen Augenblick erscholl Wolfsgeheul durch den Winterwald.

»Ein Werwolf!«, schrie der Pulverpeter. Mochten sie auch bis an die Zähne bewaffnet sein, mochten sie auch Bauern in ihren eigenen Öfen braten und Knechte ausweiden, dass es ihnen eine Lust war, sie waren dennoch einfache Gemüter und hörten auf Geschichten und auf ihren Instinkt. Und der ließ ihnen allen die Haare zu Berge stehen und befahl: Flieht!

Dreißig Meroden rannten durch den Wald, so schnell ihre Füße sie tragen konnten. Wolfsgeheul erklang hinter ihnen und zu den Seiten; das Glimmen von gelben Augen blitzte im dunklen Schatten der Bäume auf; da zählte kein Goldgulden, kein Raubgut, da zählte nur mehr, das nackte Leben zu retten. Denn für Werwölfe waren sie alle leichte Beute, das wussten sie.

Peter Stubbe und seine Mannen hatten heute einen Sieg zu verzeichnen, den sie an diesem Morgen noch für unmöglich gehalten hätten.

»Es war ein Landsknecht!«, stellte der Lotzer fest.

»Ich denk, es war ein Knabe«, erwiderte einer der Zuhörer, der an seiner Kleidung leicht als Reiter der Landsknechte zu erkennen war.

»Nein, ein Mann war's schon, ein recht junger Bursch halt. Ich hab ihn ja selbst daliegen sehen. Sah aus wie ein Engel, der geradewegs vom Himmel gefallen ist.«

»Ein Landsknecht als Engel? Na, eher doch als Teufel«, scherzte der Reiter.

»Einen Burschen in dem Alter bringt man nicht so leicht um«, meinte ein zweiter Reiter. »Gerade wenn er kräftig ist.«

»Schlank war er. Hatte aber gute Oberarme«, erwiderte der Lotzer.

»Na eben. Und alles, was er hatte, war eine einzige Wunde. Keine Kampfspuren. Wenn das stimmt, was erzählt wird«, sagte der Reiter.

»Das stimmt schon! Die halbe Landschaft hier ist mein Zeuge, alle haben ihn sich angeschaut, wie er in Epprath gelegen hat. Der Georg hat gesagt, eigentlich müsst der Schnee um seine Beine gelb sein von Pisse. War er aber nicht. Der lag einfach da, als wär er tot umgefallen.«

»Ohne Kehle.«

»Aber auch ohne Blut. Weißt doch, wie ein Rind blutet, wenn man ihm den Hals öffnet. Baden kannst da drin. Da war aber nichts!«

»Und hat's vielleicht da draufgeschneit?«

»Na, da hilft auch kein Schnee. Ich sag dir, da war

nichts. Frag den Georg, oder den Stubbe. Die haben's auch gesehen.«

Der Reiter nickte. »Dann war's wirklich ein Mannwolf!«

»Das sag ich ja. Kein Mensch kann einem anderen so die Kehle rausreißen, das ganze Blut trinken, und alles, ohne dass sich ein so frischer Bursche wehrt.«

Rat Gartz, der sich mit an die Bank gesetzt hatte und sich am Eintopf bediente, lachte abfällig. »Werwölfe sind eine Sache, die ich wohl Kindern erzählen würde. Glaubt doch nicht diesem Gerede von Zauberei.«

Der Lotzer sah Rat Gartz prüfend an. »Nun, Euer Wohlgeboren, das kann ja sein, aber kennt Ihr die Wege unseres Herrn? Wie meint Ihr denn, das ist möglich, wenn nicht mit zauberischem Wirken?«

»Na, er wurde hinterrücks ermordet und ausgeplündert, das könnte ich wohl glauben.«

»Pah!«, erwiderte der Lotzer gerade so verächtlich, dass der Rat es noch nicht als Beleidigung auffassen konnte. »Und von wem? Wir haben die Spuren von Landsknechten verfolgt, und ich schwör Euch, der Bursch war kein Bauer, kein Knecht und auch kein Merode, das war einer von den Landsknechten selbst! Ich sag Euch, dass der Werwolf den geholt hat, ist eher möglich, als dass irgendein Strauchdieb auch nur auf zehn Schritt an den herankommt!«

Rat Gartz lächelte nachsichtig. »Nur weil wir etwas nicht verstehen, wird wohl noch nicht das Unwahrscheinlichste wahr. Aber nun wohl, ich möcht Euch nicht von Euerer schönen Geschichte abbringen.«

»Meiner schönen Geschichte?« Der Lotzer sprang auf. »Ich habe den Burschen da gesehen! Und halb Bedburg auch! Meint Ihr, ich erfinde das?«

»Nein, Bauer.« Rat Gartz betonte das letzte Wort. »Was Ihr gesehen habt, bestreite ich nicht, das möchte ich feststellen. Aber lasst nur.«

Damit wandte er sich wieder seinem Eintopf zu und kümmerte sich nicht weiter um das Gerede. Viel mehr als der Tote beschäftigte ihn Lotzers Bericht über Peter Stubbes Führung des Bauernhaufens. Die war erfreulich gut gewesen, das hatte er wohl herausgehört, auch wenn Lotzer sogleich zum Werwolfsüberfall umgeschwenkt war, als die Reiter die Schenke betreten hatten. Vor allem war sie von Erfolg gekrönt. Nicht nur die Handvoll Meroden hatte er mustergültig besiegt, auch mit einem zahlenmäßig überlegenen Haufen war er durch Erfindungsreichtum schnell und wirksam umgesprungen: Die Idee, einen Werwolfsüberfall vorzutäuschen, war in Gatz' Augen schlicht brillant. Immerhin hatte er es damit geschafft, eine beachtliche Rotte dauerhaft aus den bedburgischen Landen zu vertreiben, und wie vielen weiteren allein durch die Berichte darüber gleichfalls das Plündern ausgetrieben wurde, wagte Rat Gartz gar nicht zu schätzen. Der Halfe hatte seine Klugheit unter Beweis gestellt, und er wurde nicht nur geachtet, sondern in manchen Dörfern geradezu verehrt. Das gefiel Rat Gartz. Er legte ein paar Ratszeichen beiseite, die er Peter Stubbe als Anerkennung schenken wollte. Er beglückwünschte sich selbst zu seiner guten Wahl, gerade diesen Peter Stubbe unter seine Fittiche genommen zu haben. Wichtig war jetzt allerdings, dass der Graf Reifferscheidt keinen falschen Eindruck bekam. Solang er noch in Bedburg hockte, durfte er auf keinen Fall glauben, der protestantische Stubbe könne ein Anführer sein. Denn das würde unweigerlich auf ihn, Gartz, zurückfallen.

Ertappt und erschlagen

»Wo ist Hannes?«, fragte der Rauschpfeifer. »Er war noch nie weg auf dem Marsch! Er gehört doch zur Fahne!«

Arnold zuckte mit den Schultern. In seinen Augen aber loderte ein Feuer, für das der Rauschpfeifer keine Erklärung hatte. »Es kann ihm doch kein Unheil widerfahren sein, er war schließlich stets bei euch«, murmelte er.

»Vielleicht ist er ja abgehauen«, meinte einer.

»Abgehauen?«, der Rauschpfeifer schüttelte den Kopf. »Niemals! Der haut nicht ab, wohin denn? Und weshalb? Wir brauchen einen Trommler!«

»Das kann Milo tun. Er ist jetzt alt genug«, erwiderte Arnold. Niemand konnte Hannes' Verschwinden erklären, und so setzten sie ihren Weg fort, bis es an der Zeit war, ein Nachtlager aufzuschlagen. Da sah der Rauschpfeifer Milo mit der Trommel von Hannes.

»Woher hast du die, die hat Hannes immer dabei! Ich weiß das genau!«

Milo starrte ihn mit einem ihm unerklärbaren Entsetzen an.

»Die hat er beim Tross gelassen«, erklärte Arnold an seiner statt.

Nun schüttelte der Fidelfriedrich den Kopf. »Nein, hat er nicht. Er ist mit Milo zur Scheune gegangen, und ich weiß, dass er die Trommel auf dem Rücken getragen hat. Da hab ich ihn auch zum letzten Mal gesehen.«

»Von der Scheune kamen nur Milo und Arnold zurück«, nickte der Rauschpfeifer. »Wo hat er sich denn von dir, Milo, getrennt? Ihr klebt doch sonst zusammen wie Knochenleim.«

Milo presste die Lippen aufeinander und schwieg. Den meisten wäre das wohl nicht verdächtig vorgekommen, aber der Rauschpfeifer war ein Geschichtenerzähler, der Menschen begeistern musste, und also auch ein feines Gespür für Stimmungen entwickelt hatte.

»Was ist, Milo? Sag es geradeheraus. Was ist mit Hannes?«

Doch Milo schwieg. Und da auch Arnold nichts sagte, blieben der Rauschpfeifer und der Fidelfriedrich mit ihren Sorgen allein.

»Er kann doch nicht verschwunden sein, er kann doch nicht«, wiederholte der Rauschpfeifer in einem fort.

Zwei Tage später, vor Erkelenz, kam ein Trupp Reiter aus der gleichen Richtung ins Lager. Es floss reichlich Wein, während Neuigkeiten ausgetauscht wurden.

»Und stellt Euch vor, zu Bedburg hat ein Werwolf zugeschlagen«, sagte einer.

»Ach, ein Werwolf!«, rief es aus der Zuhörerschaft. »Davon habt Ihr doch immer wieder erzählt!«

Alle sahen den Rauschpfeifer an. Der nickte. »Wie, der Werwolf war wieder da? Jetzt gerade?«

»Hat man ihn gesehen?«

»Was hat er angerichtet?«

Der Reiter genoss die Aufmerksamkeit, schob seinen Hut zurück, dass die wolkigen Federn darauf rauschten, und ließ sich Zeit mit der Antwort. »Ja, er hat einen geholt. Hat mir ein Bauer selbst erzählt, der den Toten mit eigenen Augen gesehen hat! Die ganze Kehle war ihm rausgerissen worden. Und jetzt hört Euch das an: Manche sagen gar, der Werwolf hat sich da einen Engel geholt. Denn stellt euch vor, niemand kannte den jungen Burschen. Schön soll er gewesen sein, selbst im Tod.«

Mit einer dunklen Vorahnung hakte der Rauschpfeifer nach. »Ein junger Bursch, den keiner kannte?«

»Ja, er sah ein wenig so aus wie der da«, der Reiter deutete auf einen milchgesichtigen Landsknecht, der Hannes zumindest im Schummerlicht etwas ähnlich sah. »Nur halt wie ein Engel.«

»Was hatte er an?«

»Na, das ist das andere, nichts. So wie ein Engel halt, der geradewegs vom Himmel gefallen ist.«

»Wann war das?«, bohrte der Rauschpfeifer weiter. Ihm saß plötzlich ein Kloß im Hals.

»Na, gefunden haben die ihn vor einer Woche vielleicht ... und der Bauer meinte, mehr als einen Tag hat der bestimmt nicht dagelegen.«

»Eine Woche! Wo war das!« Der Rauschpfeifer musste sich beherrschen, nicht laut zu werden.

»Na, in einem Wald da bei Bedburg, wie heißt der Ort da in der Nähe ... Erft ... Ergrat ...«

»Epprath vielleicht? Ja? Da waren wir doch in der Nähe! Da ist Hannes verschwunden!«

»Was, war das etwa einer von euch, den der Wolf geholt hat?«

»Arnold, Milo, Hannes war bei euch dabei! Was ist passiert?«

»Der Werwolf hat ihn geholt«, brummte Arnold. »Hast ja gehört.«

Doch Milo war nicht so hartgesotten wie sein Vater. Als der Rauschpfeifer ihn fragte, nickte er zwanghaft, aber es war klar, dass er log.

»Das war kein Werwolf.« Der Rauschpfeifer starrte Arnold an. Der begegnete seinem Blick mit kaltem Hass. »Ihr habt ihn getötet!«

Milo brach in Tränen aus. Der Rauschpfeifer sah seinen ungeheuerlichen Verdacht bestätigt.

»Ich bring euch um!« Aufgepeitscht vom Wein zog er sein Schwert und sprang auf den Fähnrich zu. Den ersten Hieb von schräg oben ließ Arnold geradezu spielerisch ins Leere laufen. Zu einem zweiten Versuch ließ er es nicht kommen. Ehe jemand dazwischengehen konnte, hatte Arnold in einer fließenden Bewegung den Katzbalger gezogen und einen Hieb gegen das Haupt des Rauschpfeifers geführt; als er die weite Kreisbewegung mit der Waffe vollendete, fiel der Rauschpfeifer erst vor ihm auf die Knie und kippte dann um. Die anderen sprangen hastig zurück, denn das Blut spritzte zu allen Seiten. Schwer atmend sah Arnold auf den Toten herab, wischte den Katzbalger an dessen Rock ab und schob ihn zurück.

»Es war ein Werwolf«, brummte er. Als der Profoss mit den Steckenknechten herbeieilte, ließ sich Arnold ohne Gegenwehr packen.

»Ich bin nicht zur Arckeley geeilt, denn mein Gewissen ist rein.« An den Bräuer, die Führer und Ambosanten gewandt, die gleichfalls herbeikamen – um ihm gegen die Anwürfe des Profoss beizustehen –, sagte er ruhig: »Wartet. Alle hier werden bezeugen, dass ich angegriffen wurde. Ich möchte mit dem Herrn Profoss selbst sprechen.«

Der Profoss nickte. Sie gingen ein Stück abseits, dann ließen die Steckenknechte Arnold los und nahmen wachsam Aufstellung in einem weiten Kreis, sodass der Fähnrich und Arnold die Gelegenheit hatten, ungestört miteinander zu reden und Arnold dennoch nicht etwa fliehen konnte. Nur der Bräuer begleitete sie, der zur Verschwiegenheit verpflichtet war.

»Dank Euch für das Vertrauen«, sagte Arnold. »Der Pfeifer hat mich angegriffen.«

Der Profoss zeigte sich unbeeindruckt. »Weshalb?«

»Weil er meinte, ich habe seinen Hannes umgebracht. Den, der mein Trommler war.«

»Und habt Ihr?«

»Hannes wurde vom Werwolf geholt«, erklärte Arnold, und als der Profoss die Lippen schürzte und ein gefährliches Glimmen in seinen Augen erschien, fügte er hinzu: »Und was ich jetzt sage, das ist wahr, das schwöre ich bei Gott dem Herrn. Ich habe den Burschen erwischt, wie er Sodomie treiben wollt.«

Jetzt zeigte der Profoss ehrliche Überraschung. Der Bräuer stieß einen verhaltenen Ruf aus. »Sodomie! Mit wem!«

Arnold neigte den Kopf. »Meinem Sohn«, überwand er sich zu sagen.

»Schwört Ihr, dass das wahr ist?«, fragte der Profoss, als er sich wieder gefasst hatte.

»Bei der heiligen Mutter Gottes. Und ich bitt Euch ...«

»Niemand wird davon erfahren«, sagte der Profoss grimmig. Der Bräuer nickte zustimmend. »Der Rauschpfeifer hat Euch angegriffen, Ihr habt Euch gewehrt, das werde ich persönlich bezeugen.«

Und so kam es, dass Hannes' Tod zur Tat eines Werwolfs abgetan wurde und der Angriff des Rauschpfeifers als unbegründete Sache in Trunkenheit, gegen die der Fähnrich sich mit jedem Recht gewehrt hatte. Der Fidelfriedrich barg das Gesicht in den Händen und weinte.

Die Geschichte vom Tod des Rauschpfeifers machte die Runde durchs ganze Regiment. Dabei war es weniger diese Art von Vorfall, die schon fast alltäglich war; vielmehr befeuerte der Werwolfsüberfall, der damit einherging, die Erzähllust und Vorstellungskraft von Männern und Frauen.

Doch Geschichten waren das eine, das wahre Leben war das andere. Und das trieb die Landsknechte geradezu vor sich her. Nachdem der Mondragon sie aus seinen Diensten entlassen hatte, blieb Arnolds Fähnlein so gut wie keine Gartzeit: Es ging Zeitung, der von Emden mustere an. Und so kam es, dass sich das Fähnlein wenig später unter dem Kommando des Adolf von Neuenahr wiederfand, dessen Schwager von Emden ihn unterstützte. Nun ging es also wieder gegen die Katholischen. Gemeinsam mit Reiterei zogen sie gen Bedburg, unter den Trommelschlägen von Milo, der das Amt des verstorbenen Hannes überantwortet bekommen hatte. Adolf von Neuenahr forderte sein Recht gegen Reifferscheidt ein, über Bedburg zu herrschen. Mit dem Lehnsherren, dem Kurfürsten zu Köln, stand Graf Neuenahr ohnehin gut, und so zögerte er nicht. Nachdem er zur Warnung das Feuer hatte eröffnen lassen und ein Mann von Adel umgekommen war, begab sich Graf Reifferscheidt in die Gefangenschaft seines Gegners, und der machte nach einigen Verhandlungen seine Herrschaft über Bedburg rechtsgültig. Graf Reifferscheidt blieb in Haft.

Für Peter Stubbe begann eine gute Zeit. Rat Gartz hatte gegenüber dem neuen Herrscher über Bedburg, Adolf von Neuenahr, mit Lob über Stubbes wirkungsvollen und vor allem disziplinierten Schlag gegen die Meroden berichtet. Und der neue Graf war nicht nur dankbar für den guten Überblick, den Rat Gartz ihm über das Lehen verschaffte, sondern auch dafür, dass er kein ausgeblutetes Land übernehmen musste.
»Dieser Peter Stubbe scheint ja ein gar ungewöhnlicher Mann zu sein«, Graf Neuenahr zwirbelte seinen Bart. »Er war mutig, das unter den Augen des Reiffer-

scheidt zu tun. Und er ist uns ergeben? Wir wollen doch keinen Bundschuh bei uns haben.«

»Ai wohl«, rief Rat Gartz. »Wenn ich Euch eines zusagen kann, dann das: Peter Stubbe würde niemals ohne Anweisung handeln, und niemals wider das Protestantische. Er wird immer zu Euch stehen, und immer gegen die Katholischen wie den Reifferscheidt!«

»Und Ihr?«, fragte der Graf und sah Rat Gartz direkt in die Augen.

»Ich bin Rat und Schöffe der Stadt Bedburg, ihr Wohlergehen ist mein Leben. Und Bedburg ist protestantisch. Und wird es immer bleiben, mein Wort darauf!«

»Ah!«, meinte der Graf und lehnte sich lächelnd in seinem Stuhl zurück. »Euere Offenheit gefällt mir. Wisst Ihr, viele andere erklären sich rundum ergeben allein zu mir.«

»Solange Ihr herrscht, ergeht es Bedburg wohl. Das haben jene gemeint, das meine auch ich.«

Graf Neuenahr grinste. »Sicher habt Ihr recht.«

Peter Stubbe genoss die Festigung seines Einflusses, und seine beiden Kinder bereiten ihm große Freude. Gerdas Billa wuchs zu einem hübschen Mädchen heran. Sein Sohn machte öfters Bekanntschaft mit Rute oder Hand, aber nicht mehr als andere Kinder. Odilia freute sich mit ihm. Ludwig hingegen ergab sich dem Suff. Aber dafür hatte Peter Stubbe weder Auge noch Zeit: Nur gelegentlich konnte er sich um die Angelegenheiten des Hofes kümmern, ansonsten war er mit Treffen beschäftigt, mal zu Bedburg in Schöffenangelegenheiten, mal im Konsistorium, wo sein Wort Gewicht hatte; dann wieder mit Bauern aus Epprath oder anderen Dörfern. Das Jahr verging, und ebenso das darauffolgende, bis Rat Gartz Peter Stubbe nach einer Schöffensitzung zu sich holen ließ. Der Rat lag krank darnieder, nichts Schlimmes, doch hinderte es ihn, sein Haus zu verlassen.

»Ich habe eine wichtige Aufgabe für Euch«, erklärte er und hustete. »Der Graf von Neuenahr möchte in Moers die protestantische Lehre stärken. Dazu braucht er starke Männer nicht nur im Glauben, sondern auch im Reden und Begeistern. Er bat mich daher, die hochdeutsch-reformierte Gemeinde zu Köln aufzusuchen …«, Rat Gartz stockte und kämpfte einen Hustenanfall nieder, » … aufzusuchen, also, um dort um einen guten Prediger zu bitten. Nun … nun kann ich selbst nicht fort, wie Ihr seht, und einen meiner Ratskollegen mochte ich auch nicht senden. Ihr … Ihr ahnt es sicher schon, ich möchte also Euch bitten, nach Köln zu gehen. Ihr seid ein leuchtendes Beispiel für die Gottesfürchtigkeit und Stärke der protestantischen Bauernschaft um Bedburg, sie … sie werden Euch noch weit lieber helfen … als einem … feinen Sesselbreitsitzer vom Rat. Allerdings müsst Ihr schnell losziehen. Der Graf wird's Euch … er wird's … Euch danken.«

So oft Peter Stubbe in Bedburg war, war er doch fast nie in Köln. Till, der ihn begleitete, war ganz gebannt von der Stadt. Allein, sein Herr schien nicht ganz so begeistert zu sein, vielmehr erweckte er ein wenig den Eindruck eines Tieres, das zu wenig Platz im Käfig hat. Die Zahl der Menschen, das Gewirr der Straßen und Gassen, durch die das Leben in allen erdenklichen Formen pulsierte, von freilaufenden Hühnern über zahllose Menschen, die Wassereimer, Kisten und Taschen trugen, bis hin zu bockenden Lasteseln schien ihn zu überfordern.

Till gingen vor Staunen fast die Augen über. Peter Stubbe wusste wohl, wie die hochdeutsch-reformierte Gemeinde zu finden sei, doch wirkte er dadurch keineswegs selbstsicherer.

Als sie Köln wieder verließen, war er wie ausgewechselt. Es war ihm anzusehen, dass es ihm außerhalb der Stadtmauern gleich besser ging. Allerdings blieb er sehr nachdenklich. Seine Augen irrten umher, und als sie an den hohen Stangen mit Gerädertem vorbeikamen, die den Weg gleichsam als Willkommen und Abschied von Köln flankierten, konnte er kaum den Blick von ihnen nehmen. Till hatte gehört, dass diese Freibeuter zahlreiche Rheinschiffe geplündert und dafür zu Köln hingerichtet worden waren. Nun taten sich Krähen an ihren Leibern gütlich, die zur Warnung davor dienten, es den Freibeutern nachzutun. Der Gestank hing Till noch lange in der Nase. Er blinzelte.

Peter Stubbe begab sich anschließend zuerst nach Bedburg, zu Rat Gartz. Der beglückwünschte ihn überschwänglich zum Erfolg seiner Mission; nach einem Hustenanfall ließ er eine Flasche guten Ratsweins holen, für die man auf dem Markt bestimmt seine neun Albus zahlen musste, und schenkte sie Stubbe.

Auch fortan blieb Peter Stubbe Mittler zwischen der Kölner Gemeinde, Bedburg und der Landschaft, und bei Zusammenkünften des Konsitoriums wurde er selbst im Vergleich zu den anderen Ältesten hoch geschätzt.

»Er bringt Feuer in den Glauben«, hörte Till sagen.

»Einer, der anpacken kann und ein wahrer Protestant ist«, wurde er anderswo gepriesen.

Doch nicht allein seine Führungsqualitäten wurden ihm angerechnet. Auch seine Strenge bei Verfehlungen im Glauben wurde geschätzt: Zwar brachte er selbst niemals Beschwerden vor, vielleicht auch, weil sein Bruder selbst mehrfach der Trunksucht bezichtigt und auf seinem Fest auch getanzt worden war, nachdem er in Epprath angekommen war. Doch urteilte er hart und unnachgiebig, wenn eine Sache vor die Gemeinde gebracht wurde, war erfolgreich darin, meistens sein eigenes Urteil zu dem des Konsistoriums zu machen und gnadenlos in der Ausführung von Hausvisitationen, die als Strafe verhängt wurden. Er erzog seinen Sohn und seine Tochter, die er beide über alles liebte, in protestantischer Demut, Fleiß und Bescheidenheit. Vor einigen Jahren als praktisch Unbekannter nach Epprath gekommen, stand sein Name nun im ganzen Bedburger Land für Ehrenhaftigkeit und Fleiß. Auf der anderen Seite gab es zwar Neider, wie den Schleiferhannes und natürlich Ludwig, aber gegen das kamen sie alle nicht an.

Während der Krieg im Mäntelchen der Konfessionen um sie herum weitertobte, blieb Epprath davon noch bis ins folgende Jahr hinein unberührt. Es war ein wenig so, als läge das Dörflein in einer Bucht, die es vor den Orkanen des Krieges schützte. Doch weil die Völker nicht zur Ruhe kommen wollten, brauten sich Gewitterwolken auch über den bedburgischen Landen zusammen. Ein Vorzeichen sollte Peter Stubbe hautnah erleben.

Es begann nach einer Schöffensitzung. Der Eckert, einer der beleibten und redseligen Schöffen, wusste Erstaunliches von Köln zu berichten.

»Vierhundert«, sagt er, »da hat der Rat der Stadt geschaut! Im Dom kam erst Zeitung davon, als sie schon auf dem Weg waren. Gab das ein Wettern! Und der neue Prediger, den der Graf Neuenahr da zu Mechtern geholt hat, der hat sie wohl begeistert. Gebhard hat's auf den Druck des Domkapitels hin natürlich dem Grafen verboten, aber schon am Sonntag drauf, wohl der fünfzehnte, war der Prediger wieder da. Haben die Kölner ihre Tore verrammelt, dass keiner ihrer Bürger sich da hinschleicht! Und Bewaffnete nach Mechtern geschickt! Aber kaum waren die weg, wurde dann doch gepredigt. Na und am Sonntag ist wieder Predigt, das weiß ich von meinem Schwager. Wohl nicht in Mechtern, aber ganz in der Nähe.«

»Wird der Graf dort auch zugegen sein?«, erkundigte sich Rat Gartz.

»Also, er hat eine Kindstaufe bei Weidt; da bin ich

sicher, dass er danach zur Predigt kommt. Schon allein, weil er damit den Kölner Rat ärgern kann!«

»Ah«, sagte Rat Gartz und lächelte ein schmales Lächeln. Als sich die Schöffen auf den Heimweg machten, verabschiedete er sich von Peter Stubbe.

»Lieber Herr Stubbe, ich freue mich darauf, Euch Sonntag bei der Predigt zu sehen!«

Till spürte, dass Peter Stubbe davon ein wenig überrumpelt war. Stubbe nickte, aber auf dem Heimweg schien er sogar ein wenig verärgert. Der Groll verflog jedoch rasch, als er seine Kinder sah. Und am Sonntag ging nicht etwa Peter Stubbe allein zur Predigt. Er wies sogar das Gesinde an, sich heute besonders gut zu kleiden und ihn dorthin zu begleiten. Georg, der nie besonderes Interesse an geistlichen Dingen gezeigt hatte, sollte gleichfalls mitkommen, Jakob hingegen auf dem Hof bleiben.

»Weil er den Ludwig nicht allein lassen will«, raunte Odilia Till zu. Denn Ludwig war derart betrunken, dass er unmöglich an der Predigt hätte teilnehmen können, geschweige denn dorthin zu laufen. Dass Peter Stubbe gerade Georg mitnahm, nun, Odilia ahnte, dass das vielleicht einen Grund hatte, aus dem sie Georg selbst gerade nicht mitgenommen hätte. Seines grobschlächtigen landsknechtischen Erscheinens wegen. Als sie die Dorfstraße entlanggingen, bemerkte Odilia auch, dass sie die einzigen auf dem Weg zu jener Predigt waren. Die anderen Dorfbewohner hatten sich wie jeden Sonntag auf dem Friedhof versammelt und riefen ihnen nach, unbedingt davon zu erzählen.

Je näher sie Köln kamen, desto mehr wuchs die Neugier. Adolf von Neuenahr hatte ja erst einen Prediger von der hochdeutsch-reformierten Gemeinde angefordert, um die Reformation in Moers voranzutreiben, und ihr Hofherr Peter Stubbe war der Bote gewesen. Und nun ließ der Graf extra einen Prediger kommen, um vor den Toren Kölns zu predigen, da es in der Stadt verboten war. Das kam Odilia schon sehr mutig vor. Und auch, was von dessen Predigten erzählt wurde – regelrecht gegeißelt sollte er den Papst haben, feurig, mit einem Mut und einer Frische zugleich, die niemanden kalt gelassen hatte. Ja, sie war gespannt darauf!

Kurz vor ihrem Ziel begegneten sie einer ganzen Truppe Kirchgänger, die sie eilig umleiteten: »Zu Mechtern hat Köln einen Katholischen hingeschickt, die Stadt ist dicht, dass kein Mäuslein daraus entweichen möchte! Kommt mit uns, unser Prediger ist dort!« Sie deuteten auf den nächsten Ort.

Odilia wusste nicht recht, was sie davon halten sollte. Aber ihr Herr Peter Stubbe würde es wohl wissen. Dennoch ertappte sie sich dabei, wie sie immer wieder zu den abweisenden Mauern Kölns hinübersah. Als sie den Ort erreicht hatten, wurde Peter Stubbe sogleich begrüßt.

»Herr Stubbe!«, rief ein gutgekleideter Mann hocherfreut und breitete die Arme aus.

»Es freut mich«, erwiderte Peter Stubbe und ließ die Umarmung über sich ergehen. »Ich dachte, Köln sei versperrt?«

»Nun sicher, aber wisst Ihr, es gibt immer einen Weg – und hieße der auch, sehr früh aufzustehen.«

»Und Euere Gemeinde? Wie steht es um die?«

»Nun, nun … der Rat ist sich nicht einig, was er von uns halten soll. Aber wie Ihr an den verrammelten Toren sehen könnt, sind die Katholischen in der Mehrheit … Überall hängen Verbotsproklamationen, dass zu kommen keinem Bürger gestattet sei und so weiter. Unserem Wunsch nach sicheren Plätzen für unsere Predigten wurde natürlich nicht entsprochen. Aber dank des Grafen können wir ja wenigstens hier der Predigt lauschen.«

»In Mechtern predigt aber gerade ein anderer«, warf Peter Stubbe ein. Sein Gesprächspartner lachte.

»Ja, sie ärgert es mächtig, die Räte. Da schicken sie schon mal Bewaffnete aus, und dann macht Graf Neuenahr das einfach noch mal! Aber überall können sie ja nicht sein.«

Darin sollte er irren. Bei seinen letzten Worten war der Prediger erschienen, und alle strebten dem Eingang der Kirche zu. Als wäre das ein Zeichen gewesen, donnerte es zu ihnen herüber. Erst dachte Odilia, es wäre ein Gewitter, und auch die anderen sahen erstaunt zum Himmel. Dann schoss eine Erdfontäne aus der Wiese, gefolgt von mehreren weiteren. Der Boden erzitterte unter den Einschlägen.

»Sie beschießen uns!«, brüllte Georg. Eisenkugeln sprangen nach dem Aufprall auf der Erde wieder hoch und schlingerten täuschend langsam durch die Luft, die Menge wurde von Panik ergriffen und stob auseinander.

»Vorsicht! Sucht Deckung!«, rief Georg. »Gerade die aufspringenden Kugeln sind gefährlich!«

In dem Moment, als sie in einen Dorfgraben sprangen, verstummten die Kanonen wieder.

»Wir müssen jetzt weg!«, sagte Georg zu Peter Stubbe. »Sie laden nach, das müssen wir ausnutzen!«

»Wo ist der Älteste der Kölner Gemeinde?«, fragte Peter Stubbe.

»Er ist dort hinüber«, antwortete Georg. »Aber Herr, wir müssen gehen!«

Im selben Augenblick erklang ein einzelner Kanonenschuss. Eben dort, wo Georg hingezeigt hatte, stieg eine Erdfontäne in die Höhe.

»Sieh nach, ob er in Ordnung ist! Beeil dich!«, befahl Peter Stubbe seinem Knecht. Georg nickte, überlegte wohl kurz, wie viel Zeit ihm bis zur nächsten Salve blieb, und sprang aus dem Graben. Wenig später gingen auch schon wieder die Geschütze los. Georg verschwand in einer Wand aus Staub. Als die letzten Schüsse verklungen waren, tauchte er endlich wieder wie ein Schatten aus dem Nebel auf, den Arm um den Ältesten gelegt. Stubbe wies Till an, ihm zu helfen.

»Was bin ich Euch dankbar, dass Ihr mich habt holen lassen«, sagte der Mann zu Stubbe. »Es ist nicht schlimm, keine Sorge – ausgerechnet jetzt habe ich mir den Fuß so böse verstaucht, dass ich meinte, kaum mehr krauchen zu können. Wie diese Kugeln so rechts und links um mich herum eingeschlagen sind, da ist mir doch recht bang ums Herz geworden.«

»Ja, Herr, lasst uns nur schnell fort von hier!«, sagte Georg.

Peter Stubbe nickte. »Und lauft! Bis die nächste Salve kommt! Lauft!«, schrie er. Wer noch niederkauerte, sprang jetzt auf und suchte sein Heil in der Flucht. Odilia schüttelte es, als sie an einer Kanonenkugel vorbeirannte – harmlos lag der rostige Ball im Gras.

Die zweite Salve war auch die letzte. Aber niemandem stand mehr der Sinn nach einer Predigt, auch nicht außerhalb der Reichweite der Kanonen. Es glich einem Wunder, dass niemand ernstlich verletzt worden war. Rat Gartz lobte Peter Stubbe für seine Hilfe dem Gemeindeältesten der Kölner Reformierten gegenüber, und beteuerte, der Graf von Neuenahr würde davon erfahren, auf jeden Fall, der nämlich war noch auf dem Weg gewesen, als der Beschuss eingesetzt hatte, und hatte sich mit seinen fünfzig Reitern rasch zurückgezogen. So gab es viel zu erzählen, als Odilia und die anderen wieder zurück in Epprath waren; der Gesprächsstoff sollte für viele Tage reichen.

Als Till Peter Stubbe zu einem Schöffenumtrunk begleitete, wusste man dort wieder Neues vom Streit zwischen dem Erzbischof, der dem Grafen Neuenahr eng verbunden war, und dem Domkapitel zu berichten.

»Der Friedrich von Sachsen hat unserem Herrn Gebhard sein Küchenschiff ausgeräumt, das auf dem

Weg nach Bonn war! Da hält der Gebhard Hof und wird Geschirr und Schmaus vermissen!«

»Was für ein Unding.«

»Zu Köln halten sie Kettenwache! Der Kölner Rat hat gar zwei Kriegskommissare erwählt, den Leitkirch, und den ...«

» ... den van der Sultzen!«

» ... Ja, eben den, die heben Rottmeister aus der Bürgerschaft aus – es heißt, das Domkapitel schüre ihre Angst! Ach, wie waren die Zeiten, als die Kapitularien noch ganz begeistert über Gebhard gewesen sind und zusammen mit dem Rat Kölns darüber erleichtert waren, dass der bayerische Ernst nicht als Erzbischof einzog.«

»Hat sich katholisch gegeben, gar die Spanier unterstützt hat er«, brummte Peter Stubbe.

»Ja, weitsichtig und geschickt, das war Gebhard. Hat gar den Kaiser hinter sich gehabt, von wegen lasst die Bayern nicht zu stark werden. Aber was tut Gebhard jetzt, er lässt die protestantische Gemeinde zu Köln den Stadtrat um freie Religion bitten. Und darum, um des Friedens willen Plätze für der Protestanten Predigt freizuhalten – und was tut der Kölner Rat? Schießt von den Mauer auf sie ...«

»Der Friedrich von Sachsen will doch nur selbst Erzbischof werden!«, brummte Rat Gartz. »Dass Gebhard die protestantischen Kölner zu Bittschriften anregt und eine Freistellung über den Kaiser erwirken möchte, ist für den Friedrich nur gefundenes Fressen.«

»Und der Kölner Rat lässt seine Bürger in Waffen, damit der Herr Gebhard die Stadt nicht besetzt ... Er hat ja Bonn und andere schon mit Besatzung versehen.«

»Und dann hat er sich am neunzehnten Dezember vom Papsttum losgesagt ... weil er heiraten möcht, die Agnes, ich sag's Euch.«

»Gebhard ist in Schwierigkeiten«, meinte Rat Gartz. »Vor hundertzwanzig Jahren ist bestimmt worden in der Erblandesverteidigung, dass die Stände dem Kapitel hörig sein sollen, falls sich der Landesherr gegen die Vereinigung verginge. Seine Weitsicht scheint mir verwirrt.«

Krieg im Land

RAT GARTZ SOLLTE RECHT BEHALTEN. Dies war der Beginn der Truchsess'schen Wirren. Und die bedburgischen Lande mussten bald erkennen, dass jenes, was sich zu Kerpen und an anderen Orten zugetragen hatte, nur ein Vorgeschmack dessen war, was mit dem Kampf des Erzbischofs Gebhard von Waldburg mit dem Domkapitel folgen sollte. Noch zu Gebhards Absetzung, wegen seinem Versuch, die protestantische Lehre einzuführen, und seiner nach katholischem Ritus nicht hinnehmbaren Verehelichung mit Agnes von Mansfeld, blieb es ziemlich friedlich für die Bauern. Mit der Wahl des ungeliebten, aber äußerst mächtigen Ernst von Bayern und den Truppenaushebungen durch Graf von Neuenahr, der bislang dem Erzbischof als Lehnsherren unterstanden war, begann sich jedoch Unruhe in den Dörfern auszubreiten: Die Angst vor marodierenden Söldnern, denen diesmal nicht mit einem einfachen Bauernhaufen beizukommen sein würde, die drohende Zwangskonversion zum Katholizismus, kurzum, die Umwertung aller Machtstrukturen und Einflüsse.

⁂

Und so fanden eine Haube, ein Medaillon und eine Filzkappe wieder den Weg in seine Hände, lang hatte er sie nicht mehr hervorgeholt, und ein Kribbeln ging durch seine Finger, als er die Haube mit dem Medaillon darin eingeschlagen in die Faust nahm und an die Nase führte. Da war wieder das Bild jener Magd und von Anna, ihr Gerede, und wie er es ihr ausgetrieben hatte; mühsam war es gewesen und weitaus weniger schnell gegangen, als er es sich ausgemalt hatte. Er hätte das nicht tun dürfen, meldete sich eine Stimme in seinem Kopf zu Wort. Er hatte sich versündigt, so tief, wie es nur möglich war – nein, dachte er trotzig, das habe ich nicht. Ich habe sie umgebracht, ja, aber nicht mehr. Wenn einem Erzbischof der Sinn nach einem Weibe steht, dann lässt er Hunderte sterben, um seinen Willen durchzudrücken. Aber du bist kein Erzbischof, warum hast du sie getötet?, bohrte die Stimme unerbittlich weiter. Weil sie geschrien hat, weil alle immer geschrien und mich dabei geschlagen haben, dachte er und konnte die Erinnerung an jene Zeit der Schwäche kaum ertragen. Weil ich nun endlich am Zuge bin, verdient habe ich es mir! Zu morden wider Gottes Gebot?, wisperte sein Gewissen. Welcher Gott!, hätte er beinahe laut herausgebrüllt, Verlassen hat er mich doch, schon seit ich denken kann! Welcher Gott denn! Er barg das Gesicht in den Händen und weinte bitterlich.

Zur gleichen Zeit setzte Graf Reifferscheidt zum Sturm auf Bedburg an, und es plünderten die Landsknechte des neuen Kölner Erzbischofs Ernst von Bayern ebenso wie jene des Neuenahr, der einst Herrscher über die Bedburger Lande gewesen war. Da half keine Bauernwehr, da half nur, alles von Wert zu vergraben und zu beten, dass keiner der Marodeure mit Folter den Ort des Verstecks herauszupressen vermochte. Die Konsistorien traten im Geheimen zusammen, protestantische Messen waren nun auch hier unter Graf Reifferscheidt ebenso verboten wie sonstige Zusammenkünfte dieses Bekenntnisses; doch gelang es nicht, durch diese Verbote das Protestantische zu vertreiben. Im Gegenteil, die Menschen beteten vielleicht im Geheimen, aber umso inniger, und wie er die Kappe zwischen den Fingern wirkte und über das Medaillon strich, erfasste ihn Genugtuung. Immerhin war er eine Stimme, die anderen Mut in diesen schweren Zeiten zusprach; und doch war es nur ein Abglanz der Macht, die er kurz zuvor noch unter Neuenahr genossen hatte. Und plötzlich dachte er, wie es wohl gewesen wäre, wenn er Anna mitten in Köln umgebracht hätte. Er wusste selbst nicht, woher diese Vorstellung kam, sie war einfach da: Er sah sich und Anna zwischen unbeteiligt dreinschauenden Bürgern, und als sie dann in einer Lache aus Blut auf der Erde lag, gab es ein entsetztes Geschnatter und Durcheinander um ihn herum, das er nun seinerseits unbeteiligt, aber voll innerer Freude beobachtete. Er kostete das Bild aus und fühlte sich, wenigstens für den Moment, gleichsam befreit. Häufig sollte er sich in den kommenden Monaten diesen Bildern hingeben. Und noch genügte ihre Kraft.

»Aber Herrin, das ist doch gar nicht so!« Odilia rang verzweifelt die Hacke in den Händen. Es kam selten vor, dass sie es wagte, die Stimme gegen Trine Trumpen zu erheben, aber heute konnte sie einfach nicht anders. »Der gütige Herr Stubbe liebt Euren Sohn. Ich weiß es doch, glaubt mir! Sein Sohn ist sein Ein und Alles! Und seine Tochter Billa, die liebt er eben auch!«

»Du also auch!«

Es tat Odilia in der Seele weh, als sie die Enttäuschung und den Schmerz in Trine Trumpens Augen sah. Zugleich begehrte es in ihr gegen den Vorwurf auf, der darin mitschwang. »Aber Frau Trine, der Herr Stubbe hat sich doch ehrlich bemüht, ein guter Vater zu sein!«

Doch Trine Trumpen winkte nur ab und beugte sich mit verzerrtem Gesicht wieder zum Unkraut hinab. Odilia seufzte – und hob erstaunt den Kopf.

Peter Stubbe kam in den Garten. »Ah, ich sehe, beim Jäten«, begrüßte er die Frauen gut gelaunt. Als Trine sich wortlos abwandte, schaute Peter Stubbe erst irritiert auf sie und dann fragend zu Odilia. Die hob nur die Schultern und widmete sich wieder ihrer Arbeit.

»Was bedrückt dich?«, fragte Stubbe nach einem unschlüssigen Zögern. Als Trine Trumpen ihm die Antwort schuldig blieb, schaute er zur Magd und hob die Augenbrauen. Dann warf Trine ihren Rechen hin und marschierte ins Haus.

»Ist es schon wieder wegen Billa?«, fragte Peter Stubbe Odilia. Die nickte nur. Er seufzte, rollte mit den Augen und folgte Trine Trumpen. Odilia machte sich wieder daran, Unkraut auszureißen, und hätte sich am liebsten die Ohren zugehalten: Wie immer in letzter Zeit drang zuerst gemäßigtes Gerede aus dem Gebäude, bis Trine Trumpen zu kreischen begann; nach einer Weile verließ Peter Stubbe das Haus wie ein begossener Pudel und machte sich auf den Weg zurück zu seinem Hof. Odilia konnte nicht verstehen, wieso Trine Trumpen es ihm so schwer machte, aber mit ihr war da nicht zu reden. Unglücklich fuhr Odilia mit ihrer Arbeit fort.

Die Sorgen des Peter Stubbe beschränkten sich keineswegs auf Trine. Gerade hatte ein spanischer Heerführer auf Bitten des Erzbischofs Ernst mit fünfzig Kanonen Neuss beschossen, die gesamte Besatzung umgebracht und den schwerverletzten Kommandanten mit einem Bettlaken erwürgt, und wo seine Mannen nicht mit der Waffe einfielen, sondern durchritten, da hinterließen sie eine Schneise der Verwüstung in Gestalt eines ausgebluteten Landes. Die Zahl der Merode-Brüder hatte so stark zugenommen, dass jeder Ort nur mehr für sich hoffen konnte, nicht in ihren Blick zu geraten. Überall tauchten mehr und mehr Krüppel auf, verwundete Soldaten, die man verjagte, so gut es eben ging; und doch gelang es ihnen aus blanker Not allzu häufig, sich an Feldfrüchten und Herden zu bedienen. Es gab wenig, was dazu angetan war, die Stimmung unter der Bauernschaft zu verbessern.

Als Peter Stubbe auf seinen Hof zurückkam, fand er dort unerwarteten Besuch vor. Rat Gartz saß auf einer Bank, einen Becher Wein in der Hand, den ihm Gerda gebracht hatte, und sah dem Herrn des Halfengutes nachdenklich entgegen.

»Es steht nicht gut«, begrüßte er ihn. »Der Graf Reifferscheidt will alle Schöffen entlassen – auch Euch –, weil nun Kommissare und andere Hörige zu Gericht sitzen sollen. Und auch ich kann Euch nicht helfen. Ich bin nicht mehr als ein gewöhnlicher Bürger, freilich mit einigen Pächtern, aber ohne meinen früheren Einfluss. Wäre Bedburg eine Reichsstadt wie Köln, könnte der Graf den Rat nicht so nebenher austauschen, aber so … wir werden uns wehren, aber er wird wohl früher oder später mit Gewalt drohen, damit wir weichen.«

Odilia konnte in Peter Stubbes Gesicht keine Reaktion auf die Neuigkeiten ablesen.

»So?«, fragte er nur.

»Mein Rat ist, bleibt dabei! Auch die anderen Schöffen werden das nicht einfach hinnehmen, ich im Übrigen auch nicht. Und nicht zuletzt hat Graf Neuenahr mächtige Verbündete in den Niederlanden und ist in seinen Handlungen durchaus glücklich. Auch wenn man das von seinem Lehnsherrn Gebhard inzwischen leider nicht mehr sagen kann.«

»Aber Neuss ist gefallen«, wandte Peter Stubbe ein.

»Ja, das ist wahr. Doch vergesst nicht, erst vergangenes Jahr hat Graf Adolf Neuss eingenommen, obschon es wahrlich stark befestigt war. Dass nun der Spanier von Parma hier herkommt, stimmt wohl bedenklich. Aber ich bin zuversichtlich, dass er das spanische Heer spätestens in Moers schlagen wird. Und dann ist wieder alles offen. Also verzagt nicht. Macht den Unseren Mut, den brauchen sie, durchhalten müssen sie jetzt, bis Graf Neuenahr wiederkommt!«

Aber Graf Neuenahr kam nicht. Moers sollte eingenommen werden; das gewaltige spanische Heer schien unaufhaltsam. Schenk von Nydeggen kämpfte an Neuenahrs Seite und konnte Werl plündern, um dann gegen Bonn zu ziehen. Eine Entscheidung, die Erfolg einbrachte. Doch weder dies, noch die Unterstützung von Englands Elisabeth konnten die Lage von Bedburg nachhaltig bessern; im Gegenteil, die Verwüstung der Landschaft nahm zu. Und auf ihre Weise bekamen Peter Stubbe und Gartz das zu spüren. Gartz verfolgte das Geschehen mit großem Interesse. Stets wenn er ausfuhr, hielt er die Ohren nach Neuigkeiten offen. Und er hatte dabei eine Quelle zu schätzen gelernt, die einen Schatz an Gerüchten bot, aber eben auch jene kostbaren Informationen, die durch ihre Unmittelbarkeit die wahre Lage der Dinge offenbaren konnte: Die Landsknechte.

⁂

Der Schnee lag knietief. Milo hatte Mühe, vorwärtszukommen. Ein ganzes Stück vor ihm war Hannes und winkte ihm ungeduldig mit dem Trommelklöppel zu. Milo wollte schneller gehen, aber seine Beine ließen sich kaum noch aus dem Schnee ziehen, und es war, als würde der Schnee mit jedem Schritt zäher werden. Hannes drehte sich schließlich wieder um und ging weiter, und es war, als liefe er über festen Erdboden. Milo wollte ihm hinterherrufen, er möge warten, aber Hannes war schon zu einem Punkt an dem blendend weißen Horizont geworden und verschwand schließlich. Dafür kam Milo jetzt gar nicht mehr voran. Ganz im Gegenteil gewann er plötzlich den Eindruck, rückwärts zu laufen! Und dann, plötzlich, war Hannes vor ihm, ein Hüne, der bis in den Himmel hinaufragte. Raureif überzog seine Haut, und er sah mit bleichen Augen auf Milo hinab; und Milo stürzte in ein tiefes Loch und stürzte und stürzte.

Milo schrak hoch. Sein Herz schien auszusetzen. Für einen Augenblick hatte er Angst, auf dem Boden zu zerschellen, dann erkannte er, dass er nur wieder einen jener Albträume gehabt hatte, die ihn zwar nicht mehr so häufig wie früher, aber doch noch oft heimsuchten. Das erste Licht des Morgens drang durch den Eingang des Zeltes herein. Er schlug die Decke beiseite, rieb sich über den verschwitzten Leib und trat ins Freie. Die Morgenkälte vertrieb rasch den Schlaf. Gleich würde er die anderen wecken müssen; er schlüpfte in seine Kleider und holte die Trommel. Im Osten, wo der Morgen dämmerte, lagen die Stadtmauern noch im Nebel. Milo freute sich. Gestern hatten sie ihren Lohn ausgezahlt bekommen, heute würden sie Köln erstürmen! Aber nicht, um zu plündern und zu morden, sondern um sich von ihrem Geld endlich wieder einmal so richtig satt zu essen. Außerdem war er gespannt auf die Stadt. Die Kölner Befestigungswerke waren schon aus der Ferne beeindruckend. Er blinzelte die Erinnerung an Hannes' erfrorenes Gesicht weg, hielt die Trommel über die Restglut in der Feuerstelle und machte einige prüfende Schläge. Es konnte losgehen!

Eine Pforte hatte der Kölner Stadtrat für sie geöffnet. Die Landsknechte strömten über die Straße auf den großen Platz. Milo ging neben dem Fidelfriedrich her an den Sperrketten vorbei, die vor die abzweigenden Gassen gelegt worden waren. Die Kölner Bürger, die in Harnisch und Waffen dahinterstanden, schenkten ihnen misstrauische Blicke.

»Ja, ja«, brummte der Fidelfriedrich, »eigentlich würden die uns am liebsten ganz weit weg sehen, in den Staaten am besten. Aber unser Geld, das wollen sie dann doch haben.«

Ein wenig mulmig war es Milo schon zumute, immerhin hatten sie ihre Waffen bis auf die Seitengewehre zurücklassen müssen, und überall, auf der Pforte, auf den Stadtmauern, hinter den Sperrketten, ja gar in den Fenstern der Häuser waren Armbrüste, Spieße und die Rohre geladener Hakenbüchsen zu sehen. Aber die zahlreichen vielversprechenden Schankstuben und die Stände mit köstlich duftendem Gebratenen vertrieben sein Unwohlsein schnell.

Alsbald fand er sich mit dem Fidelfriedrich in einer Schenke wieder; sie war brechend voll.

»Spiel doch auf«, meinte Milo zum Fidelfriedrich.
»Dann bekommen wir bestimmt einen Wein dafür!«

Die Miene des Fidelfriedrich verfinsterte sich.

»Du hast seit Ewigkeiten nicht mehr gespielt«, fuhr Milo fort. »Warum!«

»Weil ein Werwolf meine Fidel gefressen hat!«, brummte der Fidelfriedrich, und eine Ader an seinem Hals schwoll an.

»Ein Werwolf, sagt Ihr?«

Milo sah zu einem ganz in Schwarz gekleideten Herrn hinauf, der so gar nicht in die bunte Schar der Landsknechte passen wollte. Er hatte einen tiefen Blick aus grauen Augen, der Milo sofort Vertrauen einflößte, und die Halskrause unter dem wohlgezwirbelten Bart verriet einen Mann von einigem Ansehen.

»Gartz mein Name. Erlaubt mir, Euch auf einen Krug Wein zu laden. Der Junge, gehört der zu Euch? Ein kühner Recke wächst da heran, das sehe ich wohl. Trink mit uns, Knabe.«

Wie es ihm gelang, ihnen dreien Platz auf einer der überfüllten Bänke zu schaffen, war Milo schleierhaft. Es war, als gehe von dem Herrn eine besondere Art magischer Ausstrahlung aus, die auch den sich sonst um keinen Respekt der Welt – außer gegenüber ihren Hauptleuten – scherenden Landsknechten Achtung abrang.

»Es ging manches Gerücht über Werwölfe hier. Aber ich seh Euch an, dass Euch das Thema nicht recht schmeckt«, sagte Rat Gartz zum Fidelfriedrich.

Ihre Tischnachbarn hatten das Wort aufgeschnappt und blickten neugierig, aber Gartz hob die Hände. »Nein, Freunde, lasst uns vom Werwolf schweigen, wenn dem guten Manne hier nicht danach ist. – Ich kenne Euch, so ist mir wenigstens. Sagt, wart Ihr in Bedburg, oder in einem seiner Orte, aber nicht als Waffenmann?«

Der Fidelfriedrich war sichtlich erleichtert, dass das Thema Werwolf augenscheinlich nicht mehr von Interesse war. Allerdings lag Wehmut in seinen Zügen, als er antwortete: »Als Spielmann war ich wohl in der Gegend, bevor die Erzbischöfe sich ans Leder gingen, ja.«

Der wohl gekleidete Herr war erfreut, fragte noch ein wenig, kam dann aber rasch auf das jetzige Tun, als er sah, wie ungern der Fidelfriedrich über die alte Zeit sprach.

»Auf Bonn werden wir ziehen«, gab der Fidelfriedrich zur Antwort, »das hat der von Schenk, der steht für Neuenahr und den Gebhard, eingenommen. Wir sollen's wieder freimachen. Die Spanischen ziehen gerade dorthin, wir werden morgen vereidigt, und dann geht's los.«

Das fand sein Gesprächspartner höchst bemerkenswert. Und hier erlebte Milo, dass dem Fidelfriedrich trotz allem noch die Spielmännerei in den Knochen steckte: Nach und nach lockte der feine Herr ihn dank geschickter Nachfragen und Interesse aus der Schweigsamkeit, und endlich sprudelte es aus dem Fidelfriedrich heraus wie aus einem Fass ohne Spund.

Als der seltsame Herr gegangen war, hatte der Fidelfriedrich sogar über den Werwolf gesprochen, auf merkwürdige Art und voller Andeutungen, die Milo nicht verstand, aber das hatte alle anderen in der Schenke nicht gestört. Die Tat des Werwolfs vor Jahren im Schuppen einer Bäuerin wiederholte der Fidelfriedrich ebenso wie zahlreiche weitere, von denen Milo noch nie gehört hatte. Hannes' Tod ließ er aber aus.

Gartz ritt gedankenversunken gen Bedburg. Die Neuigkeiten stimmten ihn alles andere als zuversichtlich. Das Heer, das sich auf Bonn zubewegte, hatte allem Anschein nach nicht nur den Willen, sondern auch die Mittel, um die stark befestigte Stadt zu belagern, und das bedeutete einen weiteren schweren Rückschlag für Gebhard und Neuenahr. Es hatte ganz den Anschein, als würde Bedburg in der Hand des Reifferscheidt bleiben. Gartz wusste, was das bedeutete, und er überlegte fieberhaft, was für Folgerungen daraus zu ziehen seien. Er war noch ins Grübeln versunken, als ihm ein Bauer auf dem Feldweg entgegenkam und aufgeregt mit den Händen fuchtelte. »Herr, dort im Wald! Es ist furchtbar! Eilt schnell!«

Gartz fragte nicht lang, sondern gab seinem Pferd die Sporen. Er kam in ein kleines Wäldchen, und dort – beinahe wäre ihm die Kontrolle über sein Ross entglitten. Männer und Frauen hatten sich in einem weiten Kreis um einen blutüberströmten Mann herumgestellt, der regungslos ein in sich zusammengesunkenes Kind in den Armen hielt. Es war Peter Stubbe. Gartz sprang vom Pferd und bahnte sich einen Weg durch die Gaffenden.

»Herr Stubbe, was ist mit Euch!«

Doch Peter Stubbe starrte nur geradeaus ins Leere. Sein Mund öffnete und schloss sich.

»Ist ... ist das nicht .... Herr Stubbe, was ist geschehen!«, rief Gartz. Die Gestalt in Stubbes Armen war kein anderer als sein Sohn. Er war kaum noch zu erkennen: Der Kopf war seltsam verformt und so voller Blut, dass kein freier Flecken Haut mehr zu sehen war. Es sah aus, als habe ein Riese ihm mit der Keule die Hirnschale zerschmettert. Peter Stubbe selbst war nicht dazu zu bewegen, ihn loszulassen. Sein ganzes Gesicht war blutverschmiert.

»Helft mir!«, befahl Gartz den Bauern. Gemeinsam führten sie Stubbe zum Pferd; ihn auf das Ross zu bekommen, stellte sich als besondere Herausforderung dar, da er nicht einmal jetzt dazu zu bewegen war, von seinem Sohn abzulassen.

»Ich bringe ihn nach Epprath«, sagte Gartz. Als er sein Pferd am Zügel packte und lostraben ließ, sahen ihm die Bauern mit betretenem Schweigen nach.

In Epprath war das Entsetzen groß. Odilia hatte es mit viel Zureden geschafft, Peter Stubbe seinen toten Sohn aus den Armen zu nehmen. Gerda kümmerte sich um ihn, während Odilia zu Trine Trumpen eilte, unschlüssig, wie sie es ihr verdeutlichen sollte. Thomas wurde zum Pfarrer geschickt, während Georg und

Jakob Peter Stubbes Sohn auf eine Bank betteten. Gartz wurde von allen gleichzeitig gefragt, was geschehen war. Doch der ehemalige Rat blieb ganz ruhig, wartete, bis die Menschen sich einigermaßen beruhigt hatten und fragte: »Weiß jemand, was Peter Stubbe mit seinem Sohn unternommen hat? Wollten sie nach Bedburg?«

»Er ist mit ihm in den Wald, Holz machen«, meldete sich Jakob. »Wir hatten gerade die Erlaubnis dazu bekommen, da wollte er ein paar der besten Bäume aussuchen, ehe wir alle hingehen konnten.«

Vom Hoftor her erklang ein Schrei des Entsetzens. Trine Trumpen stürzte auf ihren toten Sohn zu und schrie sich die Seele aus dem Leib. Odilia tat ihr Bestes, sie zu beruhigen. Derweil war auch Billa gekommen; sie sprang zu Peter Stubbe, der sie fest umarmte, und weinte leise in seine Brust. Peter Stubbe selbst starrte bleich und teilnahmslos vor sich hin. Das Blut auf Kinn und Wangen verlieh ihm ein grausiges Aussehen, ganz so, als wäre er selbst ein Leichnam.

»Was für ein schrecklicher Unfall!«, rief Gerda, die nun zu Odilia und Trine eilte. Trine war vor ihrem Sohn zusammengebrochen. Zwischen den Schluchzern stieß sie immer wieder spitze, schrille Schreie aus. Till hingegen hatte sich in den Schatten der Scheune zurückgezogen und blinzelte hektisch. Der Tote hatte ihn auf furchtbare Weise an sein Erlebnis damals erinnert. Vielleicht durch das Blinzeln, vielleicht weil es schon lang genug her war – Till wurde jedenfalls von den Schreckensbildern verschont, die ihn früher immer wieder überfallen hatten. Aber was er gesehen hatte, genügte auch vollauf: Im ersten Moment hatte er den Eindruck gehabt, der Schädel des Toten wäre aufgebrochen, ein brockig rostigbrauner Krater; dass es sich um Stubbes Sohn handelte, war kaum noch zu erahnen gewesen.

Die Trauerfeiern nahmen die nächsten Tage in Anspruch. Das heiße Spätsommerwetter machte es unmöglich, den verunstalteten Leichnam für längere Zeit offen aufzubahren. Und was für den Stubbehof eine Tragödie war, war für andere guter Gesprächsstoff, nach dem Gottesdienst am Sonntag, beim Schießen, an der Pütz, überall war der Tod des jungen Stubbe erstes Thema. Die ständigen Kriegshändel der Truchsess'schen Wirren lieferten Tote in Mengen, aber dieser hier war durch seine Schauerlichkeit etwas Besonderes; zudem war es der Sohn des hochangesehenen Stubbe und der Trine Trumpen. Und die hörte man nun durch ganz Epprath. Lauthals gab sie Peter Stubbe die Schuld am Tod ihres Sohnes, verfluchte ihn ohne Unterlass und seine Tochter Billa gleich mit dazu. Krüppel aus dem kurfürstlichen Krieg trugen Kunde davon in alle Lande. Gartz hörte darüber im Alten Hundeschlager.

»Der Werwolf war's«, hieß es da, »der hat dem Knaben das Hirn rausgefressen, der Schindlersalfons hat den Jungen doch gesehen, der hatte keinen Schädel oben, nur ein großes Loch ...«

Gartz trat solchen Gerüchten mit Entschiedenheit entgegen: Er selbst habe Peter Stubbe nach Epprath zurückbegleitet. »Dass alles wahr sei, was man vom

Zaubern sagt, träumt und nachschwätzt, das kann ich nicht alles glauben – und dies hier ist jedenfalls Einbildung und Lügerei! Es war dort kein Werwolf, denn wenn es dergleichen gegeben, hätt er doch den Peter Stubbe auch gleich reißen müssen!«

Das fanden die anderen wohl einleuchtend, doch war die Vorstellung viel zu reizvoll, um so ohne Weiteres von ihr abzulassen. Und so fand sich Gartz auf verlorenem Posten.

⁓⦁⁓

Er war wieder ein kleiner Schütze, er sang wieder um Brot und bekam doch nichts ab von dem, was er für seine Mühen erhielt; nur Schläge und das Kreischen der Sybille, das bekam er. Es dröhnte ihm in den Ohren, und Übelkeit überkam ihn, als er wieder den Hundespeichel schmeckte, von dem der Knochen schmierig gewesen war. Damals hatte er die Fleischfetzen hinuntergewürgt und versucht, den Geschmack, der ihm den Magen herumdrehte, mit Wasser fortzuspülen, aber was war es schon für ein Wasser, das aus der Pütz zu holen war: Wenn es brackig schmeckte, war es noch gut, meist lag ein feiner Gestank von Ausscheidungen darin.

Dann stirb halt, bist eh zu nichts nutze!, hatte die Sybille ihn angekeift, als er einmal starken Durchfall und eine heiße Stirn bekommen hatte. Sie hätten ihn in der nächstbesten Ecke zurückgelassen, wäre da nicht ein Prediger gewesen, der Mitleid gehabt hätte. Wie nett, wie lieb die Sybille da mit einem Mal gewesen war! Doch als der Pater sie zu sich geholt und seine Haushälterin ihm, dem Halbverhungerten, und der Sybille, aber eben auch ihm, eine Schale heißen Brei vorgesetzt hatte, da hatte die Sybille ihm auf den Kopf geschlagen. In einem unbeobachteten Moment, und als die Haushälterin hinaus war, hatte sie seinen Brei für sich genommen und ihn erneut geschlagen, und als er sich daraufhin erbrochen hatte, da hatte sie ohne zu zögern anklagend auf ihn gewiesen, und die Haushälterin hatte ihn wutentbrannt vor die Tür gesetzt. Beinahe gestorben wäre er damals, hätte der Pastor ihn nicht erneut zu sich genommen. Wenigstens hier gab es Ruhe, wenigstens hier schwieg die Sybille.

Er verdrehte die Haube wie eine Garrotte zwischen den Händen und stellte sich vor, wie Sybille verstummte, aber es war, als stünde er auf weichem Boden, seine Vorstellung fand keinen Halt, sie entglitt ihm immer wieder. Die Haube hatte ihre Kraft eingebüßt. Gegen das Kreischen kam sie nicht mehr an. Krampfhaft bemühte er sich, die Bilder seiner letzten Tat zum Leben zu erwecken; doch es war vergebens. Der Druck, der auf ihm lastete, ließ auch in der nächsten Woche nicht nach. Und so begann er, Ausschau zu halten. Bis er eine Frau erblickte, bei der seine Vorstellungen Ansatzpunkte fanden. Wann immer sich ihm die Gelegenheit bot, verfolgte er nun ihren Weg, studierte ihre Angewohnheiten, wann sie wohin ging, fühlte sich ganz besonders ergriffen, als er feststellte, dass sie sich häufig auf einen Hügel begab, der an der Straße nach Bedburg lag, gar nicht weit entfernt von den Stadttoren. Dort legte sie stets eine Rast ein. Während seiner Ausflüge achtete er darauf, dass er immer einen ersichtlichen Grund für sein Fernbleiben hatte; und so fiel es niemandem auf. Allein der Gedanke daran, sie bei helllichtem Tageslicht, in Sichtweite der Stadt umzubringen, half ihm über die nächsten Wochen. Es gelang ihm dabei sogar, von der Verfolgten selbst nicht bemerkt zu werden. Er mahnte sich zur Vorsicht, immerhin kamen öfters Leute des Weges, und auch von Bedburg aus mochte eine Wache herübersehen, aber abhalten konnte ihn dies nicht. Und so sah seine Auserwählte ihn nicht einmal erstaunt, nur verhalten fragend an, als er eines Tages zu ihr auf den flachen Hügel hinaufkam, kurz nach dem Mittagsgeläut, wo nach seiner Beobachtung die wenigsten Menschen unterwegs waren. Unter einem Vorwand Suchen, Belauern, Anpirschen, Jagen, Töten auch noch andere Strategien und Taktiken angewandt, obwohl das Jagen gesellte er sich zu ihr. Er fragte, ob sie einen guten Freund gesehen habe, der hier vorbeigekommen sein müsste, nein, nicht dort auf der Straße, sondern hier oben, wahrscheinlich sei er sogar querfeldein gelaufen durch das hohe Gras. Er bewegte sich langsam auf die der Stadt abgewandten Seite des Hügels, wechseln sich die Wölfe an der Spitze ab, sodass sich das bisherige Leittier, und sie folgte ihm unbewusst. Genau so hatte er es geplant, er vergewisserte sich, dass niemand des Weges kam, und schlug ihr unvermutet ins Gesicht, aber sie war viel zu überrascht darüber, um zu schreien. Doch als er ihr gegen die Brüste fuhr, da machte sie endlich den Mund auf, und er kostete jede Sekunde aus, Angriffspunkte sind die Beine, um die Sehnen zu zerreißen, die Kehle und brachte sie zum Verstummen mit den gleichen Daumen, die ihr gleich darauf wieder Atem zu schöpfen erlaubten, dazwischen hieb er auch gegen ihre Kehle und tat sonst noch, was er sich alles in den langen Zeiten der Sehnsucht ausgemalt hatte. Sah abwechselnd seine Mutter und die Sybille im Todeskampf, am empfindlichen Äser zu packen und durch Drehen und Zerren zu Boden, wand er sich in ungeahnten Wellen der Lust auf ihr. Und so kam es, durch das Glück, das dem einen zur Seite steht und dem anderen nicht, ganz unabhängig von Absicht und Taten, dass zum Zwei-Uhr-Leuten eine junge, durchaus schöne, jedoch in Ermangelung einer Kehle nicht mehr allzu ansehnliche und vor allem tote Frau mitten auf der Straße unweit der Tore der Stadt Bedburg aufgefunden wurde. Der Werwolf, so lief die Neuigkeit durch Stadt und Land, er hatte wieder zugeschlagen. Und er selbst hörte dies und war so ehrlich entsetzt, dass niemand in ihm jenen erahnt hätte, der für den grausamen Mord verantwortlich zeichnete. Während er einen Ring des Opfers in den Fingern drehte, genoss er im Stillen, wie seine Tat mit Furcht und Empörung immer wieder aufs Neue berichtet wurde. Ja, dachte er.

Mutter, Sybille, seht her. Jeder kennt mich und doch keiner. Ich bin ein Werwolf.

⁓❦⁓

Der Tod der Frau war nicht allein Unterhaltung für die einen und Trauer für die anderen. Er brachte Graf Reifferscheidt auch Unannehmlichkeiten ein.

»Wenn vor den Toren der Stadt gemordet wird, wie steht es dann mit der Sicherheit von uns selbst?«, fragten einige Bürger bereits. »Unter Graf Neuenahr wäre das nicht passiert!«

Doch der Graf Neuenahr würde Bedburg nicht mehr in die Hände bekommen, die Niederlagen der letzten Zeit, die offensichtlich gewordene Unterlegenheit des ehemaligen Erzbischofs Gebhard gegen Ernst von Bayern hatten dies inzwischen hinreichend deutlich gemacht. Und genau das war es, was Gartz dazu bewog, den Grafen bei ihm günstig erscheinender Gelegenheit, vor einer größeren Feier nämlich, anzusprechen. Graf Reifferscheidt stand seinen Standesgenossen in nichts nach, was das Feiern betraf. Es ging das Gerücht, einmal habe er seine Gäste gezwungen, viele Kübel guten Weins leerzutrinken, und die Aussicht auf baldige Völlerei hob seine Stimmung. Dass Gartz ihm dazu einen Fuder Wein schenkte, war ihr nicht abträglich. Graf Reifferscheidts gute Laune drohte jedoch mit einem Schlag zu kippen, als Gartz den Mord ansprach. Auch hierin hatte er sich also nicht getäuscht, stellte Gartz fest: Die Sache bereitete dem Grafen Sorge.

»Verzeiht«, sagte er daher rasch, »es sät Unsicherheit unter dem Volk und ist der Gegenreformation, die Ihr so löblich vorantreiben wollt, nur hinderlich. Aber ich denke, es kann auch eine gute Seite haben.«

»Sagst du! Das wundert mich nicht, du bist doch Protestant, vielleicht gar vom Calvinistenpack!«

Gartz verneigte sich untertänig. »Euer Hochgeboren, ich bin nun guter Katholik, das möchte ich Euch schwören bei der Jungfrau Maria. Aber das sind nicht alle! Es gibt da zwei Herren, die in den Konsistorien hohe Ämter bekleiden und in jenen, in denen sie nicht sitzen, Autorität haben.«

»Ich weiß, wen du meinst! Jetzt behaupte nicht, du könntest sie mir liefern, dann lasse ich dich geradewegs am Kirchturm aufknüpfen. Denn dazu sind beide zu gut verbunden mit allerlei Herren, die sogar bei dem Herrn Erzbischof in gutem Ansehen stehen!«

»Es gibt einen Weg«, erwiderte Gartz. »Durchschaubar für die Freunde, mag sein, doch für das Volk zu reizvoll. Der Erzbischof wird das zu gewichten wissen. Niemand wird es wagen, Euch zu beschuldigen – und die Werwolfstote, die wird Euch nützlich sein, wo sie doch schon so viel Schaden angerichtet hat.«

Und Gartz erklärte dem Grafen, was er meinte.

Zwei auf einen Streich

Odilia sehnte sich nach früheren Zeiten zurück, an denen Trine Trumpen ihr Vertrauen geschenkt und auf ihren Rat, den Stubbe betreffend, gehört hatte.

»Das hat doch immer wieder gekracht zwischen den beiden«, meinte Jakob, als sie ihm des Nachts wieder einmal ihr Leid klagte. »Erinnerst du dich noch, was los war, als die Billa geboren wurde? Ich dacht schon, Trine geht unserem Herrn an die Gurgel.«

»Ja …« Odilia drückte Jakobs Hand fester an ihre Brust. »Aber jetzt ist das anders. So außer sich wie jetzt war sie damals nicht. Sie beruhigt sich auch gar nicht mehr! Stell dir vor, gestern hat sie dem Vinksfranz befohlen, mich nicht hereinzulassen – dem Vinksfranz!«

»Na sei doch froh. Musstest dir wenigstens nicht ihr Geschrei anhören.«

Odilia musste sich insgeheim eingestehen, dass Jakob nicht ganz unrecht hatte. Es taten ihr bisweilen die Ohren weh. Den Peter Stubbe wollte Trine Trumpen gar nicht mehr sehen, ließ ihn dann aber doch wieder ein. Sobald die beiden sich sahen, erging sie sich wieder in Gezeter und Vorwürfen, er habe ihren Sohn umgebracht, und alles wegen der Billa, diesem Bastard.

»Morgen geh ich nach Bedburg«, flüsterte Jakob. »Kommst mit?«

»Gibt doch zu viel zu tun, Jakob, es ist Frühling«, lehnte Odilia ab. »Außerdem ist's gefährlich.«

»Ach, ich nehm den Spieß mit und die Armbrust, und den halben Tag kannst wegbleiben. Ich könnt dich gut brauchen! Haben die letzten Tage doch so viel geschafft. Komm mit!«

»Nein«, sagte Odilia, aber es fehlte der Nachdruck in ihren Worten. Als der Jakob sie mit Zärtlichkeiten in die Träume geleitete, da ahnte sie schon, dass sie verloren hatte.

Und tatsächlich fand sie sich am nächsten Tag mit Jakob auf dem Weg nach Bedburg wieder. Sie musste ihm zugestehen, dass die Idee durchaus gut war: Es war ein erquicklicher, warmer Frühlingstag, der die Schritte beschwingte und die Sorgen der letzten Wochen und Monate für einen Moment vertrieb. Alles, was gestern Nacht noch erdrückend und unlösbar gewirkt hatte, schien nun nicht mehr ganz so schlimm zu sein. Wie sie den Weg entlang zwischen blühendem Löwenzahn einhergingen, den Duft von Kirschblüten in der Nase, glaubte sie sogar an die mögliche Versöhnung Trines mit Peter Stubbe. Und als sie durch ein Wäldchen kamen, da jagte ihr Jakobs plötzliche Vorsicht nicht Angst ein, sondern verlieh ihr ein Gefühl der Sicherheit. Ein Mal glaubte sie Gestalten zwischen den Bäumen umherhuschen zu sehen. Jakob sah sich sofort um, aber offensichtlich hatte ihre Einbildung Odilia einen Streich gespielt: Alles blieb ruhig.

»Rehe«, sagte Jakob mit fester Stimme. Als sie den Waldrand erreicht hatten, tauchten drei Wanderer auf dem Weg auf. Im weißen Meer der Kirschblüte, die den gewundenen Weg zu beiden Seiten mal krüppelig, mal weit ausladend flankierte, erkannten sie die drei erst, als sie einander grüßten: Es waren die Herren Adrian und Desiderius zusammen mit der jungen Agnes, auf die Adrian gar wohl ein Auge geworfen hatte.

»Wir gehen nach Grevenbroich«, verkündete Adrian fröhlich, der sich ebenso über – wenn auch nur beiläufig – bekannte Gesichter freute wie Jakob und Odilia. Als Knechte hatten sie kaum mit den Herren zu tun, doch sie nutzten die Gelegenheit, unter dem Summen der Bienen Neuigkeiten auszutauschen.

»Der Graf Reifferscheidt ist gar nicht zufrieden«, verriet Desiderius. »Kommt einfach nicht weiter mit seinem schönen Vorsatz, uns alle gut katholisch werden zu lassen. Grüßt mir den Herrn Stubbe, er hat am Ungemach des Grafen auf angenehme Weise Anteil!« Desiderius grinste verschmitzt. »Wenn der nicht protestantisch wäre, die Landschaft sähe anders aus!«

»Na, nun red deinen eigenen Einsatz mal nicht klein«, sagte sein Begleiter gut gelaunt.

»Nun, nun, man hört doch allenthalben seinen Namen«, erwiderte Desiderius bescheiden, wenngleich eindeutig geschmeichelt. »Einen guten Herrn habt Ihr.«

»Leider ist ja vor längerer Zeit ein schreckliches Unfall passiert!«, sagte Jakob.

»Ja, das haben wir gehört! Sein Sohn ist erschlagen worden, der ganze Schädel soll offen gewesen sein! Ach, es trifft immer die Falschen, gerade in diesen finsteren Zeiten!«

So redeten sie noch eine Weile. Dann verabschiedeten sie sich voneinander.

»Gute Reise noch nach Bedburg! Gebt wohl acht, die Bayerischen und die Spanier des Grafen Reifferscheidt scheren sich nicht viel darum, wer Untertan ist und wer Feind … geht ihnen aus dem Weg, das ist sicherer.«

Jakob und Odilia bedankten sich für den Rat und setzten ihren Weg fort. Mochten es auch düstere Dinge sein, über die sie gesprochen hatten, die Begegnung hatte sie zusätzlich erfrischt. Umso mehr schraken sie zusammen, als sie wenig später Wolfsgeheul aus der Ferne vernahmen. Sie beschleunigten ihre Schritte.

»Hoffentlich ist dem Desiderius und den beiden anderen nichts zugestoßen«, sagte Jakob.

»Doch nicht den zwei starken Mannsbildern«, erwiderte Odilia.

Wie sehr sie sich geirrt hatte, sah sie, als sie nach getaner Arbeit von Bedburg wieder zurück nach Epprath gingen. Als sie sich dem Wäldchen näherten, merkten sie schon, dass etwas nicht stimmte. Eine ganze Rotte bayerischer Knechte stand am Waldrand und besprach sich. Mit dabei waren auch einige Männer, die durch Kleidung und Halskrause als Honoratioren der Stadt erkennbar waren. Jakob und Odilia wollten zuerst einen Bogen um die Gruppe machen, aber der Weg ließ es nicht zu. Und querfeldein zu gehen, hätte nur die Aufmerksamkeit auf sie gelenkt. Aber die Knechte hatten auch gar kein Auge für die beiden. Als sich Jakob und Odilia an ihnen vorbeischoben, sahen sie den Grund für die Versammlung. Am Wegesrand lagen, von den Knechten fein säuberlich nebeneinander aufgereiht, die drei Wanderer, Desiderius, Agnes und Adrian. Alle drei waren über und über mit Kratzspuren bedeckt, und bei allen dreien klaffte dort, wo die Kehle sein sollte, eine große Wunde. Mehrere völlig verstörte Bäuerinnen und Bauern standen daneben. Odilia fing nur die Worte auf: »Der Werwolf! Ich hab sie da liegen gefunden, und heulen hab ich's auch hören tun, das war der Werwolf!«

Und die Blicke, die die Söldner dem Sprecher bei diesen Worten zuwarfen, waren alles andere als selbstbewusst.

War der Werwolf zuvor gut für gelegentliche Schauergeschichten gewesen, begann nun die Angst umzugehen: Ein Knabe im Wald, dann ein Weib vor den Stadttoren, jetzt gleich drei Menschen auf einen Schlag – es war klar, niemand konnte vor der Bestie mehr sicher sein. An den Türen der Bauern- und Bürgerhäuser fanden sich Kreuze und Bündel von Kräutern, die das teuflische Geschöpf fernhalten sollten. Und gerade, als Odilia dachte, es könne nicht mehr schlimmer kommen ... geschah etwas völlig Unerwartetes.

Aleth kam des Morgens aus dem Haus gelaufen und rief: »Sie ist schwanger! Sie ist schwanger!«

Die Mägde und Knechte, die gerade am Morgentisch

saßen, sahen verwirrt zu ihr hinüber. Ihnen allen stand die eine Frage ins Gesicht geschrieben: Wer?

»Billa!«

Alle saßen da wie vom Donner gerührt. Erst nach einer Weile räusperte sich Gerda. »Billa?«, fragte sie.

»Ja! Schwanger ist das Luder! Der Bastard!«

Bebend vor Entrüstung stürmte Aleth davon. Alle sahen sich an. Billa und schwanger? Für Odilia war dieser Gedanke derart abwegig, dass sie nur den Kopf schüttelte. Billa war doch noch ein Kind!

»Das kann doch gar nicht sein«, sagte Gerda.

»Spinnt, die Aleth, spinnt einfach«, brummte Georg und bekam sogleich Gerdas Ellenbogen in die Seite.

»Wirst wohl nicht so über sie reden!«

Aber alle dachten das Gleiche, das sah Odilia ihnen an. Und wirklich war die Vorstellung so undenkbar, dass es dafür einfach keine andere Erklärung geben konnte. Gerda erhob sich, unbeeindruckt von den Blicken der anderen.

»Das wollen wir doch mal sehen. Bin schließlich die Mutter von der Billa.« Sie verschwand im Haus, es gab einen kurzen, heftigen Schlagabtausch mit Ludwig, der ihr offenbar den Zugang zu Billa verwehren wollte, dann kehrte wieder Stille ein. Nur vereinzelt drang ein Aufbrüllen von Ludwig herüber, der vor sich hin schimpfte. Mit Spannung erwarteten sie Gerdas Rückkehr.

»Blähungen hat sie!«, rief Gerda, als sie wieder hervorkam. »Unsinn mit der Schwangerschaft!«

»Und wieso sagt die Aleth, Billa wär schwanger?«, fragte Thomas.

»Weil sie einen Bauch hat, der kugelrund ist … Sorgen mach ich mir ja schon. Na, ich werd schon was dagegen finden. Wenn einer fragt, ich bin im Wald. Und wenn der Ludwig oder die Aleth da gleich wieder toben, es dauert nicht lang.«

Damit stampfte sie zum Hoftor hinaus. »Und das mit dem Schwangersein, das ist Blödsinn!«, rief sie über die Schulter zurück.

»Die geht bestimmt zur Berta«, murmelte Zähnchen.

»Halt den Mund«, sagte Odilia grob. Der Name der alten Frau, die für sie alle hier eine Hexe war, wirkte geradezu gefährlich. »Gegen ein paar Blähungen braucht Gerda keinen Hexenzauber!«

»Und, was meint ihr, hat sie Blähungen?«, fragte Jakob nach einer Weile. »Gerda ist Billas Mutter …«

Odilia brachte Jakob mit einem stechenden Blick zum Schweigen. Kurz darauf kam Aleth zurück, sie war immer noch ganz außer sich.

»Die Gerda sagt, Billa ist gar nicht schwanger!«, rief Thomas. Vielleicht wollte er damit Aleths Zorn besänftigen.

»Ach, sagt sie das, die Gerda, ja! Sagt sie das! Na die Gerda muss es ja wissen, die hat sich ja auch schon einen Bastard anhängen lassen! Die Billa, die ist auch Gerdas Blähungen gewesen, was!«

Jakob konnte sich nicht beherrschen und musste lachen, Till und Zähnchen und Thomas fielen mit ein, aber als sie Odilias Blick begegneten, verstummten sie.

»Pah, Blähungen! Blähungen!« Aleth verschwand

keifend im Haus. Gleich darauf hörten sie Billa aufschreien. Aleth fluchte weiter.

»Wo ist Peter, die schlägt sie noch tot!«, rief Odilia.

»Kommt gleich wieder, der ist beim Pfarrer, er soll die Messe lesen«, ließ sich Till vernehmen.

»Wollen's hoffen, dass er gleich wieder da ist! Mein Gott!«

Peter Stubbe blieb fort, und auch Gerda kam so bald nicht zurück. Irgendwann kehrte Ruhe im Haus ein – vielleicht hatte blanke Erschöpfung Aleth verstummen lassen.

»Wir müssen an die Arbeit«, stellte Georg fest.

»Da können wir eh nichts machen«, stimmte der Jakob ihm zu. Doch gerade, als sie sich auf dem Hof verteilten, erscholl erneut Geschrei, diesmal vom Tor her und nicht von Gerda. Trine Trumpen kam herein und verlangte, auf der Stelle aufgeklärt zu werden. Odilia eilte zu ihr hin und hielt sie auf, ehe sie auch noch zu Billa ins Haus gehen konnte.

»Schwanger ist der Bastard von Stubbe? Schwanger? Na das war ja klar, da kann ja nichts Gutes draus werden! Wo ist Peter Stubbe?«

»Sie hat wohl Blähungen, sie ist gar nicht schwanger«, versuchte Odilia Trine zu beruhigen.

»Du steckst mit denen doch unter einer Decke! Wo ist Peter!«

»Er kommt gleich«, sagte Odilia. Ihre Ohren summten, denn Trine schrie die Worte aus vollem Halse heraus; der Hass darin traf sie wie ein Peitschenhieb.

»Ganz recht geschieht es ihm, ganz recht! Der Bastard, der Bastard! Und unseren Sohn wegen so einer umbringen!«

Odilia sah Trine erschrocken an. »Herrin, sagt doch so etwas nicht! Euer Sohn ist bei einem Unfall umgekommen! Peter Stubbe hat doch keine Schuld!«

»Keine Schuld, keine Schuld! Aufpassen hätt er müssen! Meinen Sohn umbringen! Ich dreh der Billa den Hals um, diesem Luder!«

Den letzten Satz hatte Trine Trumpen hysterisch herausgeschrien. Nun brach sie in Tränen aus. Odilia hielt sie fest umschlungen und verbiss sich den Schmerz, als sich Trines Fingernägel tief in ihre Oberarme bohrten.

»Hol Wein«, raunte sie Till zu. Der guckte nur blöde. »Mach!«, zischte sie und ächzte unter Trines Griff.

Während Till einen Becher voll holte, geleitete Odilia Trine zu einer Bank und tat ihr Bestes, um sie zu beruhigen. Als Trine in tiefen Zügen trank, flüsterte Odilia Till ins Ohr: »Schnell, renn zu Peter Stubbe, sag ihm, was hier los ist, er soll davon nicht einfach überrascht werden!«

Während Till hinausrannte, kehrte Gerda mit einem Weidenkorb voll verschiedener Kräuter zurück. Sie sah Trine Trumpen, erfasste die Situation und beeilte sich, unauffällig ins Haus zu Billa zu kommen.

Ganz Epprath stand Kopf. Gerade heute war Backtag, und die Bauern der umliegenden Dörfer waren gekommen, um mitzubacken. Sie alle schüttelten die

Köpfe über das, was Aleth jedem, aber auch jedem brühwarm erzählt hatte. Die Mägde und Bäuerinnen hatten sich mit Körben voller Brotteig an der Pütz versammelt und loteten begeistert jede Untiefe der Neuigkeit aus. Odilia fand das unerträglich – es geschah schon einmal, dass ein Bastard gezeugt wurde, auch dass ein Mägdlein vor den Jahren schwanger wurde, und ohne Aleths tatkräftigen Einsatz hätte es vielleicht zu Empörung, aber nicht zu einer solchen Unruhe geführt. Allgemein wurde Peter Stubbe bedauert und Billa die Schuld daran gegeben. Da half es auch nicht, dass Gerda immerzu beteuerte, es handle sich wirklich nur um Luft im Bauch, und dass die abklingen würde. Es grenzte an ein Wunder – vielleicht aber war es auch Peter Stubbes immer noch beträchtlichem Einfluss zu verdanken, dachte Odilia –, dass das Sendgericht nicht kam, um sich der Sache anzunehmen. Peter Stubbe aber durfte sich bei Trine Trumpen gar nicht mehr sehen lassen.

»Was ist nur los in dieser Zeit!«, seufzte Odilia, als sie abends bei Jakob lag. »Überall herrscht Krieg, die Katholischen gehen die Protestantischen an und umgekehrt, Spanier und Niederländer plündern vor unserer Haustür mit dem Lob unseres Herrn, ein Werwolf geht um, und nun trifft es gar den guten Herrn Stubbe – wofür will Gott uns nur strafen, dass er jede Hoffnung verdorren lässt? Ach Jakob, was ist nur los!«

»Wir sind alle sündige Menschen«, brummte Jakob müde. »Gott wird mehr Gründe haben, als wir erahnen können ... aber jetzt schlaf!«

»Die Trine tut mir so leid … die ist so verbittert, dabei war sie früher eine so gute Frau … ach, sie nimmt alles so schwer …«

Odilia drehte den Kopf Jakob zu. Der schnarchte.

⁂

Die Menschen feilschten und diskutierten, Händler unterboten sich im Preis und überboten sich im Geschrei, Grüppchen standen zusammen und tratschten, Wein wurde ausgeschenkt und Fleisch geröstet, Hühner gackerten, als wären sie entrüstet über die kleinen Käfige, in denen sie gehalten wurden, kurz, es war ein ganz gewöhnlicher Markttag in der Stadt Köln. Plötzlich wiesen gestreckte Arme zum Dom hinauf; die Menge verstummte mit einem Schlag; hoch oben stand eine weiß gekleidete Frauengestalt auf der Brüstung, als wolle sie die Aussicht genießen. Und dann sprühte Blut aus ihrer Kehle, und während der Körper hinabstürzte, erklang ein Heulen wie von einem Wolf. Nun begann die Menge zu schreien, und keiner bemerkte den Schemen, der zwischen ihnen hindurchschlüpfte und sich als interessierter Zuschauer weiter hinten einreihte.

Er legte den Ring vor sich auf dem Tisch ab und starrte eine ganze Weile stumm auf die Holzplatte. Die Vorstellung dieser Tat berauschte ihn noch immer. Die Frau gleich vor den Stadtmauern abzulegen, war großartig gewesen. Nirgends seid ihr sicher, das hatte er damit allen gezeigt, ich kriege euch, wo immer ihr seid, wenn ich nur möchte. Keiner kann seiner Strafe entkommen ... Strafe ... plötzlich überfiel ihn Kopfschmerz. So tief hatte er sich versündigt, so unendlich tief, ewig würde er dafür in der Hölle brennen! Doch war es nicht immer noch möglich, selbst für den größten Sünder, Gnade zu erhalten? Aber er brauchte keine Gnade, von niemandem! Allein er ahnte, dass etwas mit ihm nicht stimmte. Dass er aufhören sollte, aufhören musste! Dann war vielleicht noch nicht alles zu spät. Aber er musste wieder los, er spürte es, der Drang war unwiderstehlich ... Hastig nahm er den Ring, dieses Gefühl, ihn überzustreifen, war unbeschreiblich ... Er musste es wieder tun, aufhören, das kam nicht infrage, selbst wenn er es gewollt hätte – er hatte es versucht! Andere mussten ihn aufhalten, ja. Schon seit geraumer Zeit ließ ihn der Gedanke an eine Frau nicht mehr los, sie als Opfer zu sehen, bereitete ihm Hochgefühl, gerade hatte er sie ja vom Dom gestoßen, in seiner Vorstellung.

Er wickelte den Talisman sorgfältig in die Kappe und schob ihn in seine Tasche. Einem inneren Drang folgend, begab er sich in die Stadt, fühlte sich elektrisiert von dem Getümmel, von der rauen Art der Landsknechte, die sich verhielten, als wären sie die wahren Herren. Wie sehr sie schauen würden, dachte er, wenn sie beispielsweise jene blonde Frau dort mit der schrillen Stimme plötzlich tot mitten unter sich fänden. Er malte sich aus, wie sie sich über die Leiche beugten, wie sie mit Schrecken die Kehle begutachteten, die nur mehr ein Krater aus Blut und Schleim war, wie sie hernach nicht mehr selbstgefällig und aufgeblasen daherstolzierten, sondern ängstliche Blicke um sich warfen, in Furcht vor ihm, der offen zwischen ihnen stand, und den sie doch nicht erkannten …

Er ließ die Hand in seine Tasche gleiten und packte die Kappe fester, während er dicht an jener Blonden vorbeiging, und der scharfe Geruch, den sie verströmte, ließ sein Herz höher schlagen. Etwas abseits fand er Frauen an der Pütz, die in seinen Ohren laut wie Gänse tratschten, und er malte sich aus, wie ihnen ihr dummes Gerede im Halse steckenblieb, wenn sie nun anstelle des Eimers Wasser die Leiche der Blonden aus dem Brunnen zogen, das würde ihnen die Sprache verschlagen. Ein Mann sah verwirrt zu ihm hinüber, vielleicht verwundert über den träumerischen Ausdruck, mit dem er durch die Straßen ging, sah aber sogleich wieder weg; ja, sie hatten Angst vor ihm, sie wussten nicht warum, so wie einem bei Wolfsgeheul ein Schauer über den Rücken läuft, und er genoss es.

Immer wieder trieb es ihn so durch die Stadt; das Jahr verstrich, Graf Neuenahr kämpfte zäh gegen die Widersacher des ehemaligen Erzbischofs Gebhard, nahm hier eine Stadt ein, verlor dort eine andere; Graf Reifferscheidts Horden hatten Bedburg und das Umland fest im Griff, und hatte Reifferscheidt noch die Burg unerobert gelassen für viele Wochen, allein um sie nicht zu zerstören, so zeigten sich die Mannen gegenüber der Landschaft weniger rücksichtsvoll. Es wurde auch der Ort Deutz niedergebrannt, und das schien den Kölnern gar nicht unlieb zu sein; jedenfalls sandten sie Handwerker aus, um diesen Brückenkopf vor ihren Toren ganz abzubrechen. Doch all das berührte ihn kaum, während er durch die Straßen Bedburgs wanderte und sich in seinem Kopf Drama um Drama abspielte. Wenn sich die Wirklichkeit hingegen wieder Gehör verschaffte, dann kam er sich hilflos und überfordert vor. Über Monate hinweg ging es so; und langsam, unmerklich zunächst, drang die Wirklichkeit auch in seine Gedankenwelt ein; bei seinen Spaziergängen warf sie ihn immer öfter aus seinen Träumereien. Auch Medaillon, Haube, Ring und Kappe, die er nun stets bei sich trug, verloren an Wirkung. Und immer wieder sah er jene Frau, deren strenger Geruch ihm aufgefallen war, gleichsam als warte sie auf ihn, Jagd kann durchaus mehrere Tage dauern, bis sie erfolgreich, tat zu bestimmten Zeiten des Tages das Gleiche, schöpfte zum Vier-Uhr-Glockenschlag Wasser an der Pütz, und dies auch bei schlechtem Wetter, besuchte eine, wie er herausfand, Base in einem Haus nicht weit von ihrem eigenen Heim für wohl eine knappe Stunde, bis zum fünften Glockenschlag, ging sonntags zur Kirche, und gelegentlich, das fand er besonders interessant, schlenderte sie durch eine der wenigen engen und verlassenen Gassen, als wolle sie allein sein, und da redete sie auf dem Weg mit sich selbst, erfolgreicher jagen zu können, überließen und er versuchte, ihren Gang durch die Gasse zeitlich einzuzirkeln, an welchen Tagen, bei welchem Wetter, zu welcher Stunde sie ihn wählte.

Dann, an einem Spätsommertag des Jahres 1589, brach

sein letzter Damm der Selbstbeherrschung. Haltet mich auf!, wollte er den Bürgern zurufen, die ihm begegneten, aber er brachte kein Wort über die Lippen, flüchtenden Tier nachjagen, sondern hatte nur sie im Kopf, wie sie sich jetzt gerade wohl auf den Weg machte, nicht wissend, was sie heute in der Gasse erwartete. Ganz gleichgültig war sie bestimmt, vielleicht lachte sie mit anderen Weibern, ihm rieselte ein wohliger Schauer über den Rücken, vielleicht schimpfte sie, ohne zu ahnen, dass dies das Letzte war, was sie tat, Hinterhalt auf die Beute wartet, und wenn das gejagte Tier erschöpft ist, haben es, die Bürger würden sehen, wie er sie auch mitten in ihrer Stadt, trotz der Mauern und der Wachen aus dem Leben reißen konnte. Er beschleunigte seine Schritte, denn plötzlich erfasste ihn Unsicherheit: Was war, wenn sie gerade heute einen anderen Weg nahm, wenn sie gerade heute zu Hause blieb? Er merkte, wie er am ganzen Körper zu zittern begann und hastete weiter. Während der vielen Male, bei denen er ihr gefolgt war, hatte er sich einen Plan zurechtgelegt. Jetzt musste die Frau nur kommen …

Die Geräusche auf der Straße hallten in der Gasse wider, die selbst verlassen und düster dalag. Es stank auch nur ein wenig nach Abfällen und Ausscheidungen, denn die Häuser hatten zu dieser Seite keine Fenster; ein trübes Rinnsal bahnte sich in der Mitte einen Weg durch den Schlamm. Er meinte, in den Geräuschen ab und zu die Sybille keifen zu hören; sah sich selbst wieder zurückversetzt in seine Zeit als Schütze, diesmal an einem Sommerabend, wo sie in einer ganz ähnlichen Gasse seine Beute aufgeteilt hatten: Alles für Sybille und ihren Bacchanten, für ihn aber nur Prügel aufs Hinterteil, unter Sybilles fordernden Blicken, die hatte sich da besonders tief heruntergebeugt, und angeschrien hatte sie ihn die ganze Zeit, als hätte er etwas verbrochen, als hätte er sich nicht die Kehle aus dem Leib gesungen. Dann wurden die Bilder abgelöst vom finsteren Schlafgemach seiner Mutter, als sie wieder einmal einen Freund bei sich hatte, und er bei Strafe gezwungen worden war, neben dem Bett zu kauern, auch noch, als sie durch ihre Arbeit das Nachtgeschirr umwarf; der feine Hauch, der durch die Gasse wehte, erinnerte ihn aufs Schmerzlichste daran; und dann war er mit einem Mal hellwach. Am anderen Ende der Gasse war eine weibliche Gestalt aufgetaucht. Sie war da! Hastig drückte er sich in die Nische, die er als Versteck gewählt hatte. Dann lauerte er, befeuchtet große Fleischstücke mit Speichel und schlingt, bis er ihre Schritte nahen hörte, ließ sich dann aus der Nische halb nach vorn fallen, wobei er grässlich zu röcheln begann, ihr den Rücken zugewandt, und spürte ein alles verzehrendes Hochgefühl. Die Frau kam nach einem Moment des Erschreckens auf ihn zugeeilt, und er glaubte in ihr Sybille zu sehen, wie bei der Prügelstrafe, von hinten verschlingt er ganz, die kleinen Knochen zerbeißt er, um an, röchelte noch ein wenig, und als sie bei ihm war, zeigte er ihr das blutige Stück Schweinedarm, das er bereitgehalten, und sie schrie auf, ganz wie er es erhofft hatte, doch er packte sie am Arm, und als sie sah, dass er keineswegs verletzt war, kreischte sie noch lauter. Da hieb er zu, wieder und wieder, ließ seinem Einfallsreichtum freien Lauf und brüllte selbst im Genuss seiner Tat. – Was ist hier los? – Wie von Sinnen fuhr er herum und ließ die Frau los, die in sich zusammensank. Dort kam ein Mann die Gasse herauf auf ihn zu. Noch war die Frau nicht tot; er musste es zu Ende bringen. He, was tut Ihr da?, fragte der Mann erneut und kam näher, seine Schritte verrieten Unsicherheit, und vielleicht, von der Herde abgetrenntes Tier wird gejagt, und wenn es erschöpft, war es das, was ihn bewog, plötzlich ganz von seinem Opfer abzulassen und den Mann zu konfrontieren. Der zog zwar seinen Degen, doch als er in das Gesicht seines Gegenübers sah, war er wie gelähmt, und in einer fließenden Bewegung hatte er dem Retter das Messer von unten herauf in die Kehle gestoßen und beförderte den sich im Todeskampf Windenden mit einem Tritt in den Kot. Sodann kehrte er zu der Frau zurück, die leise wimmerte und zu ihm emporsah, brachte sie erneut zum Schreien, erstickte den Laut wieder, bis sie sich nach einer Weile nicht mehr rührte, ihr standen der Mund und die Augen offen, er hatte es vollbracht und war erschöpft – und erfüllt. Wenig später wurden die Leichen eines Mannes und einer Frau im helllichten Sonnenschein an der Einmündung der Gasse an die Wand gelehnt aufgefunden. Beiden fehlte die Kehle.

»Das war deine Idee mit dem Werwolf, Gartz, und jetzt haben wir wirklich einen, hier mitten in Bedburg? Vor den Toren war das ja schon schlimm genug, aber das?« Graf Reifferscheidt war außer sich, oder gab sich zumindest so. Gartz stand mit niedergeschlagenen Augen vor ihm wie ein gemaßregelter Schuljunge.

»Verzeiht, Herr Graf, vom Werwolf sprachen die Leute vorher. Ich schlug nur vor, sich die Leichtgläubigkeit …«

»Leichtgläubigkeit!«, schnaubte Graf Reifferscheidt. »Zwei Tote mitten in Bedburg, das ist keine Leichtgläubigkeit! Jetzt glauben die Menschen also, dass der Werwolf sich so ohne Weiteres, am helllichten Tage, mitten auf einer belebten Straße bedienen kann, wie es ihm gerade beliebt; dass er sich um den Grafen persönlich nicht scheren muss? Eine hervorragende Idee, fürwahr! Ich sage dir, noch so etwas, und ich lasse dich selbst als Werwolf richten! Da seht ihr Protestanten dann, wohin euch euer Irrweg führt! Aber verzeih, du bist ja jetzt selbst gut katholisch.«

Gartz schwieg betreten. Doch die Bemerkung des Grafen brachte ihn auf eine Idee. Er schlug langsam die Augen auf. Und setzte alles auf eine Karte. »Erlaubt mir einen Gedanken. Wenn er Euch nicht gut erscheint, hängt mich von mir aus auf.«

»Ach, du redest doch ohnehin nur Unsinn! Also was!«

»Herr, Euere Idee … sie ist ganz ausgezeichnet!«

»Dich aufknüpfen zu lassen? Aber gewiss! Das scheint mir allerdings ebenso!«

»Nicht ganz.« Gartz blickte nachdenklich. »Findet den Werwolf, und alles, was bisher geschehen ist, wird Euch zugunsten gelesen werden.«

»Aber viele zweifeln doch an Zauberey.«

»Gewiss wenige am Werwolf. Jeder weiß um die Geschichten seiner Opfer, jeder hat Angst, er könnte der nächste sein. Der Kurfürst von Trier hat gerade eine ganze Reihe Männer und Frauen als Zauberer ertränken und verbrennen lassen – und sogar einer wie Godelmann, der vor Jahren schon die Wasserprobe in seinen Vorlesungen zu Rostock als Teufelei verurteilt hat, steht ganz hinter der Bestrafung von Schadzauberern. Und, Herr Graf, selbst von denen, die es für Träumerei, Gerüchtewerk und Tollheit halten, werden viele allein um der Sache willen dieser Hinrichtung beiwohnen. Sie werden kommen, denn sie wissen, nach dem Tod des Verurteilten können sie wieder ruhiger schlafen. Ob es nun einen Werwolf gibt, das weiß Gott allein. Doch würde ein Mensch zu solchen Taten fähig sein? Herr Graf, selbst ich meine hier für meinen Teil sagen zu können, dies war kein Übermut – dies war ein Werwolf!«

Der Mantel

Peter Stubbe feierte den Geburtstag seines Sohnes. Es war keine Feier wie früher; die Speicher waren fast leer, und jeder im Dorf kämpfte ums eigene Überleben. Nur dank seiner mühsam wahrgenommenen Pflichten im Konsistorium und einem Besuch in Bedburg fand sich eine Handvoll Herren mit ihren Ehefrauen bei ihm zum Umtrunk ein. Die Stimmung war gedrückt. Sie vertranken den Wein, den Odilia ihnen mit besorgter Miene brachte, und aßen kaum vom Fleisch, den Salaten und Gemüsen, die Odilia rasch mit Gerda zusammen angerichtet hatte. Sie hatten längst begonnen, als Odilia den ehemaligen Rat Gartz durchs Hoftor hereinkommen sah, wie stets ganz in Schwarz, seine Frau an der Seite. Peter Stubbes Miene hellte sich auf, als er hereinkam und ihn begrüßte.

»Herr Stubbe«, sagte Gartz sodann, »aus Wertschätzung für Euch und aus Freundschaft möchte ich Euch ein Geschenk machen. Ich denke, es soll auch angemessen sein ob der Trauer, die Euch quält.«

Seine Frau übergab Peter Stubbe ein Bündel. Odilia war begeistert, als sie sah, was es enthielt: Es war ein wunderbar verarbeiteter, aus feinsten Stoffen geschneiderter, dezent, aber warm gefütterter Mantel, ganz in Schwarz, »wie es einem Ehrenmann des Konsistoriums gebührt«, kommentierte Gartz.

Der Mantel saß Peter Stubbe wie angegossen. Gern kam Gartz seiner Einladung nach, sich zu setzen; stand jedoch noch einmal auf, als Odilia ihm einen Weinbecher hinstellte, und hielt eine kurze, bewegende Rede über den Tod und wie ungerecht er manche traf. Dass aber doch Gott gerade für jene sorgte, die früh aus dem Leben schieden. Dann langte er gut zu. Wenn Odilia in seiner Nähe war, forderte er sie immer auf, ihm und seiner Frau Gretchen Wein nachzuschenken. Odilia bemerkte wohl, dass sie ihm stets kaum mehr als einen Schluck, seiner Angetrauten aber den ganzen Becher nachfüllen musste, und dass er gar häufig Gretchen zutrank, die wenig begeistert, eher schicksalsergeben wirkte und den Wein wie zum Trost leerte.

Schließlich entschuldigte sich Gartz und ging hinaus, gerade, als auch Odilia etwas holen wollte.

»Wie geht es der jungen Billa?«, fragte er sie und folgte ihr über den Hof. Ehe Odilia antworten konnte, fuhr Aleth dazwischen. »Herr Rat, Herr Rat, Ihr könnt's Euch nicht vorstellen! Billa, dieses Miststück, sie hat's weggezaubert!«

Gartz musterte die Frau erstaunt. Odilia konnte in seiner Miene nur Abscheu lesen, doch er wusste es gut genug zu überspielen, dass Aleth es nicht bemerkte.

»Denkt Euch, grad war sie noch schwanger, dass man meint, das Kind springt ihr jeden Moment aus dem Leib, und jetzt? Und jetzt? Nichts mehr da! Ich sag Euch, mit der Billa steht's wie mit den Druden zu Trier!«

»Nun, nun«, versuchte Gartz zu beschwichtigen,

»seid nicht zu hart mit Eueren Vorwürfen. Eine Hex wird sie doch gewiss nicht sein.«

Odilia nahm Gartz beim Arm und schob ihn weiter, hinter ihnen zeterte Aleth vor sich hin.

»Was meinte sie?«, fragte Gartz.

»Na die Sache mit den Blähungen. Gerda sagt, die Billa hätt halt Luft im Bauch gehabt, und hat ihr Kräuter dagegen gegeben. Sie hat wohl recht gehabt, denn Billa ist wieder so wie immer.«

»Da scheint die Frau des Ludwig doch anderer Meinung zu sein.«

Odilia seufzte. »Ach, Herr Rat, das Leben könnt schon etwas einfacher sein manchmal. Ich weiß, unser Herrgott ist gnädig und prüft uns nicht ohne Grund. Aber so eine wie die Aleth, und dann noch ihren Trunkenbold von einem Mann auf dem Hof zu haben … dabei sind es auch schon so böse Zeiten.«

»Oh, da bin ich deiner Meinung.« Gartz betrat hinter Odilia die Scheune und umfasste sie im Schummerlicht. »Doch ich habe Ansehen in Bedburg, auch Halfen, die meine Pächter sind … erzähl mir, wie es dem guten Herrn Stubbe geht. Er ist so niedergeschlagen.«

Damit zog er sie aufs Stroh, und Odilia fühlte ihr Herz in der Kehle schlagen, als seine Finger ebenso geschickt wie sanft ihr Kleid öffneten.

»Dabei ist er ein so wohlangesehener Herr. Klug und in den ganzen bedburgischen Landen unter allen Protestanten hoch geschätzt. Erzähl, was bedrückt ihn.«

Odilia begann also, ihm zu berichten. Während ihr

Kleid zu den Zehen rauschte und die wohlige Sicherheit von Gartz' warmem Körper sich an sie schmiegte, erzählte sie von den Geschehnissen, nicht nur der letzten Zeit, sondern der letzten Jahre, stets beflügelt durch Gartz' sanfte, präzise Nachfragen und sein Interesse. Manchmal korrigierte sie ihn, wenn er etwas falsch in Erinnerung oder einen Zusammenhang nicht richtig verstanden hatte, aber oft sah sie ihn überrascht, denn vieles hatte er wohl gehört und gesehen, aber offenbar doch längst nicht alles. Und es war, als würde Odilia beim Erzählen eine schwere Last vom Herzen fallen. Wie gut seine ruhige, besonnene Art doch tat! Und wenn sie mitunter zwischen den Sätzen einen leisen Schrei ausstieß, dann nur, weil seine Finger ihren Weg gefunden hatten. Sie wusste nicht, wie lange sie so im Stroh verbrachten. Zum Lohn für diese Zeit wollte Odilia Gartz die Vereinigung schenken, und es tat ihr in der Seele weh, als der ehemalige Rat wohl alle Kraft dazu aufbrachte, es aber trotz ihrer beider Bemühungen wieder nicht vollenden konnte. Und dennoch bedankte er sich bei ihr und schenkte ihr einen Kuss. Das war wahre Größe, fand Odilia, und ihre Verehrung für ihn wuchs ins Unermessliche.

»Ah! Blödes Vieh!« Milo klopfte das Herz bis zum Hals. Er hatte eine der großen Kampfdoggen holen sollen, und wie jedes Mal hatte er sie mit gehörigem Respekt behandelt – aber diesmal war er für einen winzigen Augenblick unaufmerksam gewesen. Versehentlich hatte er die Halteleine gelöst, bevor er die Führleine befestigt hatte, und die Dogge war ausgerechnet in diesem Moment losgesprungen. Wäre er nicht hinter ihr gestanden, sie hätte ihn geradewegs umgerissen. Milo schrie ihr hinterher und pfiff, aber das Tier hörte nicht. Auch die anderen Landsknechte reagierten entweder zu spät oder wagten es nicht, sich dem Tier in den Weg zu stellen. Arnold war verärgert und gab Milo eine Ohrfeige, aber sie hatten so viele Kampfhunde, dass es auf diesen einen auch nicht ankam.

Die Dogge jedoch lief immer weiter, ziellos, aber unermüdlich. Ein paar Mal jagte sie ein Kaninchen, doch stets ohne Erfolg; und so war sie schon recht hungrig, vor allem aber staute sich der Unwille über jene beweglichen kleinen Tiere an, die ihr stets hakenschlagend entkamen oder, was bald noch schlimmer für sie war, in einem kleinen Loch im Boden verschwanden. Und dann sah sie etwas, was ihr nicht entkommen würde. Auf einer Wiese spielten Menschenkinder im Gras. Um sie herum standen einige Kühe, aber die interessierten die Dogge nicht; mit Menschen hatte sie Erfahrung, da wusste sie wohl, dass sie schneller, wendiger und stärker war. Die Dogge griff an.

Es wird gemeinhin angenommen, Rinder seien träge, stumpfsinnige und zutiefst wehrlose Geschöpfe. Sie tragen wohl Hörner, doch wüssten sie sie nicht zu benutzen; weshalb sonst, so fragte sich mancher Bauer, ließen sie sich mühelos zur Schlachtbank führen. Und doch glomm in ihnen noch ein Funke ihrer wilden Vorfahren. Als die Dogge aus dem Unterholz brach, da erinnerten sich die Tiere ihrer Größe. Und plötzlich sah sich der Hund nicht mehr kleinen, vor Angst schreienden Kindern gegenüber, sondern einer Mauer aus dicken Schädelplatten, deren Hörner genau auf ihn zeigten. Und dann rückten die Rinder gar vor!

Hier zeigte es sich, dass die Dogge schon weit von ihren wölfischen Vorfahren entfernt war. Sie lauerte nicht etwa, zog sich auch nicht zurück, sondern gleichsam als würde sie den unerwarteten Widerstand als Beleidigung werten, griff sie an. Sah sich im nächsten Moment in die Luft geschleudert, gegen einen Baum prallen und von Aststümpfen das Fell zerreißen; rannte abermals an, nur um wiederum hinweggeschleudert zu werden. Da nahm sie, humpelnd und blutend, Reißaus.

In Bedburg hieß es anderntags, die Kühe hätten vereint die Kindlein vor dem Werwolf gerettet.

⁂

Gartz wusste wohl, dass er ein heikles Spiel spielte. Graf Reifferscheidt würde bald die Geduld verlieren, immerhin konnten die ständigen neuen Werwolfgerüchte auch dazu führen, dass seine Herrschaft als unzulänglich und er als schwach angesehen wurde. Mit dem Bayernernst als Kurfürsten im Nacken konnte dies nicht angenehm sein. Doch dann erreichte Gartz die Nachricht, die ihm wie vom Himmel selbst gesandt schien: Graf von Neuenahr war beim Abfeuern eines seiner Geschütze umgekommen. Das war wortwörtlich ein Startschuss. Gartz erbat sich dringend eine Besprechung beim Grafen.

»Ich werde Euch den Werwolf liefern«, sagte er. »Und zwar noch vor dem Reformationstag. Bereitet den Prozess vor, ladet ein, wer Euren Erfolg bestaunen soll, und Ihr könnt Euch darauf verlassen, dass ich Euch den Werwolf liefere!«

»Solltest du irren«, erwidere der Graf kühl, »so wird dir kein Gott mehr helfen können.«

»Ihr werdet den Wolfsgürtel bei ihm finden, der seinen Pakt mit dem Teufel besiegelt hat«, sagte Gartz. Nachdem er Graf Reifferscheidt die Einzelheiten erläutert hatte, eilte er los. Wenn der Graf seinen Werwolf noch rechtzeitig vor dem Reformationstag bekommen sollte, musste er sich beeilen, und dazu benötigte er die Hilfe von Peter Stubbe.

⁂

Till war aufgeregt. Peter Stubbe hatte nur gesagt, dass er zu einer wichtigen, geheimen Sitzung mehrerer Konsistorien kommen sollte, trug seine besten Sonntagskleider und scheuchte ihn weiter. Wenig später fuhren sie aus Epprath heraus. Mitten auf der Strecke, wo ein Kirschhain von Wald flankiert war, hieß Peter Stubbe ihn anhalten.

»Wart hier«, befahl er dem verwirrten Till. »Wenn

jemand kommt, fährst du langsam weiter und kommst wieder zurück, wenn die volle Stunde schlägt!«

Till verstand nicht, weshalb sich Peter Stubbe jetzt allein durch die Büsche schlug, und weshalb sie nicht zur Sitzung weiterfuhren. Traf er sich etwa hier? Es sah ganz danach aus. Till war neugierig. Entgegen Stubbes Anweisungen ließ er sich von der Droschke gleiten, band das Pferd an einem Kirschbaum an und schlich in die gleiche Richtung, die sein Herr eingeschlagen hatte. Er ahnte, dass Peter Stubbe ihn nicht zu knapp strafen würde, wenn er ihn erwischte, aber das ganze Betragen seines Herrn heute war ihm so merkwürdig vorgekommen, dass seine Neugier jetzt einfach zu groß geworden war. Das Gras im Kirschhain stand gerade knöchelhoch. Es war ihm ein Leichtes, Peter Stubbes Spur zu folgen. Sie führte geradewegs zum Waldrand. Dort jedoch wurde es schwierig. Das Unterholz war ziemlich dicht, ohne dass es bei der Spurensuche half. Till verharrte und sperrte die Ohren auf. Da, von etwas weiter links, hatte er ein Geräusch gehört. Während er immer vorsichtiger weiterschlich, wurde es ihm mit einiger Verspätung unheimlich. Warum verfolgte er Stubbe? Warum war er nicht bei der Droschke geblieben? Aber jetzt war er viel zu neugierig geworden, um noch umzukehren.

Er fand einen Waldweg, auf dem noch Wagenspuren von Holzfällern zu sehen waren. Geflissentlich achtete er darauf, nur am Rand des Weges zu gehen. Der Waldweg mündete in ein Feld, und an dem Feld ging Peter Stubbe entlang, als erwarte er irgendjemanden.

»Und los!«

Tills Herz machte einen Satz. Ganz in seiner Nähe war die Stimme erklungen! Jetzt sah er sie: Zwischen den Bäumen erhoben sich mehrere Gestalten, sie alle trugen Arkebusen und Schwerter. Meroden? Aber sie sahen nicht nach Merode-Brüdern aus! Till wollte Peter Stubbe warnen. Aber als er den Mund auftat, überfiel ihn plötzlich und unerwartet das Schreckensbild von damals: Da war ein umgefallener Baum, wie damals, darunter sahen zwei bleiche Stöcke hervor ... Blut rann zähflüssig die Baumstämme herab, auch an jenem, unter dem er kauerte ... Hastig begann Till zu blinzeln und riss sich zusammen, so gut er konnte, aber seine Kräfte ließen ihn im Stich – hilflos beobachtete er, wie sich die Soldaten zum Waldrand hin in Bewegung setzten. Die Männer stürmten aus dem Wald hervor und auf Peter Stubbe zu. Sie kamen von zwei Seiten. Zuerst war Peter Stubbe irritiert, aber dann nahm er die Beine in die Hand. Ein kräftiger Mann verstellte ihm den Weg. Es gab eine kurze Rangelei, Till sah ein Schwert aufblitzen und hörte einen Schrei, dann sah er, wie Peter Stubbe weiterhastete, während er seinen linken Arm umklammerte. Die Verfolger machten sich gar nicht die Mühe, ihn einzuholen. Gleich darauf sah Till auch, weshalb das so war: Aus dem Wald, zu dem Peter Stubbe floh, traten drei Bauern. Einer von ihnen war eine Persönlichkeit, das wusste Till, die Peter Stubbe gut kannte. Der zweite war der Vinksfranz. Damit war Peter Stubbe eingekreist. Till hatte allerdings eher den Eindruck, dass er die drei

Bauern vor seinen Verfolgern warnen wollte, und erstaunt darüber war, dass der Vinksfranz ihn packte. Als Peter Stubbe in Eisen gelegt wurde, rannte Till zurück, so schnell seine Beine ihn tragen konnten.

Der Werwolf zu Bedburg

Noch am gleichen Tag wurden Trine Trumpen und Billa nach Bedburg bestellt, daneben Aleth, der Vinksfranz und einige weitere. Sie sollten Aussage machen in Sachen Peter Stubbe und seinem Betreiben böser Zauberei. Ganz Bedburg war darüber sprachlos; Peter Stubbe wurde im Turm der Bedburger Feste gefangen gehalten, und wie es hieß, bereits peinlich verhört. Der Prozess wurde mit atemberaubender Geschwindigkeit durchgezogen. Akribisch waren Vorfälle der vergangenen Jahre gesammelt und mit Peter Stubbe in Zusammenhang gebracht worden. Nun bedurfte es noch der Bestätigung durch Zeugen.

Trine Trumpen sagte gegen Billa aus, das Mädchen habe ein Kind empfangen.

»Von wem?«

»Dem Teufel selbst«, spuckte sie aus.

»Mag auch Peter Stubbe, ihr eigen Fleisch und Blut, sie geschwängert haben?«

»Gewiss«, sagte Trine, »aber das hat ja keine Folgen gehabt, sie hat ja das Kind dann weggehext«, fuhr sie fort.

Und die Aleth bezeugte ihre Aussage, ja, heute sei die Billa noch hochschwanger gewesen und morgen sei es fort gewesen, das Kindlein, und sie habe ihre Kammer nicht verlassen, das sei sicher. Der Vinksfranz legte nach und beschrieb, wie Peter Stubbe unentwegt versucht habe, Trine Trumpen zu umgarnen, und wie er selbst vom Werwolf angefallen worden sei, gerade als Peter Stubbe seinen Hof übernommen hatte. Und der Schleiferhannes wusste zu sagen, dass sogar in Zeiten der Not noch Überfluss herrschte.

Peter Stubbe wurde mit diesen und zahllosen weiteren Vorwürfen konfrontiert, und nach einigem Aufziehen an der Decke und Daumenschrauben sowie der Behandlung seines linken Unterarmstumpfs, da ihm die Hand auf der Flucht abgehauen worden war, gestand er all dies und noch viel mehr, mit einem Nachdruck, dass die Anwesenden sich hastig bekreuzigten.

Arnold war außerordentlich guter Laune heute. Die Gartzeit hatte gerade angefangen, aber sie hatten gute Hoffnung, bald neu angemustert zu werden. Sie lagen nahe Köln, frisch entlassen aus den Diensten des Erzbischofs Ernst von Bayern, gut ausgestattet mit Geld und manch Plündergut. Ihre Rotte war mit zwei anderen zusammengeblieben. Arnold hätte beim Regimentsstab bleiben können, die suchten stets gute Fähnriche für ihre Aushebungen, aber er hatte sich wie immer dazu entschieden, seiner Rotte treu zu bleiben.

»Hej Friedrich«, sagte Milo zum Fidelfriedrich, der die meiste Zeit seit dem Tod seiner beiden Gefährten vor sich hinstarrte. »Ich hab gehört, ein paar Stunden vor

Köln ist großes Schauspiel! Du warst doch mal Spielmann.«

Der Fidelfriedrich saugte an seiner Pfeife und sah ihn traurig an.

»Ich hab Arnold gefragt, wir gehen da hin! Willst du da nicht wieder die Fidel spielen?«

Müde klopfte der Fidelfriedrich Milo auf die Schulter. »Deine Sorge um mich ehrt mich, Junge. Aber die Fidel ist zerbrochen. Für immer.«

»Irgendeine Hinrichtung soll's sein, aber mit vielen Herren und jeder Menge Volks, eine ganz große Sache! Komm doch mit, vielleicht kannst du wieder lachen.«

Der Fidelfriedrich lachte daraufhin tatsächlich, aber es war ein Auflachen voller Bitternis.

»Eine Hinrichtung ist wohl kaum eine Sache zum Lachen, Milo.«

»Ach, das bringt dich auf andere Gedanken!«

»Immerhin wird ein Werwolf gerichtet«, schaltete sich der Bräuer ein. Die Augenbrauen des Fidelfriedrich zogen sich zusammen.

»Ja, der, der den armen Hannes getötet hat«, rief der lange Hubertus aus dem Hintergrund. Es folgte betretenes Schweigen. Milo und der Fidelfriedrich wichen den Blicken der anderen aus, und der Fähnrich starrte mit flammenden Augen auf einen Punkt vor sich.

»Ich komme mit«, sagte der Fidelfriedrich ins Schweigen.

Und so fanden sich die beiden Rotten wenig später vor

den Toren Bedburgs wieder. Milo war beeindruckt davon, wie viele Menschen sich auf dem Richtplatz versammelt hatten. Es mischten sich Kölner Bürger mit Bauern, und am auffälligsten waren die hohen Herren, die in der Mitte, an vorderster Stelle, hoch zu Ross in feierlichen Gewändern auf den Beginn der Hinrichtung warteten. Umstanden von ihren Trabanten und Garden, deren Brustpanzer und Helme in der Sonne blinkten, eingefasst von Hellebarden, trat der Gegensatz zwischen blutiger Macht und edler Herrschaftlichkeit besonders deutlich hervor. Gleich neben den Edlen standen nicht wenige Ratsherren und Honoratioren Kölns und Bedburgs, die Hände auf Rapiere und Mantelaufschläge gelegt. Erst dahinter mischten sich Bürger und Bauern mit Knechten, Mägden und Soldaten. Ein großer Scheiterhaufen mit drei Pfählen stand bereit, entzündet zu werden; an einem Karren lehnten außerdem ein Wagenrad und eine meterlange Stange. Dazwischen trafen die Schergen des Scharfrichters letzte Vorbereitungen und schürten einen Kessel an, in dem Kohlen glühten. Mehrere armlange Eisenzangen ragten daraus hervor. Der Fidelfriedrich entdeckte zwischen den Menschen den Knecht, der damals in der Schenke von einem Werwolf erzählt hatte. Gefolgt von Milo bahnte er sich einen Weg zu ihm. Der Knecht erkannte ihn zwar nicht mehr, erinnerte sich aber an die Schenke und war erfreut. Die Magd hinter ihm war in Tränen aufgelöst, aber sie begrüßte den Fidelfriedrich mit einem freudigen Aufleuchten in den verweinten Augen.

Geschrei aus der Richtung der Ratsherren und Edlen

ließ alle aufsehen. Ein fetter Mann brüllte mit hochrotem Gesicht kaum verständliche Worte. Eine Frau zerrte an ihm und zeterte dabei nicht weniger ohrenbetäubend.

»Das ist der Ludwig, der Bruder vom Peter, also unserem Hofherren, also dem Werwolf! Wer hätte das gedacht!«, erklärte die Magd und wischte sich eine Träne aus dem Augenwinkel.

»Na, der wird ja seinen Bruder retten wollen«, meinte Milo.

Ein junger, hochgewachsener Knecht mit wallenden blonden Locken lachte bitter auf. »I wo. Der da will den Hof für sich selbst haben! Der Ludwig hat gehört, dass der Pachthof jetzt an den Pachtherrn zurückfällt. Nicht, Odilia? Der fette Ludwig weint doch seinem Bruder keine Träne nach.«

»Ach, Jakob ...«

Der Jakob genannte Knecht spuckte aus und verzog das Gesicht vor Abscheu. »Der Ludwig ist nur widerlich«, brummte er. Inzwischen war der von einigen Bewaffneten sehr bestimmt in die hintersten Reihen geführt worden, wo er weitertoben konnte.

Es dauerte noch ein wenig, dann zogen der Graf Reifferscheidt und an seiner Seite kein Geringerer als der Erzbischof und Kurfürst Ernst aus dem mächtigen Geschlecht der Wittelsbacher auf dem Richtplatz ein. Zu seiner Rechten schritt ein bedeutender Kölner Abt, der das Kruzifix in beiden Händen wie einen Spieß vor sich hertrug, sodass es noch über die Mitra des Erzbischofs ragte; sie hatten ein großes Gefolge aus Priestern, Dienern, Hakenbüchsenschützen und Hellebardieren dabei. Der Erzbischof ließ sich huldigen, dann stellte er sein Ross der Reihe der anderen Adeligen vor. Nun folgte der Augenblick, dem alle entgegengefiebert, oder den sie gefürchtet hatten: Der Werwolf wurde herbeigeführt. Doch er war nicht allein. Bewacht von Knechten und in einigem Abstand gefolgt von Arkebusieren mit qualmenden Lunten, wurde Peter Stubbe, zum Zeichen der Schande auf eine Kuhhaut gebunden, von zwei Rössern vor die Versammelten geschleift. Ihm folgten Billa und Trine Trumpen im Büßergewand.

Der Scharfrichter betrat nun ebenfalls den Platz; er reichte seinem Gehilfen das riesenhafte, oben abgerundete Richtschwert. Dann löste er die Stricke, mit denen Peter Stubbe auf die Rinderhaut gebunden war, und zwei Schergen richteten den einstmals so stolzen Herrn des Halfengutes auf. Odilia schlug die Hand vor den Mund; ihr entwich ein leiser Aufschrei.

»Er ist ja wirklich der Werwolf!«, hauchte sie entsetzt. Milo zweifelte keinen Moment daran. Peter Stubbes Gelenke waren angeschwollen und tiefrot, das Haar hing ihm wirr um den Kopf. Leise Schreie drangen aus seinem halb geöffneten Mund, und das Schlimmste war sein Blick, der kaum noch Menschliches an sich hatte und mal hierhin, mal dorthin huschte, wie der eines gehetzten Tieres. Wenn er in Richtung der Zuschauer sah, schauten die Menschen hastig weg, denn dieser Blick spendete nichts als Unheil.

Graf Reifferscheidt ließ es sich nicht nehmen, selbst die Anklage vorzutragen. Odilia, die immer noch nicht glauben konnte, dass ausgerechnet Peter Stubbe ein Werwolf sein sollte, lauschte aufgeregt. Was sie zu hören bekam, sollte sie vollends verwirren.

»Bei peinlicher Befragung gelang es dem Gericht mit Gottes Hilfe zu Bedburg, dem Halfen Peter Stubbe das Geständnis abzuringen in folgenden Dingen: Item, dass er in seiner Jugendzeit, und schon als Kind, vom Teufel selbst zu Sodomie mit dem Vieh verführt worden sei, und hernach das Lesen erlernte, um aus teuflischen Büchern zu lernen. Item, dass er vor Jahren, nachdem er in Epprath angekommen, einen Pakt mit dem Teufel geschlossen und dabei einen Gürtel von Wolfsfell erhalten habe, mit dem er nach Belieben seine Gestalt wandeln konnte. Item, dass er, um den Handel mit dem Teufel zu besiegeln, ein Hirtenknäblein im Walde erschlagen habe. Item, dass er sich hernach in der Gemeinde der Protestantischen, von deren Brüdern im Glauben er auch Lesen gelernt, angeboten und als rechtgläubiger Mensch verkannt, aufgenommen worden sei. Item, dass er einen Knecht des Trumpenhofs in Wolfsgestalt angefallen und ihm die Hand verkrüppelt, als der in sein wahres Gesicht zu schauen drohte. Item, dass er eine Magd ermordet, die vom Trumpenhof stammte, und die die Trumpen selbst ihm zugeführt; des Weiteren, dass er die Tote verspeist hat, sodass keine Spur von ihr gefunden werden konnte. Item, dass er einen Knaben im Winter getötet, seine Leiche im Schnee hat liegen lassen. Item, dass er seinem eigen Fleisch und Blut, namentlich dem Sohn, den er mit Trine Trumpen gezeugt, das Hirn aus dem Schädel gefressen hat, wofür es einige Augenzeugen gibt. Item, dass er eine Bäuerin vor Bedburg ermordet und vor die Tore der Stadt gelegt hat. Item, dass er versucht hat, Kinder auf der Weide zu reißen, als er in Wolfsgestalt gewesen, doch von einem Engel davon abgehalten worden sei. Item, dass er zwei angesehene Bürger und eine Frau im Wald gerissen. Item, dass er zwei Bürger, einen Mann und eine Frau, in den Mauern der Stadt gerissen und auf offener Straße ihre Leichen abgelegt hat, um die rechtschaffenen Menschen zu schrecken. Item, dass er zu weiteren Untaten sich begab, auch den Wolfsgürtel bei sich trug, als er von den Bauern gestellt und nach Bedburg geschafft worden. Item, dass er seine Tochter Billa in Hexerei angeleitet, ihr ein Kind gemacht und, als es aufgefallen war, ihr gezeigt, wie sie es aus dem Bauche hexen möge. Item, dass er ungezählte Male mit Trine Trumpen den Teufel angerufen, um zu beiderseitigem Vorteil sich Nahrung und Gesundheit zu verschaffen, wo anderenorts nur Hunger und Krankheit herrschten. Item, dass er die Lutheraner in den bedburgischen Landen in ihrer Schwärmerei umgarnt und Gottes Unwillen über die ganze Landschaft gebracht hat, was sich in Pestilenz, Hungersnot und Gesindelplagen äußerte. Item, dass er zahllose Schafe und Rinder gerissen, Angst und Schrecken gesät, allgemein den Frieden aufs Ärgste gestört und sich dabei angemaßt hat, als Beschützer der Landschaft Bauernhaufen gegen die Marodeure zu führen, dabei auch seine gottgegebene Position missachtet und jedes Recht überschritten hat. Zuletzt, dass er die Gerichtsbarkeit mit Schmutz beworfen, da er sich ins Schöffenamt geschlichen und dort über geringere Sünder, als er einer ist, sich zu Gericht sitzen anmaßte. Aus welchem Grunde hier auch die Kommissare und nicht die Schöffen fortan urteilen werden. Gesteht er hier, vor uns allen, denen er uns so geschadet, alle diese Taten?«

Graf Reifferscheidt wies mit ausladender Geste auf Peter Stubbe, der von den Schergen aufrecht gehalten wurde. In der atemlosen Stille der Zuschauer erklang nur sein Wimmern. Als einer der Schergen ihn ungeduldig anstieß, schrie er plötzlich aus vollem Hals: »Ja, ich bin der Werwolf! Ich war das alles! Euch habe ich verflucht! Eure Kinder werd ich fressen, euch die Kehlen herausreißen, wo auch immer ....« Einer der Schergen schlug ihm mit der Faust auf den Mund, dass Peter Stubbes Kopf in den Nacken fiel und er Blut und Zähne spuckte. Er begann laut zu heulen, gebärdete sich wie von Sinnen und war kaum zu bändigen.

»Habt keine Furcht!«, rief Graf Reifferscheidt in die aufbrandende Unruhe. »Er hat seine Untaten gestanden! Nun können wir ihn richten, denn ein Werwolf kann er nicht mehr werden! Wir haben bei ihm diesen Gürtel gefunden, den er vom Teufel selbst erhalten hat! Als wir ihn ergriffen, trug er ihn in seinem Mantel verborgen bei sich, um weitere Schandtaten zu begehen. Aber das wurde mit Gottes Hilfe verhindert.«

Der Priester an seiner Seite hob den Wolfsgürtel hoch, sodass jeder ihn sehen konnte.

»Nun zum Urteil!«

In der Pause, in der sich das Gericht besprach, begann aufgeregtes Reden unter den Zuhörern. Alle waren von der Zahl und dem Ausmaß der Taten wie betäubt.

»Wer hätte das gedacht! Wer hätte das gedacht!«, wiederholte Odilia immer wieder und brach an Jakobs Schulter erneut in Tränen aus.

»Und das war euer Hofherr!«, sagte Milo ungläubig zu Till, der selbst nur verwirrt dreinsah. Allein der Fidelfriedrich starrte ins Nichts, als berühre ihn das alles gar nicht.

»Das Gericht befindet als gerechte Strafe für die gestandenen Taten«, verkündete Graf Reifferscheidt, und augenblicklich wurde es still, »für Billa Stubbe den Tod durch Verbrennen, bei vorangehender Garrottierung, wegen Hexerei und Sodomie mit ihrem Vater. Für Trine Trumpen, wegen Schadzauberei, Hexerei, wissentlichem Schutz des Werwolfs Peter Stubbe, den sie gegen ihren Knecht sandte und dem sie ihre Magd als Opfer zuführte, den Tod durch Verbrennen bei vorangehender Garrottierung. Und nun, für den Werwolf von Bedburg, für sein verdammungswürdiges Leben, in dem er all jene bereits aufgezählten Taten verübt, für Teufelsbündelei, auf dass der Schaden, den er übers Land gebracht, die Sünden, die er begangen, von uns abgewaschen werden, für Peter Stubbe den Scheiterhaufen, bei vorangehendem Zwicken mit glühenden Zangen, Rädern und Enthaupten, hernach zum Zeichen, dass die göttliche

Ordnung wieder zu Bedburg einkehrt, sein Haupt aufs Rad gesteckt werde.«

Peter Stubbe hatte offenbar die Nennung seines Namens vernommen. Er begann plötzlich wieder zu schreien und wie irre um sich zu beißen, heulte wie ein Wolf, und es bedurfte erneut der vereinigten Anstrengung der Knechte, ihn ruhigzustellen. Nun leitete der Erzbischof zu Köln selbst sein Pferd auf die drei Verurteilten zu. Er wendete es, sodass er die Zuschauer ansah, und hob in feierlicher Geste die Arme. Die Kreuze auf seinem Gewand leuchteten in der Sonne auf.

»Lasset uns für die Seelen der drei Sünder beten! Lasset uns beten, dass Gott auch uns verzeihet, dass wir solche Sünder in unseren Reihen geduldet haben!«

Als die Versammelten wie ein Mann auf die Knie sanken, das Kinn auf die Brust sinken ließen und mit einem Vaterunser begannen, fühlte sich Milo unerwartet ergriffen. Die monotonen Worte durchdrangen ihn, machten seine Brust beben und gingen geradezu direkt in sein Herz. Neben den drei Elendsgestalten und dem Grafen erschien ihm der Erzbischof mit der Mitra, den sich im Wind blähenden Bischofsgewändern und dem Hirtenstab wie eine Lichtgestalt, die unantastbar war für alles Böse und ihnen allen Schutz spendete. Mit einer Inbrunst, die er noch nie so erlebt hatte, stimmte Milo ins Gebet mit ein und sang aus voller Kraft, als auf das Gebet ein Kirchenlied folgte.

»Betet für die Vergebung der Sünden!«, rief der Erzbischof, und während erneut das Gebet wie ein Sturmrauschen durch die Reihen der Menschen ging, wendete er sein Pferd, sodass er nun endlich seitlich zu den Delinquenten stand. Die Schergen, die gleichfalls auf die Knie gefallen waren und gebetet hatten, erhoben sich und zerrten Peter Stubbe herum. Die beiden Frauen ließen sich führen wie leblose Puppen. Ernst von Bayern gab ein Zeichen. Der Abt zu seiner Rechten senkte das Kreuz zu Stubbe herab. »Bereue deine Sünden! Schwöre ab dem Satan!«

Als Peter Stubbe nur unartikulierte Schreie ausstieß und versuchte, nach dem Kruzifix zu beißen, griff ein Knecht dem Verurteilen in den Nacken und zwang ihn, es zu küssen. Dann stieß Stubbe wieder ein langgezogenes Heulen aus. Der Erzbischof ließ die Versammelten noch zwei Gebete und drei Gesänge tun. Dann reihte er sich wieder bei den Edlen ein, ebenso Graf Reifferscheidt.

Nun erfolgte die Hinrichtung. Zuerst wurden die beiden Frauen erdrosselt: An die beiden Pfähle rechts und links des Scheiterhaufens gefesselt, begleitet von einem Priester, wurden ihnen Würgebänder umgelegt. Beide waren sie wie erstarrt. Erst als sich bei Billa das Würgeband zuzog und sie zu zucken begann, hub Trine Trumpen an, in Todesangst zu kreischen, so laut, dass Milo sich die Ohren zuhielt. Das Würgegeräusch, das darauf folgte, war fast noch schlimmer. Endlich legte sich Stille über den Richtplatz. Die ganze Zeit über hatten die Schergen Peter Stubbe niederhalten müssen. Nun, als er an die Reihe kam, war er stumm. Um zu verhindern, dass er Zuschauer mit dem Bösen Blick traf, wurde ihm ein Tuch vor die Augen gelegt; und als glühende Zangen ganze Fleischbrocken aus seiner Brust rissen, brüllte er zwar, verlor jedoch gleich das Bewusstsein. Sein Armstumpf hatte sich rotschwarz verfärbt. Erst als er aufs Rad gefesselt worden war und ihm mit einer Axt Arme und Beine zerschmettert wurden, echote sein Geheul erneut über den Platz. Endlich trat der Henker höchstselbst hervor.

»Möge die Hinrichtung des Werwolfs von Bedburg allen Protestanten und allen calvinistischen Wirrköpfen eine Lehre sein, zum wahren Glauben zurückzufinden! Nur durch ihre Schwäche konnte ein Werwolf auf Gottes Erde umgehen!«, rief Graf Reifferscheidt und sah Erzbischof Ernst erwartungsvoll an. Der verharrte einen Atemzug und das betretene Schweigen der Zuschauer wurde drückend; dann hob er die behandschuhte Hand mit dem Bischofsring. Der Henker nickte, suchte mit den Füßen festen Halt und hob das Richtschwert. Der Schlag war sauber und gründlich.

Nachdem Peter Stubbes enthaupteter Leib auf den Scheiterhaufen gebracht worden war, zwischen die beiden toten Frauen, entzündeten die Schergen das Reisig. Das Rad, auf das Peter Stubbe geflochten worden war, wurde auf eine Stange gesteckt, ganz wie man es mit Storchennestern tat, und obendrauf wurde sein Kopf gespießt. Von der Straße aus gut sichtbar wurde der Pfahl aufgerichtet, während auf dem Scheiterhaufen die Flammen rasch an Stärke gewannen und fettig schwarzer Rauch in den Himmel stieg. Der Gestank wurde atemberaubend. Aber das kümmerte niemanden: Kaum dass der Pfahl stand, war es, als sei ein Bann gebrochen. Als der Erzbischof mit allen gemeinsam ein letztes Gebet gesprochen und die Hinrichtung damit vollendet hatte, wurde das betretene Schweigen durch aufgeregte Gespräche, ja gar Gelächter abgelöst. Der Werwolf war tot. Die Zeiten würden wieder besser werden. Die finsteren Wolken des Krieges, des Hungers und der Krankheit würden fortziehen, denn nun konnten sie alle wieder Gottes Gnade empfangen.

Ein Rat, Hauptmann der Stadt Köln und Winzer, schrieb im gleichen Jahr in sein Büchlein hinein: ›Wer weis, ob es versclach, bedroch, inbildung sei? Ich lais heimlich, verborgen dingen gode, dem nitzs verborgen, richten ... Nimmt nemands, das ir nit widder geben mogt‹.

⁂

Die Nachricht vom Tod des Werwolfs verbreitete sich wie ein Lauffeuer. Drucker gingen eifrig zu Werke, das Geschehen in Bild und Text gefasst auf Papier zu bannen; in den Niederlanden, gar in England fand sich der Bericht über den Werwolf Peter Stubbe, ging von Hand zu Hand, veränderte seine Natur und überlebte doch die Jahrhunderte.

Es war im neunzehnten Jahrhundert nach Christi

Geburt, dass ein Mann ein solches Flugblatt zwischen den Seiten eines alten Medizinerbuches wiederfand. Er las es mit einigem Interesse und legte es wieder fort. Doch die Bilder, die vor Jahrhunderten gestochen worden waren, die Worte, die das damalige Geschehen wieder lebendig machten, ließen ihn nicht mehr los. Und als er sich selbst auf die Jagd durchs nächtliche London begab, da fühlte er den Geist des Werwolfs in sich. Er wollte ihm Ehre machen, und auf seine Art gelang ihm das. Seine Morde nämlich sollten über den Telegrafen Verbreitung über ganz Europa finden, und der Name, unter dem er bekannt wurde, sollte zur Legende werden: Jack the Ripper.

Nachwort zu Homini Lupus

Bedbur 1584.

Gab es einen Werwolf zu Bedburg? Natürlich nicht. Gab es einen Werwolf im übertragenen Sinne, im Sinne eines Serienmörders, der einerseits ein normales Leben führt und andererseits Menschen tötet? Ein Blick ins Internet offenbart eine vielfach positive Antwort auf diese Frage, und als Täter wird hier zumeist ein Mann bezeichnet: Peter Stubbe. Vielleicht ziert die Behauptung noch eine Fußnote, es könne nicht so genau gesagt werden, aber letztlich war doch Peter Stubbe der Schuldige. So wird posthum Rufmord an einer historischen, aller Wahrscheinlichkeit nach realen Person begangen.

Denn Peter Stubbe hat allem Anschein nach gelebt, und er wurde wohl auch hingerichtet. Hermann Weinsberg, ein Kölner Ratsherr, schrieb ungewöhnlich ausführlich in seinem Tagebuch über die Hinrichtung. Er merkt dort auch offen seine Zweifel an, die er an der Werwolfsverwandlung und dem damit im Zusammenhang stehenden Teufelspakt hegt:

›Was es aber vor ein handel sei, ist boven minem verstande und mir verborgen. Sol ichs gleuben, so wil ichs geleuben. Aber das alles war sei, was man vom zaubern sagt, dreumt und nachswetzst, das kan ich nit all gleuben. Wan sulche boese zeuber in Coln wern, da man auch recht weis, wurde wol justicia druber geschein. Wer weis, ob es versclach, bedroch, inbildung sei? Ich lais heimlich, verborgen dingen gode, dem nitzs verborgen, richten.‹

Beachtlich ist dieses Tagebuch aber auch, da es nicht nur akribisch geführt wurde, sondern sich auch durchweg eines eher nüchternen Stils bedient. Es ist eine Quelle von unschätzbarem Wert für die Alltagsgeschichte der Neuzeit: Nahezu jedes Ratszeichen, das er für ein Fest oder als Geschenk ausgegeben hat, ist dort notiert. Insofern besitzt es eine Glaubwürdigkeit, die die der zahlreichen Flugblätter über den Fall bei Weitem überragt – wobei nicht verschwiegen werden soll, dass es eine hundertprozentige Sicherheit auch hier nicht geben kann.

Weinsberg zeigt sich hier, vielleicht unbewusst, aufgeklärt, indem er den Werwolfsmythos als Mythos impliziert. Zweifel an Zauberei und Hexenwesen sind in dieser Zeit, in der Hexenverfolgungen nicht nur in deutschen Gebieten und Städten zahlreich gewesen sind, durchaus nicht ungewöhnlich. Gelegentlich richten sie sich gegen die Hexenproben, ohne die Möglichkeit eines Teufelspakts an sich anzuzweifeln, vereinzelt aber auch gegen die Möglichkeit eines Teufelspakts an sich. Insofern ist hier durchaus keine blinde Hexereigläubigkeit zu verzeichnen und die Zweifel des Hermann Weinsberg und sein Verdacht, es könne auch einfach alles üble Nachrede sein, durchaus nicht allzu ungewöhnlich.

Damit ist der neuzeitliche Ratsherr immerhin jenen voraus, die heutzutage Peter Stubbe mehr oder weniger unreflektiert als einen Mörder, ja Serienmörder hinstellen. Denn wenngleich es heute Selbstverständlichkeit ist, den Werwolfsaspekt (zu Recht) als Aberglauben hinzustellen, wird doch allzu leicht der Aspekt des Mörders akzeptiert.

Dies ist aus zweierlei Gründen unzulässig – ganz abgesehen davon, dass sich eine solche Annahme nur wenig von neuzeitlichen Hexereivorwürfen, nur eben auf anderer Ebene, unterscheidet:

Ganz zeitgemäß gab es keine überlieferten Ermittlungen zum Fall Peter Stubbe, keine überlieferte Beweissicherung oder dergleichen, wohingegen die Verurteilung auf Basis des Geständnisses durch peinliche Befragung als justiziabel angesehen wurde. Und inwieweit Geständnisse unter Folter Wahrheit enthalten, dürfte hinlänglich bekannt sein; wenngleich die vorgeblich moralischste aller westlichen Nationen eben diese Methoden mit einigem Genuss wieder anwendet. Es gibt für eine Schuld des Bauern Peter Stubbe also keinerlei überlieferte Belege, und es ist außerordentlich unwahrscheinlich, dass zu jener Zeit irgendeine Form der Beweissicherung oder -sichtung jenseits der göttlichen Beweisführung (peinlicher Befragung und Wolfsgürtel) vorgenommen worden sein soll.

Zum Zweiten fügt sich der Fall zu gut in die politische Situation der Zeit. Dass gerade am Reformationstag ein möglicherweise angesehener Kopf der ländlichen Protestanten ausgerechnet von einem eben an die Macht gekommenen katholischen Grafen, der sich später in einem Brief über die Probleme bei der Gegenreformation der Landschaft beklagen sollte, als Werwolf und Teufelsbündler hingerichtet wurde, ist ganz im Gegensatz zu jeglichem Mangel an Tatbeweisen mindestens auffällig zu nennen. Auch ist der Prozess gegen Peter Stubbe ungewöhnlich kurz, dauerte er doch zumindest laut den Quellen insgesamt nur ein paar Tage. Mord und Totschlag, der Tod durch Unfall und Krankheit waren nicht nur während der kurkölnischen Wirren ständige Begleiter gerade auf dem Land, sodass es keiner weiteren Anstrengungen bedurfte, passende Todesfälle herauszusuchen und zu kombinieren, um daraus einen Prozess zu konstruieren. Die Verschiedenartigkeit der Opfer fügt sich eben gerade nicht in das klassische Profil eines Serienmörders, weswegen auch in diesem Buch davon ausgegangen wird, dass dem ›Werwolf‹ zahlreiche Taten nur untergeschoben wurden: Fähnrich Arnold beispielsweise bedient sich durch die Drapierung der Leiche gezielt den Geschichten und Gerüchten, um von seiner Tat abzulenken, und während die Bauern dieser Täuschung Glauben schenken, nimmt der Profoss es als willkommenen Grund dafür, den Tod des Hannes (der seinerseits gleichsam dem Leser einen Spiegel vorhalten mag) nicht weiter zu verfolgen.

Es ist also wesentlich wahrscheinlicher, dass es sich um einen politisch motivierten Schauprozess gehandelt, als dass der Bauer Peter Stubbe tatsächlich einem Menschen geschadet hat. Aber Volkes Seele war damals nicht weniger leicht zu manipulieren, als sie es heute noch ist.

Eine solche Beeinflussung kann zudem auch für den Manipulierten durchaus unterhaltend sein. Auch in der frühen Neuzeit wusste man bereits die Medien für Katastrophenmeldungen und ›wahre‹ Schauergeschichten zu schätzen. So ist der Fall des angeblichen ›Werwolfs‹ Peter Stubbe einer der ersten, die massenmedial Verbreitung fanden, und dies weit über die Sprachgrenzen hinaus: Flugblattdruckereien befleißigten sich unmittelbar nach der Hinrichtung bereits darin, das ›verdammungswürdige Leben‹ des Hingerichteten in Wort und Bild zu fassen. Gleichsam als Vorläufer des Comics und der Boulevardpresse bilden die Stiche jener Zeit Untaten, Gefangennahme, Verurteilung und in großer Ausführlichkeit Hinrichtung und Zurschaustellung des ›Werwolfs‹ ab. Es sind nicht nur Drucke aus Uffenbach und Nürnberg überliefert, sondern auch aus Antwerpen, und, versehen mit einer ausführlichen Textfassung, aus London. Letztere ist schon deshalb ein Kuriosum, als es von einem deutschstämmigen Braumeister zu Protokoll gegeben worden sein soll, der Verwandtschaft mit einem dem Werwolf entronnenen Mädchen vorgab.

Damit soll ein Wort zu den realen und fiktiven Elementen des Romans gesagt werden. Da es sich um eine belletristische Erzählung handelt, die in erster Linie unterhalten muss, war es zweckdienlich, Zeitlinien zu verkürzen und

Jahre zu verschmelzen. Die Belagerung und Plünderung Antwerpens durch die Spanier, der Aufstand der Landsknechte gegen Jaspar Robles, die erst vergebliche, dann erfolgreiche Belagerung Kerpens, die Machtspiele zwischen den Grafen Neuenahr und Reifferscheidt und zwischen den Erzbischöfen Gebhard und Ernst, all dies sind Ereignisse, die Zeitzeugen ähnlich wie hier geschildert haben. Und Elemente wie eine Kindheit als sogenannter ›Schütze‹ im Gefolge von Bacchanten erscheinen beispielsweise in der Autobiografie des Thomas Platter.

Fiktiv hingegen ist die zeitliche Raffung der Ereignisse. Auch Stubbes Kinder waren möglicherweise bereits älter, wiewohl sich dies nicht mit Sicherheit feststellen lässt. Die Hinrichtung eines Kindes wäre allerdings auf ein stärkeres Echo gestoßen, insofern kann Billa Stubbe als historisch junge Frau gelesen werden. Leider sind die Prozessakten bislang verschollen, sodass die genaue Argumentationsführung und die Beschreibung der Angeklagten weitgehend auf Vermutungen beruht; einzig was ihr Aussehen betrifft, vermögen die ersten lokalen Flugschriften einen vagen und zweifelhaften Anhaltspunkt zu liefern. Das Dorf Epprath ist leider dem Braunkohletagebau zum Opfer gefallen.

Aber auf eine minutiöse historische Stimmigkeit kommt es im Gegensatz zu einem Sachbuch hier auch nicht an. Viel wichtiger sind andere Faktoren, die Frage nach Schuld und Nachrede, die Unsicherheit jener Zeiten mit ihren ungebundenen Landsknechtsheeren und Merode-Brüdern, die selbstverständliche Grausamkeit gegenüber jedem, angesichts dessen beispielsweise das Vorgehen der Europäer bei der Entdeckung Amerikas eher nach dem damals Üblichen anmutet. Viel wichtiger ist der Wolf, der noch heute im Menschen schlummert. Und dies auch in spießbürgerlichen Existenzen, wie bei den Folterszenen in Abu-Ghuraib zu beobachten war. Aber stets tut es hier wohl, einen Spiegel zur Hand zu haben.

Abschließend sei mein besonderer Dank ausgesprochen meinem Kollegen, dem Kriminologen Dr. Frank Robertz vom Institut für Gewaltprävention und angewandte Kriminologie Berlin, der entscheidend zur Auffindung des Werwolfs von Bedburg beigetragen hat und mir mit essenzieller Beratung zur Psyche von Serienmördern zur Seite stand. Herrn Peter Kremer für seine leidenschaftliche Schilderung des Falles Stubbe. Nicht zuletzt dem Verlag und der engagierten Lektorin, Claudia Senghaas, für die gute Zusammenarbeit bis hin zu einer engen Absprache bei der Titelfindung und -gestaltung. Und aber auch all jenen, die damals wie heute Fanatismus und Rechthaberei mit Vernunft, Selbstkritik und Menschlichkeit entgegentreten.

*Weitere Krimis finden Sie auf den
folgenden Seiten oder im Internet:
www.gmeiner-verlag.de*

URSULA NEEB
Madame empfängt
....

419 Seiten, Paperback.
ISBN 978-3-8392-1050-5.

GEFÄHRLICHE LIEBSCHAF-TEN Frankfurt, 1836. Eine Serie von Giftmorden an jungen Dienstmädchen, die alle nebenbei der Prostitution nachgingen, erschüttert die Stadt am Main. Augenzeugen haben keine Zweifel, dass der Täter der besseren Gesellschaft angehört. Der ebenso verschlafenen wie korrupten Polizeibehörde gelingt es aber nicht, dem Mörder auf die Spur zu kommen.

Empört über so viel Unfähigkeit und Ignoranz beginnt die Frankfurter Dichterin Sidonie Weiß, gemeinsam mit ihrem Jugendfreund Johann Konrad Friedrich, auf eigene Faust zu ermitteln …

BETTINA SZRAMA
Die Konkubine d. Mörders
....

321 Seiten, Paperback.
ISBN 978-3-8392-1040-6.

VON RACHE GETRIEBEN Bayern im Jahre 1632. Die Bauern leiden unter den Schrecken des Dreißigjährigen Krieges. Versprengte Truppen des gefallenen Feldherrn Johann t'Serclaes von Tilly ziehen plündernd und mordend durch das Land. Auch Marie, die in einem kleinen Dorf bei Ingolstadt lebt, muss mit ansehen, wie ihre Familie getötet und die Pferde geraubt werden.

Jahre später trifft sie in Hannover auf den skrupellosen Dieb, Vergewaltiger und Mörder Jaspar Hanebuth. Seine Stimme kommt Marie verdächtig vor – doch sein wildes, zügelloses Wesen zieht sie auch magisch an …

Wir machen's spannend

BETTINA SZRAMA
Die Giftmischerin
....
324 Seiten, Paperback.
ISBN 978-3-89977-791-8.

DER ENGEL VON BREMEN
Die Hansestadt Bremen im frühen 19. Jahrhundert. In ärmlichen Verhältnissen aufgewachsen, intelligent und schön, sehnt sich die junge Gesche Margarethe Timm nach Glanz und Reichtum. Um dieses Ziel zu erreichen, ist ihr jedes Mittel recht. Frühzeitig bestiehlt sie ihre Eltern und beginnt, skrupellos und heimtückisch alle zu töten, die ihrem Erfolg im Weg stehen. Manche ihrer Opfer pflegt sie dabei bis zum Gifttod aufopferungsvoll – als »Engel von Bremen«.

Der erste historische Kriminalroman über Gesche Gottfried, Deutschlands berühmteste Serienmörderin.

HERBERT BECKMANN
Mark Twain unter d. Linden
....
276 Seiten, Paperback.
ISBN 978-3-8392-1051-2.

IM DEUTSCHEN CHICAGO
Berlin, 1891. Der Kaiser steht stramm, um Mark Twain zu empfangen. Wissenschaftler wie Virchow und Helmholtz schmücken sich mit seinem Besuch. Und beim amerikanischen Botschafter geht er mitsamt seiner Familie ein und aus. Als Mark Twain im Herbst und Winter des Jahres 1891 in Berlin lebt, kann er sich über öffentliche Würdigungen nicht beklagen. Doch hinter der heilen Fassade spielen sich mysteriöse Dinge ab: Twains Scherze kommen nicht bei allen gut an, er wird von einer fremden Frau verfolgt, und auch die Berliner Unterwelt scheint sich auf einmal für den Schriftsteller und seine Familie zu interessieren …

Wir machen's spannend

HERBERT BECKMANN
Die indiskr. Briefe d. G. C.
....
373 Seiten, Paperback.
ISBN 978-3-8392-1005-5.

SABINE KLEWE
Die schwarzseidene Dame
....
373 Seiten, Paperback.
ISBN 978-3-8392-1007-9.

PREUSSISCHE AFFÄREN
Giacomo Casanova, der selbsternannte Chevalier de Seingalt, kommt im Sommer 1764 nach Berlin und Potsdam, um dort sein Glück zu machen. Restlos pleite, lediglich unterstützt von seiner geheimnisvollen Brieffreundin Terese, trifft er dort auf das Preußen Friedrichs des Großen, einen Militärstaat, der nach dem Siebenjährigen Krieg nahezu bankrott ist.

Im Berliner »Hôtel de Paris« macht Casanova die Bekanntschaft des alten Barons von Ribbeck. Dessen Schwiegersohn und gleichaltriger Kriegskamerad, der Graf von Wilmerstorff, ist auf mysteriöse Weise verschwunden. Nur um seiner Gattin, der jungen Gräfin Johanna, näherzukommen, übernimmt Casanova die zwielichtige Rolle des Commissaire und begibt sich auf die Suche nach dem Vermissten ...

TÖDLICHES GEHEIMNIS
Düsseldorf, November 1819. Im Rhein wird ein toter Mann entdeckt: Dietrich Lohner, Tagelöhner und Gelegenheitsgauner. Am selben Tag beginnt in der ehemaligen Kreuzherrenkirche die Suche nach der Gruft der mehr als 200 Jahre zuvor ermordeten Herzogin Jakobe von Baden. Die junge Schreibkraft Isolde Heinrich protokolliert die Grabungen. Als sie am Abend nach Hause geht, steht plötzlich eine schwarz verschleierte, geisterhafte Frau vor ihr.

Während die Polizei nach Lohners Mörder fahndet, versucht Isolde das Geheimnis um die mysteriöse Dame in Schwarz zu lösen. Bis sie merkt, dass beide Fälle zusammenhängen ...

Wir machen's spannend

DAGMAR FOHL
Das Mädchen u. s. Henker
....
274 Seiten, Paperback.
ISBN 978-3-8392-1003-1.

GEWISSENSFRAGEN Hamburg im 18. Jahrhundert: Jan Anton Kock, Sohn des Scharfrichters Anton Kock, muss nach dem plötzlichen Tod seines Vaters dessen Amt übernehmen und schon im Alter von 16 seine erste Hinrichtung vollziehen. Viele Jahre erfüllt er seine Arbeit pflichtbewusst, obwohl er dem Scharfrichterberuf zwiespältig gegenübersteht.

Doch als er sich in das Lachen eines Mädchens verliebt, gerät seine Welt ins Wanken. Denn die junge Hanna Kranz, Dienstmädchen einer reichen Familie, ist des Kindsmordes angeklagt und bis zu ihrer Hinrichtung bleiben nur noch wenige Tage. Eine qualvolle Zeit für Jan Kock, aber auch für Dr. Friedrich König. Der Anwalt ist als Defensor der Hanna Kranz berufen. Als aufgeklärter Geist und Gegner der Todesstrafe versucht er ihr Leben um jeden Preis zu retten …

UWE KLAUSNER
Pilger des Zorns
....
322 Seiten, Paperback.
ISBN 978-3-8392-1019-2.

TOD AUF DEM MAIN Mainfranken 1416. Auf der Suche nach Ruhe und Kontemplation macht sich Zisterziensermönch Hilpert von Maulbronn per Schiff auf den Weg von Würzburg in das weit entfernte Kloster Himmerod in der Eifel.

Kaum an Bord, muss Bruder Hilpert die Hoffnung auf eine geruhsame Reise begraben. Anscheinend gibt es keinen Passagier auf der »Charon«, der nicht irgendetwas zu verbergen hätte, und so kommt es, dass die Kette mysteriöser Vorfälle an Bord des Zweimasters einfach nicht abreißen will.

Hilpert wäre nicht Hilpert, wenn er sich damit zufriedengeben würde. Doch muss der Detektiv im Mönchshabit bald einsehen, dass er auf verlorenem Posten steht. Was als Pilgerreise begann, wird zu einer Fahrt ins Ungewisse. Schon bald beschleicht ihn das Gefühl, dass sich auf dem Main eine Katastrophe anbahnt …

Wir machen's spannend

UWE KLAUSNER
Die Kiliansverschwörung
....
421 Seiten, Paperback.
ISBN 978-3-89977-768-0.

DER RAUB DER KILIANS-RELIQUIEN Würzburg am Main, Anno Domini 1416. Ein unglaublicher Frevel erschüttert die Stadt: Ausgerechnet fünf Tage vor Kiliani, dem höchsten Feiertag der Diözese, werden die Reliquien der drei Frankenapostel Kilian, Kolonat und Totnan gestohlen. Und tausende von Pilgern befinden sich bereits in der Stadt. Die Lage droht zu eskalieren, sollten die Reliquien nicht bis zum Fest des heiligen Kilian am 8. Juli wieder auftauchen.

Berengar von Gamburg, der Vogt des Grafen von Wertheim, ist per Zufall Zeuge eines Gesprächs zwischen Dieb und Auftraggeber geworden. Er wird mit der Lösung des Falls beauftragt. Dabei kann er sich der Unterstützung eines ebenso treuen wie scharfsinnigen Freundes gewiss sein: Bruder Hilpert, Bibliothekarius zu Maulbronn und einer der führenden Köpfe des Zisterzienserordens.

UWE KLAUSNER
Die Pforten der Hölle
....
471 Seiten, Paperback.
ISBN 978-3-89977-729-1.

MORDE HINTER KLOSTERMAUERN Frühjahr 1416, wenige Tage vor Palmsonntag. Bibliothekarius Hilpert von Maulbronn trifft im Kloster Bronnbach im Taubertal ein. Als Inquisitor soll er einer geheimen Bruderschaft satanischer Novizen auf die Schliche kommen. Den rätselhaften Tod des Priors der Abtei kann er indes nicht verhindern, ebenso wenig die bestialische Ermordung eines Novizen. Und bald scheint es, als hinge sein eigenes Leben nur noch an einem seidenen Faden.

Wir machen's spannend

NORBERT KLUGMANN
Die Adler von Lübeck

373 Seiten, Paperback
ISBN 978-3-8392-1004-8.

VOM STAPEL GELASSEN
Lübeck 1602. Nach dem mysteriösen Tod des ebenso erfolgreichen wie gehassten Reeders und Werftbesitzers Rosländer rätselt die Stadt, was mit seinem Unternehmen passieren wird. Doch statt die Werft zu verkaufen, plant die Witwe Anna, ein Schiff zu bauen, wie es Lübeck, die Hanse und der Raum um das Baltische Meer noch nicht gesehen haben. Das Schiff soll sogar noch größer werden als die legendäre »Adler von Lübeck«.

Die Lübecker Kaufleute sind empört, sprechen von Größenwahn und fürchten um ihre Geschäfte. Nur die Hebamme Trine Deichmann und ihre Freundinnen stehen auf Annas Seite. Ihre Hilfe kommt zur rechten Zeit, denn auf der Rosländer-Werft geschehen merkwürdige Dinge ...

NORBERT KLUGMANN
Die Nacht des Narren

274 Seiten, Paperback.
ISBN 978-3-89977-693-5.

GEFANGEN IM NARRENREICH Lübeck, Anfang des 17. Jahrhunderts. An einem frühen Maimorgen wird die Hebamme Trine Deichmann unsanft aus dem Schlaf gerissen. Vermummte bringen sie in einer Kutsche eilig Richtung Osten zu einem Schloss im Mecklenburgischen. Ein Zimmermädchen liegt dort in den Wehen und braucht ihre Hilfe. Was Trine nicht ahnt: Der Grund für die große Eile ist das in Kürze beginnende »Narrenreich«, die 24-stündige Alleinherrschaft des Hofnarren Theophrastus von Bommelheim. Niemand darf in dieser Zeit die Residenz betreten oder verlassen.

Trine gelingt es nicht, rechtzeitig aus dem Schloss zu entkommen. Als am Abend die Leiche eines Knechts gefunden wird, halten der Fürst und seine Gäste das noch für einen großen Spaß. Doch dann lässt der Narrenkönig mehrere Galgen errichten ...

GMEINER

Wir machen's spannend

NORBERT KLUGMANN
Die Tochter d. Salzhändlers
....

327 Seiten, Paperback
ISBN 978-3-89977-706-2.

DAS GEHEIMNIS DES SALZ-
HÄNDLERS Lübeck, Silvester 1599.
Die Frau des angesehenen Salzkaufmanns Heinrich Schelling bringt mit Unterstützung der Hebamme Trine Deichmann ein Kind zur Welt. Das Neugeborene weist eine seltsame Missbildung auf: Seine zusammengewachsenen Beine sehen aus wie der Schwanz einer Nixe. Bei der schweren Geburt stirbt die Mutter, ihre Leiche verschwindet spurlos. Kurz darauf ist auch ihr Mann unauffindbar.

In der Stadt entbrennen heftige Diskussionen über die Hebammen, deren teils magisch wirkende Praktiken sie zum neuen alten Feindbild werden lassen. Besorgt um den Ruf ihres Standes, macht sich Trine Deichmann zusammen mit Lili, der ältesten Tochter des Salzhändlers, auf die Suche nach den Verschwundenen.

GÜNTHER THÖMMES
Das Erbe des Bierzauberers
....

421 Seiten, Paperback.
ISBN 978-3-89977-788-8.

BRAUER, TOD UND KAISER
Fünf weite Bierreisen durch das Heilige Römische Reich, vier ermordete Bierbrauer, drei mächtige Herzöge und zwei Habsburger-Kaiser liegen auf dem Weg zu einem Gesetz, das die Jahrhunderte überdauern sollte: das Reinheitsgebot für Bier.

Auf seiner Reise durch die wichtigsten Bierstädte des 15. Jahrhunderts ist der „Kaiserliche Bierkieser" Georg den Geheimnissen seiner Zeit auf der Spur: Was bedeutet Kaiser Friedrichs mystisches Rätsel AEIOU? Gab es bereits im Mittelalter bewusstseinserweiternde Drogen? Und wer hat die Brauer aus vier verschiedenen Städten ermordet?

Ein epochaler Mittelalter-Krimi um Habsburger, Wittelsbacher und das liebe Bier.

Wir machen's spannend

FRANK KURELLA
Der Kodex des Bösen
....

377 Seiten, Paperback.
ISBN 978-3-89977-790-1.

DIE HÄUPTER DES HEILIGEN Neuss 1288. Der zum jungen Mann gereifte Marcus gerät in den Verdacht, die Reliquie des heiligen Quirinus aus dem Münster der Stadt Neuss gestohlen zu haben. Er hält gerade den sterbenden Priester, der die tatsächlichen Diebe überrascht hat, in seinen Armen, als zwei weitere Geistliche auftauchen. Mit letzter Kraft spricht der Sterbende einige rätselhafte Worte, die auf die Hintergründe des Raubes hinweisen, bevor Marcus die Stadt fluchtartig verlässt.

Auf seiner abenteuerlichen Reise, die ihn schließlich mitten in die Schlacht von Worringen führt, kommt er einem unglaublichen Geheimnis auf die Spur …

UWE GARDEIN
Die Stunde des Königs
....

278 Seiten, Paperback.
ISBN 978-3-89977-789-5.

HOCHVERRAT Frühjahr 1886. Die bayerische Regierung entscheidet sich endgültig, mit aller Härte gegen König Ludwig II. vorzugehen. Nach langem Suchen hat der Ministerpräsident in dem Irrenarzt Gudden einen Mann gefunden, der die Verantwortung für das Urteil gegen den König auf sich nehmen will. Es lautet: König Ludwig ist geisteskrank.

Nach der Verhaftung des Königs kommt es bei Neuschwanstein fast zu einer bewaffneten Auseinandersetzung; der Widerstand bricht jedoch schnell zusammen. Aber es bleibt ein Problem: Der lebende Ludwig würde so lange König sein, bis er stirbt – so sieht es die Verfassung vor. Zudem gibt es bereits laute Äußerungen, die an der »Wahrheit« Guddens zweifeln lassen. Und die Regierung hat sich des Hochverrates schuldig gemacht …

Wir machen's spannend

BIRGIT ERWIN / ULRICH BUCHHORN
Die Gauklerin v. Buchhorn
....
419 Seiten, Paperback.
ISBN 978-3-8392-1039-0.

BLUTZOLL FÜR BUCHHORN
Buchhorn im Jahre 919. Nach jahrelanger Gefangenschaft in Ungarn hofft Graf Udalrich auf ein friedlicheres Leben mit seiner Frau Wendelgard auf ihrer Burg am Bodensee. Doch als zwei brutale Morde geschehen, hat sie die Vergangenheit längst eingeholt.
Eckhard, Sekretär des Bischofs von Konstanz, und Gerald, treuer Schmied der Grafenfamilie, machen sich gemeinsam auf die Suche nach den Tätern. Die Spur führt sie zu einer Gruppe Fremder um die ebenso attraktive wie geheimnisvolle Gauklerin Kunigunde …

GERHARD LOIBELSBERGER
Die Naschmarkt-Morde
....
274 Seiten, Paperback.
ISBN 978-3-8392-1006-2.

MARKT DER EITELKEITEN
Wien 1903. Auf dem nächtlichen Naschmarkt, dem größten Viktualien-Markt der Stadt, wird ein brutaler Mord verübt. Das Opfer: die junge Gräfin Hermine von Hainisch-Hinterberg, eine Waise aus reichem Haus, die bei ihrer Tante und ihrem Cousin in der Wiener Innenstadt lebte.

Die Presse macht viel Lärm um den »Naschmarkt-Mord«, vor allem der Journalist Leo Goldblatt übt Druck auf die Polizei aus. Doch das kümmert Joseph Maria Nechyba, ermittelnder Inspector des kaiserlich-königlichen Polizeiagenteninstituts, zunächst wenig. Der korpulente Genussmensch widmet sich lieber seinem leiblichen Wohlbefinden und seiner neuen Liebe, der Köchin Anna Litzelsberger. Bis am Naschmarkt ein weiterer Mord geschieht …

Wir machen's spannend

Das neue KrimiJournal ist da!
**2 x jährlich das Neueste
aus der Gmeiner-Krimi-Bibliothek**

In jeder Ausgabe:

- Vorstellung der Neuerscheinungen
- Hintergrundinfos zu den Themen der Krimis
- Interviews mit den Autoren und Porträts
- Allgemeine Krimi-Infos
- Großes Gewinnspiel mit ›spannenden‹ Buchpreisen

*ISBN 978-3-89977-950-9
kostenlos erhältlich in jeder Buchhandlung*

KrimiNewsletter
Neues aus der Welt des Krimis

Haben Sie schon unseren KrimiNewsletter abonniert?
Alle zwei Monate erhalten Sie per E-Mail aktuelle Informationen aus der Welt des Krimis: Buchtipps, Berichte über Krimiautoren und ihre Arbeit, Veranstaltungshinweise, neue Krimiseiten im Internet, interessante Neuigkeiten zum Krimi im Allgemeinen.
Die Anmeldung zum KrimiNewsletter ist ganz einfach. Direkt auf der Homepage des Gmeiner-Verlags (www.gmeiner-verlag.de) finden Sie das entsprechende Anmeldeformular.

Ihre Meinung ist gefragt!
Mitmachen und gewinnen

Wir möchten Ihnen mit unseren Krimis immer beste Unterhaltung bieten. Sie können uns dabei unterstützen, indem Sie uns Ihre Meinung zu den Gmeiner-Krimis sagen! Senden Sie eine E-Mail an gewinnspiel@gmeiner-verlag.de und teilen Sie uns mit, welches Buch Sie gelesen haben und wie es Ihnen gefallen hat. Alle Einsendungen nehmen automatisch am großen Jahresgewinnspiel mit ›spannenden‹ Buchpreisen teil.

Wir machen's spannend

Alle Gmeiner-Autoren und ihre Krimis auf einen Blick

ANTHOLOGIEN: Mords-Sachsen 4 • Sterbenslust (2010) • Tödliche Wasser • Gefährliche Nachbarn • Mords-Sachsen 3 • Tatort Ammersee (2009) • Campusmord (2008) • Mords-Sachsen 2 (2008) • Tod am Bodensee • Mords-Sachsen (2007) • Grenzfälle (2005) • Spekulatius (2003) **ARTMEIER, HILDEGUND:** Feuerross (2006) • Drachenfrau (2004) **BAUER, HERMANN:** Verschwörungsmelange (2010) • Karambolage (2009) • Fernwehträume (2008) **BAUM, BEATE:** Ruchlos (2009) • Häuserkampf (2008) **BECK, SINJE:** Totenklang (2008) • Duftspur (2006) • Einzelkämpfer (2005) **BECKMANN, HERBERT:** Mark Twain unter den Linden (2010) • Die indiskreten Briefe des Giacomo Casanova (2009) **BEINSSEN, JAN:** Feuerfrauen (2010) **BLATTER, ULRIKE:** Vogelfrau (2008) **BODE-HOFFMANN, GRIT / HOFFMANN, MATTHIAS:** Infantizid (2007) **BOMM, MANFRED:** Kurzschluss (2010) • Glasklar (2009) • Notbremse (2008) • Schattennetz • Beweislast (2007) • Schusslinie (2006) • Mordloch • Trugschluss (2005) • Irrflug • Himmelsfelsen (2004) **BONN, SUSANNE:** Der Jahrmarkt zu Jakobi (2008) **BODENMANN, MONA:** Mondmilchgubel (2010) **BOSETZKY, HORST [-KY]:** Unterm Kirschbaum (2009) **BOENKE, MICHAEL:** Gott'sacker (2010) **BÖCKER, BÄRBEL:** Henkersmahl (2010) **BUTTLER, MONIKA:** Dunkelzeit (2006) • Abendfrieden (2005) • Herzraub (2004) **BÜRKL, ANNI:** Schwarztee (2009) **CLAUSEN, ANKE:** Dinnerparty (2009) • Ostseegrab (2007) **DANZ, ELLA:** Rosenwahn (2010) • Kochwut (2009) • Nebelschleier (2008) • Steilufer (2007) • Osterfeuer (2006) **DETERING, MONIKA:** Puppenmann • Herzfrauen (2007) **DIECHLER, GABRIELE:** Engpass (2010) **DÜNSCHEDE, SANDRA:** Todeswatt (2010) • Friesenrache (2009) • Solomord (2008) • Nordmord (2007) • Deichgrab (2006) **EMME, PIERRE:** Pizza Letale (2010) • Pasta Mortale • Schneenockerleklat (2009) • Florentinerpakt • Ballsaison (2008) • Tortenkomplott • Killerspiele (2007) • Würstelmassaker • Heurigenpassion (2006) • Schnitzelfarce • Pastetenlust (2005) **ENDERLE, MANFRED:** Nachtwanderer (2006) **ERFMEYER, KLAUS:** Tribunal (2010) • Geldmarie (2008) • Todeserklärung (2007) • Karrieresprung (2006) **ERWIN, BIRGIT / BUCHHORN, ULRICH:** Die Gauklerin von Buchhorn (2010) • Die Herren von Buchhorn (2008) **FOHL, DAGMAR:** Das Mädchen und sein Henker (2009) **FRANZINGER, BERND:** Leidenstour (2009) • Kindspech (2008) • Jammerhalde (2007) • Bombenstimmung (2006) • Wolfsfalle • Dinotod (2005) • Ohnmacht • Goldrausch (2004) • Pilzsaison (2003) **GARDEIN, UWE:** Die Stunde des Königs (2009) • Die letzte Hexe – Maria Anna Schwegelin (2008) **GARDENER, EVA B.:** Lebenshunger (2005) **GIBERT, MATTHIAS P.:** Bullenhitze (2010) • Eiszeit • Zirkusluft (2009) • Kammerflimmern (2008) • Nervenflattern (2007) **GRAF, EDI:** Bombenspiel (2010) • Leopardenjagd (2008) • Elefantengold (2006) • Löwenriss • Nashornfieber (2005) **GUDE, CHRISTIAN:** Homunculus (2009) • Binärcode (2008) • Mosquito (2007) **HAENNI, STEFAN:** Brahmsrösi (2010) • Narrentod (2009) **HAUG, GUNTER:** Gössenjagd (2004) • Hüttenzauber (2003) • Tauberschwarz (2002) • Höllenfahrt (2001) • Sturmwarnung (2000) • Riffhaie (1999) • Tiefenrausch (1998) **HEIM, UTA-MARIA:** Totenkuss (2010) • Wespennest (2009) • Das Rattenprinzip (2008) • Totschweigen (2007) • Dreckskind (2006) **HUNOLD-REIME, SIGRID:** Schattenmorellen (2009) • Frühstückspension (2008) **IMBSWEILER, MARCUS:** Altstadtfest (2009) • Schlussakt (2008) • Bergfriedhof (2007) **KARNANI, FRITJOF:** Notlandung (2008) • Turnaround (2007) • Takeover (2006) **KEISER, GABRIELE:** Gartenschläfer (2008) • Apollofalter (2006) **KEISER, GABRIELE / POLIFKA,**

Wir machen's spannend

Alle Gmeiner-Autoren und ihre Krimis auf einen Blick

WOLFGANG: Puppenjäger (2006) **KLAUSNER, UWE:** Odessa-Komplott (2010) • Pilger des Zorns • Walhalla-Code (2009) • Die Kiliansverschwörung (2008) • Die Pforten der Hölle (2007) **KLEWE, SABINE:** Die schwarzseidene Dame (2009) • Blutsonne (2008) • Wintermärchen (2007) • Kinderspiel (2005) • Schattenriss (2004) **KLÖSEL, MATTHIAS:** Tourneekoller (2008) **KLUGMANN, NORBERT:** Die Adler von Lübeck (2009) • Die Nacht des Narren (2008) • Die Tochter des Salzhändlers (2007) • Kabinettstück (2006) • Schlüsselgewalt (2004) • Rebenblut (2003) **KOHL, ERWIN:** Flatline (2007) • Grabtanz • Zugzwang (2006) **KOPPITZ, RAINER C.:** Machtrausch (2005) **KÖHLER, MANFRED:** Tiefpunkt • Schreckensgletscher (2007) **KÖSTERING, BERND:** Goetheruh (2010) **KRAMER, VERONIKA:** Todesgeheimnis (2006) • Rachesommer (2005) **KRONENBERG, SUSANNE:** Kunstgriff (2010) • Rheingrund (2009) • Weinrache (2007) • Kultopfer (2006) • Flammenpferd (2005) **KURELLA, FRANK:** Der Kodex des Bösen (2009) • Das Pergament des Todes (2007) **LASCAUX, PAUL:** Feuerwasser (2009) • Wursthimmel • Salztränen (2008) **LEBEK, HANS:** Karteileichen (2006) • Todesschläger (2005) **LEHMKUHL, KURT:** Nürburghölle (2009) • Raffgier (2008) **LEIX, BERND:** Fächertraum (2009) • Waldstadt (2007) • Hackschnitzel (2006) • Zuckerblut • Bucheckern (2005) **LOIBELSBERGER, GERHARD:** Die Naschmarkt-Morde (2009) **MADER, RAIMUND A.:** Glasberg (2008) **MAINKA, MARTINA:** Satanszeichen (2005) **MISKO, MONA:** Winzertochter • Kindsblut (2005) **MORF, ISABEL:** Schrottreif (2009) **MOTHWURF, ONO:** Werbevoodoo (2010) • Taubendreck (2009) **MUCHA, MARTIN:** Papierkrieg (2010) **NEEB, URSULA:** Madame empfängt (2010) **OTT, PAUL:** Bodensee-Blues (2009) **PELTE, REINHARD:** Inselkoller (2009) **PUHLFÜRST, CLAUDIA:** Rachegöttin (2007) • Dunkelhaft (2006) • Eiseskälte • Leichenstarre (2005) **PUNDT, HARDY:** Deichbruch (2008) **PUSCHMANN, DOROTHEA:** Zwickmühle (2009) **RUSCH, HANS-JÜRGEN:** Gegenwende (2010) **SCHAEWEN, OLIVER VON:** Schillerhöhe (2009) **SCHMITZ, INGRID:** Mordsdeal (2007) • Sündenfälle (2006) **SCHMÖE, FRIEDERIKE:** Bisduvergisst (2010) • Fliehganzleis • Schweigfeinstill (2009) • Spinnefeind • Pfeilgift (2008) • Januskopf • Schockstarre (2007) • Käfersterben • Fratzenmond (2006) • Kirchweihmord • Maskenspiel (2005) **SCHNEIDER, HARALD:** Wassergeld (2010) • Erfindergeist • Schwarzkittel (2009) • Ernteopfer (2008) **SCHRÖDER, ANGELIKA:** Mordsgier (2006) • Mordswut (2005) • Mordsliebe (2004) **SCHUKER, KLAUS:** Brudernacht (2007) **SCHULZE, GINA:** Sintflut (2007) **SCHÜTZ, ERICH:** Judengold (2009) **SCHWAB, ELKE:** Angstfalle (2006) • Großeinsatz (2005) **SCHWARZ, MAREN:** Zwiespalt (2007) • Maienfrost • Dämonenspiel (2005) • Grabeskälte (2004) **SENF, JOCHEN:** Kindswut (2010) • Knochenspiel (2008) • Nichtwisser (2007) **SEYERLE, GUIDO:** Schweinekrieg (2007) **SPATZ, WILLIBALD:** Alpenlust (2010) • Alpendöner (2009) **STEINHAUER, FRANZISKA:** Wortlos (2009) • Menschenfänger (2008) • Narrenspiel (2007) • Seelenqual • Racheakt (2006) **SZRAMA, BETTINA:** Die Konkubine des Mörders (2010) • Die Giftmischerin (2009) **THÖMMES, GÜNTHER:** Das Erbe des Bierzauberers (2009) • Der Bierzauberer (2008) **THADEWALDT, ASTRID / BAUER, CARSTEN:** Blutblume (2007) • Kreuzkönig (2006) **VALDORF, LEO:** Großstadtsumpf (2006) **VERTACNIK, HANS-PETER:** Ultimo (2008) • Abfangjäger (2007) **WARK, PETER:** Epizentrum (2006) • Ballonglühen (2003) • Albtraum (2001) **WICKENHÄUSER, RUBEN PHILLIP:** Die Seele des Wolfes (2010) **WILKENLOH, WIMMER:** Poppenspäl (2009) • Feuermal (2006) • Hätschelkind (2005) **WYSS, VERENA:** Todesformel (2008) **ZANDER, WOLFGANG:** Hundeleben (2008)

Wir machen's spannend